四川大学古典文学研究丛书　祝尚书／主编

近世中国与日本汉文学

张淘 著

复旦大学出版社

教育部人文社会科学重点研究基地重大项目
"宋元禅林文学东亚传播研究"(13JJD750014)阶段性成果

国家社科基金重大项目"东亚古代汉文学史"(19ZDA260)阶段性成果

四川大学古典文学研究丛书序

早年读《庄子·天道篇》,颇对轮扁故事感兴趣:作为一个车轮工人,他居然敢点评齐桓公读书,痛贬所读书中的圣人之言是"糟粕"。这自然触怒了桓公,还算客气,只是要他说出个道理,"有说则已,无说则死"。轮扁可是犯了既侮辱圣人、又藐视君王的重罪,看来死定了,他能说出什么让桓公免罪的道理? 不过且慢,这位七十岁的工匠可也是个狠角色,他并不胆怯,也不与桓公辩是非,而是不慌不忙地讲起自己制作车轮的体会:"斫轮徐则甘而不固,疾则苦而不入;不徐不疾,得之于手而应于心,口不能言,有数存焉于其间,臣不能以喻臣之子,臣之子亦不能受之于臣,是以行年七十而老斫轮。古之人与其不可传也死矣,然则君之所读者,古人之糟粕已夫!"读到这里,我们不能不莞尔一笑,为轮扁的智慧拍案叫绝。这当然只是个寓言,庄子是要借轮扁之口讲出一条既朴素、又深刻的道理:精微的东西(即轮扁所谓的"数"),是从实践中积累、总结、提炼出来的,不能言传,只能意会。

无独有偶,与庄子时代接近的古印度哲人释迦牟尼创立了佛教,而佛教文化中的禅宗,据说也是他开启的,其精髓在"以心印心",不立文字。庄夫子说"得手应心",其实就是"以心印心",二人可谓如出一辙,都认为语言文字是"粗","心"之觉悟才是"精",所以在《庄子·秋水篇》中,老夫子又说:"可以言论者,物之粗也;可以意致者,物之精也。""意"也就是"数",这才是蕴涵在语言文字中的精华。

不幸的是,笔者没有古先哲人的智慧,却如齐桓公似的读古人书。在今天看来,读书便是研究的开始,而从中获得"数"或"意致",便是研究成果。以此,所谓"研究",简单地说就是去其"糟粕"(语言文字),发掘其精华(数、意致)的过程。由是而论,齐桓公可谓是我国历史上最早的"古代文学"(广意)研究者之一。不过很遗憾,无论是庄子还是释迦牟尼,他们影响巨大而深远的思想,仍然只能靠留传下来的语言文字去认识和接受,否则所谓"数"或"心"就没有安泊处。换言之,没有"言论"之粗,也就没有"意致"之精,轮扁的"糟粕"说,可能太绝对了。禅宗说不立文字,最终"文字禅"遍丛林,成了"不离文字";而中国古圣人的思想,由早先的"五经"增益到"十三经",又在四部书中设"经部",就是文字极其繁夥的明证。看来,如齐桓公所读书中的"圣人"之言,仍然是我们了解古人思想及活动的主要途径。这并非是为齐桓公或如笔者之流的古代文学研究者辩解,而是客观存在的事实。笔者大半辈子在古人的"糟粕"(语言文字)中讨生活,虽如陆机《文赋》中所自嘲的"华说"(即论著)似乎不少,但得手应心的收获却不多,而除繁去滥,袭故弥新,将感性认识提升为理性认识,则是古代文学研究者的应有追求和共同使命。

这套《四川大学古典文学研究丛书》凡六种,为川大中文系部分古代文学教师多年研究成果的结集。可喜的是,除笔者之外的几位老师都是本系的教学和学术中坚,他们的论著有不少精粹奉献给读者。吕肖奂教授、丁淑梅教授、何剑平教授是三位中年专家。吕老师长期从事宋代文学研究,著有《宋诗体派论》《宋代诗歌论集》《宋代家族与文学研究》等,而收入本系列的《宋代士人社会与文学研究》,是她的新成果,主要探讨宋代诗坛的立体构成,解析士人阶层唱和中的身份认同及共性等。丁老师也是位著述甚丰的女学者,出版过《中国古代禁毁戏剧史论》《中国散曲文学的精神意脉》《中国古代禁戏论集》等专著,此部《戏曲展演、权力景观与文化事象》,更是精彩纷呈,它从曲史开进与权力分层、戏曲展演与传播禁止、唱本与地方社会景观、才女文化与自我书写等层面,试图从戏曲学出发,结合社会学与传播学的理论与实践,探讨明清以来戏曲与权力介入、戏曲与社会阶层互动、戏曲与地方文化地带迁移等戏曲撰演活动空间的建构与被建构的问题,等等。何剑平教授长期致力于敦煌文献与古代文学研究相结合,对敦煌文献中音乐史料的整理研究成绩卓著,出版有《敦煌维摩诘文学研究》、《中国中古维摩诘信仰研究》、《唐代白话诗派研究》(合作)等专著,而《佛教经典的生存与传播——从知识精英到普通民众》一书,以汉译佛典在中土的传播为主线,通过分析其在两个文化世界(士大夫文化、庶民文化)中不同的文学表现,揭示中古佛教同其他文化事项的关联,阐明作家文学与民间俗文学之间双向交流的主要途径。罗鹭副教授是位青年学者,目前主要研究宋元之际的文学文献,已出版《虞集年谱》《元诗选与元诗文献研究》等专著,颇见功力。而新著《宋元文学与文献论考》,则对南宋书棚本、江湖诗派及元刻元人文集等问题作了深入考察。张淘副教授,与罗鹭一样同为"八〇后",而更年轻。她在日本早稻田大学获得文学博士学位,其博士论文《江戸後期の職業詩人研究》获早稻田大学出版部资助出版。目前主要研究宋代文学和日本汉文学,《近世中国与日本汉文学》是她的最新成果。书中对宋代文学的一些基本问题作了梳理和深化,又对日本五山时代禅僧的抄物价值以及禅僧们对宋人典故的捕风捉影产生误用等问题进行介绍和研究。最后,是笔者的《宋代文学探讨集续编》,选录了2008年至2016年间发表过的主要论文20篇,如前所说,其中"得手应心"的东西不多。陆机《文赋》曰:"患挈瓶之屡空,病昌言之难属。……惧蒙尘于叩缶,顾取笑乎鸣玉。"陆机当出于谦虚,而笔者既有如上所述新老同事们的"鸣玉"在耳,"叩缶"则心甘矣。

本系列选题视野开阔,各自发挥所长,共同致力于古代文学研究的学科建设。丛书论证,发端于2018年秋,纂辑过程中得到四川大学文学与新闻学院李怡院长、周裕锴教授,以及古代文学教研室张朝富主任和相关老师的大力支持,复旦大学出版社责编王汝娟博士热心推动并精心编校,在此一并表示感谢。

祝尚书

2019年10月7日于成都

目 录

四川大学古典文学研究丛书序 ················· 祝尚书　1

引言 ··· 1

中 世 篇

第一章　苏轼转世故事的异域回响
　　——日本五山禅僧对文人僧化典故的引用及误解········ 19
　　一、"文人前身后世说"起源：佛教三生观　/20
　　二、五山禅僧对文人僧化典故的引用及误解　/24
　　三、五山禅僧的转世故事：自我文人化　/30
　　四、代结语：转世故事与五山禅僧"诗禅文一致"的理
　　　　想　/34

第二章　万里集九《帐中香》引书之文献价值 ················ 36
　　一、《帐中香》之版本　/37
　　二、《帐中香》之引书　/40
　　三、《帐中香》所引之黄庭坚版本　/51

第三章　日本五山禅僧山谷假名抄小考
　　——以一韩智翃《山谷诗集钞》为例 ················ 63
　　一、《山谷诗集钞》介绍　/65
　　二、《山谷诗集钞》与汉文抄的关系　/66
　　三、《山谷诗集钞》的解诗特点　/70

四、《山谷诗集钞》的研究价值 ／71
五、结语 ／74

近世篇 I

第四章　江户时代的文章观与"近世精神" ·················· 79
一、江户初期朱子学者的文章观 ／80
二、渡日明人陈元赟、朱舜水与古学派的文法研究 ／83
三、元明文话、字典与江户中期的文法书 ／89
四、折衷儒者的文章学说 ／94
五、结语 ／97

第五章　伊藤东涯的文章学
　　　　——古义学派的古文理论及其中国溯源 ·················· 100
一、古义学派的习文热情与训蒙文式 ／100
二、东涯的文章本体论："文者言辞也"及虚实之辨 ／104
三、东涯的文法论：对元明文话的引用和改造 ／107
四、余论：古义学派文章学的影响 ／113

第六章　江户时代异学者皆川淇园的文章学 ·················· 114
一、皆川淇园其人与著作 ／114
二、《问学举要》《淇园文诀》中的文章学理论 ／116
三、淇园的古文批评：《欧苏文弹》 ／125
四、探本溯源：皆川淇园文章学与古义学派 ／127

近世篇 II

第七章　中日职业诗人出现的儒学环境 ·················· 131
一、中日社会结构的差异 ／133

二、南宋理学环境的多维性：以刘克庄为例　/ 137

　　三、中日"儒者之诗"与"诗人之诗"辨　/ 147

　　四、结语　/ 151

第八章　江户时代职业诗人的诞生　……………………　152

　　一、中国民间诗人的兴起　/ 153

　　二、日本汉诗创作主体的变化——以江村北海《日本诗史》为参考　/ 154

　　三、江户时代儒学的兴隆和町儒者的增加　/ 158

　　四、职业诗人的萌芽　/ 160

　　五、结语——职业诗人的大量出现　/ 170

第九章　江户后期职业诗人的生计

　　——以大洼诗佛为例　………………………………　173

　　一、中国明清时代的职业文人　/ 173

　　二、江户后期职业诗人的生计：以大洼诗佛为例　/ 177

近 世 篇 Ⅲ

第十章　大洼诗佛的出版活动及其特征　/ 195

　　一、个人别集的出版　/ 196

　　二、选集的编纂　/ 201

　　三、宋诗选集的出版　/ 204

　　四、结语　/ 209

　　［附录］　/ 210

第十一章　市河宽斋诗中的"江湖"与江湖诗社

　　——兼论与南宋江湖诗派的关联　……………………　212

　　一、天明六年市河宽斋所咏的"江湖"　/ 213

　　二、江湖诗社和江湖诗派的关系　/ 216

　　三、江湖诗社的"四灵"　/ 222

　　　　四、结语——江湖诗社的去向　／225
　　　　[附录] 江湖成员考　／227
第十二章　山本北山与奚疑塾
　　　　——兼论大洼诗佛的交游圈 …………… 229
　　　　一、町儒山本北山　／231
　　　　二、奚疑塾的性质　／236
　　　　三、奚疑塾和秋田藩　／238
　　　　[附录] 奚疑塾塾生考　／239

近 世 篇 Ⅳ

第十三章　中日民间诗社概说
　　　　——兼论其教育机能 ……………………… 247
　　　　一、中国古代的民间诗社　／249
　　　　二、江户时代前中期的民间诗社　／254
　　　　三、江户后期的民间诗社——诗佛和化政时期的
　　　　　　诗社　／257
第十四章　江户时代的江湖诗人
　　　　——化政期的诗会和出版 ………………… 260
　　　　一、江户时代的"人名录"　／262
　　　　二、江户时代的课题表　／266
　　　　三、结语　／270
第十五章　江户时代的书画会
　　　　——职业诗人的俗化 ……………………… 272
　　　　一、展览会系统的书画会　／273
　　　　二、席书、席画系统的书画会——儒者和艺者的
　　　　　　参加　／276
　　　　三、职业诗人和书画会——文人的俗化　／280

四、结语——书画会的结局　/286

近 世 篇 V

第十六章　山本北山和大洼诗佛的反古文辞派 …………… 291
　　一、荻生徂徕和"格调"——古文辞派的盛行　/291
　　二、山本北山的反古文辞派　/297
　　三、大洼诗佛的反古文辞派　/300
　　四、结语　/303

第十七章　大洼诗佛和唐宋诗歌论争
　　　　　——以卷大任编《宋百家绝句》序文为中心 ………… 305
　　一、山本北山、大洼诗佛的序文及其观点　/307
　　二、龟田鹏斋、葛西因是的序文及其诗论　/311
　　三、馆柳湾、卷大任的序文及其诗论　/314
　　四、结语　/317

近 世 篇 VI

第十八章　大洼诗佛的《村居四时杂题十九首》
　　　　　——兼论与范成大《四时田园杂兴》的关联 ………… 323
　　一、诗佛的青少年时期和《卜居集》　/323
　　二、《卜居集》和田园诗　/326
　　三、《村居四时杂题十九首》和《四时田园杂兴》　/329
　　四、《村居四时杂题十九首》中的春诗　/331
　　五、《村居四时杂题十九首》中夏秋冬的诗　/339
　　六、结语　/345

第十九章　大洼诗佛的咏物诗
　　——与《三家咏物诗》的关联 …………… 348
　　一、诗佛的咏物诗　／349
　　二、诗佛和《三家咏物诗》　／350
　　三、诗佛对三家的学习　／352
　　四、江户时期的诗坛和咏物诗　／355
　　五、中国咏物诗史上的《三家咏物诗》　／360
　　六、结语　／363

后记 ……………………………………………… 365

引 言

当接触到他国文明时,同异思考总是随之而来,不自觉地会将之与本国进行比较,同时思考原因。本书关注的对象是中国近世文学在日本,尤其是江户时代的传播与影响。既找寻之间的同源性,也追究异质的要素。有时因在文化接受上存在时间差,在典籍等中间介质上的不对等而导致误解与变异,有时则是政治体制、风土人情、家族形态、社会组织、生活氛围、思维方式等诸多不同因素所致。本书在讨论时尤其注意语境差异折射下的影响。

儒学与汉传佛教在日本的风行流变是导致中世与近世错形的两个重要要素。究其传入,皆与对朝鲜半岛及大陆的接触有密切关系。仲哀天皇九年(200),神功皇后征新罗,封其重宝府库,收其图籍文书[①]。应神天皇十六年(285),百济王仁应召至日本,带去《论语》《千字文》,并成为菟道稚郎子的老师。仁德天皇因施行仁政被尊称为"圣帝",暗示了儒学思想的浸透。这一时期开始向晋宋等朝遣使,实现了与大陆的接触。隋、唐时期的日本使团远涉风涛往来于海上,随行的大量学问僧和留学生有的长期在大陆求法和学习。接收到新讯息的日本开始模仿唐制进行改革,柔仁好儒的孝德天皇与曾从留学僧南渊请安学习周孔之教的中大兄(后来的天智天皇)一起进行"大化改新",形成了中央集权的律令制国家。然而科举的贵族化、博士

---

① 以下事件及时间,皆参考《日本汉学年表》(斯文会编,大修馆书店,1977年)以及《国史大系》(经济杂志社,1897年)中收入日本史书,不一一出注。

家学问的家学化以及平安中后期摄关政治的特殊构造,导致以儒教为基础的道德政治这一理想无法实现,儒学也未能融入一般社会,逐渐失去了活力。另一方面,从朝鲜半岛传至日本的不仅有百济五经博士的儒学,还有中国南北朝时期方兴未艾的佛教。据传,继体天皇十六年(522),梁朝司马达等渡海至今天的奈良,在高市郡田原结草庵建寺,其后裔鞍作氏也为佛教在日本的传播作出了贡献。百济、高丽僧人的传教也促进了日本佛教的发展,钦明天皇十三年(552),百济明王遣使者到日本朝贡,进献释迦佛金铜像一尊以及幡盖经籍等,并上表赞颂佛教大法功德。权臣苏我氏的崇信,加上推古天皇时代圣德太子的大力提倡以及学问僧的传法,通过建立寺院、塑造佛像、设立僧官制度等方式,佛教与日本固有的神道思想结合,不仅成为国家权力保障下的宗教,而且在奈良平安时代是日本最具影响力的思想。

一、日本中世社会的"求同"

宇多天皇宽平六年(894)因晚唐的动荡形势废止了遣唐使,但日本贵族对于"唐物"的热爱仍刺激不少唐宋商人前往日本贸易。然而正如源从英写给寂昭的信中云:"商人重利,唯载轻货而来,上国之风绝而无闻,学者之恨在此一事"①,商人本不为传播和弘扬学问,虽然可能也会带去书籍,但没有明确的传播目的和选择性,或迎合日本公卿的喜好,或具有随意性。没有正式的使节往来,平安中后期的文化传播的任务只能依靠那些求法的僧人,如奝然、寂昭、成寻等入宋僧。宋朝建立时正值日本由唐风文化向和风文化转变的平安中期,虽然后来掌握权势的藤原道长(966—1027)爱好汉文学,购求汉籍②,而且与入宋僧寂昭(?—1034)互通消息,了解宋王朝的动向。但是北宋对外国僧侣实行较严密的入境管制政策③,对"蕃国"如高丽、日本在

---

① (宋)杨亿《杨文公谈苑》,上海古籍出版社,1993年,第12页。
② 佐藤道生《藤原道長の漢籍蒐集》,《日本学研究》2010年9月。
③ 曹家齐《宋朝对外国使官的接待制度:以〈参天台五台山记〉为中心之考察》(《中国史研究》2011年第3期)一文考察了成寻入宋后受到的积极接待,这正反映抽北宋对外来使节有严密的管控体制。

宋朝买书规定甚严：首先需要先向尚书省呈递名件，经朝廷批准后方可。一般只可买国子监书籍，馆伴使还可申请相国寺行铺进入馆内铺设，以待使人买卖，但其中可能不包括书籍。《元祐编敕》中也规定：诸以熟铁及文字禁物与外国使人交易，罪轻者徒二年①。日本国内又正是佛教炽焰飚发的时候，所以北宋的日本僧侣多以巡礼和劝进为目的，虽然也可能感知到北宋的崇儒风潮，但并没有将儒学作为一种思想来接受的迹象。

日本中世起自镰仓幕府建立（1185）至战国时代末期（1568，亦有学者认为下至室町幕府灭亡[1573]），大约相当于中国南宋淳熙十二年至明隆庆二年），是宋代文学文化接受的高峰。镰仓幕府在地理上远离朝廷，不能再依靠博士家的学问作为典章礼仪指导，但因延续了"政教合一"的做法，禅僧常常得到垂询，于是他们在禅灯古佛之外还要接触与治道相关的儒教知识，兼具"儒"的性质。中世时期与南宋的交流也出现了新情况，北条幕府积极主动地招请大陆的僧侣。南宋至元朝佛教政策的宽松使入宋入元僧侣与文人士大夫的交往比以往更自由频繁②，荣西曾与宋儒窦从周交往，俊芿与理学家楼钥、杨简等人交往，而在文化汲取上注重对儒学思想的接受。他们首先接触到的便是当时正处于兴盛阶段的朱子学，带去了大量朱熹著作：大江宗光抄《中庸章句》（1200年），有学者认为此为宋学始至日本。俊芿入宋带回256卷儒道典籍（1211年），有学者认为他是最早将宋代新儒学传至日本的人物③。还有的学者认为1241年入宋的圆尔辩圆携归朱熹的《大学或问》《论语精义》是宋学传至日本的开始。无论如何，五山禅僧不仅带来了新思想的典籍，逐渐将程朱新义融入佛教阐释。朱

---

① 苏轼《论高丽买书利害札子》，孔凡礼点校《苏轼文集》，中华书局，2013年，第994至999页。
② 据榎本涉《南宋元代中日僧渡航传记集成》（勉诚社，2013年），南宋至元代（1127—1368）往来中国与日本间的僧侣达到107人，加上往返行程，平均每年就有一名僧人往来其间。
③ 福井康顺《俊芿律师の宋学初伝について》（石田充之《鎌倉佛教成立の研究——俊芿律师》，法藏馆，1972年，第250—270页）。

子学中具有的佛教因素是他们能够顺理成章接受儒家思想的一个借口。义堂周信说"宋朝以来儒学者皆参吾禅宗,一分发明心地,故注书与章句学迥然别矣"①。五山时代形成儒释道一致思想的原因,有学者认为是佛教徒有鉴于佛教传来之初受到的激烈反抗和沉重打击,有所反省,才提出儒释不二之说的;也有学者认为当时日本不存在与禅宗争夺话语权的儒者②。此外,南宋禅僧如无准师范、兰溪道隆具有的三教合一思想以及创作诗文的习惯也影响了日本佛教的发展。元朝对北条政府的文永、弘安之役以后,双方都意识到正式交往的必要,除使僧以外,商船与僧人的交往也愈发频繁,而自一山一宁渡日(1299年)后,元朝尊崇的程朱学便开始在新建立的五山禅林间流行和播扬,进而引发了对宋代文学的关心与阅读热潮。中世日本总体上形成了一个僧侣"阳佛阴儒"、儒者"外儒内佛"的社会(当然,朝廷典章"礼"的建立不在五山禅僧的职责范围以内)。虎关师炼儒释兼通,中岩圆月精通伊洛之学,著《中正子》十篇,综论儒佛二教。他们身上都具有明显的儒者特征。禅僧们积极地进行着"儒释道一致"的努力和尝试,见诸诗文表现在他们对中国文学充满着浓厚的兴趣,将中国儒道与释家人物并提并称,理想是构建一个融合的世界。

  本书"中世篇"共三章,讨论的是五山禅僧熟读的苏黄典籍。吉川幸次郎在《宋诗概说》中提到:"苏轼与黄庭坚的诗,在日本,特别是室町时代的五山禅僧之间,曾经大为风行。两人的诗集都传有多种日本覆刻本,又有不少附有假名以供讲义用的所谓抄本。"③苏轼作为宋代文化的高峰,在日本五山时期的阅读和注释者众多。五山禅僧们不遗余力地从诗文集、笔记类书中筛选出有关苏轼、黄庭坚与禅学的关系当作话头,关心的是文人与佛禅有关的典故故事,其中苏轼的前身

---

① 《空华日用工夫略集》第三集,近藤瓶城编《续史籍集览》3,近藤出版部,1930年,第32页。
② 西村时彦《日本宋学史》,梁江堂书店,1909年,第4页;陈景彦、王玉强《神儒一致构造与中世日本朱子学》(《吉林大学社会科学学报》,2008年第6期);汤勤福《日本朱子学的起源问题》,《南开学报》1994年第4期。
③ 吉川幸次郎《宋诗概说》第三章《北宋后期》,岩波书店1962年,第179页。

后世之说尤为流行。相对于文学成就,五山禅僧更看重苏轼等宋代文人与佛禅的关系,涉及宋代文学的评价体系问题;其背后是借此为桥梁证明文字与禅的关系,也反映了儒释论争这一关乎禅林兴衰的重要问题。而僧人的转世故事中将自我文人化,也彰显了他们希图与宋代文学平等对话的姿态。

黄庭坚诗歌的注释,自宋代任渊以来,即鲜有对全文加以注释者。而日本室町时期却出现了一部卷帙浩大的黄庭坚诗歌注释书——《帐中香》。"中世篇"第二章主要对该书的引文价值进行深入探究,指出此书广征博引,对任渊的《黄庭坚内集诗注》二十卷进行了详细考订和解说,多有订补任注失误之处,代表了域外黄庭坚古典注释书的最高水平,在黄庭坚诗歌的接受史上具有重要意义。其中不仅引用了中土未见流存的黄庭坚《外集》十五卷,还引用了中土已佚的南宋人诗歌。在引用经学著作时,往往区别本注、新注的差异。将汉注唐疏派的注释称为"古注/本注",将宋学派的注释称为"新注"。从中可以看出朱子学在室町时期对五山学僧们的学术思想产生了深刻影响。《帐中香》显示了五山时代最有学问的禅僧们所具有的深厚底蕴和知识积累。

从五山时代后期[①]开始,五山禅僧内部已经开始分化瓦解,禅僧们的兴趣转向了讲释活动,诗文创作大不如从前。万里集九、桃源瑞仙、月舟寿桂等在抄物抄写上有集大成功劳。当然如横川景三也有不少诗文作品,但"诗文尚引典故,盛行儒学研究"[②],对儒学及注释的兴趣超越了创作诗文,而且有童蒙化的倾向。本书第三章主要对山谷抄物中的假名抄进行研究。一韩智翃的《山谷诗集钞》反映了五山后期禅僧的讲释开始出现新变:出现了面向普通禅僧的通俗口语化的注释书,着重在疏通诗句大意,具有童蒙性质和"俗化"的倾向。

五山时代持续到日本元和年间,期间经历了南北朝合一(1392

---

① 五山时代分期有多种说法,杨曾文在《日本佛教史》将五山文化分为三期,以应仁之后为后期,代表人物有天隐龙泽、景徐周麟、横川景三、月舟桂寿等。本书采用其说。
② 杨曾文《日本佛教史》,浙江人民出版社,1995年,第498页。

年)、朝鲜建国(1393年),东亚成为三块较完整的版图。日本与明朝进行勘合贸易,向朝鲜派遣使节,儒学逐步成为整个东亚共同的外交话语。而禅僧们也于其中承担着重任,起草国书,出使接伴。明代的官学朱子学成为主要的接触对象,后期的禅僧桂庵玄树、了庵桂悟等可以说仅仅保持了"僧形",佛教外衣下儒教的气息甚为浓烈,追求佛法的志向非常薄弱,林罗山曾感慨:"方今每寺问其开山祖名,寺主不能详之,况文乎!况德行乎!不特吾道久衰而已,虽瞿昙法亦然,岂无感乎!"①近世儒学大兴以后,儒者就取代了功能实际已非常相似的禅僧,宽永十三年(1636)起草外交文书的权利由五山归于林家,象征着五山禅僧基本退出东亚儒教的交流圈。

二、日本近世社会的"求异"

德川家康与宋太祖赵匡胤一样出身军人,马上得天下,又皆有强大的制衡势力在外,所以皆思以文治国,又皆发展出文治社会。不同的是,进入近世以后的中国平稳成为儒教社会,而近世日本则经历了儒与佛的激烈斗争。丸山真男亦曾指出"近世儒学的独立,伴随着强烈的排佛论"②。近世的"求异",便首先表现为儒佛分离。

江村北海《日本诗史》中提到从元和年间开始,儒者开始逐渐登上文坛,五山文学开始衰弱:"元和以来,文运日隆,近时学者,昂昂乎蔑视前古。卯角之童,尚能诋排五山之诗,即其徒抑或倒戈内攻"。"元和"是后水尾天皇的年号,即庆长以后至宽永以前(1615—1624),幕府将军为德川秀忠、德川家光。元和改元在历史上又被为"元和偃武",幕府在这一时期结束战乱,逐渐实现统一政权及闭关锁国的政策,元和元年(1615)颁发了一国一城令、制定了武家诸法度、签发了《禁中并公家诸法度》,削弱大名势力,对武士加以控制,也对朝廷加以规范③。元和二年(1616)将英国和荷兰的船只限定在平户和长崎

---

① 林罗山《五山文编》序,日本内阁文库藏写本。
② 丸山真男著、王中江译《日本政治思想史》,三联书店,2000年,第101页。
③ 陈杰《幕府时代·江户幕府》,陕西人民出版社,2013年,第15、16、27、28页。

进行贸易(明朝船只除外)。这些政治上的举措给日本民众带来幕府强盛有力的印象,进而"蔑视前古"。"前古"是指五山禅僧的文学,于是学界也把元和作为五山文学的下限①。

江户早期的儒者皆为僧形,圆颅方袍,随着家康对儒学的支持,很多人逐渐对佛教产生了怀疑。佐佐宗淳从信佛转而崇儒的契机便是对《梵纲经》中杀父母兄弟六亲亦不得报仇一条产生了疑问②。武士的身份决定了他们无法与佛教融合在一起,反而是儒家的入世说与朱子学说的忠孝观更符合幕府希望的武士精神。出身相国寺的藤原惺窝和出身建仁寺的林罗山"脱佛还俗"、形成"京师朱子学"一派,不仅是五山禅林内部分化与蜕变的转折点,还是日本"朱子学"兴起的重要标志③。林罗山虽然曾在建仁寺读书听学,但不肯出家,发誓必不为之,曾说"儒之胜佛也,犹水胜火"④。日本学者源了圆分析认为:江户前期的儒学家,一方面批判佛教,另一方面又非常了解佛教,实际上他们本身在骨子里已带有佛教气质。正因如此,他们对佛教的批判才如此深刻,能洞察儒佛之间的细微差异⑤。虽然庆长十二年(1607),林罗山因笃信佛教的德川家康之命,不得不剃发为僧,改法名为道春,但这并非本人意愿,且受到了儒者的批评⑥。从林罗山成为德川家康的御用文人开始,直到第五代将军德川纲吉任命林凤冈到江户城给幕臣讲授儒家经典为止,儒学实现了官学化。朱子学成为幕府及各藩国的官方话语,元禄四年(1691)幕府命儒员蓄发叙爵,中世以来儒者剃发的习惯自此逐渐消失。这场排佛运动的意义不只树

---

① 荫木英雄《五山诗史的研究》(笠间书院,1977年)认为下限为元和元年(第10页),俞慰慈《五山文学的研究》(汲古书院,2004年)认为下限为元和六年(1620)东福寺学僧文之玄昌圆寂(第261页)。
② 青山延《文苑遗谈》,《日本儒林丛书》第三卷,凤出版,1971年,第21页。
③ 王明兵《日本中世末期五山禅僧的"儒·释"论争与其内部分化》,载《古代文明》2014年第1期,第78页;陈景彦、王玉强著《江户时代日本对中国儒学的吸收与改造》,社会科学文献出版社,2014年12月。
④ 京都史迹会编纂《林罗山文集》上卷,ぺりかん社,1979年,第12页,第13页,第293页。
⑤ 源了圆《江户前期における儒教と仏教との交涉》,大修馆,1996年。
⑥ 中江藤树曾作《安昌弑玄同论》和《林氏剃发受位辩》。

立了儒学的地位,而且经过论辩反思意识到了儒者区别于僧侣的职责所在。

现代学者往往将近世儒学视为一个"本土化"或"日本化"的过程,而这种变化是从日本儒者对中日儒学差异的发现开始的。元禄四年(1690)贝原益轩作《神儒并行不相悖论》,其中云:"若夫礼法,有水土古今之随时随处而不相同者,自然之理也。……今之学者往往不察于风俗时变,以中华上世之礼法无所斟酌去取,既为可行之本邦之今世,是犹不知舟车之异宜于水陆,裘葛之异宜于冬夏,岂可为识宜乎?此人不可以语变矣……夫以本邦与中国,同道而异俗,故虽圣人所作之礼法宜乎中国,而不宜乎我邦者亦多矣。"①这段话中至少涉及以下三种机变:水土之差、古今之别、中日之异,表明当时的日本人明确的"异变"认识,对这三种差异的认知是他们建构本土化学问的基础。

除此以外,江户时代的文人还经常探讨日本与"中华"存在的文学促成机制上的差异:科举的功效。日本律令时代曾仿照中国的科举制度实行贡举,但前提是要进入大学和国学学习,而入学有身份限制,基本只局限于贵族阶层,进入武家社会后便基本废止。江户初期的石川丈山认为"彼国至以对策举人才,故科举之体人人学而能书也。诗亦一变,不常赋景言情,科举之诗又各有别。本朝仅朝廷有学,乡党村里无校,故文人诗人云云,除公家以外无之。近代落于丛林,若云学文,则诗文章共为禅宗之事。丛林之文章又一格"(原为日文)②。石川丈山提到日本没有科举给文章创作带来的负面影响,进而还分析了科举促进文学创作:中国有科举制度,故对策之文多,且督促人们学习作时文,诗歌发生了变化。而日本仅朝廷有大学,乡党村里并无学校,除公家以外并在不存在文人或诗人。他的语气里带有一些遗憾。相比之下,江户中期文人的看法恰恰相反。服部南郭对科举时文非常反感,甚至因此对欧苏文章也产生了不满,因为科举考试中多采

---

① 西村时彦《日本宋学史》,梁江堂书店,1909 年,第 12 页。
② 石川丈山《北山纪闻》卷一,日本国文学资料馆藏本。

用欧苏文章的格式①。丈山的时代,像五山禅僧那样学习宋元文学还是主流,所以他对中国的文学盛况表达钦羡。而南郭的时代,明代的文学已大量传入,明人对于科举时文的不齿也会影响日人对科举的评价。再往后,町儒松村梅冈在其《驹谷刍言》(天明二年[1782]序)中与石川丈山一样,将科举视为中华优于日本的制度之一。不同的是,梅冈眼中的日本虽然没有科举,但有世袭的"常禄",他认为这是日本优于中华的地方,使人不生名利心与谄媚心。以上三种看法代表了江户前中后期文人的不同心理,但不论哪一种,都意识到了制度差异的存在,都有比较的世界观和意识。

正是基于这样的"发现之眼",出现了反对朱子学的异学者,他们讲经不依濂洛关闽之学,又不拘泥于汉唐传疏,而是追究语言的内在规律,对经义进行自我解释。那波木庵著《中庸异见》、山鹿素行著《圣教要录》、伊藤仁斋的古学和荻生徂徕的古文辞派亦是如此。至宽政年间时,从事异学的人数已大大超过朱子学,颇有动摇林家官学地位的趋势。日本学者丸山真男曾在朱子学思维方式所经历的历史变迁中追寻德川时代"正统的"世界观之解体过程②,这种解体论在今天看来仍有借鉴意义。

本书"近世篇"分为六部分,从日本独特的社会结构出发,其中重要的线索是儒学对文学的影响。在如何对待"异"的问题上,有些儒者文人试图去异,如古文辞派排斥日本人长期以来采用训读来阅读和学习汉文,认为训读法得其意而不得其言,主张"崎阳之学"(用中国的语音和语序来读汉文),最终目的是"以夏变夷"。也有些儒者文人试图寻找差异产生的根源,如古学派伊藤东涯从语法学的角度对文法进行探讨。古文辞派和古学派还的目标都是创作出符合上古三代文章典范的作品,虽然解决方法不同,但他们都认识到了"中华"与日本的差异、中日语言的差异,以及汉语的古今差异的存在。汉文学

---

① 服部南郭《灯下书》,《日本儒林丛书》第三卷,凤出版,1971年,第5页。
② 丸山真男著、王中江译《日本政治思想史》,三联书店,2000年,第15页。

作为外语文学,去异化的儒者试图与之融为一体,存异的学者则明白两种语言间的差异,使其分离。在研究如何科学地对待汉文学这一"他者"的过程中,江户儒者的文学理念发生着相应的变化。

第Ⅰ部分探讨的是江户中期出现的研究文字语言进而研究文章作法的热潮。日本的中国文学研究大家吉川幸次郎曾说他学问与思考方法的"方法之祖"是江户时期的三家思想:伊藤仁斋东涯父子、荻生徂徕、本居宣长。一是因为这三家都对传统儒家思想当中的"性善"论提出过异议;二是他们学问上的方法论及其基底"言语观"。他们不满足于"说什么",而是重视"怎么说"①。这三家身兼语学家、文学家和哲学家三种身份。从语学家的身份来说,伊藤仁斋东涯父子和荻生徂徕用自我发明的手段对汉文进行解构和消解。日语在训读汉文时经常要省略掉虚字助辞,成为日人创作汉文时最难掌握的大问题。虽然中世也有关于虚字助辞问题的讨论,但江户时代这种划分更细致和科学。而采用训读来阅读汉文也忽略了汉字当中还有许多词义相近但用法不同的近义字。当然,他们的深究也有局限性,即忽略了汉语所具有的弹性和灵活性②。从哲学家的身份来说,他们在对字词的深入探究中埋藏着思想上的转变。伊藤仁斋东涯父子和荻生徂徕都是朱子学以外的"异学"者,不约而同地通过字词的研究对宋儒思想进行反驳。正如加藤周一在《日本文学序说》中分析的:日本的文学至少在某种程度上担当着西方哲学的使命。从文学家的身份来看,这三家也充满了自信。最早对中国人的文章进行添删的是伊藤仁斋,《古学先生文集》三中对宋末元初方回的《三体诗序》进行了添删;荻生徂徕对欧苏古文大加批判;受古学派影响的皆川淇园更是对欧阳修、苏洵、苏轼这样的宋代古文大家的文章也进行了批评和订正。

---

① 吉川幸次郎《仁斋·徂徕·宣长》序,岩波书店,1975年。
② 关于汉语与西方语言的差别,可参看郭绍虞《中国词语之弹性作用》(《照隅室语言文字论集》,上海古籍出版社,1985年)、叶维廉《中国古典诗中的传释活动》(《中国诗学》,三联书店,1992年)、葛兆光《汉字的魔方:中国古典诗歌语言学札记》(复旦大学出版社,2008年)。虽然他们论及的基本是诗歌语言,但作为表意语言的汉语本身也具有很大的灵活性。

古学派与唐宋派在文学理论上存在相似与关联,对文学的态度更加包容。他们的文学思想更能反映日本从古代向近代过渡的近世思维。本书第五章以伊藤东涯为研究重心,东涯沿袭了其父仁斋对文章的热情,不仅撰写了《作文真诀》,更用日文写作了《操觚字诀》。此书为作者晚年集大成之作,其中有不少文章学理论建立在元明文话基础上,又有所改造。结合古义学派其他文章学著作及言论,可以考察出他们的文章学理论与中国文话的关系,确定江户文章学理论在日本文章学史上的地位和影响。第六章对江户中期皆川淇园的文章学理论与批评进行分析。淇园认为古文应追溯直承自上古三代之文,因为东汉以后语义发生变化,后人学习古文时必须精通上古三代的作品。他在《问学举要》《淇园文诀》中提出的文章学理论自成系统,尤其是晰文理十五事。《欧苏文弹》对欧阳修、苏轼、苏洵的六篇文章进行了批判和修改,最能直观反映其文章学成就。这些文章学理论和批评都具有特异性。而且这一时期正是文学的转变期,淇园身上既可看到徂徕一派的影响,又可以看到下一期儒者具有的特征。松下忠曾论述淇园反古文辞派,又在某些观点上与古文辞派的格调说接近,认为他有较多观点与性灵派一致,又反对钟惺、谭元春,将之称为"新格调派"①。

江户中期是重要的转折时期,因为前中期武士和朱子学当道,在当时人看来,好武之人品行不会太差,反而学者大多品行不端,有不少偏执迂腐之人。而有才气的人往往被视为行为放荡,动辄指为"文人无行"。徂徕派中有不少门人志事文章之业,被视为放荡无赖者也多。故前中期从事儒术文艺的人虽然不在少数,但或仕于藩国任文学之职,或隐居放言。从元禄时代开始,商业主义迅速发展。此后的"田沼意次时代"也提倡重商主义。正是从这一时期开始,在江户开始出现了大批的文人雅客,甚至出现了专以文艺立业的人。日本汉诗的创作也是到了江户时代后期(十八世纪后半以后)才开始迅速广泛

---

① 松下忠《江户时代的诗风诗论:兼论明清三大诗论及其影响》,明治书院,1969年,第129页。范建明曾将此书译成中文(学苑出版社,2008年),笔者亦参考了此译著。

普及。学界已经公认职业诗人的大量出现是江户后期的一大特征。从阶级序位而言,他们的身份是非常低下的,但是在当时的现实生活中,从普通市民看来,他们属于富裕阶层。不只是以往的公家、武家、僧侣、儒者,那些在都市中生活的富裕庶民们也加入了汉诗创作。松下忠在《江户时代的诗风诗论:兼论明清三大诗论及其影响》(1969年)指出了汉诗专门化的重要性,认为"在讨论日本近世诗文的时候,作者对经学和诗文的主体性问题是非常重要的一点"①,该论著的各章也以此问题为中心展开了讨论。本书第Ⅱ部分即在此基础上探讨江户后期职业诗人的兴起和发展。

  日本和中国虽然都在近世诞生了职业诗人,但在环境上有差异。南宋时期文学的对手是理学,而理学身上承担着强烈的时代印记,有着诸多对手,而江户时代的儒者除了宽政异学之禁外没有遭到什么挫折。但正是这唯一的挫折促成了两国职业诗人在文化基盘上中具有相似之处。中国的江湖诗派存在反对理学家的一面,日本的江湖诗社也是在与正统朱子学(昌平坂学问所)相对抗的力量(市河宽斋、山本北山都具有"町人意识")的培育下诞生。诗人们都在与统一思想的对抗中发现了文学的本质。尽管理学对文学进行正面打击,但无形中却给予了文学发展以推动力量。理学家承认四民身份平等,无贵贱高下,但有志于学者,即教授之。不少人在书院、私塾当中教学,对底层的文化和语言十分了解,承担着教育讲学、宣传文化的重任。他们反对科举程文、倡导"为己之学"的观念可以看成一次思想解放,意外地支持了文学与哲学(政治哲学)迅速分家。理学家与专业诗人也具有某种相似之处。他们的共同特征是非阶段性地对某种兴趣爱好的坚持,并以此为生计为终身目标。两者的原始出发点相似,前者是对学问真理的追求,后者是对诗歌艺术的热爱。所以具有诗人特征的作者与专业诗人之间是有区别的。文人诗客的出现使汉诗从特殊阶层(公卿、僧侣、儒者)中解放出来,即便是一介农夫,也有自由学习和理

---

① 松下忠《江户时代的诗风诗论:兼论明清三大诗论及其影响》,明治书院,1969年,第26页。

解甚至创作的机会。

中国边缘诗人层的扩大是以科举落第举子为基础的,而日本诗人层的扩大则是由民间诗会的成立为前提条件的。近世篇第Ⅲ、Ⅳ部分讨论的便是与汉诗有着密切关系的作诗环境的"异动"——诗社、诗会、书画会等问题。日本的诗会、读书会(会读)也有别于中国古代的诗会。宝永四年(1707),荻生徂徕曾在笔谈中问渡日黄檗僧悦峰道章:"唐山的诗会有规矩么?日本是日本的规矩,还不知唐山的,故兹奉问。"唐山代指当时的清朝,规矩是指诗会的规定。以荻生徂徕与弟弟荻生北溪以及井伯明的"译社"(正德元年[1711]—享保九年[1724])为例,其在设立之初,曾举行"发会式",定期举办,同时伴有酒食①,后来的各类读书会和诗会的形式基本与之类似。悦峰的问答避而不谈规矩,只在徂徕的追问下才承认没有规矩:"各随意。"②井上兰台也曾称"会读"是日本特有之事,中国绝对未曾有过③。近代造访日本的黄遵宪也注意到日本人喜欢结社结会的习惯,曾在《日本国志·礼俗志》中将之称为"国俗"。时至今日,日本仍有许多称为某某社、某某连等各种行业协会,在形式上亦皆有明确的"规矩"。"会读"是江户时代最早开始盛行的文会形式,参与其中的儒者没有任何物质利益,前田勉认为那些学习儒学的江户时代的人是为了逃离身份制度等级森严的现实社会④。因为汉学塾(兰学塾等亦如此)与"门阀制度"支配下的现实生活是完全不同的两个世界,即便是等级森严的上士与下士之间,也可以公平决胜负。类似中国的文人雅集,是基于同等水平的知识能力,并从中获得"游戏"的愉悦。然而,江户后期开始出现面向大众的商业化诗会,目的也不再是单纯地通过追求学问与文学来逃避现实,乃出自一种销售诗的商业目的。另外,在"规矩"上也发生了一些变化,早期的读书会如"译社",成员是固定的:"凡会

---

① 荻生徂徕《译社约》,《徂徕集》卷十八,文金堂,宽政三年(1791)刊本。
② 石崎又造《近世日本的支那俗语文学史》,清水弘文堂书房,1967年,第59页。
③ 汤浅常山《文会杂记》卷一上,《日本随笔大成》第一期第十四卷,吉川弘文馆,1975年,第173页。
④ 前田勉《江户的读书会:会读的思想史》,平凡社,2018年,第32、36页。

之人,可减不可增。为恶乎喧故也",除非是主人熟悉且非"俗人"者才能临时参加。而后期的诗会是开放的,不要求层次相同,一般市民皆可参与。

近世篇第Ⅴ、Ⅵ部分作为主要考察对象的大洼诗佛除了是山本北山反古文辞派中的重要一员,在江户时代作为诗人也声名远播。冢田大峰《随意录》(文化六年[1809]序)中提到:"闻近年东都有号诗佛者,以作诗鸣焉"①;梅辻春樵在《诗圣堂集后编序》中云:"大抵近时以诗专门者,未曾有如叟之名之盛也"②,就连当时的公卿大臣也折节相交。在晚清时期也与同人们的诗歌一起传至中国。黄遵宪曾评价市河宽斋、大洼诗佛、柏木如亭、菊池五山皆称绝句名家③。著名诗人梁川星岩曾从大洼诗佛学诗。笔者即对这样一位影响了江户后期文坛的诗人巨擘进行研究。他作为诗会、书画会的重要人物,在江户过着以卖诗为生的富裕生活,在诗歌上学习宋元明等近世型的汉诗,是江户后期职业诗人中的代表人物。商业目的使得江户后期诗人在选择诗题时,倾向于较易入门的南宋三大家(陆游、范成大、杨万里)的作品,以及咏物诗这类题咏诗。他和同人们选择南宋三大家和江湖诗派的作品作为学习和模范的对象,也对元明以来的诗歌主题和近世诗型有吸收和借鉴,反映了两国的汉诗人在创作主张和水平上的趋同化。

三、求同存异的日本汉文学研究方法

如果作明确的界线划分的话,其实也存在诸多问题:五山时代也有像虎关师炼这样的斥儒者,江户时代求异的结果仍与清朝相同的考证学有殊途同归之象。而且在当今社会看来是毫无瓜葛的两种现象,在历史上可能具有共通性;现实当中赋形相同的在历史上可能原

---

① 冢田大峰《随意录》,关仪一郎编《日本儒林丛书》第一卷,凤出版,1971年,第194页。
② 梅辻春樵《春樵隐士家稿》卷四,日本早稻田大学藏本。
③ 黄遵宪著、钟叔河辑校《日本杂事诗广注》第77首的自注,湖南人民出版社,1981年,第127页。

本有差异。这正反两面可以用一个例子来证明,即本序文中讨论的儒释教之于社会的影响而言,古代中国有强大复杂的思想背景,儒家思想对民间文化的影响是有限的,那些更接近平民生活的人们,他们受到佛教、道教影响的因素往往更大,所谓佛以治心,儒以治国。而日本儒教因没有与外界保持融洽的必要,缺乏为存在而作出的努力,佛教仍然成为社会的主流选择。日本学者也曾表示,日本近代思想史虽以儒家思想为中心,但实际上佛教仍然深深植根于时代当中,换言之,近世佛教在日本社会中越发地大众化①。如何从根源上感知和捕捉这些细枝末节,是笔者最初想要解决的问题。本书尽量避免输出与接受的二维模式,以多点接触为构图方式,虽然涉及的对象未能覆盖日本汉文学史的全部,但希望从某些角度看待文学的传播问题。

任何一个时代任何一个国家文化对他国文化的接受总是存在模仿与抵制并存的现象。作为一个中国古代文学研究者,往往习惯性地将日本的某些文化现象归源于历史事实,又常常迷失在各种纠缠的事实对比之中,忘记去思考和感悟背后的根源以及日渐形成的差异性社会,最终发现绝对不存在可以复制的文学典型。所以在研究时,仅仅追求同源也许是出于惰性,过于执着异质也许是出自偏见。有时一个发现会是惊喜,但文本相似外表下又具有的本质区别。本书着眼点于发现两种文化在特定历史时期具有的独特性,也许大于对文学作品本身的联系和比较分析。外部刺激也许只是流星对一个巨大星体的碰撞,除非超强者才造成毁灭性灾难,所以地上的人也常保持着防守的姿势。然而大多数时候带来的是经过大气层保护障后的流星雨,从而引起人们对外星球以及整个宇宙的想象。而人类对于异文明的好奇也像对外太空的想象一样,始终是存在的。

---

① 大桑齐《仏教的世界としての近世》,《季刊日本思想史》48号,ペリカン社,1998年。

中 世 篇

◎ 第一章　苏轼转世故事的异域回响
◎ 第二章　万里集九《帐中香》引书之文献价值
◎ 第三章　日本五山禅僧山谷假名抄小考

第一章

苏轼转世故事的异域回响
——日本五山禅僧对文人僧化典故的引用及误解

日本五山禅僧以宋代文学,尤其是苏黄诗歌为学习典范。不过学者多关注他们在诗歌艺术上对苏轼、黄庭坚的接受,对五山禅僧与宋人的佛禅因缘关注较少。王水照先生曾指出成书于1253年的《正眼法藏》是最早介绍苏轼的一首偈诗,开启了后世五山诗僧从诗禅因缘来解读苏诗的方式①。五山时代对苏轼的接受,除了其文学成就外,很重要的一点正是他与佛禅的因缘。笔者点检了《五山文学全集》《新集》以及五山抄物中提及宋代文人时经常使用的典故,发现五山后期的禅僧②更偏爱或者更在意宋代文人与佛禅的关联,尤其是他们前身后世为僧人的故事③。这反映了五山禅僧在接受宋代文学时是

---

① 参见王水照《苏轼作品初传日本考略》,《湘潭师范学院学报》1998年第2期。
② 五山文学如何分期,说法众多,本文以杨曾文《日本佛教史》(浙江人民出版社,1995年,第498页)中的三期说为准。即"应仁之后为后期,代表人物有天隐龙泽、景徐周麟、横川景三、月舟桂寿等,诗文尚引典故,盛行儒学研究"。
③ 近年来对前身后世故事的研究较多,如朱学东《青莲居士谪仙人 金粟如来是后身——论诗仙李白的佛缘及其禅思禅趣》,《云梦学刊》2004年第6期;戴长江、刘金柱《"前世为僧"与唐宋佛教因果观的变迁——以苏轼为中心》,《河北师范大学学报》(哲学社会科学版)2006年第3期;许外芳《"红莲故事"中的苏轼前身"五戒禅师"》,《文史知识》2008年第10期;郭茜《论东坡转世故事之流变及其文化意蕴》,《河南师范大学学报》(哲学社会科学版)2013年第6期;戴路《"宿命通"与北宋中后期文人的转世书写》,王水照、朱刚主编《新宋学》第四辑,上海人民出版社,2015年。不过以上研究大都集中在对国内文献的疏理和考证,未将目光引向域外。

有所侧重和择取的,尽管他们追求诗禅文皆工的理想,但在创作时却受此偏向的局限。了解这一矛盾不仅有助于了解五山禅僧对于宋代文学的接受心态,也有助于构建五山文学创作的评价体系。

一、"文人前身后世说"起源:佛教三生观

前身后世说源自佛教"三生观",本佛教轮回之说,即前生、今生、来生。前身即"前生",后身即"来生"或"今生"。《维摩经·观众生品第七》中有云:"天曰:皆以世俗文字数故,说有三世,非谓菩提有去来今。"①且不说个中蕴含着人生如梦寐的虚无哲理,佛教认为将前身等同于牛马等动物甚至女人等是破除世缘的方法,《楞严经》所谓"若能转物,即同如来"②,"谈三生者"亦成为僧侣的代称。自佛教传入后,这种三生观开始在中土民间流播,《晋书》羊祜本传中就载有羊祜前身为邻人李氏之子的故事③;《景德传灯录》中记载许询后身为南朝梁岳阳王萧詧④。唐代这种说法更为普及,笔记小说《酉阳杂俎》《树萱录》等中颇多记载⑤,诗人亦将之融入创作中,如武则天时期有佞者奏张昌宗是王子晋后身,词人皆赋诗美之,崔融所作《和梁王、众传张光禄是王子晋后身》便为绝唱之一⑥。

文人主动猜测并声言自己前身或后世的现象出现在唐代,然唐

---

① 徐文明《维摩诘经译注》,中华书局,2012年,第110页。
② 梅庆吉主编《首楞严经》,黑龙江人民出版社,1994年,第34页。
③ 《晋书》,中华书局,2014年,第1024页。
④ 释道原《景德传灯录》,三民书局,2009年,第748页。
⑤ 段成式《酉阳杂俎》前集卷二记载:同州司马裴沉途遇病鹤,一老人告知须三生是人者以血涂之,方能治愈放飞,而裴生的前生非人;又,崔曙为太山老师后身。前集卷十三记载:顾况之子顾非熊前生为顾况已丧之子,且言"抑知羊叔子事非怪也"。《树萱录》中记载:一郎官谒老僧,僧指炉前谓"此是檀越结愿香,香烟尚存,檀越已二生,三荣朱紫矣"。参见《全唐五代笔记》,三秦出版社,2012年,第1544、1547、1620、2166页。
⑥ 《旧唐书·张昌宗传》(中华书局,2014年,第2706页):"时谀佞者奏云,昌宗是王子晋后身。……辞人皆赋诗以美之,崔融为其绝唱。"崔融诗参见陈贻焮主编《增订补释全唐诗》卷五七,文化艺术出版社,2001年,第467页。

人喜言来生的说法并不够确切①。他们也喜言前身,如王维《偶然作六首》其六中自称"宿世谬词客,前身应画师"、李嘉祐《送韦司直西行(此公深入道门)》"能文兼证道,庄叟是前身"、窦巩《题任处士幽居》"客来唯劝酒,蝴蝶是前身"、白居易《赠张处士山人》:"世说三生如不谬,共疑巢许是前身"等②。最早声称前身为佛或僧的是李白,其《答湖州迦叶司马问白是何人》中称"青莲居士谪仙人,酒肆藏名三十春。湖州司马何须问,金粟如来是后身"。诗中"金粟如来"指维摩诘的前身,李白在此自比为金粟如来的前身,尽管有人认为这与其佛禅因缘有关③,但从整首诗的氛围来看,更像是戏谑的口吻。除李白外,唐代未见有其他自称前身为僧人的诗人,他们在言及前身后世时,往往是因讳言生死,或者是提到僧人时才会使用④,即便是多次运用这一词语的元稹⑤、刘禹锡也是如此⑥,后者甚至有理性的思考和阐发⑦,但都不见相似的大胆言说。三生本为佛教僧人专用,文人的主动介入体现了他们对佛教的接受和认可,而自称前身为佛或僧则最大程度体现了文人与佛教的密切关系。

宋代神宗以及《太平广记》等记载志怪书籍的流行⑧,前身后世说

---

① 此说见戴长江、刘金柱《"前世为僧"与唐宋佛教因果观的变迁——以苏轼为中心》,《河北师范大学学报》2006年第3期。
② 本文所举唐人诗歌,均可见于《全唐诗》,如无特别强调,不一一标注页码。
③ 严羽评此诗曰:"因问人为迦叶,故作此答,不则便为诞妄矣。"其解释更为通透。参见詹锳《李白全集校注汇释》,百花文艺出版社,2010年,第2632页。
④ 如李嘉祐《送弘志上人归湖州》"诗从宿世悟,法为本师傅"、吕温《送文畅上人东游》"到时为彼岸,过处即前生"。
⑤ 如其《遣病》"前身为过迹,来世即前程",《公安县远安寺水亭见展公题壁漂然泪流因书四韵》"今来见题壁,师已是前身",《褒城驿二首》其一"今日重看满衫泪,可怜名字已前生",《卢头陀诗》"还来旧日经过处,似隔前身梦寐游"。
⑥ 如其《观棋歌送俨师西游》"自从仙人遇樵子,直到开元王长史。前身后身付习气,百变千化无穷已",《初至长安》"每行经旧处,却想似前身",《答张侍御贾,喜再登科后,自洛赴上都赠别》"知君忆得前身事,分付莺花与后生",《送慧则法师归上都,因呈广宣上人》"雪山童子应前世,金粟如来是本师"。
⑦ 其《送鸿举游江南诗引》云:"夫冉冉之光,浑浑之轮,时而言,有初、中、后之分;日而言,有今、昨、明之称;身而言,有幼、壮、艾之期;乃至一謦欬,一弹指,中际皆具,何必求三生以异身耶?"
⑧ 苏轼诗中已颇引用《太平广记》中的典故,可见在宋仁宗以后在士大夫间已有流传。具体可参阅张国风《〈太平广记〉在两宋的流传》,《文献》2002年第4期。

受到了持续认同和关注,前述戴长江、刘金柱的研究曾罗列出苏轼、寇准、张无尽、陈尧佐、富弼、欧阳修、张方平、韩琦、王珩彦、陆游先君、史浩、王安国、黄庭坚等有前世故事的宋人,在此还可再略做补充:吴曾《能改斋漫录》记载熙宁初,洪州左司理参军王迪前身为道士①;王安石于《拟寒山拾得二十首》其二、其十二中自言前身为牛马、女人②;宋人称曾巩为"巩和尚",周紫芝《竹坡诗话》中有"陈无己诗云:向来一瓣香,敬为曾南丰。则陈无己承嗣巩和尚为何疑"的记载,此说当出自南宋王日休《龙舒净土文》卷七"青草堂后身曾鲁公"条③。《春渚纪闻》卷五记载范祖禹为邓禹后身等④,可以想象宋人还有不少类似的传说未被发现⑤。

　　苏轼是宋代文人中与三生观及前身后世说关联最为密切者,围绕着他的转世传说很多,而这与他对三生观的强烈兴趣有关。苏轼曾读到唐代袁郊《甘泽谣》僧人投胎转世的故事,并将之删改成《僧圆泽传》。其诗歌中也屡屡提及三生,如《过永乐文长老卒》《悼朝云》《去岁与子野游逍遥堂,日欲没,因并西山叩罗浮道院,至已二鼓矣。遂宿于西堂。今岁索居儋耳,子野复来相见,作诗赠之》等,尤其是《次韵致政张朝奉仍招晚饮》中直言:"我本三生人,畴昔一念差。前生或草圣,习气余惊蛇。"⑥他还像李白一样主动提及自己的前身,其所自言

---

① 吴曾《能改斋漫录》卷十八,上海古籍出版社,1979年,第506页。
② 高克勤点校《王荆文公诗笺注》,上海古籍出版社,2012年,第87、92页。
③ 其中记载:"宋朝有二青草堂。在前者年九十余,有曾家妇人,尝为斋供,及布施衣物。和尚感其恩,乃言老僧与夫人作儿子。一日,此妇人生子,使人看草堂,已坐化矣。所生子即曾鲁公也。以前世为僧,尝修福修慧,故少年登高科,其后作宰相。以世俗观之,无以加矣。"参见王日休《龙舒净土文》,世界佛教居士林,1928年,第77页。
④ 何薳《春渚纪闻》,张明华点校,《唐宋史料笔记丛刊》本,中华书局,1983年,第75页。
⑤ 周煇《清波杂志》卷二"诸公前身"条记载:"房次律为永禅师,白乐天海中山,本朝陈文惠南庵,欧阳公神清洞,韩魏公紫府真人,富韩公昆仑真人,苏东坡戒和尚,王平甫灵芝宫。近时所传尤众,第欲印证今古名辈,皆自仙佛中去来。然其说类得于梦寐渺茫中,恐止可为篇什装点之助。"参见刘永翔《清波杂志校注》,《唐宋史料笔记丛刊》本,中华书局,1997年,第56页。
⑥ 黄任轲、朱怀春校点《苏轼诗集合注》,上海古籍出版社,2009年。所引苏轼诗均参见本书,不一一标注页码。

的前身有：草圣张旭、董仲舒（《东楼》），卢行者/慧能（《答周循州》《赠虔州术士谢晋臣》），宝陀院示寂僧德云（《题灵峰寺壁》），五通仙（《南华老师示四韵，事忙，姑以一偈答之》），这也无怪后人又加以种种附会。而《冷斋夜话》等记载其前身为五祖戒和尚①，何薳《春渚纪闻》记载为西汉文人邹阳，王十朋《妙果院藏记》称其为善知识者②。北宋关于苏轼的说法尤其多而复杂③，这除了他自身毫不忌讳地称说各种前身故事，以及他作为北宋著名文人本身容易引发更多人联想以外，还与其周围文人对三生观有普遍的认知有关。如苏轼《王晋卿前生图偈》中云："王晋卿得破墨三昧，又尝闻祖师第一义，故画《邢和璞、房次律论前生图》，以寄其高趣。东坡居士既作《破琴诗》记梦异矣，复说偈言：前梦后梦真是一，此幻彼幻非有二。正好长松水石间，更忆前身后身事。"王诜所作《前生图》今已不传，但无疑是以唐代道士邢和璞谈及房琯前生是永禅师的故事为主题的。苏轼有《破琴诗并叙》记述此事，并提到了唐人已有同名画作。王诜所画当为摹写唐人之作，显示了这一故事在苏轼及其周围文人之间的流行。

虽然南宋时文人也有不少信佛者，但自言前身的人较少，关于陶渊明的前身故事反而增多。吕本中《紫微诗话》中载："仲姑清源君尝言：前身当是陶渊明，爱酒不入远公社，故流转至今耳。"④女子因爱酒而自称为渊明转世，这是比较特殊的事例。南宋施德操《北窗炙輠》中直接把陶渊明比作达磨："渊明诗云：'山色日夕佳，飞鸟相与还。此中有真意，欲辨已忘言。'时达磨未西来，渊明早会禅，此

---

① 此说在后世最为流行，对其的敷衍和论述也最多，参见许外芳《"红莲故事"中的苏轼前身"五戒禅师"》，《文史知识》2008 年第 10 期。
② 何薳《春渚纪闻》，第 75 页；梅溪集重刊委员会编《王十朋全集》，上海古籍出版社，1998 年，第 942 页。
③ 详说可参阅郭茜《论东坡转世故事之流变及其文化意蕴》，《河南师范大学学报》2013 年第 6 期。
④ 何文焕辑《历代诗话》，中华书局，1982 年，第 368 页。

正夫云。"①"正夫"当指周正夫,谢上蔡的弟子。这种关注与南宋的诗学崇尚有关,兹不细论。

二、五山禅僧对文人僧化典故的引用及误解

日本五山时代,禅僧们的诗文很明显地受到了中土文人前身后世说的影响。如五山禅僧经常提及陶渊明为达磨转世和李白为金粟如来的故事。横川景三《答继宗派公侍者书》:"晋之达磨氏渊明者,破戒虎溪;唐之金粟佛太白者,拭吐龙巾。盖虽佛祖惟酒为性,余岂可以文而滑稽哉?"②《春荣字说》中引懒真子(仲方圆伊)之语称"渊明第一达磨"③。《次韵从二位(贺茂)在盛贺岁诗》云:"谪仙亦是老金粟,市上红尘不二门。"④《莲夫字说》曰:"在宋则莲华博士,非风露郎之前梦也耶;在唐则青莲居士,非金粟佛之后身也耶。"⑤"莲华博士"指陆游,《诗人玉屑》卷十九记载嘉泰年间陆游梦一故人相语曰:"我为莲花博士,镜湖新置官也。我且去矣,君能暂为之乎?月得酒千壶,亦不恶也。"⑥

曾巩为"巩和尚"的典故在中土使用不多,流传不广,却常常被五山禅僧引用。景徐周麟《听雨烧香》:"诗家攀例巩和尚,敬为雨声香一炉。"⑦横川景三《次(全悦)云叔少年试笔诗韵》:"今年癸巳亚壬辰,诗到君诗清且新。参得南丰巩和尚,嗣香熏彻百花春。"又,《五七

---

① 施德操《北窗炙輠》,《丛书集成初编》第2881册,商务印书馆,1939年,第24页。南宋葛立方《韵语阳秋》卷十二中引苏轼之说对此有不同见解:"不立文字,见性成佛之宗,达磨西来方有之,陶渊明时未有也。……其《形影神》三篇,皆寓意高远,盖第一达磨也。而老杜乃谓'渊明避俗翁,未必能达道'何邪?东坡谂(《宋诗话全编》作"论")陶子《自祭文》云:'出妙语于纩息之余,岂涉生死之流哉?'盖深知渊明者。"参见何文焕辑《历代诗话》,第575页。
② 《小补东游集》,《五山文学新集》第一卷,东京大学出版会,1967年,第69页。
③ 《小补东游续集》,《五山文学新集》第一卷,第177页。
④ 《补庵京华前集》,《五山文学新集》第一卷,第261页。
⑤ 《小补东游集》,《五山文学新集》第一卷,第58页。
⑥ 魏庆之编《诗人玉屑》,上海古籍出版社,1978年,第418页。
⑦ 《五山文学全集》第四卷,思文阁,1992年,第179页。

日拈香佛事》中有"九成和尚(张九成)岂异人乎？曾巩和尚岂异人乎？"①万里集九《谨次南丰和尚严韵,以呈江南丈》:"花气带春春自融,乃翁今起一门风。吾唯白发陈师道,聊守南丰法度中。"②

苏轼的僧化典故是五山禅僧最为津津乐道的,他或被称为"儒中善知识",见横川景三《识庐庵记》《群灵拈香》《文溪号颂并序》等诗文;或者称为"卢行者",如横川景三《天祐号》偈语云"前身苏轼卢行者,今是陶潜胡达磨"等。③除此以外,有一些佛禅因缘是出自五山禅僧的误解或猎奇心理,以下便介绍四种五山时代流行但罕有前人提及的苏轼转世故事,并分析其起源。

（一）东坡前身为老子

文明十年(1468)七月廿八日,万里集九与大安寺之大化、妙兴寺之庆甫宗诞为苏轼举办忌辰祭,所作《祭苏雪堂》诗中引其前身故事:"八百年之间李耳,十三世以上邹阳。梅花并作东坡一,海外残僧亦奠汤。"自注云:"老子并邹阳为东坡前身,见《春渚纪闻》,是时余讲东坡诗,故化、甫二丈有此辨也。"又,《依南丰之仲华丈韵六篇》其五诗中云"岭头梅有玄玄句,元是东坡李老君",④认为东坡前身为老子。

据《春渚纪闻》卷六"邹阳十三世"条记载:"邃一日谒冰华丈于其所居烟雨堂,语次,偶诵人祭先生文,至'降邹阳于十三世,天岂偶然；继孟轲于五百年,吾无间也'之句,冰华笑曰:'此老夫所为者。'因请降邹阳事。冰华云:元祐初,刘贡父梦至一官府,案间文轴甚多。偶取一轴展视,云在宋为苏某,逆数而上十三世,云在西汉为邹阳。盖如黄帝时为火师,周朝为柱下史,只一老聃耳。"⑤这里提及的乃是老聃为黄帝的前身,当出自《太平广记》卷一"老子"条,用以与东坡亦有前

---

① 分见《补庵京华前集》《补庵京华续集》,《五山文学新集》第一卷,第213、411页。
② 《梅花无尽藏》卷一,《五山文学新集》第六卷,东京大学出版会,1972年,第644页。
③ 分见《小补东游后集》《小补东游续集》《补庵京华别集》《小补东游集》,《五山文学新集》第一卷,第111、164、562、49页。
④ 均见《梅花无尽藏》卷一,《五山文学新集》第六卷,第665、666页。
⑤ 何薳《春渚纪闻》,第85页。

身相比较,并非指东坡前身为老子。此为万里集九对宋人笔记的误读。

(二) 东坡七生(世)读书

在五山后期禅僧之间盛行着"东坡七生(七世)"的说法。万里集九《梅花无尽藏》卷七《东坡先生画赞》中有"东坡七生读书,见《湖海新闻》",指此说出自元佚名《湖海新闻夷坚续志》"补遗"卷之"读书宿缘"条:"高参政耻堂常与子侄言:'我辈读书作文,是岂偶然之故?往年眉州有一秀才,精心向学,每日供养东坡,祝之曰:愿得作文似公。若此者十余年,只所作远不及。一夜东坡梦曰:我是七世读书为人,所以作文雄伟。汝辈方三世读书,岂能似我耶?其人遂辍笔不学。'"①此说在中土流传甚少,但在五山禅僧中多被提及。景徐周麟《赞东坡》:"七世文章第一名,无人修得到先生。"②横川景三《识庐庵记》中云"读七世书,应三等制,东坡文也;对执政而折独断,帅剧郡而勒战法,东坡武也",③在提到苏轼"文"的一面时,不忘提及七世读书的典故。又,《答继宗派公侍者》《龙渊西堂五七日拈香佛事》《三老谢语》等诗文中皆有提及。④

值得一提的是,横川景三《题东坡像》诗中有"七世文章今八世,元朝虞集一东坡",将五山禅僧们崇拜的元代文学大家虞集视为东坡的第八世。横川景三《伯秀字说》中还有一段感慨:"昔秦少章(秦觏)在钱塘日,从东坡游者二年,然坡每有赋咏及著述,虽目前烂熟事,必令秦与叔党(苏过)捡视而后出。予以《年谱》考之,坡时五十六岁。吁!坡七世读书,犹有遗忘乎?予愚而鲁也,不及三世秀才,目前事过目辄忘。"⑤笔墨之中既流露出对苏轼的钦佩之情,又反映了他对此说的深信不疑。

---

① 《湖海新闻夷坚续志》,中华书局,2006 年,第 280 页。
② 《五山文学全集》第四卷,第 107 页。
③ 《小补东游续集》,《五山文学新集》第一卷,第 164 页。
④ 分别见《小补东游集》《补庵京华新集》,《五山文学新集》第一卷,第 71、76、633 页。
⑤ 分见《小补集》《补庵京华别集》,《五山文学新集》第一卷,第 4、588 页。

"读书宿缘"条收在《湖海新闻夷坚续志》"补遗"卷,而此卷正是出自杨守敬日本访书时所得日本钞本。此典故历来不为元明以来的文人学者所知,却因此钞本在日本的五山时代甚为流行,故而才会在禅僧的文集以及抄物中屡屡提及苏轼七世读书的故事。

(三)三苏风雅传衣

五山禅僧还将三苏的传承关系比作禅宗传衣钵的关系。横川景三《村诗》中云"宋家数百年人物,独有二苏承老泉",将苏轼兄弟与苏洵关系比作禅门中的衣钵相传。而其《和梅甫童试笔诗》中又云:"小坡(苏轼)亲侍大苏君(苏洵),风雅传衣气若云。白发残僧春更懒,团蒲夜静坐宵分。"①风雅传衣便是借用了禅宗传衣的说法。

东坡、子由为师兄弟见南宋周紫芝《竹坡诗话》:"吕舍人作《江西宗派图》,自是云门、临济始分矣。东坡寄子由云:赠君一笼牢收取,盛取东轩长老来。则是东坡子由为师兄弟也。……尝以此语客,为林下一笑,无不抚掌。"②这里本指二苏同为佛门师兄弟,且是周紫芝的戏语,而五山禅僧更将老苏也加入这一传承关系中,这是他们的自我创造,抑或是误读。

(四)苏轼小名"梅佛子"、苏辙小名"松佛子"

五山禅僧之间流传着苏轼小名"梅佛子"、苏辙小名"松佛子"的说法。在抄物《山谷诗抄》卷一《古诗二首上苏子瞻》的注释中有这样一条记载:

> 《遯斋闲览》:"苏老泉尝梦梅松二木,生子瞻子由,故子瞻小名梅佛子,子由小名松佛子云。"③

---

① 分见《小补东游集》《小补东游续集》,《五山文学新集》第一卷,第65、171页。
② 何文焕辑《历代诗话》,第355页。又见《说郛三种》一百二十卷本《竹坡老人诗话》,上海古籍出版社,第3870页。
③ 啸岳鼎虎禅师手抄《山谷诗抄》,洞春寺,2006年影印本。以下所引抄物皆出自此书卷一,不一一标注页码。

《遯斋闲览》(《类说》本作《隐斋闲览》)十四卷,宋陈正敏(《说郛》本作"范正敏,福州长溪县令",生卒年不详)撰,原书久佚,仅有节编本及诸书引用①,其中皆未见此条。此书何时传入日本不详,虎关师炼《济北诗话》中曾引过一条②,但根据内容来看,有可能只是转引自宋代诗话。日本宽正四年(明天顺八年[1464]),室町幕府第八代将军足利义政任命建仁寺住持天与清启为正使,遣贡舶三艘来华朝贡时,除皇帝回赐外,获得铜钱与书籍等特赐品,下令其属下查报前例,罗列出未曾东传而希望获得的图书目录,让瑞溪周凤撰写表文,其中就有"《遯斋闲览》全部"③。但以上书籍携归时,正值日本发生"应仁之乱",被山口县大内氏所劫④。正因如此,文明七年(明成化十一年[1475])日本所派遣明使的《遣唐表》中又列有此书,称"给赐等件件,皆为盗贼所剽夺,只得使者生还而已"⑤。当时明朝是否将《遯斋闲览》又赐予日本尚未可知,至少到文明七年时,此书实际上并没有流传至日本,因此梅佛子之说今日既无从查证,亦不太可靠。抄物中又有:

> 刻楮子曰:此故事,定水广主自等森藏主方书来,盖东越所见出欤。但《遯斋闲览》在此方否未见,或余书引《闲览》乎?《类说》载诸书有《遯斋闲览》,此中无梅佛子松佛子之事。

刻楮子指瑞溪周凤(号卧云山人、竹乡子,1391—1473),临济宗梦窗派,曾收集诸说为苏轼诗作注,即东坡抄物《坡诗脞说》。定水广主、

---

① 现存《说郛》(涵芬楼本)卷三十二有节编本,题下标"十四卷",实际只有十类、四十四条;《宛委别藏》本收录一卷,仅比涵芬楼本少一条;《历代笑话集》收是书二十八则;《类说》亦摘录二十八则;《诗话总龟》曾摘引其文,计《诗话总龟》前后集四条、《苕溪渔隐丛话》前后集三十二条、《草堂诗话》一条、《竹庄诗话》一条、《诗人玉屑》八条、《诗林广记》九条、《宋诗纪事》四条、《能改斋漫录》四条,连同《说郛》所录,共一百〇七条,去其重者,共七十三条。
② 虎关师炼《济北诗话》,《日本诗话丛书》,文会堂,1922年,第314页。
③ 汤谷稔编《日明勘合贸易史料》,国书刊行会,1983年,第187页。
④ 陈小法《入明僧策彦周良与中日"书籍之路"》,《中日"书籍之路"研究》,北京图书馆出版社,2003年,第61页,注26。
⑤ 见横川景三所撰表文,《补庵京华前集》,《五山文学新集》第一卷,第277页。

等森藏主、东越不详。此处瑞溪周凤称他并未在日本发现《遯斋闲览》,推测乃是出自他书所引用的《遯斋闲览》,然而《类说》等书中又无此事。这与今天《类说》中的引用情况一致。又抄物中云:

> 天英曰:《宋事宝训》ト云者ニアリト云リ。"训","鉴"乎?蕉雨本。

天英当指天英周贤,他在这里说有人称《宋事宝训》中有此条,但他亦不知此为何书,有可能是《宋事宝鉴》。然而此书今亦不传。接着万里集九亦发表了自己的看法:

> 香云:或云在《诗眼》,或云范元实《诗评》,或云《遯斋闲览》,未见实据,然天章说此事,北禅载之于《脞说序》,岂无实据乎。

"香"即万里集九。范元实是指宋代范温(生卒年不详),有《潜溪诗眼》,即文中所指"诗眼"、"诗评"。可惜此书今亦不传,郭绍虞《宋诗话辑佚》辑得29条,亦未见有关梅佛子松佛子的记载。天章不详,有可能是指画家天章周文。北禅即江西龙派,其所作《脞说序》中收录有此条,故而万里集九认为当有所据。抄物此条最后又有:

> 兰讲云:青松非松佛子,唯比东坡耳。然则"江梅有佳实"之句未必用梅佛子故事。

"兰"指兰坡景茝(号雪樵,1419—1501),是惟肖得岩和希世灵彦的门生。文明十一年(1479)末为相国寺住持,十七年(1485)十月为南禅寺第二百二十六世。他并没有对松佛子、梅佛子的故事本身进行考证,而是认为这一典故与诗本文并不相关,不必引用。事实上,横川景三也认为此说不可信:"苏家松佛梅佛云者,不足取焉。"[①]

如此条属实,无疑是研究苏氏兄弟的一条重要材料。但不仅是五山禅僧表示怀疑,现存记载也无法证明此事。《遯斋闲览》在南宋并

[①] 《梅云字说》,《补庵京华前集》,《五山文学新集》第一卷,第271页。

未亡佚,王十朋集注的苏诗中曾多次引用,如果真有此条,则宋人不应不注出,因此很可能是五山禅僧的误记。

以上诸说尽管或出自日本禅僧的误读曲解,或是其自我创造,但至少证明了当时这些说法在五山时代的流布比较广泛,也显示了五山禅僧对这类故事有着强烈的好奇心。他们不厌其烦地追寻并津津乐道地复述这些故事,既是出自儒释道一致的自我暗示心理,也是为了更深层的目的:将宋代文学高峰的苏轼拉进禅宗中,创造一个诗文禅共通的心理社会。他们的努力并不止于对以上这些说法的追寻和复述,还表现在其将自我文人化,打破诗文与禅的界限,建立与宋代文人的对等关系上。

三、五山禅僧的转世故事:自我文人化

除对中土文人僧化故事的引用外,五山禅僧还将僧人文人化,即称自己或他人为苏轼等文人的化身或转世。佛教普渡众生的宗旨本与儒家教化世人的理想相似,五山禅僧有着强烈的三教一致思想①,试图在宗门内构建一个独立的类儒教世界,如经常将科举用人与宗门制度相比,提到《佛祖历代通载》中"选官不如选佛"的典故。五山前期的诗僧龙泉令淬曾将虎关师炼称为"僧中太史公"②,而横川景三又将宋代禅僧契嵩、居简也称为"僧中太史公"或"僧太史"③,惟忠通恕禅师则将心华元棣称赞为"怪底才名惊一世,前身汉史姓应班"④。这种比拟司马迁、班固等汉代史学大家来夸赞禅僧史学成就的做法并非从转承自宋人,而是五山禅僧们自己的发明,是他们对前身故事

---

① 五山时代儒释道一致论已有诸多论述,兹不赘述。具体可参阅芳贺幸四郎《中世禅林的学问及文学相关的研究》,思文阁,1981 年;郑樑生《日本五山禅林的儒释道三教一致论》,《史学集刊》1995 年第 2 期。又,王明兵在《日本中世末期五山禅僧的"儒·释"论争与其内部分化》(《古代文明》2014 年第 1 期)一文中也提及了这一问题。
② 《奉贺皇帝敕释书入大藏》其二,《松山集》,《五山文学全集》第一卷,第 640 页。
③ 参见《古碣字说》《书印写金刚经后》,《补庵京华全集》,《五山文学新集》第一卷,第 282、285 页。
④ 《寄心华首座寓城西次韵》《云壑猿吟》,《五山文学全集》第三卷,第 2448 页。

的创造性应用。

随着五山文学的成熟,他们比拟中土诗坛,构建出一个禅宗世界中的诗坛等级,以实现与中国文人的对话空间。如将绝海中津称为诗祖师、岂仲道芳与惟肖得岩诸老称为诗弟子①,将惟肖得岩称为"诗中佛"、瑞溪周凤称为"文中王"②,将希世灵彦称为"诗尊宿"③"诗中之佛"④,这些称号本是称呼唐代诗人王维的,如景徐周麟《画赞》"一鸟声中日已收,断崖枯树郭熙秋。凭谁说与诗尊宿,休道不鸣山更幽"⑤,转用来称呼本邦僧侣体现出他们对自身文学的自信。

当然,比拟为苏轼等宋代文人无疑是对禅僧个人文学成熟的最高评价,这种并举也未完全局限于佛禅关系,而更多地被应用在夸赞其人的诗文。如景徐周麟《读东坡寒碧轩诗》:"寒碧轩傍吾卜邻,往还月夕又风晨。因缘不浅人兼竹,乃父僧中坡后身。"⑥横川景三赞希世灵彦,"岩栖亦一东坡也,余岂可东坡面前,论文章哉"⑦;称灵仲禅英"拜悟空塔婆,则机关比苏内翰无异;寿大寂派脉,则鼻孔与庞居士(庞蕴)一般"⑧;甚至将瑞溪周凤等诗僧比作苏轼、秦观等诗词大家并峙的元祐诗坛,称为"小元祐":"春与新年一并回,无人不道被诗催。

---

① 横川景三《琴叔修首座诗稿序》(《补庵京华别集》,《五山文学新集》第一卷,第547页):"前僧录北禅翁(瑞溪周凤),曾跋予拙稿,有谓曰:昔时洛社全盛,人物如林,为诗祖师者唱于上,而为诗弟子者和于下,然得诗法而成一家者,不过两人。北禅谕予曰:诗祖师,谓蕉坚老师(绝海中津)也;诗弟子,汝师养源(岂仲道芳)与双桂(惟肖得岩)诸老也。予退而书绅矣。"
② 横川景三《松竹斋主所藏墨梅图诗后序》(《补庵京华别集》,《五山文学新集》第一卷,第554页):"投老松竹斋连城珍藏主,有墨梅图,秘而宝焉。一日谒予,求系一辞,然蕉雪(惟肖得岩)以下九老题于上,诗中佛也。北禅翁(瑞溪周凤)跋于下,文中王也。"
③ 横川景三《南阳(智凤)少年试笔》"君家幸有诗尊宿,请自斯春秉烛游"句自注"诗尊宿,谓希世灵彦也",又见《梅云字说》。参见《补庵京华前集》,《五山文学新集》第一卷,第213、270页。
④ 横川景三《子建字说》,《补庵京华续集》,《五山文学新集》第一卷,第418页。
⑤ 《五山文学全集》第四卷,第196页。
⑥ 《五山文学全集》第四卷,第128页。
⑦ 《功叔字说》,《补庵京华前集》,《五山文学新集》第一卷,第266页。
⑧ 《月桂明公庵主率都佛事》,《小补东游后集》,《五山文学新集》第一卷,第129页。

风流诸老小元祐,前度秦苏又再来。"①这些事例都显示了五山禅僧已从佛禅的攀缘上升到文学层面的比附。

　　五山禅僧还借用文人与三生观的关联为武器来打通诗与禅的关系。如太白真玄在回应旁人嘲笑僧人为何要作诗时就用了三生说来反击:"夫吟咏情性,感动天地者诗矣,而性之与天,泗水之徒不可得而闻焉。既不可得而闻则有焉云者,不也。唯灵山徒,见性明白,而目击三世者,始可与言诗而已矣。"②这里真玄将儒家提倡的诗吟咏情性偷换概念,认为性情是禅宗里头所讲的性,从而把禅僧变成了比儒者更具备作诗资格的人。而在这段话之后,他紧接着引用了苏轼那两句著名的偈语,称"示清净身于山色,演广长舌于溪声。黄花之郁郁也,翠竹之青青也,真如理解矣,般若旨明矣,至矣哉",以及苏轼《圆泽传》的故事"昔灵山徒圆泽者,善李原于三世,乃有诗云三生石上旧精魂,赏日吟风不要论,此亦非鸣于一世者也",正是宋人尤其是苏轼在诗文中频繁地运用三生观,从而为禅僧们提供了理由和借口,让他们有机会可以证明"今上人言诗,盖庶几乎"的结论。

　　横川景三的《子韶字说》也是一则典型事例:"宋菩萨宰相王荆公,问张文定曰:孔子去世百年,生孟子亚圣后,绝无人何也?文定曰:江西(道一)、汾阳、雪峰(义存)、云门(文偃),儒门淡薄,收拾不住,皆归释氏,公欣然叹服,事具佛日《语录》。又佛日谁耶?东坡后身。东坡为谁耶?五祖戒(师戒)后身。真与俗不二,儒与释一致。"③王安石问张方平孟子之后儒家没有传人,而张方平的回答则以儒者皈依佛教来解释。"佛日"即大慧宗杲,传说为东坡的后身,这段话出自宗杲语录,则可证此为东坡之语,并得出"真与俗不二,儒与释一致"的结论。假借宋代文人的言论推出此结论,这中间正是三生观给他们提供了方便与契机。

---

① 《元日立春　次东坡唱和回催来匀("韵"),北禅和尚(瑞溪周凤)题》,《小补集》,《五山文学新集》第一卷,第4页。
② 《悼英玉渊诗叙》,《鸦臭集》,《五山文学全集》第三卷,第2230页。
③ 《补庵京华别集》,《五山文学新集》第一卷,第528页。

另外,宋代诗学中"论诗如论禅"的思想也给予了他们理论上的支持。横川景三《以清字颂叙》中云:"无文师有谓曰:少学夫诗,若七言四句得于七佛,五言得于《楞严》《圆觉》,古风、长篇得于《华严》。严沧浪又曰:论诗犹如论禅。汉魏晋与盛唐之诗,则第一义也,学之者临济下也。由是言之,吾徒之言诗也,与儒教相表里,以传不朽,实不诬焉。"①道璨和严羽皆以打通诗禅作为目的,但出发角度不同,一为僧人立场,一为文人立场,而横川景三则综而言之,对此,他在《古印字说》中有更加深入的衍说:

  抑有一说,文以经之,(武)以纬之,二者兼备,而后全才也。夫长篇于《华严》,五言于《圆觉》,雅思渊才,称文中王者,瞿昙之文也。流传四巷之雪月,鼓舞三论之波澜,非达磨之文也邪。盛唐诗人之归第一义,太(按:当为大)历才子之落第二义,非济水、洞水之文也邪。由是观之,向之所传心印,盖文章古印也。加之,逢掖中称达磨者二,前有因明(陶潜),后有鲁直、海印发光,显见性成佛之旨者陶诗也,以忍默平直为养生而(四)印者黄诗也。于是乎,真与俗一致,文与武不二,皆一佛心印之所印也。古印今后手不释百家之书,口不绝三冬之史,可学者文也;游智刃于艺圃,收汗马于心地,可能者武也。②

在横川景三看来,"文"指诗文之类文学修养,"武"指佛教中讲求的心与智,二者兼备才可称为全才。所谓的"真与俗一致,文与武不二"也即诗禅文的统一与融合。这段话中所提出的"瞿昙之文""达磨之文"可谓是惊人的创举,将原本禅宗强调的"不立文字"从源头上打破。而后半部分似乎是为了给自己增强信心,又从文人角度引用了陶渊明、黄庭坚等与佛禅有关的例子。两个世界的互相接近使得以前二者之间的界线终于在此时消弭,从中可以追寻出五山禅僧真与俗不二、儒与释一致的诗禅文皆工理想达成的轨迹。

---

① 《补庵京华后集》,《五山文学新集》第一卷,第317页。
② 《补庵京华续集》,《五山文学新集》第一卷,第433页。

四、代结语：转世故事与五山禅僧"诗禅文一致"的理想

虎关师炼曾称"证禅事引他氏通书，是证之贞者"①，正是因为禅宗凡事需"证"的观念，前代高僧与文人交往的事例自然成为释氏参与俗务的佐证，南宋禅门中流行的《禅会图》等便是讲君臣圣贤文人礼佛的故事，如李翱参药山、韩愈见大颠以及祖秀著欧阳修外传等。相比之下，文人禅化的故事无疑是更具说服力的证据。

不过，早期的五山禅僧其实并没有打通诗文禅的想法，如虎关师炼在《宗门十胜》《通衡》等文中都曾屡次辨证文人与佛禅之间的隔膜关系，并且批判东坡奏请不允许高丽禅僧入宋一事为"掩贤"，甚至怀疑"文忠之谥不全乎"②。随着五山禅僧与宋元僧人交往的密切，这种情况逐渐发生了改变。惠凤翱臧《奉赠九渊禅师游大明国序》中云："古之南游，在李唐之世，儒者得儒者，浮图得浮图。浮图家，台教密学，大有其人。自宋之季年，吾禅尤出哲匠。前元之末，皇朝之初，其有意于赋咏者往焉，故当时佳作，往往在人之口。"③南游即前往中土游历，这段话指出：唐代至南宋中期左右的日本僧人在南游时接触的圈子很窄，仅限于与僧人的交往。到了宋季元朝时，诗僧辈出，接触的人物也扩大至文人学者，这无疑会影响到他们的观念和创作。五山时代中期的义堂周信、绝海中津等人通过实际的创作努力，基本已在禅僧中普及了诗禅文一致的观念，多引用诗句来说禅理，但仍缺乏根本的理论支持。直到五山后期，对典籍的解说和注释成为禅僧们的主要兴趣爱好，尤其是横川景三和万里集九，他们学殖深厚，广泛接触到了不少宋元明时代的类书、笔记等，借助于各种琐细的传说故事，甚至不惜穿凿与嫁接，也要打通文学与佛禅，解决他们在文学创作时的心理矛盾。

五山后期禅僧对宋代文人也并非是后进国的膜拜，而是认为彼

---

① 《屈昫辨》，《济北集》卷九，《五山文学全集》第一卷，第134页。
② 《通衡之五》，《济北集》卷二十，《五山文学全集》第一卷，第364页。
③ 《竹居清事》，《五山文学全集》第三卷，第2807页。

此间是对等世界中的平行文学。然而,他们虽然引用典籍及作品频率很高,语言逐渐脱离蔬笋气,却始终跳不出学问僧的园囿,究其原因,与这种执着于佛禅因缘的难以消弭的心理羁绊不无关系。

第二章

万里集九《帐中香》引书之文献价值

黄庭坚是中国文学史上最重要的诗人之一。然其诗歌注释，自宋代任渊以来，即鲜有对全文加以注释者。而我们的近邻东瀛，室町时期却出现了一部卷帙浩大的黄庭坚诗歌注释书——《帐中香》。该书广征博引，对黄庭坚《内集》《外集》《别集》中的《内集》二十卷进行了详细考订和解说，多有订补任注失误之处，代表了域外黄庭坚古典注释书的最高水平，在黄庭坚诗歌的接受史上具有重要意义。

《帐中香》的作者是室町时代禅僧万里集九（1428—?）。他别号"梅庵"、"漆桶万里"、"椿岩"等，近江安昙郡人，俗姓速水氏，幼时进入京都东福寺永明院修行，后进入京都相国寺云顶院，师事大圭宗价。其间加入东山建仁寺的诗社"蔷薇洞"。在作诗、钻研诗学的同时，与后来的名僧横川景三、桃源瑞仙、景徐周麟、大昌天隐等交游。文正元年（1466）左右，升进为相国寺的藏主。又为建仁寺和南禅寺讲席，师事荫凉轩季琼真蕊。应仁之乱（1467）中，相国寺烧失，遂离开京都，移往近江等地。文明三年（1471）居于美浓国，与斋藤妙椿交游。文明四年（1472）还俗。随后移居尾张国、三河国，从文明九年（1477）到十四年（1482），对东坡诗全卷进行讲义，而后集为东坡抄《天下白》二十五卷。文明十七年（1485）又应太田道灌（1432—1486）之请，赴江户城，至长享二年（1488），讲山谷诗二十卷。永正十年（1513）后下落不明①。著作有汉诗文集《梅花无尽藏》等。今本《帐中香》后有"自绍定五年壬辰至本邦长享三年己酉,凡二百五十八年",知此书最后定稿于长享三年(1489),时万里集九六十二,而后由门人笑云清三抄录成书。

《帐中香》是万里集九呕心沥血之作。其书内容丰富,值得细加研究。本文从中国文献学的角度,对《帐中香》的引书,特别是所提到的黄庭坚诗文集等文献问题加以研究,希望能对相关学者有所裨益。

一、《帐中香》之版本

关于《帐中香》的版本,有室町末期写本,《足利学校贵重特别书目解题》著录,卷一、一〇缺,共九册,记载为"黄山谷诗集的假名讲说"。有"雪"及"ビ"的印记。又有庆长、元和年间活字印本,东京大学、京都大学、神宫文库、内阁文库等处有藏。

笔者使用的即内阁文库本,今记如下:全书共四十一卷,四周单边,无界。印面竖凡七寸二分、横凡五寸五分。页注文十七行,行十八字。版心有书名及卷数张数。本文大字方凡四分,注文小字竖凡三分。卷二十末有墨书"校正朱墨训点元禄九丙子春三月上巳毕,石斋"。石斋为林罗山门人黑泽弘忠,曾任松江藩儒员,可知其于元禄九年(1696)校正此书。

书影一　内阁文库本《帐中香》叙部

---

① 参看中川德之助《万里集九》,吉川弘文馆,1997年。

"叙部"分上、中、下。叙部之上,首列黄氏世系、黄山谷法系,然后解释任渊的《黄陈诗集注序》。叙部之中、之下,解释许尹《豫章后山诗解序》,后有黄㙒跋。正文将任注的一卷分为二卷,共四十卷。书中页眉处有一些校语。本文卷一首有序,末有江介周镜记,中云:"江左漆桶道人万里,博涉群书,尚友古人,暇日把此集以'三传'焉、'十翼'焉,仍名以'帐中香'。曰:昔龙树嗅《华严》而知其宗趣也,吾亦嗅此集而彻其奥也。后来学者嗅之,必领其旨也,判然灼然。陆放翁氏所谓吾国以香为佛事云者,实非虚发。是以名焉。"卷二〇下尾有漆桶万里祭黄庭坚文,又有释铁船的小语,云:

> 梅花无尽藏万里老人讲苏黄两家之诗集,于棘隐轩而作钞日久矣,号曰《天下白》,曰《帐中香》,其钞之至精也,能决人之狐疑,觌为世之龟镜,盖取义于雪堂之雪、香严之香乎。老人丁山谷先生远忌之辰,作祭文而命般若铁船野翁读之,次有小语云:香为江西诗祖焚,黄龙涎亦起清芬,鼻功德处耳功德,沙麓暮钟谁不闻。于时铁船年未满八十者一也。翁谨题。

又万里的跋文云:

> 胡苕溪渔隐云:陈履常有一联曰"此生精力尽于诗,末岁心存力已疲",与司马温公《进资治通鉴表》云"臣之精力尽于此书"之语相合。岂偶然耶!余亦于《帐中香》而尽精力,犹如司马、履常二公也。但玉石之区别,同日亦可语之乎哉。惠阜大慈派下之笑云三公侍史,连载儗余梅花之邻扉而勤学,臂不离案,手不释芸。扣前汉史之玄奥,欲进李唐之张巡。暗读不错一字之活步,其余暇誉书《帐中香》二十有一卷,朱墨纵横,毫发无遗失者,石建曰:书马者与尾而五密,能守其法矣。吁!学者丛中之乌钵昙也。明应八年(己未)夏五如意珠日,梅花无尽藏漆桶万里谨跋。

《帐中香》参考了当时众多禅僧的解说,还屡屡言及旧抄、镰仓抄。如"以下四句诸老之解纷然,各见旧抄,今不取焉",此句又可见万里集

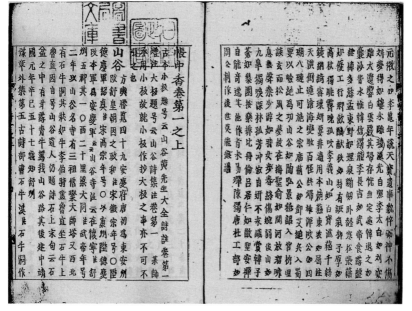

书影二 《帐中香》卷一

九对旧抄是有所去取的,没有全部引用。又如"旧抄云呼儿烹鼎,镰仓抄太半如是,近代诸老不取此说也"(见《帐中香》卷六之上),可见镰仓抄与旧抄有相同的地方。又如"先辈并镰仓之诸抄",镰仓抄或者不止一种。由以上种种提示,镰仓抄记载的可能是早期五山禅僧的讲解,镰仓时期(1192—1333)也有禅僧曾讲解山谷诗又或者为在镰仓地区的禅僧所作的抄物。①

此外还有"樵抄"、"瑞岩云"、"江西抄"(见《帐中香》卷五)、"肖抄"(见《帐中香》卷十四之上)、"萧抄"、"假名抄"(见《帐中香》卷十六之上)等,可见万里是参考了更早的假名抄以及江西龙派、正宗龙统、惟肖得岩、瑞岩龙惺的解说。其他提到的禅僧还有:天章老人(见《帐中香》卷之一上)、木蛇(见《帐中香》卷二之上)、一华和尚(见《帐中香》卷之五下,一华和尚即月舟寿桂[1460?—1533],号幻云、中孚

---

① 此种可能性,乃据绿川英树先生提示。

道人。其所说在山谷抄物中被引称为"幻按"、"幻案"、"幻谓"、"幻云"、"幻讲云"、"一华和尚云")、九渊([九渊龙䱸,？—1474])、东越和尚(见《帐中香》卷六之上)、桃碧山人(见《帐中香》卷七之上)、双桂(见《帐中香》卷七之上)、东沼(见《帐中香》卷十之上)、贤天英(见《帐中香》卷十之下)等。对这些禅僧的解说,万里集九根据自己的判断,有的全部收入,有的则不取,如其中称"先辈之讲,有往往不考者也","先辈有诸说,往往差互,今不取之"。所引各家中最多的是惟肖得岩(1360—1437,号樵雪、双桂。其所说在山谷抄物中被引称为火云、惟肖、樵云、樵雪云等)、瑞岩龙惺(1384—1460,号蝉庵、蝉閙。惟肖得岩、江西龙派的门生,其所说在山谷抄物中被引称为瑞岩义、瑞岩云)。

《帐中香》中提到了"朱点"、"墨点",这当是指日本的训点。根据训点的不同,对文章的解释也不同,如"朱点今时之点,墨点旧点"(见《帐中香》卷一之下)、"某谓墨点樵云之解,朱点或说"(见《帐中香》卷二之上)、"朱点樵之解也"(见《帐中香》卷二之上)、"墨点诸老之解,朱点瑞岩之说"(见《帐中香》卷六之上)等。

《帐中香》中云:

> 某在洛社而诸老及交游之间借《东都事略》,只见其涉猎之一两卷而已,如隔靴揩痒。海内骚屑之后,构小筑于岐阳之鹈湾,讲坡谷二集之次,彼全书就棘隐翁借取,一一繙之,二集之中有其姓名,则各写本传于题下,为后学萤雪之润色。(出自《帐中香》卷一之上)

可见万里集九注释时,曾将所见各种书籍的相关内容分别抄于苏轼、黄庭坚作品下,然后再对其书进行讲解。《帐中香》称"东西洛之诸老讲苏黄二集者多矣,未及此字"(见《帐中香》卷一之上),也说明了当时讲释苏黄诗的僧侣甚多,而万里集九亦有自己的发明。

二、《帐中香》之引书

《帐中香》引书以史部、类书、和诗话所占比重最大,多出自《苕溪渔隐丛话》《诗人玉屑》《诗林广记》等诗话总集和《事文类聚》《韵府》《翰墨全书》等类书,反映了诗话、类书在日本的接受程度。人物传记多引自《东都事略》和《言行录》,地理多引自《方舆胜览》,解释词语大量引用注释书,如苏诗次公注、荆公诗注、批点杜诗、千家注杜等,利用这些注释书,既吸取注释经验,也利用注书中的丰富知识为对山谷诗的注释之用。

其引书如是直接引用,一般在开头处即揭示书名和卷数。现按四部分类法,将《帐中香》所引书名大体列举如下:

（1）经部

《周易正义》、《朱氏易纲领》、《周礼》、《礼记》、《尚书》、《论语》、《论语新注》、《论语辑释》、《毛诗》、《朱文公语录》(《朱晦庵语录》)、《韵会》、《毛韵》、《集韵》、《广韵》、《增韵》、《五音类聚》、《礼部韵》、《埤雅》、《尔雅》、《尔雅翼》、《广雅》、《说文》、《玉篇》。

（2）史部

《左传》、《国语》、《战国策》、《史记》、《汉书》、《后汉书》、《吕东莱十七史详节》、《立斋先生十八史略》、《三国志》、《晋书》、《南史》、《北史》、《北齐书》、《隋书》、《唐书》、《新唐书》、杜佑《通典》、《五代史》、《东都事略》、《三朝名臣言行录》、李幼武《皇朝名臣言行录》(《言行录后集》)、《资治通鉴》(《通鉴》)、《续资治通鉴》、《通鉴续编》、《宋元通鉴》、《宋朝通鉴》(《宋通鉴》)、《三朝圣政录》、《绍运图》、《方舆胜览》、《舆地志》、《寰宇记》、《续会稽志》。

（3）子部

林希逸《老子经正义》、《庄子》、《荀子》、《说苑》、《黄氏日抄》、《淮南子》、《山海经》、《扬子法言》、《抱朴子》、《唐才子传》、《困学纪闻》、《冷斋夜话》、应邵《风俗通》、《类苑》、《海录碎事》、《容斋随笔》、《鹤林玉露》、《古今注》、《遯斋闲览》、《居家必用》、《太平御览》、《氏族排韵》(《氏族大全》)、《韵府》、《备要》、《事文类聚》、《新编纂图群书类要事林广记》、《书林广记》(《书林》)、《翰墨全书》、《普灯录》、

《御制秘藏诠》、《清净法行经》、《法华经》、《圆觉经》、《佛祖通载》、高丽本《大藏经》、《三部经》、《释门正统》、洪觉范《法华合论》、《大惠禅师普说》、《人天眼目》(《人天眼目抄》)、《首楞严经》、《化胡经》、《无量寿经》、《翻译名义集》、《云卧纪谭》、《碧岩集》、《维摩诘经》、(梁)宝唱《经律异相》、《通论抄》、《涅槃经》、《僧宝传》、《续僧宝传》、《金刚般若经》、《五灯会元》、《无文印》、《编年通论》、珍藏叟诗《葛氏续灯》、《大觉禅师语录》、《大智度论》、《物初禅师语录》、陈葆光《三洞群仙录》、《修真十书》、《续仙传》、《证类本草》、《大全本草》、《本草衍义》、《茶总录》、叶廷珪《香谱》、程泰之《香说》、何抡《三苏年谱》、《仙溪傅藻所编东坡纪年录》、《图绘宝鉴》、《画继》、《宣和画谱》、《世说新语》、《博闻录》、《东轩笔录》、《搜神记》、《太平广记》、《月江录》、《颜氏家训》、《春渚纪闻》、《劝善书》、范至能《揽辔录》、<u>《湖海新闻》</u>、<u>《笑海》</u>、<u>《江湖纪闻》</u>、《沈存中笔谈》、《东皋杂录》、《梅墨征言》、《百川学海》、《刘禹锡嘉话》、《青箱杂记》、《云溪友议》、《明清挥麈录》、《遗珠》。

(4) 集部

《楚辞集注》、《文选》、《中州集》、<u>《中兴吟鉴》</u>、吕东莱《宋朝文鉴》、《古文真宝》、《李白诗集》、柳文、韩文（按：当为《五百家注昌黎文集》)、《杜诗批点》(《批点杜集》)、《杜诗千家》(按:《集千家注杜工部诗集》)、《雁湖李壁笺注须溪刘辰翁评点王荆公诗》、《苏洵文集》、《东坡文集》、《东坡诗集》、<u>《豫章文集》</u>、<u>《外集》</u>、《山谷刀笔》、《陈后山集》、《石门文集》、《天厨禁脔》、谢无逸《溪堂集》、《剑南诗稿》、《渭南集》、《北磵诗注》、《北磵文集》、《三体诗》、白玉蟾文《白玉蟾诗集》、虞集《翰林珠玉》、<u>《临川吴文正公草庐先生集》</u>、《蒲室诗》(訢笑隐)、《宋景濂文粹》、《本事诗》、《诗林广记》、《诗人玉屑》、《苕溪渔隐丛话》、《石林诗话》、《韵语阳秋》、《联珠诗格》、《艺苑雌黄》、《唐诗遗响》。

虽然上列书籍有些可能是从他书转引,但其中仍且不乏在中土已佚的书籍和版本，如提到了《湖海新闻》（即《湖海新闻夷坚续志》），是继洪迈《夷坚志》、金元好问《续夷坚志》之后出现的一部志怪小说集，分前后两集，作者不详①。现存最早的刻本有两种：一是元代碧山精舍刻本前集十二卷，现存十卷；另一刻本前集十二卷，一至六卷、九至十二卷配日本抄本。皆藏国家图书馆，《中华再造善本》据前者影印。后集仅有明刻本不分卷，以及明抄本六卷，亦藏国家图书馆②。《帐中香》中则引用了后集的碧山精舍刊本，当为元刻本，亦可知碧山精舍本为前后二集同刻。杨守敬访日时曾得一元刻本，或即万里集九所见本③。张均衡《适园丛书》中所收本据杨守敬藏本补遗，中华书局曾以《适园丛书》本为底本进行点校。现将《帐中香》摘录段落与中华书局点校本进行对比，如下：

  《湖海新闻》第五：宋徽宗政和间有事南郊。出南薰门，见云间人物队仗，以谓天神来（中华本作"所"，当误）享，盖方士所为也。乃诏谕天下建道观，以"迎真"名之。后渊圣出（中华本作"门"字，当误）南门，见虜酋，正应"迎真"之谶。自政和之来，山宗（中华本作"崇"字，是）奉道教，京师宫观多以"真"字为名，如通真、会真、集真（中华本此处有"之"字）类，乃女真犯阙之谶也。（中华本此后有"又自禁御及贵近田园，皆以庄或村落名之，亦京城残破之兆"）（以下中华本另为一则）宋政和七年，诏修"神保观"，即俗谓二郎神者也。都人素畏之，自春及夏，男女负土以献，名曰"献土"。又有为鬼神饰巡门催纳土者，人物络绎，帝乘舆亦微服以观之。或谓蔡京曰："献土、纳土皆非吉语也。"（中华本此处有："后有旨禁绝。政和后，帝巾裹衣服喜同臣庶，实欲为期门之事。而"）苑囿皆为白屋，不施五采，多为村居野店，聚珍

---

① 朱一玄、宁稼雨、陈桂声主编《中国古代小说总目提要》（人民文学出版社，2005 年）载作者可能为吴元复，第 222 页。
② 金心点校《湖海新闻夷坚续志》"点校说明"，《古体小说丛刊》，中华书局，2006 年。
③ 万里集九的《梅花无尽藏》中亦引用了《湖海新闻》，如卷七《东坡先生画赞》中有"白莲道人逢罗汉，见《湖海新闻》"（《梅花无尽藏注释》第四，续群书类从完成会，1993 年，第 362 页）。

禽奇兽,麋鹿鹅鹤,动数百千。都下每秋风夜静,禽兽之音四彻,宛若深山大泽陂野之间(中华本作"闻",当误),识者以(中华本此处有"为"字,是)不祥。至靖康(原注:徽宗长子钦宗年号)初,虏骑犯阙,果符"纳土"、"献土"之谶矣。(出自《帐中香》卷十五之上)

笔者按:此条为中华书局本前集卷一的"女真犯阙"条与"纳土语谶"条合二为一而成,其中颇有可兹校正者。

《湖海新闻前集》第七地理部(原注:题号云湖海新闻夷坚续志)"取灯定穴"云:老泉(中华本此处有"苏"字)明允之祖(中华本此处有"曰"字)白莲道人,数世为莲社。一日遇一人于其乡,问曰:"君何人?"曰:"吾即蒋山人。"邀之归家,留数日,情稍稔。山人问曰:"公欲地否?吾有二地,一主大富,一主大贵,惟公所择。"道人曰:"吾有子读书,富贵则不愿,但愿得(中华本无"得"字)贤子孙足矣。"山人曰:"彭山县象耳山,此地当出文章之士,敢以献道人。明日当同往一观。"道人喜,及至其地,指道人而示之。以山人命(中华本无"以山人命"四字),(中华本此处有"复"字)取灯一盏,然(中华本作"燃"字,是)于其所,虽四面风来,此灯凝然不动。曰:"此正穴也。他日若用此地,只依此所,虽一步亦不可移。"言毕即行。后道人母死,竟以此地葬之。未几山人复至,问道人曰:"曾用地否?"曰:"已用之矣。"山人往看曰:"亦复小差,当为公正之。"道人殊以为怪,曰:"公果何乡何里?"山人曰:"我直以告公。公(中华本此处有"家"字)累世修善,我乃罗汉中第四尊者,曾为峨眉山下(中华本作"卜"字)寺场,今再为公下此穴,后公子孙必有兴者。"一揖而去,回(中华本作"过"字,是)象耳山飞升桥,冉冉不知所之(原注:全)。(出自《帐中香》卷一之上)

笔者按:此即中华书局本前集卷二的"取灯定穴"条,据元刻本多有校补,而《帐中香》所引则仍有异字。

《湖海新闻后集》二：宋徽宗一日诵《大洞真经》，举首见左右有仙官侍立，上于道家已大留心。政和初，上疾，一夕，梦一仙官延请，至一宫观，有道士二人为引，至一坛，上遥望金光闪烁，莫辨何地。二道士令上设拜。礼毕，传命谕上曰："汝以凤命，当兴吾教。"上再拜受命。二相者相与庆上而去。及寤作记，始大修宫观于禁中，奉天神，作玉清和阳宫、玉虚殿，制《玉虚乐章》。道家谓上为"赤明和阳天帝"。（中华本此处有"政和七年，御笔批云：朕每澄神，默朝上帝，"）亲受宸命，订正讹俗，朕乃昊天上帝元子，为太霄帝君。观中华被金狄之教盛行，焚指炼臂以求正觉。朕甚悯焉。（中华本此处有"遂哀恳上帝，愿为人主，令天下归于正道。帝允所请，令弟青华帝君摄朕太霄之府。朕夙夜惊惧，尚虑我教所订未周，卿等可上表章，册朕为教主道君太上皇帝，只可与教门章疏用，不可令天下混同。"）宣和元年降手诏，（中华本此处尚有一段，文长不引）又御笔改"女冠"为"女道"、"女（中华本无"女"字）尼"为"女德"，"寺院（中华本为"殿"字，似误）"改为"宫观"，（中华本此处有"诸陵佛寺改为明真宫。自今设礼，合掌和南不审，并改作擎拳稽首。"）佛赐天尊服，菩萨罗汉改道服、冠簪。（中华本此处有"开封府尹盛章奏：本府"）以"寺"改"宫"，以"院"改"观"者，计六百九十一区，以"僧"改"德士"，以"尼"改"女德"者，计一万五千九百五十有五人。所纳铜镜（中华本此处有"铙"字）钹一万六千六百三十六只，计二万六百二十斤一两。（出自《帐中香》卷十五之上）

笔者按：此即中华书局本后集"崇兴道教"条。《帐中香》多有节略，但如"寺殿"当作"寺院"，稍有一二字可校。

《湖海新闻后集》第十（原注：碧山精舍鼎新编刊）"读书宿缘"云：高参政耻堂常与子侄言：我辈读书作文，是岂偶然之故？往年眉州有一秀才，精心向学，每日供养东坡，祝之曰：愿得作文似公。若此者十余年，只所作远不及。一夜梦东坡云（中华本作

"一夜东坡梦曰",当误):"我是七世读书为人,所以作文雄伟。汝辈方三世读书,岂能似我耶?"其人遂辍笔不学。(出自《帐中香》卷一之上)

笔者按:此即中华书局本"补遗"卷的"读书宿缘"条,为杨守敬日本所得元刻本中所有内容,而《帐中香》所引文字更妥当。

由上校对可知,万里集九所引本虽与元刻本较为接近,但与国图所藏元刻本、明刻本皆有不同之处,亦与杨守敬藏本有不同之处,当别是一本。

《帐中香》中还曾多次引用《江湖纪闻》,当为元代郭宵凤的《新刊分类江湖纪闻》,今中国大陆仅国家图书馆藏元刻残本(卷六至十,《中华再造善本》据此影印)、大连图书馆藏三种日本抄本残卷,为日本汉学家大谷光瑞旧藏①。又有明弘治七年(1494)薛氏思善堂重刊本②。《帐中香》多引其中的后集,因笔者尚无缘得见大连图书馆藏本及明刊本,兹将《帐中香》所引转载如下,以待他日进行校对:

《江湖纪闻后集》第一末云:南丰市山(笔者按:"山"字疑有误)曾某,元富室,平生好道,轻财乐施。未尝杀生。凡待客,皆取于市,云是净肉。乡人称为活佛。后福州曹圣者,道经南丰,曾往参礼。曹曰:"汝九十九分是佛,一分未是。"曾拜问其因,曹曰:"尔好杀。"曾自思平生未尝杀生,莫晓所言,再三叩请。曹曰:"归取六月十五日记事簿观之。"曾归阅簿,乃书云:"与某人下棋,连杀十七局。"曾因悟平生好奕(笔者按:当为"弈"字),无能敌之者。由是绝奕(笔者按:当为"弈"字)。宝庆间,年八十余,趺坐而化。(出自《帐中香》卷三之下)

---

① 关于此本可参看:张春红《〈新刊分类江湖纪闻〉前后集二十四卷本考述:以大连图书馆藏稀见钞本为中心》(《明清小说研究》,2016年第1期)、《一部中国古代小说集的稀见钞本:大连馆藏一函五册二十四卷本〈新刊分类江湖纪闻〉述略》(《西藏民族大学学报(哲学社会科学版)》2016年第5期)。
② 朱一玄、宁稼雨、陈桂声主编《中国古代小说总目提要》,第228页。

笔者按：万里集九《依南丰（承国寺）之仲华丈韵六篇》其一有句"南丰九十九分佛，满百佳名都属君"，自注"仲华住南丰，故用南丰曾氏九十九分佛，详见《江湖纪闻》"①。以上提到的曾氏九十九分佛的典故不见元刻本《新刊分类江湖纪闻》（中华再造善本）中，或许出自二十四卷本。

《江湖纪闻后集》第一"洞宾隐显"云：吉州旧有白云堂，在龙庆寺。近尝有道人在堂挂搭，喉下复有一口，以吹铁笛，吹讫复塞以纸。笠上题两句云："一声吹动斜阳外，唤起江湖万里心。"小孩群尾其后，辄将铜钱撒地，使竞取之。又江州端（笔者按：当为"瑞"字）昌县潘安抚道场，尝有道人至，求挂搭，无包无伞，仅有一笠，槛楼（笔者按：当为"褴褛"）村俗。直堂鄙之，曰："你无伞与包，奈何挂搭？"道人曰："既不许挂搭，觅一茶即去。"直堂入，令之坐，及出，则道人反坐主席，堂直（笔者按：当为"直堂"）怒曰："不知宾主礼，做甚道人！"道人不揖而去，遗下一笠，直堂不能举，遂聚大众旋绕其笠，讽经谢罪云："凡眼不知是何真仙散圣"，遂举其笠，地上有"吕"字，既而人有病者，取是土煎阳，服之而辄愈。数年间取者纷纷，遂成一井。水詑（笔者按：当作"泡"）上结成"吕"字，在井面上，划开复聚，至今尚存。又《洞宾游戏》云：景定（原注：宋理宗年号）甲子年，衡州衡岳观以三月三日玄帝诞辰设醮，先一夕，有怀孕师尼，至观求宿，众恶其厌秽，拒之不可，令宿门外。中夜闻孩声，乃尼产焉。主者大怒，次早尼抱孩欲入醮坛观看，众拒之门外，拽曳逾时，尼以孩掷地，鲜血溅地，尼飞入空中，拍掌大笑而去，视孩则葫芦，血则朱砂也。葫芦内有"回仙"两字，乃大惊。又端平（原注：宋理宗年号）年间有道人至建昌军瀛真堂求宿，主者不纳，堂外有树合抱，道人遂倚树而寐，中夜有怜之者，开户纳之，已不复见。次早但见卧处树曲如弓，众方异之，或云亦洞宾也。堂中迨今无蚊蚋。（见《帐中香》

---

① 《梅花无尽藏》卷一，《五山文学新集》第六卷，东京大学出版会，1972年，第666页。

卷十六之上）

笔者按：此条又见《吕祖志》（《万历续道藏》本）等道书中。

《江湖纪闻》有十年向达磨壁之语也。（出自《帐中香》卷八之下）

又如提到了《书林广记》和《书林》，不知是否为同一书。《文渊阁书目》卷三著录"《书林广记》一部一册"，《千顷堂书目》卷十五著录"《书林广记》二十卷"。《帐中香》所引如下：

《书林广记》引《国史纂异》曰：许敬宗性轻，见人多忘之。或谓其不听曰：卿自难记，若遇曹刘沈谢，暗中摸索着亦可识得。（出自《帐中香》叙之下）

《书林》云：王莽忌刘氏，以五铢钱文有金刀，改为货泉文，为白水真人乃应光武兴之谶。（出自《帐中香》卷一之上）

《书林》曰：宪使曰提刑，司宪刑也，司主守也，官司也。（出自《帐中香》卷一之下）

《书林》：冢上石人曰翁仲。（出自《帐中香》卷一之下）

《书林》云：招宾客谢言初无治具。（出自《帐中香》卷二之上）

《书林》云：因凶恶后生为恶少。（出自《帐中香》卷六之下）

《书林》云：槐黄科举近，谓黄槐逼眼科举年，谓槐秋赴举，谓蹈槐。（出自《帐中香》卷六之下、卷八之上）

《书林》云：诸侯五鼎，大夫三鼎。（出自《帐中香》卷八之上）

《书林》：就试贡院谓鏖棘围。（出自《帐中香》卷八之上）

《书林》云：青奴腿娑，山谷始名。（出自《帐中香》卷十一之下）

又如其中提到的《笑海》，不详为何书。但其中提到了"唐本"，应该是从中国流传过去的一种佚书：

  《笑海》（原注：本名①）：上林之雁，其飞形作天下一人之字，《异事》载之。《笑海》其书往往类《异》。鹿苑荫凉轩文库有写本为正，又大德院贤天英书棚见小板细字，唐本与彼写本异。（出自《帐中香》卷一之下）

  本邦笔工鹿毛狸毛，取十钱二十钱以缚一管，或飞翔至三十五十钱，笔亦不佳，哀哉（原注：新编《笑海》有彼鼻毛缚三管笔也）。（出自《帐中香》卷十六之上）

荫凉轩原是鹿苑院中供将军休憩的居所，而荫凉轩文库应是荫凉轩季琼真蕊（1401—1469）之文库，万里集九曾师事于他，季琼真蕊曾为相国寺鹿苑院荫凉轩主。天英为天英周贤。

《帐中香》中引用《遯斋闲览》甚多，其书传入日本情况已见本书第一章考述，兹不赘述。

再如其中引用宋末元初吴澄（1249—1333）《临川吴文正公草庐先生集》，此书传本甚多，大体可分为一百卷本与四十九卷本两种系统（另有《草庐吴先生文粹》五卷）②。一百卷本如国家图书馆藏明宣德十年（1435）吴炬刻本，此为大陆现存最早刊本，但仅存二十八卷。中国台北故宫博物院尚存宣德十年刻本九十八卷，《外集》五卷。而日本宫内厅书陵部藏明永乐间（1403—1424）刊正统间补刻本，一百卷，外集三卷，附录一卷。为九州佐伯藩第八代藩主毛利高标（1755—1801）旧藏③。又有景泰二年（1451）重刻本。四十九卷本如明成化二十年（1484）方中、陈辉刻本，又有明万历四十年（1612）苏宇庶刻本等。《帐中香》定稿于长享三年（1489），从时间上来看，万里集九所引只能限定于明永乐刊本、宣德十年刻本、景泰二年本以及明成化二十年刻本。《全元文》所收吴澄文的底本即为明成化二十年抚州

---

① 笔者按："本"在日语中有"书"的意思，或指"书名"。
② 本文所论吴澄集版本参考：方旭东著《吴澄评传》附录《吴澄文集版本源流考》，南京大学出版社，2005年。
③ 黄仁生《日本现藏稀见元明文集考证与提要》，岳麓书社2004年，第4、5、6页。

府同知陈辉克四十九卷(外集三卷)本。兹以《全元文》卷四八二、卷四八三所收吴澄文与《帐中香》中所引相校对如下:

《临川吴文正公草庐先生集》第十五(原注:吴文正公传在《元史》列传五十八。吴澄字幼清,宋淳祐九年癸酉正月壬戌日申时生,后自称草庐先生也)《出门一笑集序》(原注:廖云仲集号曰《出门一笑》也,吴序之)曰:唐人诗可传者不翅十数百家,而近世能诗者何寡也。场屋举子多不暇为,江湖游士为之又多不传。其传者必其卓然者也。往年鑑溪廖别驾以名进士为学士师,既宦游,遍历岭表,始有诗曰《南冠吏退》。其从子业举子,未仕,亦有诗曰《月矶渔笛》。《吏退》之语清而韵。《渔笛》之语奇而悗(《全元文》本作"婉",并出校记云:底本作"悗",据文渊阁四库全书本改)。虽不传于人,吾固知其诗也。云仲亦别驾君从子,自选举法坏,而其业废,遂藉父兄之余为诗。且韵且悗(《全元文》本作"婉"),锵然不失其家法,顾取黄家诗题其集曰《出门一笑》。黄诗自为宋大家,然诸家中一家耳。水仙之乱(《全元文》本作"辞",是)又一家中一句耳,而奚独有取于是哉?此句与老杜"寒江山阁"之句同机,于此悟入,横坚透彻。则一句而一家,一家而诸家,诸家而数十百家,跻于晋魏汉周可也。诗至是,其至矣。云仲其然元(《全元文》本作"之",是)乎。 又《草庐先生集》第十六《一笑集序》云:诗人网罗走飞草木之情,疑若受役于物。客尝问焉,予应之曰:"江边一笑,东坡之于水马;出门一笑,山谷之于水仙。此虫此花,诗人付之一笑而已,果役于物乎?夫役于物者,未也;而役物者,亦未也。心与景融,物我俱泥(《全元文》作"泯"),是为真诗境界云云。"(出自《帐中香》卷十五之下)

从以上校记可知,万里集九所引本与明成化本相近。而此书刊行三年后便传入日本似乎不太可能,目前只能判断为明永乐刊本、宣德十年或景泰二年本刻本。虽然无法断定,但此条亦可证明此书在五山时期已有流传。

又如提到了《中兴吟鉴》,《文渊阁书目》卷二著录有"《宋兴吟鉴》一部一册"。

《中兴吟鉴》上之第四:林石涧《雪中怀槐坡(原注:倪槐坡也)丹岛庚申冬集诗》云:昔同诗伴结清游,乱折梅花当酒筹。十二栏干风雪里。玉人扶醉下西楼。(见《帐中香》卷之六上)

某谓《中兴吟鉴》上之第四赵心梅《春雪》诗云:东风料峭散瑶沙,欲密还疏整又斜。若使灞桥三月暮,谁人不道是杨花。(见《帐中香》卷之六上)

从所引内容来看,当为一部南宋诗歌的选本。倪槐坡为南宋人,与端平、淳祐间诗人高常(履常)有交。《全宋诗》卷三三二九录其诗二首。《帐中香》所引为佚诗。赵心梅其人不详,亦当为南宋诗人。

三、《帐中香》所引之黄庭坚版本

《帐中香》中提到了在五山时期流传的黄庭坚诗文集版本。其中文集主要有:大字《豫章文集》及《外集》、小字《豫章文集》及《外集》,现摘录其中相关语句如下:

1.《豫章文集》,<u>或大字魁本,或小字</u>。余所见大字魁本三十卷。其第一赋类,自二至十二皆诗,自十三至三皆文,盖古诗二百十五首,律诗二百首,绝句九十四首,六言四十七首,挽词三十三首,子渊注之,凡总计六百八十九首。《年谱》附云:近世编《豫章前集》,诗凡七百余首,详见前矣。 <u>又《外集》或大字魁本,或小字,或有注,余所见大字魁本十五卷,自一至八皆诗,古诗三百四十二首,律诗百三十四首,绝句百八十九首,六言十一首,总计六百七十六首,自第九至十五皆杂文,子渊不注焉。内外合凡一千三百六十五首。</u>(出自《帐中香》叙部之中)

2.《渔隐丛话后集》第八:苕溪渔隐曰:《豫章先生传》载在《豫章外集》,云不知何人所作,初无姓名,其传赞叙诗之源流颇有条理云云。某谓《豫章先生传》并赞,魁本大字《豫章文集》三十卷目录首载之,<u>《豫章外集》首不载之</u>。(出自《帐中香》叙部之中)

3. 魁本大字之《豫章文集》三十卷,<u>魁本大字之《豫章外集》十五卷则分类</u>。(出自《帐中香》卷一之上)

4. 《豫章文集》有两种,其一部<u>魁本大字</u>,其一部<u>小本细字</u>。某只见魁本而不见小本。(出自《帐中香》卷八之上)

5. 山谷先生《外集》三《自采菊苗荐汤饼诗》云:"飞廉决云开白日,顿撼天地万窍号。挼莎桃李欲净尽,乞与游丝百尺高。"此篇不载<u>大字《豫章外集》,小字《外集》</u>有之。(出自《帐中香》卷九之上)

6. 某谓宋宁宗庆元己未校官黄汝嘉(注:山谷子孙)所修山谷诗《外集》第四(原注:黄汝嘉所修有十二卷,盖除文,<u>《豫章外集》十五卷添文编之</u>)古诗部载此篇,其题无"题伯时画"之四字,又诗中"艰难"作"勤艰","山"字下有注。详见此篇题首。"幽"字作"清"字。(出自《帐中香》卷九之上)

7. 今大字《豫章文集》三十卷,第十卷载《黔南》此十篇,天社所云此五篇,今《豫章集》有之云云,与大字《豫章文集》异者也。<u>今大字《外集》,与大字《豫章文集》三十卷,已上四十五卷,洛之南禅寺云门庵常住文库有之,丁亥骚屑以来,归东浓鹈沼承国精舍全用斋之什物</u>。(出自《帐中香》卷十二之下)

8. 又细字之《文集》有之,左右唯有大字《豫章文集》及《外集》,而无细字之《文集》,无得校焉。(出自《帐中香》卷十九之上)

现存宋元明时期刊行的黄庭坚《外集》主要有:日本天理图书馆藏十四卷本、明嘉靖年间刊《山谷全书》十四卷本等,书目著录如《直斋书录解题》《郡斋读书志》亦为十四卷。十五卷仅有日本内阁文库所藏残宋本《豫章先生文集》中有十五卷。今将《帐中香》中所引《外集》篇目与日本内阁文库藏十五卷本、文渊阁四库全书收《山谷全书》中的十四卷本对比如下：

十五卷本	十四卷本	出自《帐中香》
◎ 卷一		
《次韵答叔原会寂照房呈稚川诗》	卷一	卷一之上
《赠张仲谋》	卷一	卷三之上
《对酒歌答谢公静》	卷一	卷四之下
《还家呈伯氏》	卷一	卷四之下
《次韵晁补之廖正一赠答诗》	卷一	卷十八之上
《古风次韵答初和甫》	卷一	卷十九之上
《次韵答和甫卢泉水三首》	卷一	卷十九之上
◎ 卷二		
《次韵外舅师厚病不能拜官夏雨眠起之什》	卷二	卷四之上
《和谢公定征南谣》	卷二	卷四之上
《次韵外舅谢师厚病问十首》	卷二	卷四之下
《放言十首》	卷二	卷二十之下
◎ 卷三　古诗部		
《寄李次翁》	卷三	卷一之下
《简李德素》	卷三	卷七之上
◎ 卷四		
《和刘景文诗》	卷四	卷一之下
《奉谢景文送团茶》	卷四	卷一之下
《和曹子方杂言》	卷四	卷十之上
《外舅以诗来觅铜犀诗》	卷二	卷九之上
◎ 卷五　古诗部		
《书石牛溪旁大石上》	卷五	卷一之上
《外舅孙莘老守苏州留诗斗野亭》	卷五	卷二之上
◎ 卷六　律诗部		
《世弼惠诗求舜泉欲以长安酥共泛	卷六	卷一之上

一杯次韵戏成云》		
《病起次韵和稚川进叔倡酬之什》	卷六	卷一之上
《次韵裴仲谋同年》	卷六	卷二之上
《次韵谢师厚萱草》	卷六	卷四之上
《呻吟斋睡起五首呈世弼》	卷六	卷四之上
《懋宗奉议有佳句咏雪冷庭叟野居庭坚于庭叟有十八年之旧故次韵赠之》	卷六	卷十之上
《岁寒知松柏》	卷六	卷十之下
《伯父祖善耆老好学于所居紫阳溪后小马鞍山为放隐斋远寄诗句意欲庭坚和之幸师友同赋率尔上呈》	卷六	卷十一之下
《双井弊庐》	卷六	卷一二之上
《次韵寅庵四首》	卷六	卷二十之下

◎ 卷七

《寄黄从善诗》	卷七	卷六之上
《登快阁诗》	卷七	卷九之下
《次韵知命入青原山口诗》	卷七	卷十三之上
《黄元明奉寄子由诗》	卷七,题作《奉寄子由并大临》	卷二十之下

◎ 卷八　七言律诗绝句部

*《题李夫人偃竹》	卷四	卷九之下
*《题山谷大石诗》	卷五	卷一之上
*《荆州即事药名诗八首》	卷五	卷十六之下
*《扬州戏题》	卷六	卷七之下
*《睡起》	卷七	卷二十之下
*《催公静碾茶诗》	卷六	卷二之上
*《和谢公定河溯漫成八首》	卷六	卷四之下
*《平原宴坐二首》	卷六	卷一之下
*《张仲谋家堂前酴醾委地诗》	卷六	卷五之下

*《陪谢师厚游百花洲槃礴范文正祠下道羊昙哭谢安石事因读生存华屋处零落归山丘为十诗》		卷六	卷四之上
*《百花洲杂题》		卷六	卷四之上
*《从时中乞蒲团绝句》		卷七	卷十一之上
*《黄几复自海上寄惠金液三十两,且曰惟有德之士宜享将以排荡阴邪守卫真火幸不以凡物畜之戏答》		卷七	卷二之上
*《和答陈吉老绝句》	卷七,题作《再次韵和答陈吉老》		卷十九之下
**《与杜仲观唱和诗》		卷七	卷九之上
*《以潞公所惠拣牙送公择次旧韵》		卷六	卷三之上
*《今岁官茶极妙而难为赏音者戏作两诗》		卷七	卷二之上
*《奉同六舅尚书咏茶碾煎烹三首》		卷七	卷二之上
*《次韵答少章闻雁听鸡二首》		卷七	卷十一之上
*《题王居士所藏王友画桃杏花绝二首》		卷七	卷十四之上
*《赠花光老》		卷七	卷十九之下
*《从丘十四借韩文诗二首》		卷六	卷十六之下
◎ 卷九			
*《黄氏二室墓志》		卷八	卷四之上
*《章夫人墓志铭》		卷八	卷十一之下
*《狄元规夫人墓志铭》		卷八	卷四之下
◎ 卷十 杂文部			
《书张仲谋诗集后》		卷九	卷三之上
《跋韩退之联句》		卷九	卷四之下
《跋司马温公与潞公书》		卷九	卷五之上
《论书》		卷九	卷八之下

《跋韩康公与潞公书》	卷九	卷九之下
《题录清和尚后与王彦周》	卷九	卷十三之上
《跋韩退之送穷文》	《别集》卷十一	卷十三之下
《题王观复书后》	卷九	卷十四之上
《题叔父给事诗后》	无	卷八之下
《题东坡枯木》	无	卷九之下
《题东坡墨竹水石》	无	卷九之下
《题苏叔党竹石》	无	卷十五之下

◎ 卷十一

《皇考朝请忌辰疏》	卷十	卷二之上
《与潘邠老手书三首》	卷十	卷四之上
《答黎晦叔书》	卷十	卷六之上
《与王立之四帖》	卷十	卷六之下
《请法王长老航公开堂疏》	卷十	卷六之下
《与赵伯充帖》	卷十	卷八之下
《知命百日斋疏》	卷十	卷十三之上
《与太虚公书》	卷十	卷十九之上

◎ 卷十二

《送张仲谋》	卷十一	卷三之上
《过百里大夫冢》	卷十一	卷九之下

◎ 卷十三　古诗部

《再和答张仲谋陈纯益兄弟》	卷十二	卷三之上
《和李文伯暑时五首》	卷十二	卷十之上
《药名诗奉送杨十三子》	卷十二	卷十六之下

◎ 卷十四

*《题杨道人默轩诗》	卷十三	卷十八卷之下
*《读书呈几复》	卷十三	卷二之上
*《和裴仲谋雨中自石塘归诗》	卷十三	卷二之上
*《题苏才翁草书壁后并序》	卷十三	卷七之上

◎ 卷十五

* 《张仲谋许送河鲤未至戏督以诗》　　卷十四　　　卷三之上
* 《道中寄景珍兼简庾元锡》　　　　　卷十四，　　卷十一之下
　　　　　　　　　　　　　　　　　　"锡"作"镇"
* 《呈马粹老范德孺诗》　　　　　　　卷十四　　　卷十九之上
* 《谢仲谋示新诗》　　　　　　　　　卷十四　　　卷五之下
* 《从时中乞蒲团绝句》　　　　　　　卷十四　　　卷十一之上
* 《寄张仲谋诗》　　　　　　　　　　卷十四　　　卷五之下

从对比可看出，《帐中香》中所引十五卷本《外集》，第八卷乃为四、五、六、七卷合成，因而自第九卷以后，各卷内容相当于前卷。卷十有四篇黄庭坚的佚文，故当属别一系统。

而如果将《帐中香》所引与日本内阁文库（即日本国立公文书馆）本《外集》相较，可发现第八卷以后的篇题完全收录在内阁文库本内（加*号者为篇题卷数相同者）。按，内阁文库本为南宋孝宗至光宗间（1164—1193）刊本。《文集》三十卷，存卷五至九、卷十六至十七、卷二十至二十一、卷二十四至二十六。《外集》存卷五至九、卷十四至十五①。按：董康《书舶庸谭》卷六、《现存宋人版本别集目录》、严绍璗《日本藏宋人文集善本钩沉》皆著录为："《外集》存卷五至十五"，不确②。

此本内封有朱长方楷书大木记"颜氏家训曰借人典/籍皆须爱护先有缺/坏就为补治此亦士/大夫百行之一也/鄞江卫氏谨志"。鄞江为今浙江四明，鄞江卫氏还藏有宋刊本《东坡集》。首页左上有"仁正侯长昭黄雪书屋鉴藏图书之印"篆书长方册项朱方印，右下有"日本政府图书"，卷第五行下有鼎形印"浅草文库"楷书朱文方印。古诗行下有"西禅寺常住"墨书。

---

① 安平秋主编《国外所藏汉籍善本丛刊·日本国立公文书馆藏宋元本汉籍选刊》（凤凰出版社，2013年）中影印此本。
② 董康《书舶庸谭》卷六，中华书局，2013年，第214页；四川大学古籍整理研究所编《现存宋人版本别集目录》，巴蜀书社，1990年，第109页；严绍璗《日本藏宋人文集善本钩沉》，杭州大学出版社，1996年，第85页。

根据(1)"常住文库"的印章("南禅"当为"西禅"之误。"东浓鹈沼承国精舍全用斋",应指南丰山的承国寺)、(2)上引《帐中香》的描述:"余所见大字魁本三十卷。……自二至十二皆诗,自十三至三皆文……又《外集》或大字魁本,或小字,或有注,余所见大字魁本十五卷,自一至八皆诗……自第九至十五皆杂文……魁本大字之《豫章外集》十五卷则分类",以及(3)校对结果推断,《帐中香》所引本当与内阁文库本为同一本。当初五山禅僧们所见者为全本,可惜后来在流传过程中缺失了其中的几部分。《外集》缺失卷十至十三卷。而恰恰是这缺失的几卷,应该载有不少黄庭坚的佚诗佚文。因为现据《帐中香》所引《外集》卷十,便可以辑补四篇不见于《黄庭坚全集》(郑永晓编,江西人民出版社,2008年)的佚文如下:

《题叔父给事诗后》云:叔父平生老于翰墨,然仕宦常被烦使,未能见其所长。此诗皆出橐鞬汗马之间,或与僚友戏弄以解烦释睡尔。叔父捐馆舍十年矣,见此诗悲恨如新。求之中外士大夫间,罕见其匹敌。诗云:岂弟君子,胡不万年。悲夫。

《题东坡枯木》云:枯木朽长为沟中断,与丹漆而成万乘之器,毕竟孰得失哉。(全文见跋部)

《题东坡墨竹水石》云:此竹如张忠定公(原注:张咏字复之,自号乖崖公)、司马温公之为人,不复可与桃李交阴也。(原注:全文见跋部)。又云:东坡竹石远出笔墨畦畛,李太白之所无也。(原注:全文)又《题苏叔党竹石》(原注:苏过)云:此竹石叔党所作,虽欲岑绝枯槁而终有少年气味。枯折竹亦奇笔,不易及也。叔党他日当为今代王摩诘尔。(原注:全文)(原按:《山谷题跋》有《题东坡水石》)

《题苏叔党竹石》云:叔党他日当为今代王摩诘尔。

又根据《帐中香》中提到:"黄汝嘉所修有十二卷,盖除文,《豫章外集》十五卷添文编之",可以推测大字魁本《文集》当是据黄汝嘉所刻江西诗派十二卷本添加了一些当时宋代流行的黄庭坚文而编成的,可能参照了小字本《豫章外集》，因此收诗的部分，内容大致相同，但收文的部分，卷数大有不同。至于此书是何时传入日本的，在日本所藏宋刊本《东坡集》卷末有光格天皇文化元年(1804)市桥长昭手识文，文曰："此书原藏洛阳西禅寺，其后归于妙心寺大龙院僧懒庵之插架，标上录见几册，失几册，其笔迹非百年以来人所为，盖懒庵手书。懒庵距今垂二百年，其插架之日，即系阙本。以古版难获，不问散逸，当时尚为秘籍也。予获之都下书肆，伏水卯兵。文化新元甲子七月廿二日，黄山雪人识。"①"文化新元甲子"即文化元年(1804)，上溯两百年，即庆长九年(1604)，懒庵当为五山后期的禅僧。而宋刊本《东坡集》与《豫章先生文集》有可能同时传入日本，且收藏源流相似，即皆入藏于京都西禅寺，后归于市桥长昭(近江西大路藩主)。日本光格天皇文化五年(1808)，市桥长昭又献纳给昌平坂学问所。其所献的三十种宋元汉籍的每种上，都有其撰写的《寄藏文庙宋元刻书跋》一篇，以明献书心迹。今内阁文库本《文集》卷二十六末亦有。

《帐中香》中所引黄庭坚诗注主要有：古本小板《山谷黄先生大全诗注》、增注大板《山谷诗集注》、唐本小板、唐本增注、写本，现摘录其相关语句如下：

1. 古本小板题号云"山谷黄先生大全诗注卷第一"，增注大板题号云"山谷诗集注卷第一"。某师承用小板，故就小板作抄，大板之事亦不可不引之也。(出自《帐中香》卷一之上)

2. 增注大板题号削"黄先生大全"之五字，改"诗注"作"集注"，盖此二十卷者《内集》，而不载《外集》退听堂以前之诗，则"大全"之义似欠，故削之欤。大板小板不并而见之，则学者无其益矣。(出自《帐中香》卷一之上)

3.《王文恭公挽词三首》"三"字宜作"二"字。大小板共误。增注唐本作"二"字。(出自《帐中香》卷二之上)

---

① 严绍璗《在天理图书馆访"国宝"——宋刊本〈豫章黄先生文集〉》，《中国读书报》2000年8月20日。

4. 凡增注有二板,其一唐,其一和,往往字异,唐本为稀也。(出自《帐中香》卷八之上)

5. 大板增注卷九末载《憩寂图诗二首》,先辈不讲之,今亦守其规而已,无师承故也。小板目录《憩寂图诗》题记,本卷《松下渊明》诗题次矣。(出自《帐中香》卷九之下)

6. 某谓"公孙弘"等,大板并唐本小板作"等"字可也,日本小板等字讹作"诗"不可也。(出自《帐中香》卷十四之上)

7. 小板本第九唯目录中存之,云《次韵子瞻子由题憩寂图》,目录注云"子由《题柳中远所藏李伯时画胡僧憩寂图》,旧有跋云:元祐三年正月二十七日子由题。东坡与山谷皆有和章,当是出试院后作。"小板载《题伯时画松下渊明》之次目录,增注大板载第九末,黄㽦所添编也。(出自《帐中香》卷二十之下)

根据《帐中香》中提到的内容,可归纳出大板与小板的主要区别是:大板载任渊《黄陈诗集注序》,小板无。增注大板有黄㽦后叙,小板无。古本小板不载《憩寂图诗二首》,是黄㽦叙中所言阙两诗者,当出于宋绍兴本。增注大板卷九末载之,当出于宋绍定延平本,故称"增注"。《帐中香》以小板作抄,用大板、文集进行校勘,称"小板字多讹,以文集及大板可校之",得出了很多文字上的差异,并写有很多校语。现摘出其中提到的一些,以见大板小板的区别。五山禅僧又有不少校语,一并见之:

原　文	增注大板	古本小板	五山禅僧校语校
《黄陈诗集注序》	有	无	小板虽不载此序,为谈序录焉。
《豫章后山诗解序》	无	有	
"唯杜少陵之诗出入古今"	"出入今古"	"出入古今"	某谓《史记·秦本纪》云:是古非今云云,以"古"字置上,以"今"字置下。由是观之,则小板为优也。

续表

原　　文	增注大板	古本小板	五山禅僧校语校
"涉于刑名度数"	"形名"	"刑名"	某谓《史记》并《庄子》等作"刑名",由是则小板为优矣。
"绍兴乙亥冬十二月鄱阳许尹谨叙"	有	无	
卷二《王文恭公挽词三首》马甑注:"末云筑土"	"封筑"	"筑"	《礼记》有之,宜加之也。
卷六《常父惠示丁卯雪十四韵谨同韵赋之》注"下令于流水之源"	"于"	"如"	以"如"字为正,"于"字不可也。
同上诗,注"《尔雅·释虫》曰"	引《尔雅》	引《毛诗·大田篇》注	
卷六《次韵宋楙宗僦居甘泉坊雪后书怀》"家徒四壁书侵坐,马耸三山叶拥门"	"马耸"	"马瘦"	任天社注引"望云骓",则"耸"字亦可欤,虽然"瘦"字平稳也。
卷六《双井茶送子瞻》注"卢琳《四注起事》"	"琳"	"林"	卢琳着《晋八王故事》十二卷、《晋四王起事》四卷,《四注起事》亦此类乎。
卷十一《寺斋睡起》其一"一江风月趁鱼船"	"鱼"	"渔"	
卷十一《以梅馈晁深道戏赠》"依稀茶坞竹篱间"	"依稀"	"依依"	如小板直指消梅托根之处也。

从以上摘出的书籍及版本信息来看，《帐中香》中引用了不少关于黄庭坚版本的信息，对研究黄庭坚版本的流传，有重要意义。另外，还引用了一些流传到日本的中国已佚或只传存有残本的书籍，实是一部具有重要文献价值的书籍，值得继续深入研究。

第三章

日本五山禅僧山谷假名抄小考

——以一韩智翃《山谷诗集钞》为例

吉川幸次郎在《宋诗概说》中提到:"苏轼与黄庭坚的诗,在日本,特别是室町时代(1336—1573)的五山禅僧之间,曾经大为风行。两人的诗集都传有日本覆刻本多种,又有不少附有假名以供讲义用的所谓抄本。"①这里所说的"抄本"在日本有特殊的名称:"抄物"(しょうもの)。指对典籍所加的训点、讲授前后的解说,以及整理而成的笔记②。柳田征司对此有详细定义:"抄物主要是指室町时代,京都五山的禅僧、博士家的学者、神道家、公卿、医家、足利学校的庠生与其门下、曹洞宗的僧等作成的对汉籍和佛典,以及一部分国书的注释书。其中心是以讲义的'闻书'、为讲义而记录的草案、一般也包含不附讲义的注释书。广义地包含汉文体,除此以外,明示的场合称为'假名抄'。又从形态上来说,形成一书的,不仅有注释书,也含有原典、假名混合体的数据,称为'书入れ仮名抄'。……作为室

---

① 吉川幸次郎《宋诗概说》第三章"北宋后期",岩波书店,1962年,第179页。
② 关于抄物的准确定义和范围,可参考柳田征司《室町時代語資料としての抄物の研究》(武藏野书院,1998年)序章。国内学者巩本栋《论域外所存的宋代文学史料》(《清华大学学报(哲学社会科学版)》,2007年第1期)中对此也有辨析:"所谓'抄物',大致即可认为是注本。然也有注而未备的意思在内。宋僧守千《上生经瑞应抄》(见《续藏经》)云:'疏是疏条为义,多分引文解义,然具次为门。抄乃漏略不备之义,多分临时随释,而不及具备,故云漏略不备之称。'"

町时代言语数据，与天主教数据、狂言一起，有很高的口语数据价值。"①这里定义的抄物，主要是假名抄，也包括汉文体，和原典、假名混合的资料。本文针对日本五山时代用假名抄写的黄庭坚诗歌的注释书进行研究。通过将释一韩《山谷诗集抄》与汉文抄（万里集九《帐中香》、啸岳鼎虎《山谷诗抄》）的对比，发现假名抄产生的时期可能早于某些汉文抄，并且保存了一些独有的注释，具有可研究的文学价值。

黄庭坚的汉文抄如万里集九《帐中香》、啸岳鼎虎《山谷诗抄》等已有学者进行研究②。假名抄如释一韩《山谷诗集抄》、两足院藏抄者不明的《山谷诗抄》等的相关研究则较少。柳田征司在上面提到假名抄多被看作研究室町时期语言的数据而为学者关注，从文献以及学术价值上来进行研究的较少。目前学界仍然很少有国内学者关注这一类资料的价值，原因之一是它们在日本的书目中著录为"国书"范畴。但其中论述的内容却都与中国文学有关，对了解黄庭坚诗歌在日本的接受有重要意义。

柳田征司认为汉文抄更倾向于采用多引用汉籍、佛典等来进行注释，而假名抄则更倾向于非引用型的方式，即用日语解释语词。他还认为从院政期至镰仓时代逐渐诞生了各类假名注，从而出现了汉字片假名混杂文体隆盛的状况③。那么为何成书于五山后期的抄物也采用了假名的形式呢？在山谷诗的汉文抄物中，原本就夹杂了一些假名，然而总体上仍是以汉文为主，尤其是在出现了《帐中香》这样完整而详细的注释之后，还有何种必要采用假名来进行注解呢？原因是五山后期开始出现了蒙学性质的抄物，如月舟寿桂曾经用汉文注释《锦绣段》（《锦绣段抄》《续锦绣段抄》），其法嗣继天寿戩（1495—1549）又用假名加以注释④。

---

① 柳田征司《抄物と日本語史研究》，《斯道文庫論集》第三十八辑，斯道文库，2003年，第250页。
② 根ケ山徹《月舟寿桂讲〈山谷幻云抄〉考》（《东方学》第一百十五辑，2008年）；周裕锴"天下白"与"帐中香"》（《古典文学知识》第5期，2013年9月）等。
③ 柳田征司《室町時代語資料としての抄物の研究》，第64页。
④ 太田亨《关于两足院所藏〈柳文抄〉》，京都大学文学部国语学国文学研究室编《柳文抄》，临川书店，2010年。

假名抄有多种文体,如文语体、口头语。一韩的《山谷诗集钞》是一种更接近口头语的假名抄。本文针对假名抄与汉文抄的关系进行比较考察之后发现,假名抄《山谷诗集钞》产生时期虽然晚于汉文抄《帐中香》等,但保存了独特的注释,显示了朝近世的过渡。

一、《山谷诗集钞》介绍

《山谷诗集钞》二十卷,一韩智翃抄(其卷末有"黄山谷诗集注,一韩和尚抄,卷第廿终")。释一韩智翃,生卒年不详。属于圣一派的大慈门派,其法系为:无准师范—(东福)圆尔—痴兀大慧—岭翁寂云—天外寂清—岐峰慧闯—孝仲光纯——韩①。他是《汤山联句钞》(寿春妙永与景徐周麟在有马温泉的唱酬联句诗的注释,1504年成书)的注释者,也是《四河入海》所收《蕉雨余滴》(桃源瑞仙讲《苏东坡诗抄》)的抄写者,同时是《临济录抄》(永正九年[1512]成书,笑云清三书写,蓬左文库有藏)的作者。他曾是景徐周麟、桃源瑞仙的门生,在学问上继承自五山后期最有学问的禅僧。

《山谷诗集钞》的成书年代不详,大体与《汤山联句钞》的成书时间相近,即永正元年(1504)②。目前可知的最早刊本为正保四年(1647)刊本,日本天理图书馆有藏。日本大阪市立大学藏万治二年(1659,按:一说"万治三年")寺町西田加兵卫重刊,笔者尚未得见此两种。宽文三年(1663)村上勘兵卫重新刊行(简称宽文本或癸卯本)③。高羽五郎编《抄物小系》14(昭和55年刊)中所收的"丁亥版癸卯本"是据癸卯本即宽文本而刊行的。根据相阪一成的一本、龟井孝氏的二本,共三种藏本进行影印,并参照了天理图书馆所藏的正保刊本补足欠损之处。本文根据的主要是此本(以下简称《钞》)。原本是抄文与原典(诗本文、任渊注)并载,但此本中并未收入原典。诗题

---

① 《中华若木诗抄 汤山联句钞》,《新日本古典文学大系》53,岩波书店,1995年,第569页。
② 《中华若木诗抄 汤山联句钞》,《新日本古典文学大系》53,第541页。
③ 丸屋源兵卫《宽文书籍目录》著录:"山谷二册,同注十册,同抄。山谷诗二册",《书目类编》第97册,第72、73页。

只限抄一行,诗句只抄开头四五字,任渊注则全部省略。首为许尹《黄陈诗集注序》,内题"山谷诗集注卷第几之抄"。

二、《山谷诗集钞》与汉文抄的关系

万里集九《帐中香》(笔者使用的是内阁文库本,以下简称《香》)完成于长享三年(1489),由其门人笑云清三抄录成书。从时间来看,成书当早于一韩的《钞》。

《香》与《钞》在构成上有些许差别。首先,《香》题许尹序为"豫章后山诗解序",《钞》为"黄陈诗集注序"。其次,日本禅僧在解读时,往往划分段落。《香》与《钞》在解读时的分段有所不同,如序的分段,《香》中称"此序先辈或十段,或十二段十三段,今以十四段取之",而《钞》则分为十一段。又如卷一《古诗二首》之一《钞》称分五段,或四段,《香》则称"旧说五段,今不取"。其他如卷一《赠别李次翁》,《帐中香》分为五段,并称"前辈讲之往往无分段,无段则大意不显也",而《钞》则将其分为二段。《戏和答禽语》,《香》分为二段,《钞》分为三段等。可见两书在分段上并无完全的相承关系。一韩的抄有可能源自别一系统的山谷诗讲释。

更重要的是,两书在关于黄庭坚诗文集的版本、对事典的考证、对诗句含义的解说上,都存在巨大差异。如《钞》关于黄庭坚集的版本解释:

> 先生一代之诗文集共五部。内编二部,外编三部也。内编二部中,一部为先生自编,诗文共载。一部为南渡高宗建炎中胡直孺帅洪州时,命山谷之侄洪玉父选谷集,亦是诗文共载。今此廿卷为洪玉父所选集中之诗。洪玉父此编前后参错,任渊皆一一注出年号和出处,又加以年谱。今此廿卷始自先生四十岁以后在退听堂所作诗。以前之诗虽亦不坏,但四十以后义理既深诗又奇。然则四十以前亦有诗。谷始有集名之为焦尾弊帚,后在陈留时,有退听集。外编为李彤编,诗文共载。内外云云,源自庄子,内编言其心曲,外编则为风花雪月。别集黄䇕编。古集王炎编,是仅有文而已。以上五部(原日文)。

其中将山谷集分为五部：内编二部，包括黄庭坚自编的诗文集、洪炎编的诗文集。外编三部，包括李彤编的诗文集、黄𰯲编的别集、王炎编的古集（文集）（此当依据的是宋代黄震《黄氏日抄》卷六十五所说的"王炎集其文"而来）。而《香》提及的黄庭坚文集主要有：大字《豫章文集》及《外集》、小字《豫章文集》及《外集》，所提及的黄庭坚诗注主要有：古本小板《山谷黄先生大全诗注》、增注大板《山谷诗集注》、唐本小板、唐本增注、写本（参考本书第二章），可见两书参考的诗文集版本并不相同，万里集九引用的版本更多，而一韩解释的更多是中国传世的较常见的版本，可能他手边并没有那么多的五山版山谷诗集，也可能是他的重心并不在版本校对上，只是疏通诗句大意。

《钞》的解释词语上也与《香》中所引各家解释有不同的地方。如上述序中对"古者登歌清庙"中的"清庙"一词，《香》中的解释是"樵云：清庙诗篇名也，墨点。又有一义云：登清庙而歌诗也，朱点。"《钞》解释清庙"犹如日本的伊势和八幡。或者先祖之庙，此处乃为政时歌诗。"这一条注释并不见于《香》中所汇集的各家批注。

综合以上各种相异之处，可以推知《帐中香》与《山谷诗集钞》重复部分不多，两家抄者并没有相互参考，或者说，一韩在注释时几乎没有参考万里集九的抄物。

《山谷诗集钞》之后，日本还诞生了一部大型的汉文山谷诗抄物。即啸岳鼎虎（1528—1599）的《山谷诗抄》。啸岳鼎虎，据中村泰佑所编《洞春开山啸岳鼎虎禅师语录》（洞春寺，1931年）中附的"开山啸岳鼎虎禅师传"可知，禅师讳鼎虎，字啸岳，别号万年，筑前博德人。幼时有高风亮采，曾经两度入明，历参各地名师，永禄三年（1560）归国，在1592年丰臣秀吉攻打朝鲜的文禄之役中曾随军入朝鲜。他在中国古典上造诣深厚，曾受到正亲町天皇赐其紫衣的宣旨，并受到毛利辉元的盛情邀请，成为洞春寺的开山。洞春寺山号为正宗山，属于临济宗建仁寺派。洞春寺收藏的啸岳鼎虎禅师抄写的汉籍种类详见阿部隆一氏《洞春寺开山啸岳鼎虎禅师手泽现存本——洞春寺所藏贵重典籍》[①]。洞春寺

---

① 《山口县文化财》第七号，山口县文化财爱护协会，1977年。

本《山谷诗抄》的存在和被发现始于昭和三十八年(1963)日本山口大学中国文学科主任上村幸次教授关于毛利藩旧藏汉籍的调查,目前已有影印本出版。本文所据即此影印版洞春寺本。

经过对比发现,《山谷诗集钞》与洞春寺本《山谷诗抄》在内容上有相同或相似的部分。如卷一《演雅》一诗中,洞春寺本的记载如下:

> 或云《韩文公画记》、山谷《演雅》,所谓真甲乙账者也,前辈异论甚多,自褒者而见之,则文公记画目入大年笔,成一篇巨文,其妙可知。《演雅》注虫鱼入鲁直笔,其语成韵,其奇抗韩公也。自贬者而见之,真甲乙帐,何之为妙哉。

而《山谷诗集钞》中也有"此《演雅》ヲ甲乙帳ト云テ"的记载。可知当时的确有此说法,而后人又有分辩。《山谷诗集钞》记录的是前者,而洞春寺本更加完善,"前辈异论甚多"一句,可见当时对这句的争辩。

此诗的其他解释,两抄也有相似的部分。今试举两者相关内容之例如下:

《山谷诗集钞》	洞春寺本《山谷诗抄》
繋…ハ論語之語ソ。孔子ノ我ナリヲ、喩テ云タレソ。匏ノ用ニモ立イテ、ブラリト、サガリタ様ナト云心ソ。本注ハカウソ。新注ハ星名ニ見ソ。此星ハ天ニ在テ、實無用匏ノ。クワレモセイデ。籬落ニカカル様ナト云心ソ。詩ノ意ハ劉モ時世二用ライテ。夷中ノ角ニイタハ、匏ノ篱落ニカノリテ、用ニモタタヌ様ナソ、ニヤウタ者カ互ニ相思ソ。新注ノ心ナラハ星ノ名ハ匏テクワレモセヌ様ナソ。又ハ匏ハ獨処ノ星ソ。其時ハソチモコチモ相州ト德平トニ、各獨居ト様ナソ。極、サテ恋シサニ。ミヤレハ相州ト德平ト相隔ウオ十餘、ハカリソ、サノミ遠モ無ソ。①	系匏,《论语·阳货》第十七云"吾岂匏瓜哉,焉能系而不食",本注匏瓠也,言瓠匏瓜得系一处者,不食故也,吾自食物,当东西南北不得如不食之物系滞一处。《辑释》云匏瓜系于一处不饮食,人则如是也,又云系而不食,譬如人老山林而不为世用也,或云《论语本注》苦匏不食,故系篱落耳,譬不才之不见用已,新注:星名,言虽有匏名而系于天,而无实用也。今所用之义,公与景文不用于时,相共居外? 故也。《论语新注》匏星名,独处星也,此二句言二人在独处相望也。系匏,(木之义)刻与黄共不被用,惟相州与德平镇相望耳,德平与相州十余城也。

续 表

《山谷诗集钞》	洞春寺本《山谷诗抄》
寄…仲謀カ、谷カ処ヘ使ヲ、ヲコイテ、其何事カ有トテ、<u>起居安否ヲ先問テ</u>、今<u>京ヘ上ル言伝セヨト</u>云ホトニ空谷ニノカルル者ノ…。 一義ニ<u>仲謀カ直ニキテ</u>、京ヘ上ル言伝セヨト云ゾ。此義ノ時ハ《漢書》ノ心ヲハ用イヌソ。<u>又一義ニ仲謀カ京ヘ上ル言伝セヨト</u>云ホトニ、<u>京ヘ言伝ヲメ</u>、京ノ母ヤ妻子カウレシカラウズト云方ヘノ見ソ。②	寄声,此二句裴公<u>问先生安否</u>,又告<u>赴京之事</u>。此有二义,言裴本自来也。或云遣使者来也,二俱无害,<u>或曰时先生二亲并妻子在京,故付言仲谋问其安否</u>,此说不可也。
桃李…注ノ心ハ昔ハ春ノ花ヲ看テ、酒ヲ飲テ、<u>共遊</u>タガ、今ハ獨酌ソ。昔ハ<u>江湖デ雨ヲ聽デハ</u>、共對燈學問ヲシタガ、今ハ相別后十年バカリハ、燈モ獨對ソ。一義ニ注ノ心ハワルイ、サシモ昔桃李ノ時分マイリヤウテ、酒ヲ飲テ遊シガ、今別后十年ハカリハ、江湖テ雨ヲ聽テ、獨對燈イタソ。上句ハ昔、下句ハ今ソ。又一義ニ此二句ハ<u>影略</u>メミルゾ、<u>記曾遊而繋今日</u>ゾ。③	或云桃李春风时共酌而同游,今独居只独酌而已。<u>江湖夜雨之时,共对灯而读书</u>,今独居只独对灯而已。又记二句共叙十年前同游之事,则今日独居之事不言而可知矣,<u>记曾游而系于今日</u>,<u>影略</u>可见。
馬鋪ハ<u>馬ノ市</u>ソ。又ハ<u>馬ニ物ヲカウ処</u>ソ。又ハタビウトヤソ。④	刻云马铺者,系马之处,又<u>马市</u>也,又途中养马处也,铺市也,或云凡曰铺者市中<u>卖物之棚</u>也,<u>或曰马</u>。

注:① 卷一《次韵刘景文登邺王台见思五首》;② 卷二《寄裴仲谋》;③ 卷二《寄黄几复》;④ 卷十二《题驴瘦岭马铺》。

从上述举例可见,二书从引书、解释来看,都有诸多相似之处(下划线处)。当然,二书也有不同,《山谷诗集钞》是将诗意用简单的日语口语进行解释。洞春寺本的成书晚于《山谷诗集钞》,从逻辑上说,有可能是啸岳鼎虎参考了一韩的注释,并加以翻译和补充。但也不排除二人皆参考了另一种五山禅僧的山谷诗注释,才具有这样的相似点的可能。总而言之,洞春寺本《山谷诗抄》与一韩的《山谷诗集钞》有某种关联。

尽管假名抄《山谷诗集钞》的有些注解已被洞春寺本所吸收,但仍然有自己的特点和研究价值。以下分析此种假名抄在解诗上的特点以及它的研究价值。

三、《山谷诗集钞》的解诗特点

(1) 语言通俗,较少引用书籍,具有童蒙教科书的性质。

《山谷诗集钞》对诗的解释与《帐中香》相比,具有鲜明的不同之处。《香》中多引书籍来表明自己的观点,《钞》则较少引书,往往直接解释。如对许尹序中"载道"一词的解释,《香》中引用《扬子法言》解释此词:

《杨(笔者按:当为"扬")子》曰:或问:"孔子知其道之不用也,则载而恶乎之?"曰:"之后世君子。"

又引李汉《退之文集序》曰"言载道之器"。而《钞》中只解释"道",称:

道トハ。人ノ立イ振舞イ。或ハ民百姓天下ヲサムル道ゾ。是ヲ六經ニシルスソ。後世マテ传此道ヲタメソ。

笔者译:道是人的正确的行为,或者是为天下人民百姓的道。这在六经中体现出来,传至后世。

《钞》引用书籍不多,大多是对诗意的讲解,对词语的解释很少引用韵书、类书之类,偶尔提及如《皇朝文鉴》《古今备要事类》之类的著作。

另外,《钞》中所引的五山禅僧的抄较少,仅有月中岩、江西、小补、双桂、岩栖等。引用时也非常简略。如关于卷一《宿旧彭泽怀陶令》一诗的系年,在《钞》中仅提到又有一义云七年所作,没有提及讲者及其解释。一韩的其他抄物如《汤山联句钞》也具有这样的特点。可见,一韩注释的受众可能是一些学识不高的普通禅僧,如《汤山联句钞》就是为了"光集小子"而作,"小子"是弟子的意思,此人生平不详,可能是一位默默无闻的小僧侣。而万里集九讲山谷诗的受众是太田道灌这样地位崇高的武将。啸岳鼎虎山谷诗注的受众也可能是毛利辉元这样势高权重的大名。他们的讲释自然不能过于浅显，反而要尽量显示出自己的学识。受众的不同是产生汉文抄与假名抄的关键因素。

（2）注重诗意，多义讲之。

例如卷一《醇道得蛤蜊复索舜泉舜泉已酌尽官酝不堪不敢送》中关于"此曲"一词具体所指的解释，《香》云"此曲或说多，今不取之"，《钞》中则保留了二种释义，并作出了辨别：

> 此義ニ一ノ句ハ母カ稚川ヲ思ナリソ。二ノ句ハ女房カ稚川ヲ思心カ。絲ノ樣ナリ。此義ハ非也。此曲ハ此詩ノ第一、第二ノ句ヲ云ソ。此悲イヤウナ詩ハ、大名ノ朱門テ歌ハ、不吉カラウソ。湘湖ノ間テ。竹枝ヲ打テ歌ソ。似合タソ。此曲ハ一義ニ稚川カ本句（笔者按："勻"即"韵"字）ノ詩ソ。
>
> 又義ニ此曲ハ竹枝歌ソ。此詩ノ四ノ句ヲ指ソ。

这里指出：一种说法认为"此曲"指此诗第一、第二句，与万里集九所持意见相同，但《钞》认为此义不正确。又指出另一种说法认为是指竹枝歌。一韩的解释因不拘泥于引书，故更流畅易懂，尤其是对日本人来说，如果参考洞春寺本这样的汉文抄来读，更有助于把握诗意。

四、《山谷诗集钞》的研究价值

通过以上比较可以发现，《山谷诗集钞》与《帐中香》有很大不同，但与洞春寺本有某种联系，可以考察五山后期为普通禅僧讲授山谷诗的情况，以及洞春寺本的注释来源。具体来说，主要有以下几点：

（一）《钞》中保存了一些《香》中没有引用的五山禅僧的讲解。如：

> 無己ハ二ノ音ソ。キノ時ハ無己（オノレ）ソ。イノ時ハ無已（ヤム）ソ。月中岩ハ陳师道無已（ヤム）ト云義トヲシナル

ソ。匀府(笔者按:"匀"即"韵"字)ノ已(ヤム)字ノ処ニ無已ヲ載ソ。双桂ヤ江西ハ無已(キ)トヨマシムソ。山谷ガ無己ノ字ノ說書トニモ己(キ)ノ心ソ。

可知中岩圆月与惟岩得肖、江西龙派在对"陈无己"还是"陈无已"的问题上有分歧。

又如解释许尹序中关于"论画者可以形似"一句中的"形似",《香》中所引的是:"樵云:凡形似字多非惟画,文章亦有之。于画谓之状貌衣裳皆虽相似,而其真实之处谁能识之哉",而《钞》中所引的是:

古本ニハ形ハ刑トアルゾ。形ノ時ハ画ヲ論スル者ハ。以形似ノ心ソ。双桂ハ形ノ字ヲトルゾ。刑ハ法ゾ。人ヲ賞罰スル心ソ。江西ハ刑ノ字ヲトルソ。

《钞》中指出了古本小板的"形"字作"刑",惟岩得肖取"形"字,江西龙派取"刑"。又如关于梅佛子一事,此中亦有记载:

范元実ガ詩話ニ坡ガ大夫人子ヲ祈テ松ト梅ヲ夢ニ見テ軾轍ノ二子ヲ生タソ。《遯齋閒覽》ニ梅佛子松佛子ノ事ヨリト云。此書ハ未見ソ。日本ヘ未渡ソ。

又如关于"江梅"的解释:

江梅ハ二義ソ,蜀江ノ梅ソ。坡ハ蜀人ソ、サテ江梅ト云ソ。又范石湖ガ《梅譜》ニ江梅ト云ガ一種ノ類アルソ。直脚梅ト云ソンゾ、ト細ウ花カアリテッエウ香シイソ,実カ堅ソ。江梅ハ花ヲ云イサウナニ先ッ実ウハ何事ソト云ニ古風ノ心ソ。《尚書》、《毛詩》ナントニハ実トイフソ。花ト云ハ南北朝以來ノ事ソ。江梅ハヨイ実カアル花ソ。

从这段解释中可见,与洞春寺本《山谷诗抄》中所引的萧云、刻云大致相同。这些可以作为《帐中香》的补充。又如卷一《题潜峰阁》一诗,《香》中云"此篇第一二赋也,第三四句比也",而《钞》中则保留了刻云此诗为赋比兴之中赋之诗也。与万里集九的解说不同。又如卷一

《赣上食莲有感》一诗中关于"莲心政自苦"的解释，《钞》中记载有如下一段不见于《香》中的注释：

> 刻云言莲实已苦何嗜之。虽世有甘餐君子不嗜，或于人作毒，故无其德而素餐实可愧也。或云高官厚禄，食五鼎者，往往有尸素之辱，然则虽被其美之食，有时罹祸，犹甘餐有腊毒也，不及莲心苦也。

（二）《钞》中保留了一些对黄庭坚诗的多样解释。如对卷一《咏史呈徐仲车》诗中的"坐上漫书疏"一句，《香》中没有展开阐释，《钞》中则有：

> 書…二二義アリ。杜カ耳カキコヘヌホトニ物ヲ問テハ紙ニ書テ問ソ。サテ座敷ニハ書イタ物カ、一ハイアルソ。一義ニ漫ニ一スト読トキハ、チヤッチヤット、地ニ画スル様ニ指テカイテ、物ヲ問ソ。ココマテ、昔ノ事ヲ云テ、ヨリ谷カ新意ヲ出テ云ソ。

"书"字有二种解释，一义是在座位上有书籍之类，一义在地上指画。又如卷一《次韵公择舅》一诗中关于"惊鸣"二字，《香》中只云此二字可细着眼哉，而《钞》中则有如下的解释道：

> 驚鳴ノ二字ニ心ガアラウゾ。谷カ心モカウ、只ヒッコウデ、イタカコノミソ。出テ貴栄花ヲ、キワムルモ、只一炊ノ中ソ。結句ワルウスレハ、事ニワウソ、ヤライヤイヤソ。一義ニ公擇ヲ云ソ。今提刑ノ官テイテ、廬山へ帰リタイタイト、イヘトモマタエ帰ラヌソ。辛苦セウヨリモ、トウカヘラシメカシ。坡モ匡山頭白早帰來ト作ソ。一義ニ谷少時隨李公擇學ソ。李公擇、谷カ処へ行テ、棚ニ書ノ一ハイアル中ヲ、ヲットリトリミテ、問ヘハ谷カ一一ニ答フ。李カ大ニ驚テ、一日千里ト云テ、ホメタソ。是ハ祝着ソ。サレトモ其ヲ。今日ヨリメミレハ打過テ。黄梁ノ梦ソ。去時ハヒツコテ、イタホトノ楽ハ有マイソ。谷ハ讀書五行共下ト云テ。一目ニ五行チヤット見ソ。

"惊呜"二字有二义。一义指李公择所云,为提刑官时归隐庐山而不得。一义指山谷少时过目不忘,李公择对其十分惊奇。

(三)《钞》记录的是室町时期的口语,由此可以了解到当时五山禅僧讲授山谷诗的情形。如卷十二《次韵宋楙宗送别二首》中有:

> 再講云：此詩全篇ヲ宋楙宗力心ニミル、去年紹聖二年二山谷殿ヲ送タシ、今又知命殿ノ黔南へ行ヲ送ホトニ、詩ヲ作テ別ヲ惜テ、泣ニタヘウソ。

《山谷诗集钞》虽是以假名写成,对黄诗的解读,也不如汉文抄《帐中香》、《山谷诗抄》精致细密,但它反映的是早期五山禅僧讲授山谷诗的情形,对了解这段历史很有意义。对它的研究,以及下节提到的各种山谷的闻书的研究,还是一个有待开拓的领域。

五、结语

根据以上考察,可以推测,假名抄的出现有两种可能,一种是先是在山谷集中加点训诂,然后将注抄在集中,再加朱墨点校勘,最后誊写。如在今天保存的种种五山版山谷集中,大多有当时禅僧作的训点,如《倭板书籍考》卷七著录《山谷诗集注》二十卷附《年谱》一卷。中有五山名僧和训古点;《旧刊景谱》著录室町初期刊《山谷黄先生大全诗注》(成簣堂文库藏),全卷亦有室町时代加笔朱墨点[①]。《翰林胡芦集》中有《题原莲甫书山谷诗》,记录了桃源瑞仙的门生原莲甫书写山谷诗集注解的过程:

> 原莲甫,从梅岑翁者有年矣,好学不倦,而得楷法于小补翁,故下笔有准度。梅翁以玉版纸数百枚付之。<u>莲甫一手写鲁直诗集,复事实之在于注外者,诗义之出于意外者,先辈以细字填之于本之空处</u>,悉写莫遗焉。而后朱墨勘之,庶无差误。可谓勤矣[②]。

---

① 川瀨一马《旧刊景谱》,东京文求堂书店,1932年,第210页。
② 《翰林葫芦集》卷八,《五山文学全集》第四卷,思文阁,第393、394页。

另一种是记录当时讲授时使用的口语,而后出的汉文抄则将记录下来的假名抄进行翻译、整理、加工,有必要时重新查阅典故。《山谷诗集钞》与洞春寺本《山谷诗抄》即是这样的关系。这种假名抄假名抄适合汉文程度不高的初学禅僧,汉文抄适合汉文水平为中高级级别的禅僧。而且这种假名抄作中间桥梁,对考察后期出现的汉文抄也有帮助。

以上通过考察一种假文抄探讨了此类资料的价值,其实它并不是孤立的,日本还保留着不少类似的山谷假名抄。下面简单介绍其中的几种,具体研究还有待将来:

《山谷抄》,底本藏于建仁寺两足院,约长25.2厘米,宽20.2厘米,共六册,《续抄物数据集成》收。大塚光信在《续抄物数据集成》所附《山谷抄》解说文中探讨了几种假名抄的差别。如卷五《子瞻诗句妙一世自云效庭坚体盖退之戏效孟郊樊宗师之比以文滑稽耳恐后生不解故次韵道之》一诗,《山谷诗集钞》引用了原典的本文,《山谷抄》没有。引用的汉文中,《山谷诗集钞》有些附返り点,《山谷抄》没有[1]。他认为这是《山谷诗集钞》在板行之间的附加。除此以外,两本的抄文几乎一样。当然也并非完全相同,差异主要在于汉字、假名的出入与浊点的有无。事实上,《山谷抄》内容大部分与《山谷诗集钞》相同,但也有差异。如此本前附有《山谷诗集钞》中所没有的《山谷老人传》,即屡见胡仔《苕溪渔隐丛话》的《豫章先生传》,其中"直委"二字,龙榆生疑二字有误,《山谷抄》此二字作"直差",或者可以订误为此字。又如解释《黄陈诗集序》后,《山谷抄》又解释了"豫章"和"陈无己"等,这些出现在《钞》中的卷一。

另有京都大学藏《山谷注之闻书》,原表纸题"江阳之珠玄于足利之小窗书写毕",珠玄者,无考,或者即足利学校之庠生。又藏《山谷诗觉》[2],存卷二,注释简略,笔迹潦草,大约是听者的速记。这些都是

---

[1] 石川真代子的《〈山谷抄〉についての一考察》(《滋贺大国文》22号)一文对两本进行了详细的比较,可参看。
[2] 塘耕次撰有《黄山谷与超谷——山谷觉书》(载《东洋学论集·森三树三郎博士颂寿纪念》,1979年)。

用假名抄写的对山谷诗的注释。

  总之,日本禅僧对黄庭坚诗歌的阅读持续了两个多世纪,是一个不断传承和发展的过程,后来的讲者对早期的讲授者不是盲目的接受,而是在择优更新,这种参酌与筛选,将对黄庭坚诗的解读,逐渐向深层次的方向推进。

近 世 篇 Ⅰ

◎ 第四章　江户时代的文章观与"近世精神"

◎ 第五章　伊藤东涯的文章学

◎ 第六章　江户时代异学者皆川淇园的文章学

第四章

江户时代的文章观与"近世精神"

近世是日本国家意识崛起的时代,是儒学大兴的时代,也是文人树立自信的时代。丸山真男曾经从思想的角度论述了荻生徂徕与国学派的近代化意义,并且指出"日本近世儒学的发展是这样一种过程,即通过儒学的内部发展,儒学思想自行分解,进而从自身之中萌生出完全异质的要素"①。如果将荻生徂徕所属的"异学"(朱子学以外的儒学派别)当成一个活跃的整体来看待,其中蕴含着提倡自由意志的"近代性"。副岛一郎也提到:"在日本通过古文的创作,导致了近世化的逻辑性思考的产生。"②通过对整个江户时代,尤其是以古学一派文章观及文法书的疏理可以看到,这种近世化的逻辑性思考有其发展脉络:抛弃简单的仿作,从字义及用法本身出发;放弃对中国文章的一味赞扬,从日本人的立场出发对初学者进行入门指导,这是江户时代文章观从依附到独立的过程。

日本中世时期在古文创作上主要以《古文真宝》为范式。江户初期仍有不少禅僧讲释此书(月溪圣澄),藤原惺窝也为此书做过讲义,林罗山进行过谚解③,不过后者却认为此书"失于隘矣"④。林罗山作

---

① 丸山真男著、王中江译《日本政治思想史研究》,三联书店,2000年,第10页。
② 副岛一郎《〈文章轨范〉在日本:日本近世近代精神的源流之一》,《中国古代文章学的衍化与异形:中国古代文章学二集》,复旦大学出版社,2014年,第449页。
③ 林罗山《古文真宝后集谚解大成》,宽文三年(1663)刊本。
④ 林罗山《三体诗古文真宝辩》,《林罗山文集》卷二十六,ぺりかん社,1979年,第301页。

为江户初期朱子学的提倡者,主要意图在于以文"传道"(元政序),他认为"凡作为文章,无常师,唯以古文为师。夫道德者,我实也;文章者,我华也。华也者,史也;实也者,野也。华实彬彬,然后我文我道无蓁塞,谓之君子之文章矣。尧之焕乎也,卫武公之有斐也,是已。夫子之文章,文不在兹乎,亦是已"①。江户脱佛以后的儒者和五山禅僧相比,在文章创作目的与观念上发生了根本变化,他们的学习对象和创作方法也发生了变化。前一变化是因儒者的身份,后一变化得益于元明时代诗格与文话的传入和影响。学者曾指出"纵观日本的文话发展史,日本学者先是借助中国的文话来表达自己的观点,而后才开始亲自撰作文话"②,具体而言,学习古文不再单纯依靠《古文真宝》以及《文章轨范》这样的宋代文章选本来对宋人的文章进行模仿,而是从元明时代的文话《文体明辨》《文章欧冶》当中发现汉语本身的规律。在研究如何科学对待汉文这一"他者"的过程中,江户儒者的文学创作理念发生着相应的变化,尤其是朱子学以外的学者,不仅学问上不再遵从宋儒的解释,对宋代古文的批判也表明他们有择取的文章观,是独立文学思考的一种表现,形成了科学的"近世精神"。

一、江户初期朱子学者的文章观

藤原惺窝(1561—1619,名肃,字敛夫)和林罗山(1583—1657,名忠、信胜,字子信,通称又三郎、道春)被称为"程朱之忠臣,宋学之砥柱"③,他们与德川家康关系密切,喜好典籍,虽然排佛,但实际上都受五山文学润泽。在提倡宋学的同时,在古文创作上十分重视知识的储积。

藤原惺窝在江户幕府建立之初便编成了一部大型的文章学著作

---

① 林罗山《林罗山文集》卷六十六,第 813 页。
② 卞东波《日本汉籍视域下的文话研究》,《中国古代文章学的衍化与异形:中国古代文章学二集》,第 421 页。
③ 高志泉溟《时学针炳》卷上,《日本儒林丛书》第四卷,凤出版,1971 年,第 7 页。

《文章达德纲领》（文禄四年[1599]成书，宽永十六年[1639]刊行）。朝鲜人姜沆（1567—1618）为此书所作叙中介绍了创作背景："学者不知作文几格之故，摭前贤议论，间以己见，群分类聚为《文章达德纲领》。"堀杏庵（1585—1642）序揭示了其编撰并非出自惺窝本人之手，乃是"吉田素庵受予师惺窝先生之命而所辑录之书也"。此书引用典籍丰富①，编撰严谨，但实为一"辑录之书"，皆转抄转引，惺窝自称其原因是"曾不著一私言乎其间，是恐其僭逾也"②。尤其是全用中文书写，并无训读或翻译。惺窝曾"欲以宋儒之意加倭训于字傍，以便后学"③，然而并未实施。之所以最终未能加上训读，一方面可能是因此书规模庞大，又或许是这些内容不符合日人创作的实际需要，对于当时一般儒者来说也还没有被接受，实际的传播范围可能并不广泛。而惺窝"恐其僭逾"的心态也值得注意。在他心目中，中国文人的著作是一道不可攀越的高山大峰，是宛如圣贤般不可亵渎的经典。这种心态类似于五山禅僧对中国古典的崇拜，显示了他身上还保留着中世文章观的遗习。

林罗山在学问上亦尊崇朱子学，但他以"博学"为家法，读书涉猎广泛，学问深厚。在文章学方面，他注意到了助字之于日人创作古文的重要性，撰有《助字辩》："或问林子助字如何，曰：柳河东《答杜温夫书》曰：但见生用助字不当律令，唯以此奉答。所谓乎欤耶哉夫者，疑辞也。矣耳焉也者，决辞也。今生则一之，宜考前闻所使用与吾言类且异，慎思之，则一益也。故洪容斋谓孟子百里奚一章曰：……味其所用助字，开阖变化，使人之意飞动。此难以为温夫辈言也，唯博见

---

① 大岛晃《〈文章達德綱領〉の構成とその引用書——〈文章欧冶〉等を中心に》，《汉文学解释与研究》2，汉文学研究会，1999年，第21—50页；张红《藤原惺窝〈文章达德纲领〉的文学思想及其杜诗观》，《中国文学研究》2018年1月。
② 藤原惺窝《与林道春》，《惺窝先生文集》卷十，天保七年（1836）刊本。
③ 藤原惺窝《问姜沆》，《惺窝先生文集》卷十。姜沆《文章达德纲领叙》（1599年作）云："日东学者阖国唯知有记诵词章之学，未知有圣贤性理存养省察知行合一之学，故赤松源公广通慨然嘱钦夫（藤原惺窝）以四书六经及性理诸书，新以国字加训释，惠日东后学。"即所谓"宋儒之意"。

经书以可具眼,不易草草言也。"①这里他只是引用了洪迈《容斋随笔》卷六中的一条来回答柳宗元言论的补充,并作为对质疑者的回答。他还认为唯有博览经书,自然能熟悉助字用法。采用的是比较呆板的死读书方法。林氏学问承传采用家传的方式,至于如何用科学而通俗易懂的方式教育门生作文,并没有留下具体的流程与做法,他的语气中甚至对于通俗教材也带有一些不满和批评。他提倡以"博见经书"为学习助字的方法,并不是随口一说,林罗山所撰的《随笔》中提到了有益于作文的经学书目:"方用语助字,莫如《论语》《孟子》,《论语》《孟子》读而后作为文章者,用助字则不为不好。其次莫如《左氏传》,《左氏》瞻而博,《论语》古而朴,《孟子》丽而达,岂只助字而已矣乎哉,其文词亦如之。"他不仅认为学助字当读经书,还认为文章皆本于六经:"宇宙之间一切文章无不出于六经,凡歌谣乐府辞赋韵语,皆本于诗。凡叙事记传之类,皆本于《春秋》《尚书》。《尚书》之中有议论处亦有之。凡议论说辩之类,皆本于易十翼。屈原之骚者,雅之变也。汉人之赋者,骚之变也。韩退之之《画记》本于顾命。顷年见闽书有《桥记》似《画记》,偶忘其作者,宜考闽书。司马子长《史记》伯夷屈原传,议论中有叙事,叙事中有议论,退之之《圬者王承福传》步骤之"②。这种看法与古学派、古文辞派的主张其实也有相似之处,尤其是他还强调了应读《庄子》以达到文章有活法的理想状态:"文章之有活法者,《庄子》也。譬之佛法则诸子之书如大乘诸经,庄子却如禅祖之语录。所以有活法者,以语怪故也。作文者不可废庄子书矣。"③这已经不是一位纯粹的朱子学者的语气,而是出于对文学的爱好。唐宋八大家当中,他除了对韩愈的作品感兴趣以外,对苏轼的诗文集也十分喜爱并收藏。只是身份所限,对诗格、文话类作品没有研究,学习和创作方法上仅以博览为主,没有新创。

---

① 《林罗山文集》卷二十六。
② 《林罗山文集》卷七十,第873页。
③ 《林罗山文集》卷六十六,第810、811页。

二、渡日明人陈元赟、朱舜水与古学派的文法研究

江户时代的古学派主要指荻生徂徕的古文辞派与伊藤仁斋父子的古义学派。前者曾经风靡一时,后者也拥有众多门生弟子。他们高举反对朱子学的大旗,主张从阅读学习比宋代更"古"的先秦、两汉典籍入手,探寻学问的真谛,因此重视古文的创作。然而,学者鲜有提及他们在创建自己的文章学时曾受到东渡日本的明人影响。其中,渡日明人陈元赟的影响尤其重要。

陈元赟(1587—1671),名珦,杭州人,字义(一作羲)甫,一字士升,号崆峒子,又号虎魄道人、既白山人等。人称升庵。陈元赟兼习南宋诗学与元明文话,将二者结合起来指导日人创作。更为难得的是,他能训读、识日语,其《升庵诗话》中记载:"一日升庵读书,侏离不可晓,拊背而问之,升庵指而示之,与本邦颠倒而读者一般","升庵颇识倭训,曾观杜律《望岳》诗,'会'字,旁训曰:陁摩陁摩者。哂且曰:此恐误作'偶'字意而训也。问曷是?曰:伊瓷都,几何",这些使得他更能发现日人解诗作诗的问题。陈元赟特创"文理错"与"字义错"二语以概括日本人创作汉诗文的两种主要弊病:"承讯文理错、字义错,固是先辈批语所无。此特不斐创名者。意中华人语音合下不错,故先辈无此说。兹方之人则不然,故不斐因古人有用事错之语,师意作古。……文理错则语不成,字义共则物不是,要脱出这个二关得,便是赤县神州的主人。"字义错是指日人容易混淆近义词,如认"霞"为"霭",误"岚"称"风"之类。文理错是指日人不懂古汉语的逻辑顺序,且滥用助词等问题,如解权德舆《古人名诗》中的"涧谷永不变"(此句用人名"谷永")为"涧谷不能永久于变易",解释者将"永不变"错解为"不永变",多下了一个"于"字,意思完全解释得不对。"文理错"与"字义错"给后来的日本汉文教育者以诸多启示,如贝原益轩、荻生徂徕、伊藤东涯等人,皆在此基础上对近义词、虚字进行了研究。这两个毛病正是日人诗文有"倭习"的症结所在。

例如贝原益轩(1630—1714)①《劝作文论》指出了"作文之法"的重要性,以及在文理与字义上有致命缺陷的问题:"国俗古来虽读书之人颇多,然而往往不学作文之法。故其所作为之文字,上下颠倒,处置粗谬,连字不法古文,制词好用俗语,是故所作不成文理者多矣。"他还提出了具体的作文之法:"大凡作文者,须以《六经》《语》《孟》为根柢,又可以《左传》《史记》《汉书》《楚辞》《文选》之中近乎正体者、八大家及诸子为辅翼矣",这里提到的作文之法与林罗山多读经书的主张相近,但又加上了《楚辞》《文选》唐宋八大家以及诸子等更具有文学性的作品。他还提到要注意"文字之布置,助字之所在",与陈元赟提到的观点一致。

陈元赟对字法和文理的阐释对古文辞学派的开创者荻生徂徕(1666—1728)也有着重大的启发意义。徂徕元禄四年(1691,26岁)所作的《文理三昧序》中提到:

> 虎白陈氏曰:日东人博涉载籍者多矣,然能识文理与字义者则鲜焉。余传闻斯言而服膺之也。日尚矣,遂以研究揣摩而得其说焉。盖喻之军旅则字义犹吏卒之财也;文理犹行伍之法也。苟不识夫吏卒之财,则物非其物矣。又不得夫行伍之法,则用非其用矣。若夫血脉者,常蛇之势也;用事者,变化之妙也;格调者,王霸之别也。此三者,则高矣远矣,非入门之士所能猎等而到焉,故且作为《文理三昧》《字义明辨》二编,以谂童蒙云②。

从这篇序文看来,"虎白陈氏"当即指陈元赟,其号虎魄道人,又曾自

---

① 贝原益轩是一位庶民儒者,其父宽斋曾为筑前福冈藩黑田氏的家臣,益轩出生后的第二年父亲便丢掉了禄位,在博多港附近以卖药、教授幼童为生,尽管后来又再出仕,担任的不过是穗波郡八木山中一处警务所的勤务而已。益轩十九岁被聘为福冈藩藩儒,但过了两年,因受处罚而成为浪人,过了七年多浪人生活后,终于在二十七岁时再次被下一任藩主招聘。益轩最著名的业绩在《养生训》和《和俗童子训》等,在日本农学史和教育史上占有一席之地。他是这一时期朱子学者中的特殊存在,具有古学主义精神。西岛兰溪《弊帚诗话》:"贝原损轩(即益轩)先生著述富赡,固不烦余言,其有《大疑录》,实为古学之嚆矢矣"(《日本诗话丛书》第四卷,文会堂书店,1920年,第515页)。
② 荻生徂徕著、小泉秀之助校订《译文筌蹄(附东涯用字格)》,名著普及会,1980年。

署"大明国虎林既白山人",徂徕当是混淆而言之。其中谈到的字义、文理、血脉、用事、格调,皆为《升庵诗话》中论及的内容。徂徕提到他"传闻斯言",说明不一定是从此诗话直接得到启发,但更加能够证明陈元赟之说在江户时代的影响之广:即便在其去世二十年以后,他对字义与文理的理想还在影响着学者。

徂徕在序文中还提到他创作的《文理三昧》和《字义明辨》二书便是受陈元赟之说的启发。现略举出其中与《升庵诗话》类似的内容:

① 小曰文理,大曰<u>血脉</u>。血脉贯穿一篇,文理错综一句。血脉不贯,犹是华人之不能文者;若文理不综,决是夷人侏儸耳。可忽乎?

② 粗曰文理,粗曰<u>句法</u>。句法巧拙之关文理,华夷之岐。诗文者,中华之艺也。学为中华之艺,而未具中华之舌,骤欲其巧,不亦谬乎。故先文理而后句法。

③ 所谓研究之法,有<u>虚实之异</u>。虚者,情思之文字也;实者,事物之名目也。且论虚字研究之法,则有二:曰离合、曰移易。离合之法,即是将一句来劈头直下读去,若二三字若三四字,上下更互,一离一合而看,此乃所以就华人之正也……

④ 实字研究之法,则又有二。曰直读、曰颠倒。直读者,顺流直下读去;颠倒者,上下颠倒看来。……<u>大抵在上为纲,在下为目</u>……

其中划线部分,皆是《升庵诗话》中曾提及者。陈元赟对字义和文理的阐释体现了近世语法学萌芽阶段的探索。和唐五代诗格相比,其中讨论的不仅是诗歌创作的基本规律,而是想要更深入的探讨文字在诗歌中的位置、重要性以及由此而带来的效果。而年轻时期的徂徕从陈元赟那里得到最大的启发应该是:"欲学文理者,要须先将古人文章来逐句逐字研究将去,然后可以有知夫文理之所序而得其所顺焉。"同一时期,日本也有不少关于助字、虚字等的书籍出版。陈元赟在这些方面肯定对当时的日本文法学也产生了相当影响。他对文字语法的探讨,是江户中期语学、文字学热潮到来的先兆。

相比之下，后来渡日的明人朱舜水也有颇多关于古文创作的理论，但学者色彩更浓。文章学具有"古学"倾向①："务为古学，视时文为尘饭土羹，况于诗乎！亦以明季浮薄之流，祖尚钟、谭、袁中郎之说，诋诃何、李，凌蔑高、杨、张、徐，犹文章之徒攻击道学之士，不唯无益，而反有害，故绝口不为耳。"②唐代韩愈提出"气盛则言之短长与声之高下皆宜"，朱舜水也主张作文以气格为主。又主张以先秦、两汉为宗，根本于经史、古文："文章之贵，立格立意，练气练神。常山之蛇，处处皆应，节节俱灵，真文之神品也。若踞高山绝顶，俯瞰万物，则遣辞命意，自然超旷。而其要务使有关于世道人心，虽小小题亦自有独到之识，出人虑表，乃为可贵耳。若止于摘辞绘句，虽复脍炙人口，正如春苑之华，鲜妍易谢，况复有不及此者乎？为文务使字字句句，俱从经史古文中来，而又不见其痕迹。水乳相和，一气冲融，如蜂之酿蜜，蜜成不复辨其为何花之英也。自开手眼，则六经皆供我驱策矣。或谓摹某人某作，仿某人某句，大为可笑。"③《答安东守约问八条》："作文以气骨格局为主。当以先秦、两汉为宗，不然则气格不高、不贵、不古、不雅，参以陆宣公、韩、柳、欧、苏，则文章自然有骨气，有见解，有波澜，有跌宕，有神采。取其精华，去其糟粕，文之最上者也。虽然，此为寒俭者言耳。若夫渊富宏迈，其所取更进乎此矣。读书作文，以四书、六经为根本，佐之以《左》、《国》、子、史，而润色之以古文。然本更有本，如郦食其所云：知天之天者，王是也。本之何在？则在乎心。若夫心不端灵，作文固是浮华，读书亦成理障。如王莽、王安石，《周礼》《周官》，祸世不了……"④以上皆表明了他的古学立场。在具体作法上，却还是吸收了文格文话中的内容，"尝曰：读书有三到，曰心到，口到，

---

① 邓红《舜水学的"古学"倾向与儒学的过滤》(《朱舜水与日本文化》，人民出版社，2003年)，但该文并没有提及朱舜水在古文创作上对日人的指导以及其中表现出来的古学倾向。
② 《朱文恭遗事》，朱谦之整理《朱舜水集》，中华书局，1981年，第628页。
③ 《与小宅生顺(小宅安之)书》，《朱舜水集》，第298、299页。
④ 《朱舜水集》，第368、369页。

眼到。又曰：作文有顿、承、应、结、伏、呼、启、转等法。"①在助字的使用上，他主张除非不得已不可用："凡作书，助语如之乎者也等字，非甚不得已不可用。句要劲，词要古，而无用古之迹为佳。所以一应文字，出之先秦、两汉者为妙。若要近便适用，或取《尺牍争奇》、苏黄小品，选其可者熟玩亦可。"②虽然朱舜水强调古学，但是最终也对当时已开始流行的尺牍类应用文章采取妥协态度。事实上，前来问津的日人当中，必定有不少人是请教他关于用字等作文方法的："硕儒学生常造其门者，相与讨论讲习，善诱以道。于是学问之方、简牍之式、科试之制、用字之法，皆与有闻焉。"③

伊藤仁斋（1627—1705）曾欲拜访朱舜水，《答安东省庵书》中云："仆尝闻仙槎著于长崎，窃欲抠衣相从于门下，然以人子之孝，不可航海远游，遂不果往。嗣欲附宗纯弟处上状，又深耻文采鄙拙，濡滞到于今矣。千万怅惘。闻先生近以亲藩之招，将赴于武城，仆又欲竢侍养有人，往从先生于武城，不知先生许之否？"④朱舜水到达长崎是万治二年（1659），仁斋三十三岁。朱舜水被德川光圀迎接到水户藩是在宽文五年（1665），仁斋三十九岁。而他从朱子学转向古学，正是在三十七八岁时⑤。伊藤仁斋的文章观也保留着浓厚的学者气息。其志在于复兴儒学，文章观仍然局限于儒者之文，为文专宗唐宋八大家，认为《文选》乃浮靡之习，明氏乃钩棘之辞⑥，皆不取焉。他认为文本于《尚书》，这与宋代曾巩《王容季文集序》中提到的"叙事莫如《书》"⑦相似。事实上，仁斋的古文观受到宋代理学家的影响，如他认为"文以诏奏论说为要，记序志传次之。尺牍之类，不足为文，赋骚及一切闲

---

① 《朱文恭遗事》，《朱舜水集》，第626页。
② 《答安东守约书》，《朱舜水集》，第191，192页。
③ 《舜水先生行实》，《朱舜水集》，第624页。
④ 《朱舜水集》附录三，第781页。
⑤ "初奉宋儒，著《太极论》《性善论》《心学原论》等。及年三十七八，始出己见。故其说无论早晚有异同，而《古学文集》杂载之，是东涯之孝思，虽非定见者，不忍弃之云"（《先哲丛谈》卷四）。
⑥ 明代唯取唐顺之、归有光、王慎中三家而已。
⑦ 《曾巩集》，中华书局2013年，第198页。

戏无益文字,皆不可作,甚害于道。叶水心曰:作文不关世教,虽工无益。此作文之律,看文之绳尺也"(《童子问》卷下)。

相较于朱舜水重视心要"端灵",仁斋更强调文之于道的作用,《童子问》卷下云:"诗以言志,文以明道,其用不同。诗作之固可,不作亦无害,若文必不可不作。"仁斋曾诠次韩、柳以后近儒者之文者三十四篇,名曰《文式》,其序中云:"作文有儒者之文,有文人之文。儒者之文者,孟荀董刘、韩李欧曾之类是已。至于文人之文,专事雕缋,轻剽浮华,不足以登樽俎之间。"虽然他也如南宋理学家一样将儒者之文置于文人之文上,但又借用朱熹的故事来反对朱子学者提倡的文以害道观念,积极鼓励学文。这是他与理学家产生分歧的原因之一:"昔吾朱文公,尝校韩子之书,又深好南丰后山之文,岂不以其体制之正,理意之到,而动循绳墨,无一字之散缓乎。然则文之为文,可见而已。然世称好理学者,或弃去文字而不理,问之,云是不关吾学也。呜呼!非言无以达其意,非文无以述其言。读书而不能为文,奚以异乎有其口而不能言者也。故孔子曰:言以足志,文以足言。言之无文,行之不远。"①

伊藤仁斋在其私塾中树立了文有益于道的信条,主张"非文无以述其言"。据东涯所作《先府君古学先生行状》记载,仁斋三十六岁草定《论孟古义》及《中庸发挥》,又设同志会,挂孔子像于北壁,鞠躬致拜,退讲学经书,相规过失。又仿东汉许劭月旦评,品第人物,倡励学生。或私拟策问以试书生,设经史论题以课文,月以为常,又创译文会,以日文换写古文,再复以汉字,"校其添减顺逆之别,以谙文法,甚为初学之弘益"②。"复文"是其中最困难的环节,却能通过实践训练引发学生对古文文法的兴趣。而且,仁斋不反对门人读野史稗说和词曲杂剧。所以尽管他的古文观仍然是从儒者立场出发,但他的教育理

---

① 《文式序》,同上,卷一。关于《文式》与《文章轨范》的关系以及仁斋的治学活动,可参考副岛一郎《〈文章轨范〉在日本:日本近世近代精神的源流之一》(《中国古代文章学的衍化与异形:中国古代文章学二集》,复旦大学出版社,2014 年,第 437 至 464 页)。

② 《古学先生诗文集》卷一,玉树堂,享保二年刊本。

论和方式却比林氏一族更加系统科学,同时开放的学习方式也刺激着门人对文章的兴趣。元禄年间出现的汉文法与词汇研究热潮与古学派这种观念不无关联①。

三、元明文话、字典与江户中期的文法书

儒学在江户时代兴起后,一股汉文学习和创作的热潮开始在儒学者之间漫延,除了渡日明人带来的直接指导和影响以外,江户时代翻刻的文章学著作也给了他们以启发。如宽永二十一年(1644)刊高琦《文章一贯》;元禄元年(1688)刊陈绎曾撰、尹春年注、伊藤东涯点《文章欧冶》;享保三年(1718)刊左培《书文式·文式》;享保十三年(1728)山井鼎(1690—1728,字君彝,号昆仑)翻刻于江户(万屋清兵卫)与大阪(杉冈嘉助);享保十三年(1728)刊王守谦《古今文评》;元文二年(1737)刊王世贞《文章九命》等(皆收入《和刻本汉籍随笔集》,1972年)。宋儒不擅长考证和训诂,钱大昕谓"宋儒不明六书,往往望文生义,此其失也",对文字的精准与否不太在意。唐宋古文运动的倡导者们提出文章应该出自作者的个人修养,而南宋以后出现的文格类著作才是真正探讨文章实用技巧的。事实上这些元明文话也正是江户儒者文章学的发展源头。

仁斋之子伊藤东涯即将精力放在对助词等词汇意义的研究上,这也是他文章理念中的重要一环。元禄元年(1688),点校刊行了陈绎曾《文章欧冶》,证明青年时期的东涯便对文法书籍有着强烈的兴趣。他晚年的集大成之作《操觚字诀》虽然如《文章达德录》一样,大量转引元明文话,但体例分明,内容有独到见解(见本书第五章论述)。比东涯年长四岁的荻生徂徕亦有不少训蒙字书,虽然他们二人在是否需要学习唐音上有差异,但在反对朱子学和重视文法上是相似的。他们都有研究语言的兴趣,而且采用的方法接近现代语法学。

---

① 中村幸彦曾指出:"以仁斋为左翼,贝原益轩为右翼,元禄前后的汉学界对文章的关心逐渐提高。"(《中村幸彦著述集》第七册,中央公论社,1984年,第9页)

他们对语法的研究,除了受元明文话影响外,传入日本的元明字书、字典也对江户儒者产生了重要影响。其中,元代卢以纬《助语辞》在日本的刊行引发了江户人对于虚词助字的研究热潮。此书是中国目前所能见到的最早论述文言虚词的专著①,在日本刊行后引起了一系列的反响,同时,他们又不满足于此书的过于简单,服部南郭的《文筌小言》便对之提出了批评:"世有卢氏《助语辞》,盖授之乡里小儿,以便吾伊耳,而世犹视语助不啻江海,则亦皆云:文章津筏,莫此若也。肤浅之书,见以为金科玉条。今且指点一二,以引其惑。筌蹄既忘,其解乃得。"虽然江户刊行的助字辞书所论条目与卢书相似,但解释引证要繁复得多。大体可划分为几种类型:增字、增释、增例。增释大多采用明代李廷机《操觚字要》②中的解释,此外还注意与日文相对应的词语以及古文与俗语的差别。增例多添加经书、诸子、史书及通俗小说当中的例子。这种琐细地追究字词用法表明作者对助字的理解更加深入,出现了文法书的刊行热。大体可以分为两类,一类是助字、虚字、实字等字书。另一类是综合讲作文之法的著作,以下按时间顺序列出相关书籍如下③:

延宝二年(1674)翻刊,元代卢以纬《助语辞》

天和三年(1683)刊,《鳌头助语辞》　　　　＊梅村弥右卫门

贞享三年(1686),伊藤东涯《助字考略》

元禄六年(1693)序,伊藤东涯《助字考》　　＊享保元年(1716)刊

元禄七年(1694),三好似山《广益助语辞集例》

　　　　　　　　　　　　　　　　　　　　＊元禄五年(1692)序

元禄八年(1695)刊,林义端《文法授幼抄》

元禄十二年(1699)跋,三宅观澜《助字雅》

　　　　　　　　　　＊三宅观澜,正德元年[1711]任幕府侍讲

---

① 卢以纬著、王克仲集注《助语辞集注》,中华书局,1998年。
② 此书国内已佚,参照王宝平《〈操觚字要〉考》(《语言研究》第25卷第3期,2005年)。其中提到日本最早引用此书的著作是伊藤东涯的《助字考》(1693年)。
③ 参考平野彦次郎《德川时代に於ける助詞・虚詞・實詞の著書に就て》,《助辞译通》(勉诚社,1979年)附录。

元禄十四年(1701)刊,林义端《文林良材》

宝永五年(1708),毛利贞斋《训蒙助语辞谚解大成》

     ＊京都小佐治半右门、大和屋伊兵卫

宝永八年(1711)凡例,荻生徂徕《译文筌蹄》

正德五年(1715)成,人见友竹《训蒙文家必用》

    ＊享保元年(1716)刊,同年又刊《重镌文家必用》

享保二年(1717),毛利贞斋《重订冠解助语辞》 ＊梅村弥右卫门

享保四年(1719)序,穗积以贯《助语辞俗训》

 ＊穗积以贯又有《助语考详说》(写本,成书时间不详);《助语辞考录大成》(写本,成书时间不详);《助语科注考录》(据《大阪名家著述目录》、《近世汉学者著述目录大成》);《助语考略记》(据《近世汉学者著述目录大成》等);《助语字俗解》(据《近世汉学者著述目录大成》《宝历书籍目录》等)。

享保十三年(1728),太宰春台《倭读要领》

享保十三年(1728),穗积以贯《文法直截真诀钞》

元文三年(1738)荻生徂徕《训译示蒙》

     ＊或为伪托之作,明和三年(1766)刊

延享二年(1745),须贺精斋《助语辞讲义》 ＊抄本

宽延四年(1751)刊,伊藤东涯《新刻助字考》

    ＊宽政八年(1796)京都文泉堂林权兵卫修订

宝历五年(1755),山县周南《作文初问》

宝历十年(1760)刊,皆川淇园《史记助字法》

     ＊一名《太史公助字法》

宝历十二年(1762)序,冈白驹《助辞译通》

明和五年(1768),斋宫静斋《初学作文法》

明和六年(1769)刊,皆川淇园《左传助字法》

明和九年(1772)刊,宇野士新著、僧大典补《文语解》

安永三年(1774)至文化八年(1811),皆川淇园《习文录》

   ＊分初编、二编、三编、四编、甲乙判

安永五年(1776)成书,河北景桢《助辞鹄》

＊天明六年(1786)刊

安永五年(1776)序,伊藤东所《助字考小解》

安永八年(1779)刊,山本北山《作文志彀》

安永八年(1779)序,山本北山《文藻行潦》 ＊天明二年(1782)刊

天明三年(1783)刊,皆川淇园《诗经助字法》

天明三年(1783)刊,皆川淇园《虚字解》

天明五年(1785),谷眉山《谷氏助字解》

天明七年(1787),宇都宫遯庵的《作文楷梯》

宽政三年(1791),皆川淇园《实字解》 ＊又有二编,刊年不明

宽政四年(1792),皆川淇园《续虚字解》

宽政六年(1794)翻刻,清代王济师的《虚字启蒙》

宽政九年(1797)刊,山本北山《作文率》

宽政十年(1798)刊,山本北山《文用例证》

山本北山《文事正误》(写本)

享和元年(1801),仓桥东门《助字解集成》

文化五年(1808),松本愚山《虚字译文须知》

文化八年(1811)序,皆川淇园《助字详解》

＊文化十一年(1814)刊

文化十年(1813),皆川淇园《虚字详解》

文化十三年(1816),三宅橘园《助语审象》

天保元年(1830),松本愚山《实字译文须知》

安政五年(1858)序,僧介石《助字骉》

明治三年(1870)序,东条一堂口诀、东条方庵附载《助辞新译》

＊臼田阳山又有《论语助字解》

以上所列并非全部,明治时期仍有不少类似书籍继续刊行,表明他们不仅翻刻中国的文章学著作,也刊行了不少日人创作的

文法书籍①,广池千九郎编《中国(原为"支那")文法书披阅目录》(日本国会图书馆藏)中就记载了日本文法书85种。同时还有国语、荷兰语等语言的类似研究,由此可见语言学及文章学在江户时代的兴盛情形。这些文法书大部分用日文撰写而成,通俗易懂,而且在转引中国文话内容的同时,力求通俗易懂。当中国文话的直接影响淡化以后,日本本土的儒者文人们开始主导这一时期的文章发展走向。

下面以一位古学派儒者的文法书为例来说明这一问题。穗积以贯②(1692—1769,名伊助,号能改斋)二十三岁时入东涯门,享保十三年(1728)三十七岁时撰《文法直截真诀钞》,现存写本众多,亦可见当时流传甚广。笔者所见为筑波大学图书馆藏本与内阁文库本,二者有较大差异,内阁本成书晚于筑波本,在标目上更加概括和简洁明朗,语句更加润色完善。如将"字法句法篇法俗解"换成"篇法章法句法字法俗解",新增"篇法",并由大及小,后者是前者的整理本。不过内阁本在抄写时有很多遗漏之处,须以筑波本参看。

穗积以贯的重心在于解决日人作文的缺陷,同时试图将评价目光引入欧阳修、方回等宋元人文章。凡例中提到尽管当今世上文法指南已经很多,但皆隔靴搔痒,并不容易为人接受和使用,不够通俗,所以他用"俗间鄙语"也就是非常口语化的日语来解释难懂的文法,以达到能使人"受用"和"亲切"的目的。他强调要对文法"会得"(理解),否则难以读懂文法书籍获得知识。在体例上亦多有创新之处,如凡例后的"此方俗文中差误"(筑波本)中列举了从虎关师炼《三重韵序》至荻生徂徕《译文筌蹄》等日人文章中的错误,摆脱了以往文法书仅举正面例子的枯燥,也能从中读出古义堂平日里是如何讲解文章的。书中创设了很多挽救日人文章弊端的方法,如为救用字颠倒之

---

① 王宜瑗《知见日本文话目录提要》记录了三十种日本文话(《历代文话·附录》,复旦大学出版社,2007年,第9807—9826页)。卞东波《江户明治时代的日本文话探析》(《文艺理论研究》2013年第4期)一文概述了江户至明治时代的文话类著作,但没有提及皆川淇园这样一位在当时有重要文章学理论的人物。
② 关于穗积以贯的生平及著作等可参见中村幸彦《穗积以贯逸事》(《中村幸彦著述集》第十一卷,1975年,第246—284页)。

病,定下三格:常格、主从别格、接断别格。这些针对日人的文法,关乎训读的正确与否,在中国的文法书中没有出处,对于今天日本人研究古汉语语法仍然有借鉴意义。书中解释充分考虑了阅读者,即使有从中国文话中引用而来的部分,亦加以概括解释。如解释"字法句句法章法"时,先简单地概括了一下积字成句,积句成章,积章成篇,字法为根本的道理以后,便开始强调应该去掉倭俗,即不用日本的俗字俗语如"扨""迚"等。又如"养气八法"本出自《文章欧冶》,但其中重在解释"肃""壮""清"等的具体意境指向。所以此书中虽然也有引用元明文话的地方,但总体而言创造发明之处为多。正是经过了陈元赟、贝原益轩、荻生徂徕、伊藤东涯等人对语法学的探讨,江户、明治时代的日本人才对中日语言差异有明确的认识,同时在创作文章时采用与日本人更适用的方法。享保十三年(1728),荻生徂徕、冈岛冠山去世,伊藤东涯也于元文元年(1736)去世,但他们对文坛的影响还在持续。

四、折衷儒者的文章学说

江户中后期在文章作法上最为标新立异的当属皆川淇园(1734—1807,名愿,字伯恭,又号有斐斋、筇斋、吞海子,通称文藏,京都人),其文章理论和技法主要见于《问学举要》《淇园文诀》中的阐述,还有《习文录》《韩柳文评注》《欧苏文弹》等著作是对文章作品进行评注的著作,详见本书第六章论述。他的文章学理论,可以看作是古学派与古文辞派影响下的余波。因为皆川淇园的时代,儒者已经多从学文转向了作诗[1]。淇园认为这种变化是理所当然的:"自儒家者流列于艺林已降,道与政分行而不复合矣。古者学优则仕,仕优则学,盖道与政未尝不相待以成也。圣人道以明文,政以正文,使学以知其

---

[1] 宝历元年(1751)至安永九年(1780)间刊行的日本人诗话如下:太宰春台《丹丘诗话》(1751)中井竹山《诗律兆》(1758);祇园南海《诗学逢原》(1762);清田儋叟《艺苑谈》(1768);江村北海《日本诗史》(1768);《淇园诗话》(1771);原田东岳《诗学新论》(1772);川合春川《诗学还丹》(1777)等。同时,这一时期还开始有诗社成立,如大阪的混沌社(1765)等。

明,仕以事其正,自圣人不出则文德日衰。如晚近俗日益趋于苟且,为政者又安知夫天地之性、人事之宜哉!诗书礼乐之于今政也,譬犹附赘悬疣乎。儒家者流之列于艺林,不亦宜乎。"①事实上,他与后起的职业诗人们往来密切,菊池五山《五山堂诗话》卷一有:"六如禅师,诗名笼罩一世,人以钵盂中陆务观称之。余诵其诗,景仰非一日。或传师为人矜情作态,见便可憎,余不欲觌面,恐回慕悦之心也。庚申入京,皆川淇园先生劝余往见,时师避疾在一条里宅,因一造之,门下以病见辞,至今以不见为幸矣。"从这则记载可知菊池五山曾面见淇园,并谈到了当时与淇园齐名的诗学大家六如。

皆川淇园又是近世书画会的始作俑者②。自宽政四年开始,每年春秋,京都东山都会举办展览会,共举办十四次,主办者为皆川淇园。宽政九年(1797)三月二十七日在清水寺举办的会在《东山新书画展观》(早稻田大学图书馆藏本)中有记载。参加者几乎都是关西的名人,江村北海主持的赐杖堂成员也曾参加。他的书法"温雅沉着",他的画作"气韵流动、意匠超凡"③,淇园的才艺正是江户后期文人所需具备的谋生手段。他身上放荡不羁的个性也与纯儒有别。可以看作一位商品化经济下出现的新型儒者。

在提到放荡儒者时,人们往往将山本北山与淇园并称。山本北山(1752—1812,名信有,字喜六)是另一位与皆川淇园同样受到世人侧目的儒者。广濑淡窗《儒林评》云:"皆川(淇园)行状放荡。东都山本北山亦然。予友原士萌举人之说曰:皆川放达出于弄世,谢安东山携妓之类也。至于北山,于其中有射利之谋。不可同日而语",对他的评价似乎更低。所谓的"行状放荡"当是指他们皆与传统儒者有别,不以出仕幕府藩国为目标,也不以教授生徒为唯一生存手段,而是参与书画会这样的"射利"活动。在世人看来他们没有儒者应有的洁身自好的品质。

---

① 《送川田资始归省大洲序》,《淇园文集》卷四。
② 书画会之于诗文商品化的意义,见本书第十五章。
③ 筱崎小竹《皆川淇园书画卷跋》,《浪华诗文稿》上,八木书店,1980年,第427页。

山本北山在文学上的最大成就在于批判了徂徕学派的模拟之风,并且通过私塾教育鼓励了当时江户后期一批年轻的诗人,如菊池五山、大洼诗佛、柏木如亭等。除儒学外,他还涉猎围棋、将棋、书法、绘画、医学、茶道、插花等领域,是当时有修养的江户文人的代表之一。他与古学派的学问渊源虽然不太明显,但也提倡"复文"方式来训练诸生,也编有《虚字启蒙》等启蒙用书,且门人私谥其为"述古先生",不能说是与古学派是完全绝缘的关系。不过北山与前人最大的差异是:在反拟古的旗帜下展开了对李王和古文辞派的批评。《作文志彀》中云:"韩柳与李王之异,如水火冰炭",还曾专门撰《文事正误》以论荻生徂徕《译文筌蹄》之误。在《作文率》中有"训译示蒙谬误"以及"《问学举要》谬误二则",后者按语称"余年二十、三之比,始得《举要》之书,读此说,深以为是。后验是于古书,多非",其不满于淇园,最终据"古书"(直接阅读经验)提出了批评。

井上金峨在《文藻行潦序》中分析:"近世诸老率子弟,仅读秦汉书,则以为学成矣。唯裁缀古语,以为修辞,殊不知有古无而今有者;有今有而古无者;有古今有而名异者;有我有而彼无者;有我无而彼有者;有彼我有而名别者。岂独取给于古书而足乎。"不仅强调古今之别、彼(中国)我(日本)之别,还强调秦汉之时文章便富于变化,古不可泥古。《文藻行潦》中是一本解释俗语的入门书,收入了诸如《水浒传》等书中之词语。关于雅文与俗语,他提出"雅俗不相浑(混)"。相对于雅文,更重视俗语与实用文。他曾据中国的俗语演义小说来纪事,称之为"演义文"(《作文率》卷二),又仿明清人作品撰写笑话集《笑堂福聚》。他的《文用例证》是对尺牍书简、贺帖名帖、序跋识志,以及自撰书的目录、凡例等等各类实用性文章以及年号该如何书写等等各类实际问题所作的示例和考证。联系到这一时期正是江户文人出版自撰集的高峰时期,便不难理解此书的实用价值了。他还提到:"今世文人多由诗入文,故文章中必用诗句,欠体之甚。文章软弱先坐此,是文章第一禁","由诗入文"的情况也与当时诗人逐渐增多的现实有关。学习意识从学古拟古到"自由自在"(《作文率》之语),

学习手段从"以文载道"到"由诗入文",这正是江户后期文章观发生改变的关键。

五、结语

江户时代对语法的关心是从他们对于宋学密切相关的古文开始的。古文创作激发了他们掌握语法知识的愿望。元明文话恰恰提供了入门的途径,而古文、俗语以及日语之间的差异又使他们不停地深入探索。"异学"者用发明的手段对汉文进行解构消解,目标是创作出最符合上古三代文章典范的作品,在对字词的深入探究中,发现了一些与中国文话不同的例子和结论,最终使汉文素养和创作水准都获得提升。

西方学者曾将英文语法与中文进行了对比,将语法与表现、语言与美学联系在一起,认为中文词性具有多元性或模棱性,"这种灵活性让字与读者之间建立一种自由的关系,读者在字与字之间保持着一种'若即若离'的解读活动,在'指义'与'不指义'的中间地带,而造成一种类似'指义前'物象自现的状态"①。但南宋以后出现的诗格、文话类著作却否定这种若即若离的解读,试图将字词与语法,将表现与美学达到一种直接贯通,将模糊的口号式文章标准落实到实际的举例式的学习方法,陈元赟的《升庵诗话》即其例。而诗学上的讨论也运用到文章的语法上。江户时代的儒者按照"经学—政治","文学—文人"的一般观念,他们的文章观其实对应的更接近纯粹的文章,追求稳固不变的科学作文方法。这一过程中纠缠着复杂的思想转变,构成了日本从古代向近代过渡的近世精神。可以从以下几点中反映出来:

首先,日本的文章学最初阶段是由朱子学者提倡的,他们虽然认同文以载道、肯定文章的功能,但在内容上始终与经学相关,在形式上拘泥于模仿式的创作。而古义学派与古文辞派对语言语法的研究则

---

① 叶维廉《中国古典诗中的传释活动》,《中国诗学》,第17页。

使经学摆脱了空洞的道德说教,能够专注于文章规律本身。江户初期的文法著作大都在接受中国文话时删去了诗歌韵文的部分,反而导致文法书更专注于对文章的探讨。当然,江户诗歌的发展也并没有停滞,同一时期也出现了不少诗法入门书。这种诗文分途发展的情况是日本所特有的,与江户时期各种学科"专业化"的形势是一致的,这种专业化引导着日本走向科学化的近代。

其次,江户儒者与中国、朝鲜儒者不同之处在于,他们的社会地位总体而言并不太高,除官儒以外还有许多町儒(私儒),即使是藩儒,在被藩主招聘以前,也主要依靠教授、出版等活动生存。诸如语学、小学等学问是他们赖以生存的教学科目,为这类书籍、学问的发展提供了空间。江户儒者强调文法书和诗话都应该发挥幼学训蒙的作用,和文写成的作品越来越多,对细微琐碎的用字用词不厌其烦加以解释,从最"低级"的训蒙入手,其实也某种程度上反映了他们是以教育者而不是文学者自居,这与中国文话主要是写给已有一定水准的文人看的不同。江户儒者在很大程度上提高了普通民众的汉文水平,并且将汉文带入了社会的集体领域。

第三,文章批评逐渐从对先秦典籍的点评进入到对欧苏等宋人古文的批评。不论是伊藤仁斋的古学派,还是荻生徂徕的古文辞派,都对欧苏的古文持批评态度。原本古文与宋学、宋文都是密不可分的,但在对待欧苏等宋人的文章上,却采取了回避甚或是批判的态度。荻生徂徕就认为陈骙的《文则》中包含了对欧苏文的不满:"欧苏文名噪海内,古则荡然,宋之蔽也。陈骙生其间,心识其非,乃作此书,根极诸子。何李之嚆矢矣。"所以不能将江户文人学习的古文等同于唐宋"古文复古运动"下创作的古文。唐宋八大家中,韩愈最受江户人推重,其次是柳宗元,对欧苏的评价则在后期有重新受到关注的迹象。正如岩垣彦明《刻东坡文钞序》所记"先辈言:欧从吾儒入而苏从诸子百家入也"(赤松勋编《东坡文抄》)。宋代正是俗语(日常语言)大发展的时代,朱子语录、禅宗语录以及一些笔记史书中都有不少记载,而江户文人所处的时代对应着明清,俗语更加流行,如何摆脱俗语影响,创作出与道相关的正宗古文(书面语言),一直是纠结在儒者尤其是古义派学者心中的疑问,所以他们才大体舍弃了宋人的文章,从源头上杜绝俗语可能带来的影响。

明治时期,广池千九郎收集众多文法著作编成《中国(原为"支那")文法书披阅目录》,其中有《支那文法学略沿革》一文,首先肯定了在江户文法书及文章学的兴盛,"至德川时代,支那之文学大兴,文法之书,始出于世。而荻生徂徕、伊藤东涯、皆川淇园之两三家,最尽力于此,皆各著有益之书",但随即又表达了自己对江户时代文法书的不满:"虽然,其研究尚浅,所谓支那文法,未为一科之学。比之于日本文法之大成者本居宣长父子,及僧义门等,则其事业之差,不啻霄壤也。且古来在于日本所谓汉学之学校,则关于作文法,有一个之教训,曰作文之要,只在于多读与多作,如夫空论文理者,徒劳耳。于是乎,秀才之徒,亦藏修七八年,而后才得操觚。至于寻常之辈,则出入师门,及于十年,尚且有未得布字属文之秘诀者,不亦迂远之极乎。"其中的批评矛头指向的是古代文话容易流于印象批评和死记硬背,缺乏理性的科学精神。诚然,江户儒者的文法研究以精巧为旗帜,而其内容流于琐碎之处不少,仅罗列事例,缺乏论理分析,这不仅是古代文章学,古代诗学也有这样的问题。虽然如此,大量的积累却引导着近代文章观的发展,即便是广池千九郎自己,他的语法研究仍然是建立在前人基础之上的。

第五章

伊藤东涯的文章学
——古义学派的古文理论及其中国溯源

日本江户时期开始兴起一股汉文学习创作的热潮,不仅翻刻中国的文章学著作,也催生了不少日人创作的文法书籍。荻生徂徕、伊藤东涯、皆川淇园三家于此用力最深,影响最大。伊藤东涯(1670—1736,长胤)作为古义学派的代表人物之一,编撰了《作文真诀》和《操觚字诀》。后者虽大部分内容为字词释义,卷一却有不少与文法相关的系统言论,是作者晚年的集大成之作。东涯的文章学理论既继承中国的文话内容,又有新的阐发,用精密的语言学阐释方法来纠正时人文章弊病,可惜至今对此的研究仍不够充分①。本章即以东涯的文章学为研究对象,结合古义学派其他文章学著作及言论,同时考察与中国文章学理论的关系及在江户文章学史上的地位和影响。

一、古义学派的习文热情与训蒙文式

江户前期有许多不同于朱子学的新说,在宽政年间的异学之禁

---

① 中村幸彦《操觚字訣の成立》(《中村幸彦著述集》第十一卷,中央公论社,1982年,第107—140页)对其成书和总体结构进行了探讨;《語義と用語例—江戸時代語研究批判—》中提到了《操觚字訣》与皆川淇园《虚字详解》《实字解》的不同(《中村幸彦著述集》第十三卷,第49页)。佐藤宣男《助字とテニヲハ—以伊藤东涯〈操觚字訣〉为中心》(《福岛大学教育学部论集》71,2001年)从文字学的角度对本书进行了探讨。

时被视为"异学"。宽政异学之禁的起因是：天明年间，白川侯破格取士，儒者文人纷纷上书献策，以冀登庸。西山拙斋厌薄此种行径，视之为"贱行"，遂写信给当时负责学政的柴野栗山，栗山亦欲与之意见相合，于是在宽政二年（1790），由年老中松平定信开始，推行独尊朱子学，排斥朱子以外的其他学问。当时有不少人反对这种政策，赤松沧洲于宽政六年写信给栗山，极力进行论驳。栗山虽未回信，拙斋作书与沧洲，其中谈到中国虽有立异学者，但"唯私议草野，未有公言于庙堂之上也"，而且他还举出了朝鲜亦是如此："即朝鲜琉球诸蕃，苟从事于斯者，亦皆率由不愆"①。从中不难反推：异学的发展正是日本经学逐步走上独立于中国、朝鲜，追求自我发展的关键促成者。

伊藤仁斋提倡的古义学即其中之一，主张从比宋代更"古"的典籍阅读入手，探寻学问的真谛。他的教育理论和方式刺激着门人对文章的兴趣。古义堂门人数目极多，且输出过许多优秀文人，如德川光圀编辑《大日本史》时就招聘了其中不少人参与这次规模宏大的修史事业。而具体指导他们掌握文法的教材究竟有哪些？与中国文章学有何关联呢？

这些疑问从师从仁斋的书商林义端所刊行的两部通俗文法读物可以窥知②。林义端（？—1711，字九成，通称林九兵卫）的文会堂位于京都，他校刊出版了佚名的《文法授幼抄》和《文林良材》。前者刊于元禄八年（1695），林义端序中称："近世诗法便于幼学之书梓行不堪其多，独至文式训蒙之作则未有梓者"，日本此前曾有过一系列以"初学抄"命名的启蒙书籍③，此书正是顺应此潮流出现的。

尽管日本早在宽永十六年（1639）就已出版了藤原惺窝的《文章

---

① 西山拙斋《与赤松沧洲论学书》《宽政异学禁关系文书》，《日本儒林丛书》第三卷，凤出版，1978年。
② 副岛一郎《〈文章轨范〉在日本》一文指出《文林良材》"内容也可以视为古义堂汉文写作的纲领，有着普及古义堂的文章观的目的"（《中国古代文章学的衍化与异形：中国古代文章学二集》，复旦大学出版社，2014年，第442页）。
③ 如藤原清辅《和歌初学抄》，一条兼良《连歌初学抄》，斋藤德元《诽谐初学抄》，梅室洞云《诗律初学抄》《增续书翰初学抄》，居初都音《女书翰初学抄》等。

达德纲领》,但全用中文抄写,并无任何训读或翻译,故就普及程度和训蒙价值来说,林义端此次刊行确属日本文式的开山之作。序又称:"予十年前得此书于友人许,不知何人所著也",则其成书大约在贞享二年(1685)左右,作者不明。林义端还加上了凡例:"凡中华诸贤文章之格言,杂出群书中者,予管见所及,采摭其切要之语,载诸本书之首",特地说明其中有些引用出处乃为其所加。体例一仿《文章辨体》,首卷"文章格言"相当于《辨体》的"诸儒总论作文法"。接着具体引用《辨体》等书中论文体起源及特点的语句,标目基本不出《文章辨体》范围,只是从陈绎曾《文章欧冶·四六附说》中节取部分语句而新增了"四六骈俪说"一条。又故意打乱了顺序,将"制策"改为"策",删除了诗词歌赋类(古歌谣辞、乐府、近代词曲等),以及与日人实际应用无关的朝廷典章类文体(谕告、玺书、批答等),以及罕见文体"戒"、"七体"、"连珠"。首卷所引用的书籍不出明吴讷的《文章辨体》、明曾鼎《文式》、明高琦《文章一贯》、《文章欧冶》(即其中的《矜式》),偶尔补以《性理全书》(即胡广等编《性理大全》)《翰墨全书》《鹤林玉露》等书中语句,又有未标明但可能引用了薛瑄《薛子道论》唐顺之《唐荆川先生文集》。卷一分为三大部分。"文章诸体"部分大体是节略和翻译《文体明辨》(有宽文三年[1626]京都刊本)中的内容(表以下又用汉文引《古文矜式》《文式》等)。与首卷完全转引不同,仅用几句和文简单概括这几类文体的题名意义及特点,有明显加工痕迹。"文笔问答"则是节略大江朝纲(886—957)的《作文大体》[①]。卷二为"杂文诸体"讲问禅、疏、祭文、下火的创作方法,应该也是从五山时代的禅门典籍是摘录过来的。其次"助语大意"和"诗法大意",从构成上可看出古义派的影响。此书错误颇多,摘抄时甚至出现了断章取义的现象,如表类第一条引《文章辨体》,原书本是吴讷之语,而《抄》中略去了"是编所录",与上文真西山之语连在一起,语义不通。标明"珊瑚"之处其实是将《文章辨体》"诸儒总论作文法"所引《珊瑚

[①] 《作文大体》有多种版本,且差异较大,笔者参照的是《群书类丛》本。

钩诗话》部分割裂后按文体抄出在各条之下。还有敷衍马虎之处,如"书"类将《文章欧冶》的"状""简"条都抄录,其实"状"应放在"行状"条后,而且遗漏了《辨体·珊瑚钩诗话》中的"状者,言之公上也"条。"记"类将《文章欧冶》等书中的"纪、志、表、录"条附在后面,不仅文体不相类,而且忘记了已有"表"类。且引《辨体·珊瑚钩诗话》中的"纪"类,而遗漏了"记"类。"赞"类遗漏了《文章欧冶》中的该当条等等,体例不严。总之,此书充斥着书商作伪的气息,没有独立见解,而且翻译也很不完整。

　　元禄十四年(1701),林义端又刊行了《文林良材》六卷,著者被故意掩去姓名,只说是"京师一儒士",书名仿一条兼良(1402—1481)的《歌林良材》①。首卷载东涯《作文真诀》,体现了林义端与古学派的关系,更说明东涯的文式作品已经超越元明文话,成为指导作文的首选入门书籍。卷一、二为文法大意、丛林四六文式、序文并书札等采用熟语作法三大部分。卷三至五为文体二十九则、名文训解。卷六为称名纂释(人伦)、翰墨腴词、印章绮语、匾额骈语。文法大意又分为作文总论、作文秘诀、作文可读书目、立意等等。"作文总论"从《文体明辨·文章纲领》的"总论"和"论文"中择取了29条并翻译,按时代先后重新排列顺序。"作文秘诀"则是将《文式》卷上"第十　总论文"的"韩氏曰"条进行了大意翻译。"作文可读书"尚未查明出处,不过与《文章欧冶》的书目有明显不同,首先完全没有列经部典籍,其次将《王阳明文录》列入(日本有承应二年[1653]刊本),或是崇尚阳明学者所编。其后"立意"至"抱题法"的标目是从《文章一贯》而来,只是"养气"和"抱题法"出自《文章欧冶》。"丛林四六文式"与其后的"序文并书札等采用熟语"当是出自五山时代某部著作。卷六之首的序言中编者提到"顷岁自中华渡来之名籍中钞出",则全是摘录自中国典籍,如清陈枚《称名纂释》《翰墨腴词》(明治十一年[1878]刊行过

---

① 明石柳安有《诗林良材》(贞享四年[1687]跋)。《文林良材》传本众多也且有差异,如日本早稻田大学藏本阙首卷并凡例。本文使用的是日本祐德稻荷神社中川文库藏写本。

大乡穆补辑本)等。

《文法授幼抄》和《文林良材》两书在体例上有相似之处,在内容上却少有重复。如开篇的"文章格言"和"作文总论"分别引自不同的传来文话,后书很明显是对前书的补充。而两书体例并不严谨,如后书将文体二十九则放在丛林四六文式之后。内容又无发明之处,只是杂编各书而成。相比之下,东涯的《操觚字诀》虽然同样大量转载元明文话,但作为东涯的晚年集大成之作,体例分明,内容有独到见解。元禄元年(1688)东涯刊行陈绎曾《文章欧冶》,更印证了青年东涯对文法书籍的强烈兴趣。这之后,他主要将精力放在对助词等词汇意义的研究上,而这也成为他文章理念中的重要一环。

二、东涯的文章本体论:"文者言辞也"及虚实之辨

松下忠曾认为东涯的文章理想是"文章应该赞美天地之化育,有益于纲常"①,但至少从他与古义学派儒者的文话类著述中其实很少论及宏远的道德理想,更多地谈及追求文章与文字的关系,认为应上溯三古,从学习古人语言入手,创作出纯正的古文:"后世之词与古不同,故文字之道,元明不及唐宋,唐宋不及秦汉,秦汉不及三代。其词有圣凡之隔,殆不可同科而言也。……以日本之语,习中国之词,固隔一重。以今日之语,摸上世之词,亦隔一重。呜呼!日本人学古文字,亦难矣哉。然中国之言,一字各有其义,音训相须,其义易辨。……且自汉以来诸儒注解、义解,最是明悉,传之今日,无所迷惑。"②其中对日人创作古文的艰难进行了分析,认为中国语言文字的意义明确,而日人学习作文首先要解决的是异字同训的问题,需要通过对各种经学用例来把握该如何使用每个字词。这种方法看似琐碎,其实与他赞成的"圣人之道不过日用彝伦之间"③相符合,东涯门人高志泉溟云:"近世洛有仁斋,东武有徂徕。所见虽各殊,而共离心性,斥理气,或

---

① 松下忠《江户时代的诗风诗论》,学苑出版社,2008,第396页。
② 伊藤东涯《东涯漫笔》卷上,《甘雨亭丛书》本。
③ 伊藤东涯《训幼字义序》,《日本伦理汇编》第五卷,第312页。

直指日用事业为道,或直指礼乐为道。奔腾喧豗,黄吻生徒,波驰蚁附,仰如泰斗"①,东涯此志乃是继承仁斋,主张"先儒之学,求道于理,求道于心,俱非圣人之意也。圣人之道,求道于事实"②,这个事实便是通过字义的判断来把握文章大意,将文章语言拆分为最小的文字单位"字词",通过对字词意义用法的固定化定位,来达到理解文体特点的目的。

在各种文字词类中东涯尤其重视助词,甚至根据助词使用多寡来对文体进行分类。助字说权舆于柳宗元《复杜温夫书》,此段文字也经常被江户文人引用。而助字之于文章的重要性在南宋陈骙的《文则》就已提到了:"文有助辞,犹礼之有傧,乐之有相也。礼无傧则不行,乐无相则不谐,文无助则不顺。"③陈骙主张通过训释,准确掌握古语经语,然后可以作为古文:"古人之文,用古人之言也。古人之言,后世不能尽识,非得训切,殆不可读","语出于己,作之固难;语借于古,用亦不易。"虽然不清楚东涯是否读过此书,但作文主张相近。

东涯十五六岁时(贞享二年[1685]、三年[1686])便辑有《异字同训考》,载古文之同训句,后又编辑《同训杂志》④,另有《训蒙字谱》《助字考注释》《助语义》《助字考小解》《字诂襮集》《释诂随笔》《释诂录》《用字格》等字书。《作文真诀》中云:"用字不错则不可不会助字之义",并设计了辨别助字的五种方法:"异施、仍习、体别、世变、好尚。"当时的萱园学派虽然也对字义重视,但对于助字的重要性还不甚了了,荻生徂徕只说"文有助字,犹木有枝叶,初无有意义,故字书惟谓语助,不下注脚,可见初无有意义",⑤而东涯等人提倡重视助词同样是出于对和臭文章的反省,当时日人学作古文时的弊病是位置颠倒和助词使用错误,前者其实也与后者有关,所以最终归结到助词的使用上来。东涯将文字分为虚字与实字,而助词在其中起着至关重

---

① 高志泉溟《时学针炳》卷上,《日本儒林丛书》第四卷,凤出版,1971,第7页。
② 《东涯漫笔》卷上。
③ 《历代文话》,第142页。
④ 中村幸彦《名物六帖的成立与刊行》,《中村幸彦著述集》第十一卷,第81页。
⑤ 《文渊》,荻生徂徕著、岛田虔次编《荻生徂徕全集》,みすず书房,1973年,第546页。

要的媒介作用。

中国文话中也有虚实概念,如《文章欧冶》云:"读其实,无读其虚。三才,万物之体用,谓之实;议论,文章之末流,谓之虚。今人读书,多忽其实而取其虚,是倒置也。夫议论,文辞末也,苟得其实,则变化在我,何必资于彼哉?资于彼是乃蹈袭而已。韩子'唯陈言之务去',此之谓也。"这里所谓的实是指客观事物,虚指议论等主观表达,强调叙事对于做文章的重要性,反对过多的议论。而东涯则将虚实的概念进行改造,认为文字、写作手法皆有虚实之分。对文字虚实的划分部分继承了《文章欧冶》的观点,是认为凡叙事之语为实语,而虚语则是言辞。《东涯漫笔》卷上云:"凡文字有虚语有实语,叙事是实语,言辞是虚语。《春秋》一部,皆是实语,《毛诗》一语,皆是虚语。假如《春秋》书春王正月公即位,是实语。隐公元年,《左氏传》云:不书即位摄也。是虚语。曰:三月公及邾仪父盟于蔑,是实语。《左氏传》云:邾子克也,是虚语。他可准此。《学范》曰:《尚书》及《易》象辞,用助语极少,《春秋》《仪礼》皆然。此实语也。凡碑碣传记等文不可多用助语字,序论辨说等文须用助语字是也。"这里用"言辞"来代替"议论",其实是强调文字对于文章的重要性,从他引用的明代赵谦《学范》的例子①,可证其所谓的叙事及议论之别是与助语使用多寡有关的。类似的观点又见其《操觚字诀》卷一"虚语实语之辨"条:

> 文章语言中有虚语、实语。虚语为人之口述,实语为直写事实。不知此诀,则议论叙事混杂不分,如《春秋》中有"春王正月,公即位",此为实语也。《左传》为之传,有"摄也",虎为虚语。云"春王正月,公即位",乃直接记录事实之语也。云摄也,乃口述之语。实语中无矣也焉域等助字,虚语专为助字,表达疑决转换之意,各有差别。

陈绎曾是直接将叙事议论对应着实虚,而东涯则是先将语言进行虚实划分后,再对应到议论与叙事。最终的指向虽然是相同的,但中间

---

① 赵谦《学范》有明历二年[1656]京都刊本。此处所引内容又见明代曾鼎《文式》,日本内阁文库藏有此书的旧钞本,亦可能出自此书。

多出了文字这一中介,这与他的本体论也是相吻合的。

他对文字的虚实划分又见《助字考序》:"文字有虚实,而实为主,虚为宾。天地日月山川草木,字之实者也。覆载照临峙生荣,字之虚者也。所以道宾主之际,通虚实之用者,其助辞乎。决兹在兹,疑之在兹",强调了在虚实之间,应以实语为主,以虚语为宾,这与陈绎曾以叙事为主的观点是一致的。前面他提到实语中无助字,虚语专为助字,此处又提到助字(助辞)为通虚实之用者。将助字的作用提升到沟通叙事与议论,打破虚实的媒介。曾经师事吕祖谦的楼昉在《过庭录》中提到"文字之妙,只在几个助辞虚字上。看柳子厚《答韦中立》《严厚与》二书,便得此法。助辞虚字是过接斡旋、千转万化处"[1],东涯的观点与此颇为相似。不过助字虽然只是中介,却发挥着至关重要的作用。他在《操觚字诀》的卷二至卷十按照语辞、虚字、杂字、实字的排列顺序对异字同训的字词进行解释,也显示了其心目中助字、虚字、实字三者各自的分量。

值得一提的是,东涯不仅仅把虚实关系运用在对文字的划分上,还运用在对诗歌手法的说明中,如《东涯漫笔》卷下云:"诗中之有比兴,犹文之有譬喻,赋与比兴,犹虚语与实语,且十五国风中,尚错有比兴,雅颂诸篇,多是赋耳。比兴甚稀。以此并数,以为六义,窃所不安。"可见虚实之辨是把握东涯文章思想的一大关键。更有意思的是,日本演剧史上著名的"虚实皮膜论",其提出者正是东涯的门人穗积以贯,或许,虚实之辨被借用到了更广阔的舞台。

三、东涯的文法论:对元明文话的引用和改造

元禄十一年(1698)前后东涯撰写了《作文真诀》[2]。内容为作文七诀:遣词有失体之误;结构有失所之弊;句法有不整之失;置字有颠倒之失;造语有无据之陋;用字有错义之失;助字有失粘之过。东涯自

---

[1] 《历代文话》,第454页。
[2] 本文使用的是《日本儒林丛书》第8卷收入本。书前书后皆有元禄十一年[1698]东涯识语,当成书于该年。此书又被收入在作者的《训蒙字谱》《刊谬正俗》内。

称此七诀乃其自创条目,"凡予之所述者,非古有此目。吾人平生国音读过,致多差误,欲救此失,创意造制,故置字用字之诀,皆汉人之所不言"。不过细绎下来,具体内容仍大部分出自《文章欧冶》,直到《操觚字诀》出现,才真正体现了他的创造精神。

《操觚字诀》为东涯晚年所作,当时只有未完全的稿本,后其子善韶加以编订并有所增补(明治时期村山大朴校刊出版),体例仿《用字格》,书名仿明代李廷机《操觚字要》①。作成于宝历十三年(1763),善韶序云"先子尝著《文诀》等书,初学晚进,因以有资焉。凤年为《辨同训》,草二巨册,未完,晚草《操觚字诀》"。其中对文章的章法句法等提出了许多新的观点,明治十二年[1879]重野安绎所作序中称"徂徕偏信李王,以修辞为主,故其为说,间有涉乎奇僻者。东涯则易气平心,广采诸家,遍搜群籍,简明易知,尤有裨后学。而《操觚字诀》,其集大成者也"。全书共十卷,初编(卷一)的"篇法、助辞"部分可分为:文章四体辨、文章四法辨、文章首尾结撰辨、文章章法句法之辨。"文章四体辨"认为"文"可分为散文、四六、韵语、时文四大类,对各体特点做出了解释,总体上符合文学发展史实。值得注意的是里面出现了对时文的定义:"时文乃及第之文章,又名制艺、制义,亦名程文程墨。近世明清时文本始于宋时王荆公……",这是他根据接触到的明清作品所下的定义。

东涯并不停留在对文体的分辨上,他还对文体作了正变划分。认为"以上之分,虽作式变化,皆为'本文章'。此外尚有语录体、柬牍体、公移体、演义体,虽与以上诸体稍有不同,毕竟属俗语,不可称为文章"。所谓的"本文章"是东涯认为的正统文章,亦即雅文章,而其他的即为通俗文。他的判断标准是使用语言是否俗语,如:

> 语录体为宋儒语录并性理字义、传习录之类。谕以经义,辨析道理,以通俗为主,故作一部之书,多用俗语。

---

① 此书在国内已佚,在日本的流传情况参见王宝平《〈操觚字要〉考》(《语言研究》第25卷第3期,2005年)。其中提到日本最早引用此书的著作是东涯的《助字考》(1693年)。

柬牍即日本之消息,虽不全为俗语,字法套语与"本文"不同。《欧苏手简》《五老集》《翰墨大全》等书皆是也。与"本文"中所谓"书"又有别,书以散文四六书写,不用俗语,然起结称呼与尺牍无异。《文选》并《八大家文钞》中多载此类。

　　公移为日本之下文、触状。除《大明律》《大明会典》之文法以外,文集中公移之类皆是也。即公仪之称也。

　　演义为《水浒传》《西游记》等话本。如日本之假名物语。直写唐人平语,字义字法之例与"本文"全异。其内又有古今高下、卑俗差别,并非一样。

这种新的划分出现,与当时的日本文坛的实际情况有关。荻生徂徕及萱园派门人在提倡儒学的同时,为了学习唐音唐话,对《水浒传》等中国白话小说充满着热情。东涯在学习古文的同时,也与当时的萱园派文人接触①,门下的松室松峡、朝枝玖珂、陶山南涛都对白话文有高深造诣,甚至与冈岛冠山、冈田白驹一起被人称为稗官(小说家)五大家。东涯的文体观也受此影响,从而产生了明确的俗文学观。他称:"不知以上诸体之别,作文之时则语句混乱,无法明晰。有若日本以《源氏物语》之法作《国字钞》,以宣命之法写消息,不通于世,故不得不辨其别。"所谓的消息即往来的日常书信,江户幼童从小先学习伊吕波,再学庭训消息,因此是非常通俗的文体,但又是入门的必由途径。东涯在这里提及柬牍公移类,也显示了他从实用性角度出发对文体进行分类。

　　江户时期不少文法书都有这样的弊病:一昧执着于对文章语言的语词分析,虽然具有一定的科学性,但却很难提供创造性的文法理论。东涯的文法论也有这样的缺陷,无法从承袭前人说法中摆脱出来,不过细缕下来,也能发现他自己努力融合并建构的地方。其说主要见于《操觚字诀》卷一,如其中的"文章四法辨"中提到"文之用有叙

---

① 参见中村幸彦《古义堂的小说家们》(收入《中村幸彦著述集》第七册,第194—213页)。

事、议论、辞命、诗赋四法。宋真西山先生辑《文章正宗》始立此名目,明载①文光《左传标释》中分为叙事、议论、辞令、辞命",随后介绍这四法之下各有哪些文体,又加入了自己的话话,如"叙事"类中"序虽为叙事,如发议论,则为议论体。传记类则不能发议论,如《伯夷传》类为特别者也",对序中议论该占的比重进行了规定。

东涯元禄元年[1688]所作《文章欧冶后序》中云:"若吴氏《辨体》、徐氏《明辨》,其论体制虽颇详备,然至于作文之法,则未若此书之纤悉无遗也。"他认可此书在文法上的价值,也从中汲取了不少营养。如"文章首尾结撰辨"的内容大多从《文章欧冶》而来。如将文章分为"起、承、铺、叙、过、结",不同的是,他把这些分配到文章的各个部分,即:"篇首　起承;篇中　铺叙;篇尾　过结。"他认为:"文章不限长短,皆有篇首、篇中、编②尾差别。又可分为起、承、铺、叙、过、结,如人有头足,家有堂室,作一篇文章,不辨此差别,则辞理颠倒,不成条理。起头为举一篇之大意,立冒头、破题、问答、设事等法。次云承,承说起头一段也。铺叙为篇中,叙主意也。其中又有波澜、顿挫、起伏等云云。次为过结,叙说全文立意也。总之文章首尾尤难作也,故文家重之。"这段论述从《文章欧冶·古文谱四·体段》而来又更加详细具体,如在"起"的部分加入"冒头、破题、问答、设事等法",强调"铺叙"部分有"波澜、顿挫、起伏"等法。冒头本是古文、赋做法,破题则是四六、时文的开篇之法,问答设事是赋的开篇之法。陈绎曾对时文是反对的态度,如云"若强布摆,则入时文境界矣",而东涯对时文的态度则显得更为宽容。这段话中将各类文体综合起来谈,并概括为:"序有序体、纪有纪体、诸体各有其体。又作者之意虽随时代好尚而生种种变化,无不有首、中尾之别。总之此云间架、布置。前后位置的分配也。立间架布置之法,然后加以妆点也。或有前后照应之法。从首开始逐步说明,尽处有止,诸体若无一定之法则难以详辨,应熟玩古文之法。"间架布置之法亦出于《文章欧冶》,他认为所有文体都有共通的

---

① 此处有误字,当为明代戴文光的《春秋左传标释》,也有可能从他书转引。
② 当为"篇"字。

法则,最终归结为古文之法。

东涯又将篇法分为"养心、养力、养气、识体、家数"。这是出于《文章欧冶·古文矜式》。不过在解释"养气"时,将《文章欧冶·古文谱一·养气》的部分归到此处,而在解释"家数"时,又提到应该"以《尚书》为始,秦汉魏六朝唐宋元明,古今文家、诸子百家,各有其体之别",这与其父仁斋的观点一脉相承。最后他提出"总之作文时,忌暗、忌弱、忌陈应为三大关键"。这些都是他通过自己的学问或理解对《文章欧冶》进行改造的地方。

《操觚字诀》中的"文章章法句法之辨"的立目是从《文章一贯》而来,不过后者只是引用他书,而东涯则加以自己的解读:"读书著述之间,不得不知章法、句法。章法者,一篇之大梁,其先后顺序有不得不如此者。句法者,一章之小梁,一句之先后顺序有不得不如此者也。又句中有上下平衡,文班的状态,或叙字数,或省句,或加入闲句,凡文章立骨子,有四言实句,长短多寡,虽应一之,然作句时,不喜四言,多为五六字,若缩为二三字时,以虚字助字来斡旋。字法为一字之上,对此处为从字,此处为随字等进行斟酌。又句法有不敢之处与敢不之处。有不必之处与必不之处。此亦为句法之事。总之文可分为字法、句法、章法、篇法。以筑室为喻,篇法如同详悉宅基地的曲面。章法如同定下门堂庖湢各自位置。句法如同在一室之中设置合适的厨房,以派上用场。对此增减并省乃由家的状态决定。或不得已而有宽敞之处,有狭窄之处,字法亦总体,用木竹土石,各有宜与不宜,小处细密。"更重要的是东涯又主张文章"有段落、句读之别",认为"段落为一章的一段,句为一句的一段,读为一句中的段落","古文简古,故句读短,后世之文句读甚长,详分之时可分为大段落、小段落、大句、小句读、微读",可列为如下形式:

段落　即章也,有大段落、有小段落
句　　有长句、有短句,有一字句、二字句、三字句、四字句、五字句

读　　又读中有微读

此外,"字法管到不管到之辨"是从点评学中转化而来:"管到指字的相系之处,文章评语中有此句管到某处云云。不知此诀,作文读书时主意多误。如人之屋宅有地,读书不至管到之处,读后如吾屋被人夺去。知管到之处,如人之屋为我所夺。""文字主从之辨"认为"文字有主从之辨,主为体,从为其对象",在和点时表现为"ニ"和"ヲ"的差别。加"ニ"时为主,加"ヲ"时为从。这表明东涯已经可以区分主谓关系和动宾关系了,他认为日语的"テ"相当于汉语的"而"字,"ニ"相当于"于"字,"ハ"相当于"者"字,惟独"ヲ"字在中文中没有与之对应的字,应该在训读时尤其要注意主从关系,这基本也是符合现在的中日语言差异的。"倒语之辨"认为:"文章之法有云倒语者,并非出于义理之别,而出于文势。古文此法尤多。如巧言令色鲜矣仁,如作仁鲜矣,其义同。贤哉回也、久矣吾不复梦见周公等类皆是。当考文势缓急。"

此外,他在阅读书目上也对《文章欧冶》有所改良。《闲居笔录》卷中云:"文不多读书而作,则不可作也。无识则亦不可作也。不多读书而作,则失乎浅易。无识而作文,则陈言套语,不过蹈袭古人之作耳。"①东涯仿《文章欧冶·家法》作《读书题目》,并且对书目进行了改良,如经部多了三传三礼,并且作出解释:"三传三礼,其是非得失,虽不能无谬于圣人,而文字古奥,作文家不可不熟读焉。东莱博议、西山衍义,亦可并览焉。"史部多出了《后汉书》《资治通鉴》《通鉴纲目》,并称"若范氏《唐鉴》《胡氏管见》等尤不可不见焉"。子部少了《山海经》《周髀》《九章》《素问》《考工记》《穰苴》《吕览》《贾子》《新序》《说苑》《世说》。集部少了《古文苑》,又称"紫阳、新建之文,虽其余事,而其严整通畅,议论之间,尤可法则"。

---

① 伊藤东涯《闲居笔录》,《日本儒林丛书》第一卷,第39页。

四、余论：古义学派文章学的影响

尽管东涯的文章学在源头上没有超出当时市面上流行的初学读物，但他的一些观点对后世产生了极其深远的影响。明治年间，东涯的文法著作仍有不少读者，明治四年(1871)松田混《作文便览》"凡例"云："凡系助声转语者，辑之为通用。古人之用字必有定局，故宜就《操觚字诀》《助语审象》《文语解》等诸书详其用法"，肯定了此书在作文用字上的入门功能。

首先是东涯的门人皆注意助词虚字的使用。除了前面提到的林义端外，东涯另一位门人谷麋山亦有《金声字府助字》《金声助字解》《谷氏助字解》等。穗积以贯也有《作文明辨》《初学文法抄》《文章轨范国字解》《文章例则》《文房秘钥》《译文明辨》等文章学著作。

其次，东涯从元明文章学出发自抒己见、自标新目的做法也刺激了江户文人创作符合本国国情的文式文话著作。以穗积以贯的《文法直截真诀钞》①为例，此书上卷分为趣意、本邦近世俗文中差误、救字颠倒弊、常格指南、详明语接断别格、详明语主从别格、指导助辞妥帖之要法、暗用字歌(所洩定格接断与主从用例可知暗此歌也)、指示语势缓急轻重、字法句法篇法俗解、养气八法。并称："以上十一件，盖据古文以定规矩。指陈字位止下之别，创始新进免颠倒之一大捷法。"下卷分为：文体解、序体制解、韩退之送扬少尹序、欧阳永叔梅圣俞诗序(右就韩欧二公序文二篇以指导语势缓急轻重及助辞之妥帖、体制之别并句读段落批圈之点例)、元方万里撰周伯弼三体诗序(此篇旁朱书伊藤仁斋先生之添削，仍以评文功拙)、深草元政撰扶桑隐逸传序及传(篇旁朱书伊藤东涯先生审正以为初学鉴本)。从目录亦可看出此书重在从日人作文缺陷出发，虽然有从中国文话中引用而来的部分，但与幕初藤原惺窝的《文章达德纲领》相比，已经完全是新的面目了。

---

① 本文使用的筑波大学图书馆藏写本。

第六章

江户时代异学者皆川淇园的文章学

一、皆川淇园其人与著作

日本江户时期开始兴起一股汉文学习创作的热潮,不仅翻刻中国的文章学著作,①也催生了不少日人创作的文法书籍。② 荻生徂徕、伊藤东涯、皆川淇园三家于此用力最深,影响最大。前二者皆有不少论述,唯有淇园的成就国内尚且关注较少。皆川淇园(1734—1807,名愿,字伯恭,又号有斐斋、筇斋、吞海子,通称文藏,京都人)是江户中后期的鸿儒兼文人,涉猎广泛,著述斐然,有对四书的"绎解"(集解)以及《老子绎解》《诗经绎解》等;易学方面有《易学开物》《易学阶梯抄》《易原》等;文学方面有《淇园诗集》《淇园文集》《六如淇园和歌题

---

① 如宽永二十一年[1644]刊高琦《文章一贯》;元禄元年[1688]刊陈绎曾撰、尹春年注、伊藤东涯点《文章欧冶》;享保三年[1718]刊左培《书文式·文式》;享保十三年[1728]刊王守谦《古今文评》;元文二年[1737]刊王世贞《文章九命》等,皆收入《和刻本汉籍随笔集》,汲古书院,1972年。
② 王宜瑗《知见日本文话目录提要》记录了三十种日本文话(王水照主编:《历代文话·附录》,复旦大学出版社,2007年,第9807页至第9826页)。卞东波《江户明治时代的日本文话探析》(《文艺理论研究》2013年第4期)一文概述了江户至明治时代的文话类著作。但这些只是冰山一角,明治年间广池千九郎编《支那文法书披阅目录》记日本文法书85种。人见友竹《训蒙文家必用》《重镌文家必用》、穗积以贯《文法直截真诀钞》、山县周南《作文初问》、斋宫静斋《初学作文法》、宇都宫遯庵《作文楷梯》等都还没有进入学者研究视野。

百绝》《三先生一夜百咏》《唐诗通解》《淇园诗话》等;①史学方面有《迁史戾柁》等;医学方面译定过《补正医案类语》,文集中还有不少类似的为医书所作的序跋。② 门人弟子超过三千人。③ 他提倡的学问称为开物学,即开名物之义,④认为"《易》有开物之道,而其道要由文字声音乃可得入也",从微观的视点出发,将语言与人类心理的关系解剖清楚。他追究古文文字及行文的内在倾向,在语言学方面有着深厚造诣,有《太史公助字法》《左传助字法》《诗经助字法》《虚字解》《续虚字解》《助字详解》《实字解》等九种字书,⑤与伊藤东涯并称为"近世两位优秀的汉字学者"。⑥

他在文章学理论上的成就也不容忽视,菊池五山《五山堂诗话》中云"淇园虽以经术自任,其说系一家私言,其所长却在文章上"。⑦

---

① 讨论其文学成就的主要研究有:樱井进《皆川淇園の文学论》(《待兼山论丛(日本学篇)》17,1983 年)、李长波《江戸時代における漢文教育法の一考察:伊藤仁斎の復文と皆川淇園の射覆文を中心に》(《ことばと文化》,2002 年 9 月)、范建明《中日詩壇における"新格調派"について—沈德潜・皆川淇園を中心として》(《电气通信大学纪要》36,2007 年)、羊列荣《淇园汉诗学述论——以其画论和易学为背景》(《文学研究(九州大学)》106,2009 年)等。
② 不过淇园在《伤寒论经传晰义序》中自称不懂医术。见《淇园文集》卷一,文化十三年[1816]序刊本,日本国文学研究资料馆藏本。
③ 松村操《近世先哲丛谈续编》卷上,明治十五年[1882]。
④ 淇园屡次在文章中阐述开物之义,如《送寺尾显歙归江户序》中云"夫易者,圣人所用以开名物之具也。名物者何? 道德仁义诸名之物是也。名之兴也自上世,上世之民有感道德仁义之物而象之以声气,用以为其名,是故名义之者,性命之所由以著而道德之所由以辨者矣"(《淇园文集后编》卷二)。
⑤ 淇园在语言学上的成就已得到日本学界的关注,如中村春作等《皆川淇园・大田锦城》(《日本の思想家》26,1986 年);佐田智明《助字详解とあゆひ抄——淇園の助詞の扱い方をめぐって》(《国语学史论丛》,1982 年 9 月)、《皆川淇園の助字観について》(《国語国文研究と教育》19、20,1987 年 12 月)、《皆川淇園の語義把握の過程—"象を立つる"ことを中心に》(《福岡大学日本語日本文学》第 5 卷,1995 年 12 月)、《〈助字詳解〉の諸本について》(《福岡大学人文論叢》27-1,1995 年 6 月)、《〈虚学詳解(写本)〉等に見える意味記述—皆川淇園の語分析の方法・その二》(《福岡大学人文論叢》25-1,1993 年 6 月);李长波《皆川淇園の言語研究:その言語観を中心に》(《ことばと文化》,1997 年 5 月)、《皆川淇園の言語研究:その意味論と構成論的な試みを中心に》(《ことばと文化》,1998 年 3 月)等。
⑥ 中村幸彦《語義と用例論—江戸時代語研究批判—》,收入《中村幸彦著述集》第十三卷,中央公论社,1984 年,第 49 页。
⑦ 《五山堂诗话》卷五,《日本诗话丛书》,文会堂书店,1920 年,第 532 页。

他留下了丰富的文章学资料,文章理论和技法主要见于《问学举要》《淇园文诀》等著述中的阐述。前者本是批评朱熹的经学注释而作,但涉及不少文章理论,如同总纲领。后者原为日文,相当于文章技法的具体指导书。此外还有《习文录》《欧苏文弹》等作品是对古文大家的文章进行评注,是运用实例,可以对照参看。笔者从《问学举要》《淇园文诀》疏理出其文章学的主要观点,解释其中的一些观点和存在的问题,同时结合他的其他著作中与文章学有关的内容分析他对待文章的态度。

从学问而言,淇园反对朱子学,是一位异学者,①开物学独树一帜,在当时甚至被人故意音讹为"怪物学"。从性格而言,他特立独行,放荡不羁,广濑淡窗《儒林评》云:"皆川行状放荡","予友原士萌举人之说曰:皆川放达出于弄世,谢安东山携妓之类也。"他的文章学理论和批评也具有特异性,有许多生造的术语,理论颇有新创之说。淇园以前的江户儒者如荻生徂徕、伊藤东涯等大都对本国文章存在的"和臭"问题进行检讨,而《欧苏文弹》转向矛头对准历代古文的代表大家——一直以来被视为典范的欧苏。江户后期斋藤正谦《拙堂文话》中评价:"近世有一种文章家,专覈字义,其解穿凿迂缪,不止王介甫《字说》。虽时有所得,至于篇章之法,懵乎不知,而高自标置,下视欧、苏以下,痛加雌黄,可谓妄矣",②大概便是指淇园。他的理论有时繁复而琐细,批评有时严苛而主观,甚至有些吹毛求疵和穿凿。不过有不少中肯之处,为后世开启了重新诠释文章的可能性,或许能使唐宋八大家的文章得到重新审视和评价。

二、《问学举要》《淇园文诀》中的文章学理论

《问学举要》③中说:"凡学文之要,大略有六",即立本、备资、慎

---

① 宽政二年[1790]老中松平定信推行的"异学之禁",独尊朱子学,朱子学以外的其他学问被视为"异学"。可参看柴野栗山等《宽政异学禁关系文书》,《日本儒林丛书》第三卷,凤出版,1978年。
② 《历代文话》第十册,第9844页。
③ 《问学举要》使用的是《日本儒林丛书》第六卷所收版本,《淇园文诀》的成书更晚,在安永八年(1779)以后。本文使用的是日本酒田市光丘文库本。所引二书内容皆不一一注明页码。

征、辨宗、晰文理、审思。立本的"本"即是"笃志以成物于己者",物是指六经之文,他强调"道者自修己之道,学者自长其智之学",即不受世俗偏见的干扰,不生希世干誉之心,才能发现前说的谬误。他敢于对欧苏等古文权威大家进行挑战,也是出于这种思想。

淇园将写文章看成"立象",出自《易·系辞》"圣人立象以尽意",认为凡物皆有纪、实、体、用、道,出自九筹,象可分为作者心中的象和受众通过阅读等体验获得的象。立象后有明界与暗界之分,"明界"是指众人可见的形体以外的事物,"暗界"是指体内或者心中等无法用肉眼看见的事物,而区分明界、暗界时便可以用"纪、实、体、用、道"。① 这些在他的《易原》《名畴》《诗经助字法》等著作中有详细解释,也可以套用来解释文理。他的经学、辞学、文章学是三位一体的,打破任何一方都会破坏整个体系。②

以下从文章观、文法论、创作论、文体论等方面进行具体介绍:

(一) 本体论:文者言辞也

皆川淇园在《淇园文诀》中曾自述习文经历:他年轻时最初并不愿成为文人,仅因父命难违,为此作文时随心所欲,只求让人读懂便可。十七八岁时写了一篇文章给朋友,被人大加批判,由此发愤研究文章写法,尤其注意助词的使用,经过一年多时间,已经能够分辨出本邦人文章中的不足。可见字学是他文章学的出发点,也是核心内容,藤原资爱在《淇园文集序》中称"文者言辞也",这也可作为淇园文章观的概括。

他在《问学举要·备资》中提出要精辨字义、略通其世、知古韵。他尤其强调要准确了解每一个字的含义并正确运用,否则会影响到整篇文章:"盖一字失义,累及全章。譬犹棋失一着,则全棋俱败。为

---

① 《问学举要》中解释"凡物皆靡不有其纪其实其体其用其道,纪为一,实为二,体为三,用为四,道为五",这与中国经学及文论中的体用论相通。
② 中村幸彦《清新论的文学观》一文中称皆川淇园的文学观是其开物学的一部分,即"诗求之于兴象,文求之于道义"(《中村幸彦著述集》第一卷,第381页)。

文者亦然，一字不当，则全言皆涩。"他在批评文章时尤其注意字义，他认为古代许多名贤大儒往往以文义来解古书，这会导致文理错误。其子皆川允在《虚字解·凡例》中说："家先生学发周易，明开物之法，因音寻义，瞭然象意，征以诸古籍之所用众字之辨，犹如皦日。"淇园精通《易》学，根据中国古代汉字假借的特点，又以音声相求，来解释各种虚字的含义。他认为《说文》等字书在释义时皆取诸近似而已，"率非真诠"，所以他提出的方法是"求之其声之象数者上也，求之其书之形状者其次也，又皆兼须多按古书使用之例，以参验其实"。他对于后人用古文写作持谨慎态度也是出于怀疑汉以后文字已失去古义的角度，"学者若欲用读汉以后文字之法，以为古文，则其误解者必多矣"（《问学举要》），出于这一观点他对欧阳修、苏轼等人的文章中存在的问题进行订正。由于在经学上他主张汉儒传经可疑之说甚多，在文字上他认定从东汉以后开始，名物之类已经变得非常繁复了，后世许多儒者在释字义只能采用"连熟"的方法，即若符合上下文意或者二字经常连用已成熟语，这给释义带来了很多的弊端，学习古文者若不直承三代之文，则容易用错字词。他认为古文与后世文的区别在于"古之文其辞简，西汉以后之文其辞繁。简者之法精，精在其字，繁者之法粗，粗在其句。前贤乃未悟此字句精粗之有异。而其为古文，亦犹如为后世之文，是以其亦未尝不言循拟之为善。而说之成夫立意要旨之陋，乃莫之能自知"（《问学举要》）。因此他也批判明代的古文辞派，认为他们是刻意地深其言迂其辞，而不出于欲尽其意的目的。

（二）文法论：晰文理十五事

相对于字义，皆川淇园认为文理"因字义而成"，是比字义次要的因素，不过他也并非不注意文理，在《淇园文诀》（下简称《文诀》）中他强调文理是极其重要的，在方法探索上也颇多创造性理论。《问学举要》中更是特设"晰文理"一节，分为十五事，《文诀》中也有具体示例。他还运用到了实际的批评活动中，如果将《欧苏文弹》与《问学举要·晰文理》的内容对照来看，许多难懂之处便会迎刃而解。以下分

条列出此十五事,并对与中国文章学的关系稍作阐释:

(1) 言物各依其部界:他认为文章的目的在于"章物",言物贵在有别,"凡其大小远近,动静恒遽,外内主客之属,并皆不得相混言"。根据淇园所举示例,这里的部界划分是根据上下文脉来确定,即确定句子当中的内部结构。明代曾鼎《文式》"论作文法"条中提到"文字一篇之中,须有数行整齐处。……上下、离合、聚散、前后、迟速、左右、彼我、远近、一二、次第……"①皆讨论文脉逻辑,淇园对之加以简化整理,并有具体示例。

(2) 冒、斜插、补添:冒指"欲言其委者先言其源"。此法或者源于元代陈绎曾《文章欧冶》中的抱题或冒题,但强调叙述事情的源委,这在抱题法中是没有的内容。补添即"为接应上势先言其用,既复恐其物杂乱失其旨之所归,下因复明其物,是名补添"。此法接近归有光《文章指南》中的"前后相应则",即"凡文章,前立数柱议论,后宜补应",②但归有光此书至江户后期才有和刻本,因此淇园受此书影响可能性很小。斜插指"用冒若补添之法,以弥缝两言中间,而以成章者,是名斜插",此法在《文诀》对此有诸多实例,未见他书有类似说法。

(3) 分量广狭:指文中语辞的含意可广可狭,"大抵文中语意,系一人而言,则是为分量狭,系众人而言,则是为分量广",是把一句中主谓关系更加细分,注重前后的照应关系。因此同样的语辞,用在不同的位置,其义不同:"凡文之所措其辞,唯随其位所在,而其意乃成不同。"此说特异,不见前人有此说法。

(4) 伏应含蓄:此条含义与中国文话中强调的"照应"与"含蓄"大体相同,但淇园论述的尤为详细具体,指出"譬若只言二三者,一乃为之原状。若先言一,则十乃为之终应,如十一乃为别起,不得为终应也。若先言一而次言三者,则二乃为之含蓄。若言一二者,则三为未起,未起则不得为含蓄也",这并非简单的理论指导,而是在行文时可以作为具体指导方法。

---

① 《历代文话》第二册,第1577页。
② 《历代文话》第二册,第1724页。

（5）同字一律：他认为东周以前的文章，"一章之间，字同而叠出者，其旨必归于一律。一篇之间，句同而累见者，其意必会于一途"，战国以后文始多出奇谲，"然至其大段，决无前后别调者"。此法未见他书。

（6）增减展缩：此法强调行文以简要为主，一字增损皆有目的，"如或虽所经言，仍复称之者，其必亦语势或已不相接承。或外虽仍接，而今将欲别从其内举其情者也。诸如是之类，古文例皆改其辞端，别起其称"。此法与文话中的炼字法有相通之处，但又与文法逻辑有关。

（7）辞之略析："略析"二字是淇园的发明："文有略析者，其所略析文字，或伏在其上文，或伏在下文"，分为"略析"和"可略析"，有以原伏为略析者，又有以反对为略析者，此法最为复杂，亦不见有前人提及。

（8）言之顺逆：顺逆比较容易理解："如曰大小上下者，是顺言也。如曰小大下上者，是逆言也"，但是淇园强调"凡顺言者，其情皆静，逆言者，其情皆动"，这点前人从未提及。

（9）意之向背：这是从文意的完整而言："譬若先言一次言三者，其意自反求其二。是其意为背。若先言一次言二者，其意自趣其次之三，是其意为向。若先言三而不言一二者，则其所伏之一二，实乃若在三中，故其意仍不反求而趣其次之四，此名孤起，而其意亦为向"，亦未见前人提及。

（10）势之接承："凡文势相接承，有以自接承者，有以敌接承者。自者仍不离其物事而言者是也，敌者以他物他事与前接应而言者是也"，以自接承者即按照纪、实、体、用、道的顺序，以敌接承者则要审前文虚实之势。此法与文法中的顺承逆承相比，更为复杂琐碎。

（11）虚实：这条论述"文字有虚实死活"，实活是指"万物就其所含灵而言"，实死是指"万物只就其体质而言"，虚指"凡物无本质只有其象"。"虚与实相依，则为之诸气色声味之属者，皆是虚死。宣之作动之用者，皆是虚活。"陈绎曾《文章欧冶·汉赋制》中有："实体：体物之实形,如人之眉目手足,木之花叶根实,鸟兽之羽毛骨角,宫室之门墙栋宇也。惟天文惟题以声色字为实体","虚体：体物之虚象,如心意、声色、长短、动静之类是也。心意、声色为死虚体,长短、高下为半虚体,动静、飞走为活虚体。"《文章欧冶·诗谱·变》中也列出了"四字变",即为虚、实、死、活。① 淇园应该是将这些概念进行统合改造之后提出的,并且引申出了文法规律"大抵句头实者,其意内而其势泛。句脚实者,其意外而其势定"等。

（12）既正未：即既往之事、未来之事、正当之事："既往为已定而静,未来为未定而动。"相当于语法当中的过去式、将来式、现在式。淇园关注到此点与训读有关,江户前期儒者贝原益轩的《点例》卷上就有"既往、见在、将来的テニハ(日语助词)例"条,并举出了《论语》语句作为示例。②

（13）反语：即反问句。陈绎曾《文说》"造语法"中有"反语"条："《论语》'学而时习之,不亦说乎？'又曰'爱之能勿劳乎？'与《尚书》'俞哉！众非元后何戴？'此皆反其意而道,使人悠悠致思焉。"③江户时代的穗积以贯《文法直截钞》中亦言及反语,不过未下定义。但淇园的特别之处在于提出"反语有不用语助者"。

（14）篇章之旨：即篇、章、句皆有主旨。此条较常见。

（15）拟议："拟议"一词出自《周易·系辞上传》："拟之而后言,议之而后动。拟议以成其变化。"明李攀龙曾据此倡导古文辞,徐师曾撰《文体明辨》刊行时,赵梦麟、顾尔行作序时都不约而同地提到了拟议并加以论述,淇园则引申为："文辞之变,千言万语,都不出于拟议之二法。拟者拟之其物之形容之谓,议者议之其道之变动之谓也。"

尽管淇园的文法论有一部分内容借用自前人的文话,但总体而言,仍然有许多是他自己的新创设,这些理论并不是孤立而空洞的,不

---

① 《历代文话》第二册,第 1282、1312 页。
② 贝原益轩《点例》,柳枝轩,日本早稻田大学图书馆藏本。
③ 《历代文话》第二册,第 1344 页。

仅皆引用经学著作中的句子作为示例,还应用在了具体的文章批评上,可谓系统而新颖。

(三) 创作论:"心神的妙用"与"文字锁之貌付"

至于作文之法,他在《淇园文诀》中提出了一种概念,即"文字锁之貌付"。此为作者自创术语,"貌付"大体相当于印象的意思,"文字锁"大体相当于文章间的逻辑联系。他与其他文章学家一样指出习书文章关键在于宋代欧阳修所说的三多(看多、做多、商量多),并指出初学之人还要读多、解多、做多,因为文章中有"文字锁之貌付",即作者在写文章时,神气会在心思考如何作辞时,不知不觉地产生出各种新奇的作辞条理来,虽然神气在心中,但会使作者对文章更加用心,也会使创作更顺利。这可以称之为"心神的妙用"。而要达到这种心神的妙用,必须多读古书,熟记各种"文字之锁",在开始写文章时,这些记忆中的古文"文字锁之貌付"便会在恰当的时候浮现在心中,引导笔尖如何书写。如果不具备足够的"心神的妙用"和"文字锁之貌付",不管你有怎样的才能也是写不出文章来的,因此不得不多读。

然而,"心神的妙用"所能引导的结果不过是如音乐节拍那样,对待变化莫测的条理,也应该像古文的"貌付"那样,将那些熟记下来的文字的义理预先仔细地解读并且记住,直到完全掌握。若非如此,在神气引导作者创作时,所写出来的辞(锁的雏形)虽然与开始创作时的节拍是相合的,但是文中会出现很多与神理并不符合的节拍。而且仅靠这种方法进行创作的话,写出来的东西虽然与"貌付"相符,但与神理不合,由此便会产生许多"刷违"。

所谓的"刷违"是指:或者用辞迂远、意理暗滞,或者言说不足、道理无聊,记述未闻的事情时大多写一些无法使人读懂的文字。如果能多解熟记,浮现出来的"貌付"自然会与其要写作的机宜①和条理恰到

---

① 《淇园文诀》中解释"机宜"意为:其上下先后及明晦等与自然和天地上下、四时昼夜之道协调,与天下人民的性情相合。

好处地吻合。因此不可不多解。然而读和解终究只是内心的技法,写文章是要使心里的东西表达出来,二者会有出入和不同,因此如果不练习如何从内心抽出条理作出文辞,便无法下笔。要想顺畅地下笔,当然必须积累多读多解之功,不过这譬如足痿症者蓄杖,对写文章没有效果,因此必须多做。以上就是对初学之人来说非常关键的"三多"。

这里强调的"神气"概念是与他在《易原》等书中提出的哲学观念一致的,而古人认为心是思考的器官,"心之官则思",所以心神的妙用是作者的主观意志对于创作的影响。"锁"的概念可能源自诗学中的"钩锁",元代范梈《木天禁语·六关·七言律诗篇法》中有:"数字连序,中断,钩锁连环",文字之间并不是松散的关系,而是有着文脉在里头,从他对欧苏文章的批评,也能看出他多处强调此点。

他既重视主观精神的作用,也认为这是可以通过学习积累的。对于如果积累提出了各种实践方法。如先分类抄录古书,大约经过一年左右时间,便会自然记住很多"文字锁之貌付"。在创作时要始终在文中保持"意"的一贯,文章不仅是文字,还是反映心中事物的条理,心到则笔到,心不到则笔不到。

淇园认为初学作文之人应该从练习写尺牍入手,其次是记事文,记事文写不好的话,议论文也写不出来。这点与宋代吕居仁提出的议论文才是有用文字大相径庭。淇园之弟富士谷成章(字仲达,号北边,又号层城,出继富士谷氏)是一位和歌家,淇园受其影响,曾将记事文比作和歌里的四季杂歌,初学者易懂,将议论文比作和歌里的恋爱,初学者比较难懂。当时儒者间有一股重视《史记》的风潮,淇园也认为初学作文者应以《史记》为宗,其他各类文章可分别参照。① 这些指点既强调语言受到思维影响,即主观化(subjectivity)特点,又重视经验在其中发生的作用,综合起来形成了一个立体的创作思想。

---

① 所列书目如下:记类《名山胜概记》《游名山记》,墓铭类《金石三例》,论文类《古论大观》,战斗类《武备志战略考》(列出这一类可能与江户是一个武士时代有关),赋类《赋汇》《赋珍》,书画序跋类《书画谱》,而要了解文体则可读《文体明辨》。

(四) 文体论

皆川淇园以《史记》《汉书》之类正史作品为记事文里的"正文",他曾与好友清田儋叟(1719—1785,名绚,字君锦、元琰,又号孔雀楼主人)切磋文章作法:"吾学攻于经,而君锦长于史,常获说而玩者,与事可喜者,必交出而互告,如贾之贸易以殖其货者。吾尝与论文谬相推奖以为无以间然矣",①可见二人在文章论方面经常互相沟通交流。淇园在文章学观点以经为本、重视史记,著有《史记助字法》二卷、《迁史庋柁》三卷。②

淇园认为《水浒传》和日本的《源平盛衰记》《太平记》一样都属于俗文体,特点是其中有许多琐细的与事实无关的描写。唐传奇则别有一种风味,属于雅文。而当时江户书肆出现的明代瞿佑《剪灯新话》③《余话》和刚刚舶来的《聊斋志异》等则是模仿唐人小说而作的,虽然并非"正文体",但却比俗文体更能学习到如何自由书写文章,学写传奇文体是学写"正文"的手段。俗语小说虽然有许多语言鄙猥的地方,但也应该兼读,因为其中琐碎的描写能够如实地反映人的"鄙情"(即人的情感),玩味这些文字便会生出创作氛围,达到精神的活用。江户前期,学习唐话(汉语,当时主要是南京话)的人多从读《水浒传》《通俗三国志》《西游记》等白话小说入门,被称为"小说家"或"稗官"。当时冈田白驹、松室松峡、冈岛冠山、朝枝玖珂、陶山南涛被人称为稗官五大家。到了后来,出现了一些虽然不懂唐话但仍然可以读懂白话文学的人,清田儋叟就被人称为小说通。淇园与儋叟从小一起泛读各类小说如《水浒传》《禅真逸史》等,称金圣叹评《水浒传》为天下才子必读书。享和二年(1802)六十多岁时他为门人本城维芳刊行的《通俗平妖传》作序④,其中就记载了这些往事。淇园之弟富士谷

---

① 《送清君锦(清田儋叟)赴越藩序》(《淇园文集初编》卷一,明和三年[1766]作)。
② 小川贯道《汉学者传记及著述集览》,名著刊会,1977年,第490、491页。
③ 《剪灯新话》与《游仙窟》《五朝小说》等一起被称为雅文小说。
④ 《淇园文集》卷六《书通俗平妖传首》。

成章也曾根据《石点头》创作翻案小说《白菊奇谈》。他们对待通俗白话小说的态度无疑也影响到了淇园的文体观,因此尽管他划分了正(雅)与俗,但是对俗语文绝对不是轻视的态度。

淇园认为四六文起自六朝,北周庾信别出机巧,使四六文体为之一变,唐人的四六多为庾体。有韵之文包括赋、颂、箴、铭、赞,大多是由散文演变而来。赋原来是像"买卖往来书信式教科书"①那样的内容,逐渐追求文饰,司马相如等人创造了赋体,至唐则别出律赋体,平仄对句等的加入更增添了难度。颂有终篇同韵的,也有每四句换韵的,还有仿照离骚之辞的,这些有韵之文的用韵法都与《诗经》的用韵不同。序有用四六文书写的宴序,还有王勃《滕王阁序》等,从韩柳开始,用散文形式写作宴序送序开始盛行。而诏也分为四六和散文两种。此外在他还关注各类文体的写作方法,如尺牍、记、墓铭等。文体之间的差别也是他批评的标准之一。

三、淇园的古文批评:《欧苏文弹》

淇园的手稿本《欧苏文弹》是对欧阳修、苏轼、苏洵文章进行批判和修正的著作,能够最直观地反映出其文章学的成就。"弹"字取自奏疏类中的"弹文"之名,明代吴讷《文章辨体序说》中有"弹文"条,②这里意为弹劾过错之意。据《汉学者传记及著述集览》,淇园另有《物服文弹》,当是对荻生徂徕和服部南郭的文章进行弹劾的著作,可惜今已不传。

本书主旨亦在订正批评,涉及文章包括苏轼《三槐堂铭》《范增论》《留侯论》、欧阳修《纵囚论》《读李翱文》、苏洵《管仲论》共六篇,

---

① 往来书信式私塾教科书的一种,日本江户时代,汇集商业书信、商品种类和商人须知等内容的商人教科书。此处比喻,其义不明。

② "按《汉书》注云:'群臣上奏,若罪法按劾,公府送御史台,卿校送谒者台。是则按劾之名,其来久矣。梁昭明辑《文选》特立其目,名曰弹事。若《唐文粹》《宋文鉴》,则载奏疏之中而已。追后王尚书应麟有曰:'奏以明允诚笃为本。若弹文,则必理有典宪,辞有风轨,使气流墨中,声动简外,斯称绝席之雄也。'是则奏疏弹文,其辞气亦各异焉。观者其尚考诸!'"(吴讷《文章辨体序说》,人民文学出版社,1998年,第40页)。

从编排未见明显逻辑次序来看，当非一时所作。稿本在删去的部分用方框标注，用红笔表示直接修改原文的地方。弹劾的内容和原因用日文以夹注的形式写在各句之后，有针对助词虚字的，也有根据行文逻辑、上下文照应关系、古文写法等进行订正的。

欧阳修、苏轼、苏洵皆为古文大家，文章为学文者必须熟读的典范。国内文人学者的批评多从文与道的角度出发，如叶适《习学记言序目·皇朝文鉴二·诰》中批评欧文："余尝考次自秦汉至唐及本朝景祐以前词人，虽工拙特殊，而质实近情之意终犹未失。惟欧阳修欲驱诏令复古，始变旧体。"①朱熹也曾说"苏文害正道"。金王若虚是最早对欧苏行文用词进行质疑之人，《文辨》中云："欧公散文自为一代之祖，而所不足者精洁峻健耳。《五代史》论，曲折太过，往往支离蹉跌，或至涣散而不收。助词虚字，亦多不惬。如《吴越世家论》尤甚也""欧公多错下'其'字……""东坡用'矣'字有不妥者"等。②

淇园少年时期曾因当时盛行李王古文辞，一段时间内务为模拟其体，后心悟其非，以为"古文唯韩柳为近乎醇矣，次则欧苏二家而已"，③便与儋叟一起校订《欧阳文忠公文集》，④但从《欧苏文弹》中他称欧氏不知古文省字之法，语势多有不顺之处，又认为"宋人文中此类名目无理之处甚多"等语来看，至少这一时期他仍然对欧苏文存在偏见，而他大刀阔斧的修改显然是最严厉的批判。

这种批判出自淇园的古文观，他认为"古文只是古人之言语耳"，学习者应追溯直承自上古三代之文。东汉以后语义发生变化，后人学习古文时必须精通上古三代的作品："精识字义。而以多读古书，则古文之法自在其中矣。后世所称文法者，率多皮相之语，不足采也。"韩柳复古，既追求"辞"亦追求"气"，故其文自然气格高，其步骤古人之处颇多，从欧阳修开始，鄙弃辞趣，稍乏古气，其流文辞之弊在于后

---

① 《历代文话》第一册，第258页。
② 《历代文话》第二册，第1144、1143、1146页。
③ 《近世先哲丛谈续编》卷上。
④ 东英寿曾撰论文《皆川淇園における欧阳修—江戸時代の欧阳修評価に関する一考察》(《鹿児島大学文科報告》第1分册，1992年)，但其中并未涉及《欧苏文弹》。

来他们的全篇结构上成了熟套,且唐宋八大家不知古文有略析,故其文与古不同。

他认为苏轼天赋在欧阳修之上:"大抵欧辞多婉曲,旨尚隽永,而苏乃辞气宕逸,旨喜痛到。此二家之异也。然要之,苏天资俊迈,十倍于欧",不过苏文也有缺点:"然朱晦庵乃尝讥苏文用字多疏漏,以余观之,实有如朱言。且以其行文之法论之,其奏议书疏之类,条达明畅,无可议者。至如其余辞体效古文者,其错辞先后相承之间,以其神理之不属者、强作缀缉者甚多。盖虽读惯古文而其解旨疏略之过也。此不唯苏而欧亦不免有之,盖以古今言语繁简异势,虽其所含理自然不同而读者不知其辨,则以读之所可得粗略为其旨已尽故也耳",可见他对欧苏的批判主要是针对他们的古文。《欧苏文弹》是淇园古文理论的实际运用,并且体现了他对欧苏文章的看法。笔者拟在将来把其中的弹文翻译成中文,以介绍给读者。

四、探本溯源:皆川淇园文章学与古义学派

尽管淇园的古文理论与批评有许多特异之处,但他的批评方法和理论却并非也不可能完全脱离前人经验。中村幸彦曾提到"受古注学影响的学者当中最具独创性的就是皆川淇园。他将古典研究的基本置于言语,这点有可能是受徂徕古文辞的主张和伊藤东涯名物学与小学研究的影响",① 伊藤东涯比淇园早六十多年出生,二人同为京畿文化圈内的文人,皆为反对朱子学的儒者,在文学上皆为反古文辞派,从学脉上而言淇园是对古义学派的继承,如淇园的《名畴》六篇与东涯的《名物六帖》,皆解释儒学中的道德诸"名物"如孝悌忠信等字词的含义。从他的文章批评和理论上更可看出他与东涯一派之间存在的影响痕迹。

淇园锻炼弟子们的方法采用"射复文"的方式,此法乃起自东涯之父伊藤仁斋,东涯在《作文真诀》中早已介绍过这种方法,即:原

---

① 《近世后期儒学界的动向》,《中村幸彦著述集》第十一卷,第 415 页。

文—译文—复文。东涯同样重视下字与语境的关系,他有诸多字书存世①,《东涯漫笔》卷上有云:"后世之词,与古不同,故文字之道,元明不及唐宋,唐宋不及秦汉,秦汉不及三代……虽古今之变,如此其不同,而同是中国之辞,四方之语,与中国不同,各从土语,译以汉语,以日本之语,习中国之词,固隔一重。以今日之语,模上世之词,亦隔一重。呜呼,日本人学古文字,亦难矣哉。然中国之言,一字各有其义,音训相须,其义易辨,不如四方之言,连合众音,成此一义也,且自汉以来诸儒注解、义解,最是明悉,传之今日,无所迷惑。"②《作文真诀》中云"中原读书者训同而字异,盖、肇、俶、载、创,皆初也,而义则各异,咨询、谋略皆计也,而意皆不同。吾国读书者徒认训之或同而不察我之各殊,此用字之所以为难也"。这两种说法皆是承认汉字意义的古今之变,也是两人文章学的基本出发点。淇园将文章分为正(雅)与俗的区分方式与东涯在《操觚字诀》中的做法如出一辙。他们也都有具体的示例和学习书目,皆主张通过分类抄书的方式来学习。

不同之处在于,东涯的方法更为传统,而淇园在文理文法的探索上远远比东涯要深入得多。又如东涯之父伊藤仁斋认为文本于《尚书》,"文以诏奏论说为要,记序志传次之。尺牍之类,不足为文,赋骚及一切闲戏无益文字,皆不可作,甚害于道。叶水心曰:作文不关世教,虽工无益。此作文之律,看文之绳尺也"。③ 而淇园则认为初学作文之人应该从练习写尺牍入手,并且不反对创作赋骚等文章。

淇园的文章学还有很多资料未开发,如《助字详解·总论》《习文录》等,有许多难题等待解决,如他的理论究竟如何评价,是否与现代语言哲学有内在关联等,这些问题都有待学者深入探究。

---

① 如《异字同训考》《训幼字义》《助字考注释》《助语义》《助辞考》《助字考小解》《助字考略》《字诂褋集》等。
② 《甘雨亭丛书》第四集,山城屋佐兵卫,嘉永六年。
③ 伊藤仁藤《童子问》卷下,井上哲次郎、蟹江义丸编《日本伦理汇编》卷五,育成会,1901 年,第 158 页。

近世篇 II

◎ 第七章　中日职业诗人出现的儒学环境

◎ 第八章　江户时代职业诗人的诞生

◎ 第九章　江户后期职业诗人的生计

第七章

中日职业诗人出现的儒学环境

  日本汉诗的创作到了江户时代后期(十八世纪后叶以降)开始迅速普及。究其原因,首先要举出的是创作主体已通俗化这一事实。也就是说,不单是以往的公家、武家、僧侣、儒者,那些在都市中生活的富裕庶民们也加入了汉诗创作,然后从这些新阶层中又诞生出以创作汉诗为主业的职业诗人。本章就是关注江户时代后期在江户市民中出现的汉诗创作热,讨论其中扮演了主要角色的职业诗人,他们是江户时代职业文人的一部分。

  本书所谓的"职业诗人"原则上是指没有其他确切职业,仅通过自己创作诗歌而赢得名声,并开始出售自己的作品,或者写诗评、教授作诗方法等,以此为主维持生计的诗人。也就是说,明确地自认为和被认为是诗人,并且以与作诗有关的事业为主要收入来源的人才是本文所说的"职业诗人"。不过,那些在某段时间被诸藩招聘去教授儒学和诗文经历的人,如果有段时间的生活符合以上条件,那么本书也将他们看作"职业诗人"。相反,对那些以教授儒学为主业,但是将作诗看作第二义来实践的人,本书即使将他们称为"诗人",也不认为他们是"职业诗人"。

  学界已经公认职业诗人的大量出现是江户后期的一大特征,松下忠的论著《江户时代的诗风诗论:兼论明清三大诗论及其影响》中

(明治书院,1969年)①使用了"职业的诗人""专门诗家"等称呼。这部出现在二十世纪七十年代的著作,筚路蓝缕,功不可没。其中设立了"专门诗家的兴起"一节,指出在明和、安永、天明时期就已经出现了以诗文为主的专门诗家,经过宽政时代,到了文化、文政时代,这种存在愈发显著。松下忠先生认为石川丈山是"专门诗家"的先驱、鸟山芝轩为嚆矢,此外还有徂徕门的服部南郭、高野兰亭,后期则有龙草庐、安达清河、大洼诗佛、菊池五山、中岛棕隐、梁川星岩、广濑旭庄、草场佩川、河野铁兜、山田翠雨、菊池海庄等专门诗家。松下忠先生还指出了汉诗专门化的重要性,认为"论述日本近世诗文之时,对待经学和诗文的作者的主体性问题则是极为重要的"②,该论著的各章也以此问题为中心展开了讨论。该书存在的一个问题是:往往将诗论与文论混淆在一起,殊不知江户时代的诗歌创作和理论与文章有着明显区别。文与道的关系更加紧密,而诗论则可考验一个人对待文学的态度。

当然,本书接下来的几篇文章也是以此先行研究为基础的,但是,与松下忠先生主要从诗论方面进行立论的方法不同,本章采用更加具体的方式,将焦点放在职业诗人出现的社会环境,来论述职业(专业)诗人诞生的意义。为什么在江户时代出现了职业诗人?其原因是多方面的。松下忠指出了三点原因:1)生活困难——与经学相比,诗文易为糊口之资;2)儒学的式微与轻视——比起经学来诗文更受欢迎;3)宽政异学之禁对诗坛的影响;4)其他原因(当时对俳人或歌人大匠的生活有着一种憧憬和向往)。但是这些似乎都没有触及本质原因。既然中日两国历史上都出现过同样的现象(中国南宋时期的江湖诗人),两者间必然存在着某些本质性的共通之处。本章便将日本的社会结构与中国进行比较。与江户以前的汉诗文中常将自身处境比拟于中国相比,明与清、明清与日本的社会结构差异是江户文人屡屡提及和分析的关键点,是他们创作汉诗文的基点,因而

---

① 已由范建明翻译成中文,学苑出版社2008年出版,本书在引用时参考了范著。
② 松下忠《江户时代的诗风诗论:兼论明清三大诗论及其影响》,学苑出版社,2008年,第19页。

显得尤为重要。此外,从职业诗人的社会阶层、经历和著作、他们周边环境的变化等各个侧面出发,想更加具体且全面地勾勒出汉诗专门化的过程。

一、中日社会结构的差异

中国传统文化的担当者在唐宋以前,主要是"士"。所谓"士",严格来说是指为政者,但是宋代以后,随着科举的扩大化,以科举及第为目标的候补者也被包括在内,"士"的称呼一般化了。而且,科举的附属产物是落第,这逐渐形成了一个文人阶层,终于,从南宋末期开始,以布衣身份而活跃的诗人群风靡一世。从这些新的诗人阶层中,又诞生出被称为"职业诗人"的诗人。其后,到了元、明、清时期,随着时代的推移,中国的职业诗人一直断续地发展着。这样,日本和中国虽然在职业诗人诞生的时代和环境上有差异,但是两国职业诗人的生活基础环境中也有这样相似的地方。

那么,为什么中日职业诗人在出现时会产生这样的时代差呢?首先必须讨论一下中日社会构造的异同。日本在江户时代以前,"士"一般是指武士,"日本封建社会的士就是武士,农包括贫雇农到地主富农,工商地位差别不大,统称町人(市民)。另外,统治阶级中的皇族、公家(公卿贵族)、僧侣、神官及被统治阶级中最低层的贱民(秽多、非人)等,都不在四民之列"①,武士阶层肯定不是传统文化的担当者,因此也不会是汉诗创作的主流。江户时代以前主要是贵族和僧侣创作汉诗,他们才是主流。而他们另外还有本来职业,当然没有必要把汉诗作为生活的来源。

进入江户时代,随着儒者的大量出现,开始形成了新的文化担当者。藤原惺窝和林罗山被称为"程朱之忠臣,宋学之砥柱"②,朱子学逐渐大兴,成为官学。明末反清志士朱舜水(1600—1682)宽文五年(1665)被水户藩招聘以后,德川光圀欲修建学宫(1670年),这是日本

---

① 吴廷璆主编《日本史》,南开大学出版社,1994年,第244、245页。
② 高志泉溟《时学针炳》卷上,《日本儒林丛书》第四卷,凤出版,1971年,第7页。

第一次修建学宫,而朱舜水参与和指导修建工作,在他的《学宫图说》中论述了学校与政治的关系。此时也可谓是地方官儒(藩儒)培养教育的开始。延宝四年(1676),光圀又命馆中儒生皆蓄发。元禄四年(1691),幕府命儒员蓄发叙爵,改变了一直以来儒以僧形、僧儒不分的情况。大学头林凤冈(1644—1732,名又四郎、春常、信笃,字直民)亦反对僧侣担当儒官的制度,自此以后日本儒者也被当作士来对待。虽然大多数时候儒官都是世袭的,但是普通知识人被任命的例子也有所增加。这样,可以说儒者已经成为连系士与庶的存在。

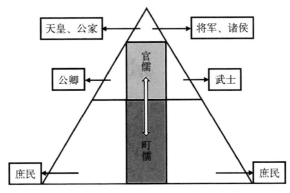

江户时代日本的社会构造示图

中国的情况是,宋代以后,由于进入了科举社会,庶民也可能上升成为士大夫,士大夫也可能降为庶民阶层,这使得社会阶层的流动性增强。只不过,在中国使这种流动变得可能的是科举制度,而日本江户时代则除了宽政改革这一时期以外,几乎都只能根据儒者个人的资质和名声进行单独判断。

不过,日本儒学的独立发展十分短暂,至江户中后期,便被文人所同化。江户中期的江村北海在《艺苑谈序》中曾提到"凡以儒术文艺名世之人,虽有不少,然唯有仕于藩国任文学之职,或隐居放言二途而已(原为日文)"①,指出了江户儒者虽然数量多,但他们出路狭窄。稍

---

① 《日本儒林丛书》第一卷,第3页。

晚的皆川淇园在《送川田资始归省大洲序》中曾描述这种中日差异："自儒家者流列于艺林已降,道与政分行而不复合矣。古者学优则仕,仕优则学,盖道与政未尝不相待以成也。圣人道以明文,政以正文,使学以知其明,仕以事其正,自圣人不出则文德日衰。如晚近俗日益趋于苟且,为政者又安知夫天地之性、人事之宜哉!诗书礼乐之于今政也,譬犹附赘悬疣乎。儒家者流之列于艺林,不亦宜乎"(《淇园文集》卷四)。日本儒者之所以会被列于艺林,其原因从社会特质上来说,是"道政分行"的日本社会现实造成的,正所谓不试故艺,故而日本文学一直以来保持着"脱政治性"的特征①。

而且,虽然江户时代的"士"在"四民"(士民工商)中占据了主导地位,但儒官不过是其中的一小部分。立志成为儒官的庶民越来越多,而儒官的职位十分有限,这种情况下,新产生的大量知识人中,大部分人不得不暂时成为町儒,以教育庶民来谋生。

日本的儒官虽然和中国的"士大夫"一样,经常被要求担负起社会教化的责任,但町儒的特征之一就是和政治毫无关系。尤其到了江户中后期,甚至不必以"道"(道德)为自己的行动规范。江户中期的町儒松村梅冈(1710—1784,名延年,字子长,通称多仲)在其《驹谷刍言》(天明二年[1782]序)中有以下记述:

> 中夏郡县之制,诸官人止于一代,若思后计,及老,因思逸乐富饶,故冲落②人,欲吾得厚禄尊官。我邦诸士有世禄。吾子孙相续,不必思衣食之急务也。无论何等小禄,亦较商贾豪家安稳也。贪欲甚深之人往往与中夏平常之人一般,生出宦情。此方常禄人,因故失禄,苦于衣食之急,故稍有所盼者,乃向人卖教以为糊口之业。至此时,又生出百倍于恶商之鄙心。表面看似安稳,内心则谄世,极尽种种巧智,其术无所不至,不成体统。因而推理思之,今此方仕官,即中华之处士也。此邦之浪人,有百倍于中夏

---

① 蔡毅《日本汉诗研究断想》,收入其《日本汉诗论稿》,中华书局,2007年,第169页。
② "冲落"一词,其义不明,或为替换之意。

宦情之鄙心也。(原为日文)①

松村梅冈首先讨论的是中国的"官人",也就是"士大夫"与日本的"士"的差异。中国士大夫因没有常禄,心理上有一种不安感,常常在意官位和金钱。日本的"士"是世袭的,没有"宦情"(名利心)。尽管如此,一旦从士的地位落下来,逐渐就变得与中国士大夫一样欲望强烈。这里所说的"向人卖教以为糊口之业"就是指町儒。

要言之,日本的士(包括儒官在内)和中国的隐者一样,不拘名利,能够心态平和地致力于学问,而日本的"浪人"(包括町儒在内)则与中国的士大夫一样,追求名利,和商人那样,有将学问视为商品的倾向。

关于"浪人"和"处士"的区别,梅冈还有如下表述:

> 浪人之名见于柳文。云"放浪江湖人"是也。如浮云流水,宿无定处。要之,"无宿"(笔者按:江户时代指从人别账户籍簿上被除籍的人)之人也。中华乃无常禄之国,故无此种人物。里之编民,有主户、客户之别,户籍甚严,故无无定所之事也。春台《经济禄》中将"处士"误记为"世人"。"处士"乃未仕宦之人也,居处于自家之义也,故未嫁之女曰处女、处子,本于未宦之子而言也。转而称仕宦之人辞禄在乡,归居其地者曰处士。非云日本浪人失禄,借店为我宅者。有世禄之士,其子尚未仕于主君者,当云处士。非"无宿"浪人也。(原日文)②

这里为了解释"浪人"这一词语,引用了唐代柳宗元的"李赤,江湖浪人也"(《李赤传》)一句(其实,柳宗元之前便有浪人一词,王勃《春思赋》云:"仆本浪人,平生自沦"),指放浪江湖之人的意思。这里称中国没有像日本那样的浪人。唐代可能是这样的,但是梅冈忽视了一个事实,即在文化教育普及的宋代,产生了大量超过官府需求的知识人,

---

① 《日本随笔大成第一期》第十六卷,吉川弘文馆,1927年,第362页。
② 《驹谷刍言》,《日本随笔大成第一期》第十六卷,第363页。

即"过剩的知识阶层",尤其是从北宋末年开始,大批士人无法通过正常渠道成为官吏,成了"江湖浪人",如《建炎以来系年要录》卷二一"建炎三年三月戊子条"有"有进士黄大本者,江湖浪人也。旧为蔡绦客",这里提到黄大本此人本为进士,之所以未能成为官吏,后又成为权臣的门客,权臣失势后才转为江湖浪人。当时想必有一批这样的文人存在。他们"非农、非工、非商、非士",被称为"游民知识分子"①,身份和日本的町儒相似。

这样,江户时代的日本,在社会构造上与宋代以后的中国比较类似。这种社会构造促进了大量文人的诞生,于是才从中诞生了职业文人。日本近代作家永井荷风(1879—1959)也说:"江户的文物普遍成熟,诗赋文章与经学伦理分离,而达到了可以被当作纯粹艺术来鉴赏的气运。……然则,此后儒者之中,诗人辈出,也便不足为奇了。"②在儒学社会下,儒学与文学的分离使得文学独立出来,成为一种纯粹的文学。松村梅冈上段话中还提到了町儒是浪人形成的原因。那么中国有没有类似町儒的人存在呢?事实上,南宋以后的儒学环境与江户时代也十分类似,这点罕有学者提及,故下节对此进行详细论述。

二、南宋理学环境的多维性:以刘克庄为例

南宋诗人深受理学影响,理学被视为宋代诗文衰落的两大主因之一(另一主要因素为科举)③。理学在南宋的兴盛有客观因素,如士大夫文化的衰落④以及文学家对理学的接纳等。但当时的理学环境

---

① 王学泰《游民文化与中国社会》,学苑出版社,1999年,第143页。
② 《下谷丛话》(1926)(《荷风全集》第十五卷,岩波书店,1963年),转引自郑清茂《海内文章落布衣——谈日本江户时代的文人》(《东华人文学报》1999年第1期)。
③ 祝尚书《论宋代理学家的"新文统"》(《文学遗产》2006年第4期)一文中提到"新文统"论借助理学的政治优势,对晚宋七十年及元、明诗文创作产生了极大的影响。一是"指近乎经"的原则将诗文引向依经说"理"之路。二是"明义理"的价值观使诗文更加议论化。三是将抒情诗的功用框定为"性情心术之助",使之韵味尽失。四是"志道忘艺",作品普遍粗制滥造。
④ 邓乔彬《南宋的多元文化与文学流派》中指出南宋是士大夫文化的衰落期,见《江西师范大学学报(哲学社会科学版)》2014年第1期。

也并不简单地视为具有同一性的整体。笔者主张在探讨文学与理学的关系时应将南宋理学家细分为先儒(大儒)、官儒和私儒三大类,认为儒学主体地位的下降是导致层级理学环境产生的根本原因。以南宋时期与理学家关系密切的江湖诗人刘克庄为例,可以考察中国南宋时期理学环境的多维性。他较早从理论上注意到理学诗,并对发表了一系列有见解的诗论[①]。他尊重先儒,鄙夷官儒而同情私儒,这决定了他的思想存在矛盾,也导致他在文学上既反对理学诗歌,又无法避免地受到理学思想影响。

王水照先生曾指出"南宋士人的阶层分化趋势日益明显","以是否科举入仕为标准,可以将宋代士人大致分为仕进士大夫和科举失利或不事科举的士人两大阶层,或可概括为科举体制内士人和科举体制外士人两类"[②]。学界也已有学者关注宋元之际的士人阶层分化[③],而中国儒者的分层则不仅以科举入仕为标准,而且以私塾、学院(官学)、入仕以及学问追求为标准,因而显得更为复杂。理学因素的强化也是南宋社会不同于北宋社会的特质,对理学的深度考察有助于理解南宋文人的文学环境。

本章作为例证的刘克庄与红泉学派的林光朝为累世通家,曾抄诵艾轩遗文,又师事艾轩高第林亦之之子林简之[④],还曾师从真德秀,与汤汉、赵汝谈为同学。友人中有朱熹弟子杨楫、李燔、黄榦,陆九渊弟子杨慈湖、袁燮[⑤],叶适曾为刘父作墓志铭,而刘克庄有《挽水心先生二首》《水心先生为赵振文作马塴歌,次韵一首》等诗作[⑥]。刘克庄

---

① 王锡九《刘克庄诗学研究》,黄山书社,2007年,第39页。
② 王水照《南宋文学的时代特点与历史定位》,《文学遗产》2010年第1期。
③ 史伟《宋元之际士人阶层分化与诗学思想研究》,人民文学出版社,2013年。
④ 周炫《刘克庄与艾轩、湘乡学术渊源探究》,《文艺评论》2014年第2期。
⑤ 《杂兴六言十首》其四、《周从龙长语》,见刘克庄撰、王蓉贵、向以鲜校点《后村先生大全集》(四川大学出版社,2014年,第1061、2771页)。刘克庄嘉定三年入袁燮幕府,集中有《呈袁秘监(袁燮)》(卷一)、《挽袁侍郎》(卷七),曾作诗《哭杨吏部通老(楫)》(卷一)。
⑥ 刘公纯、王孝鱼、李哲夫点校《叶适集》卷二十《故吏部侍郎刘公墓志铭》,中华书局,2013年,第388页。《后村先生大全集》,第205、238页。

自诩儒者①,认为"学者当穷理,工诗岂美名"②,他的理学思想在建构其诗学理论的过程中也发挥了积极作用③。

然而如果细绎他对于儒者的态度,会发现情况远为复杂。他对于先儒如周敦颐、邵雍持敬重的态度,在《题四贤象》中将邵雍与陈抟、魏野、林逋三位隐士并列④,认为邵雍的易学师承自隐士陈抟,周敦颐思想源自佛老,明确他们的师承来源后才可以尚古先儒。《先儒》中云:"先儒绪业有师承,非谓闻风便服膺。康节易传于隐者,濂溪学得自高僧。众宗虚誉相贤圣,独守遗编当友朋。门掩荒村人扫迹,空钞小字对孤灯。"⑤当今学者则只会闻风服膺,虚誉圣贤:"古人皆尚友,近世例无师。"⑥而且邵雍、周敦颐都多学自谦,不像今日学者妄自菲薄,高自标榜,妄议古人,《圣贤》诗中对这些"后学"极尽讽刺批评:"圣贤自牧极卑谦,后学才高胆力兼。悔赋不妨排贾谊,谤诗遂至劾陶潜。取人最忌规模狭,绝物常因议论严。君看国风三百首,小夫贱隶采何嫌?"⑦批评今儒在取人和论诗论文上皆有苛求的弊病,尤其是文学上的观点。程章灿《刘克庄年谱》系《先儒》《圣贤》诗分别为嘉定十三年(1220)、十四年所作,刘克庄自嘉定十二年三十三岁时请监南岳祠归里⑧,这种文学观与他后日在对待《文章正宗》时的态度一致。

自嘉定二年五月以后,进入史弥远独相期。史弥远当权后的首要政事便是在消除反道学势力的同时,召还道学人士。张栻、吕祖谦、陆九渊、周敦颐、二程得到赐谥⑨,程朱理学逐渐成为官方认定和笼罩社会的主流。从政治层面说,刘克庄是站在反对当时执掌朝政的理学家

---

① 《观溪西子弟降仙》中云:"老儒心下事,未必紫姑知",《后村先生大全集》,第 90 页。
② 《和赵吉州三首》,《后村先生大全集》,第 247 页。
③ 何忠盛《论刘克庄的理学思想与文学创作》,《绵阳师范学院学报》2014 年第 3 期。
④ 《后村先生大全集》,第 517 页。
⑤ 《后村先生大全集》,第 54 页。
⑥ 《前辈》,《后村先生大全集》,第 102 页。
⑦ 《后村先生大全集》,第 131 页。
⑧ 程章灿《刘克庄年谱》,贵州人民出版社,1993 年,第 58、69 页。
⑨ 关长龙《两宋道学命运的历史考察》,第 422、434 页。

的立场上。在《偶赋》诗中,他用反讽的方式表达了对当权儒者的嘲弄:"身已深藏畏俗知,客来邻曲善为辞。偶弹冠起成何事,径拂衣归自一奇。村饮妇常留烛待,山行童亦挟书随。明时性学尤通显,却悔从前业小诗"①,而是否站在坚定的道学立场关乎一个人的出世与否。他曾在《为圃》诗中明确表达了不愿意加入上层道学家之流的意思:"老矣四科无入处,旋锄小圃学樊迟",②"四科"指孔门德行、言语、政事、文学四科,这里显然是用来代指已得政事的道学家们。《送沈佃 考亭门人》中云:"建学多通显,何为尚布衣?不闻行聘久,始悟设科非。"③用戏谑的笔法笑谈友人为何在当今程朱理学者们多为显贵的时代尚未得志。道学已成为排挤掉征聘、科举等进身之途以外的新的仕进之路。当然,道学内部开始产生了严重的分歧也是他不愿意选择这条道路的原因,他频频对当时政界道学内倾化的现状表示不满:"与君死守西山学,莫遣人讥末路蹉"④,"暮年受用尧夫语,莫与张程几个争。"⑤

另一方面,他对下层儒者是比较同情的态度,如《村校书》中刻画了一位有学问但却贫穷至极的乡儒形象:"短衣穿结半瓢空,所住茅檐仅蔽风。久诵经书皆默记,试挑史传亦旁通。青灯窗下研孤学,白首山中聚小童。却羡安昌师弟子,只谈《论语》至三公。"⑥《老儒》中刻画了一位皓首穷经的老儒者形象:"向来岁月雪萤边,老去生涯井臼前。举孝廉科非复古,给灵寿杖定何年?空蟠万卷终无用,专考三场恐未然。犹记儿时闻绪论,白头不敢负师傅。"⑦有嘲笑也有同情。

除用笔墨描写下层儒者外,他还提到了当时的教授等地方官儒的景况,《送方子约赴衢教》记载了担任州学教授后儒者的地位:"博

---

① 《后村先生大全集》,第57页。
② 《后村先生大全集》,第221页。
③ 《后村先生大全集》,第113页。
④ 《三和实之春日二首》其二,《后村先生大全集》,第329页。
⑤ 《丁未春五首》其三,《后村先生大全集》,第481页。
⑥ 《后村先生大全集》,第131页。
⑦ 《后村先生大全集》,第563页。

士非如吏,巍然道自居。诸生趋避席,太守揖升车。朱笔浓披卷,青灯细勘书。汉廷重文藻,行矣召严徐。"①反映了当时道学盛行的状况下地方官儒所享受的待遇。《田舍即事十首》其五中云:"邻壁嘲啾诵《学而》,老人睡少听移时。它年谨物如张禹,帝问床前谬不知。"②《汉书》记载张禹"为人谨厚",这本来是对儒者德行的最高评价,但无所作为却是当权今儒的最大弊病。对隔壁学童的未来假想,其实也是对当今那些一问三不知的"张禹"们的一种嘲讽。在下一首中他便劝诫这些孩子"古来医卜皆名世,莫学文章点涴人"。刘克庄早年以词章不合主司意,屡试不第,不得不改学理学家所提倡的古文,这里的"莫学文章点涴人"以及上引"却悔从前业小诗"都是对道学成为"显学"、文学式微的哀叹。

方回《桐江续集》卷二二《七十翁吟》注称"后村《老妓》诗'却羡邻姬门户熟,隔楼灯烛到天明'得罪名教",可见他与理学者之间的隔阂。《老妓》诗作于嘉定十二年[1219],比宝庆年间发生的"落梅诗案"早五六年。可见刘克庄早已因所作诗不符道学者提倡的"诗旨"而受到排斥,落梅诗祸不过是这种状况的进一步发展而已。

另一点值得注意的是,当时作《老妓》诗的还有高翥,《瀛奎律髓》卷四二评价:"高九万诗俗甚,为《老妓》诗二首,尤俗于后村。"可见并非刘克庄一人因作俗诗受到当权者儒者指摘,江湖诗友中可能也有很多人有相似情况。试看刘克庄《哭章泉二首》:"自有箪瓢乐,何须璧帛迎?后凋仁者寿,独往圣之清。古不称千驷,今犹重两生。吾衰久无泪,一恸为耆英。""小扉通水竹,幽绝少比邻。家似巢栖者,诗非火食人。于今无宿士,若昔有先民。强作征君诔,居然语未亲。"③此两诗原本是悼念亡友赵蕃的,前首着重赞扬友人德行,"独往圣之清"用到了《孟子·万章下》的典故:"孟子曰:伯夷,圣之清者也;伊尹,圣之任者也;柳下惠,圣之和者也;孔子,圣之时者也。"将赵蕃喻为伯

---

① 《后村先生大全集》,第218页。
② 《后村先生大全集》,第313页。
③ 《后村先生大全集》,第287页。

夷这样的隐士，同时也肯定了隐士在圣人（儒者）中的地位。"今犹重两生"用的是《史记·叔孙通传》中典故："于是叔孙通使征鲁诸生。鲁有两生不肯行，曰：公所事者且十主，皆面谀以得亲贵。吾不忍为公所为。公所为不合古，吾不行。公往矣，无污我！叔孙通笑曰：若真鄙儒也，不知时变。"后首则将笔触放在抨击当时儒界，"于今无宿士，若昔有先民"指出当今已无老成博学之士。"强作征君诔，居然语未亲"用颜延之作《陶征士诔》的故事来表达对亡友未被朝廷征召的不满。

不事科举本是北宋许多理学家的选择，程颐弟子中很多人最初隐居不仕，直待朝廷下令征召才得以起用的。如尹焞在程颐去世后，"聚徒洛中，非吊丧问疾不出户，士大夫尊仰之。"①。自道学成为仕进之路，不仅造成了士人不通诗文、空谈性理的结果，也无法提拔真正的人才。即刘克庄所说的"科举法行无誉士，丘园礼废有遗贤"②，他希望朝廷打开"征召"这条取士途径，改变道学者占据朝野的现象。

刘克庄通过列举先例来说明征召的益处："国朝用人，尤严资格。乾淳间天子益厌拘挛，稍于科举之外擢士。张公栻、魏公掞之以经行进，韩公元吉、王公枢、刘公孝韪、陆公游以文章用。其余起山林遗逸，由故家子弟遇合光显者，不可殚纪。"③"本朝起遗逸之士，惟种放、常秩径拜台谏侍从，河南监司荐邵康节，仅除颍州推官。张乐全、欧阳公荐老泉，止得霸州文安县主簿。虽曰爱惜名器，然尺度亦已太严矣。端、嘉以来，中外多故，天子稍越拘挛拔士。余所识，如江西曾无疑、金华杜叔高、九华叶子真、衡阳许介之，相继聘召，无疑、叔高入馆，子真、介之但为诸侯客。……国家之待介之，虽不及种、常二处士，然比邵、苏盖优之矣"④。尽管其中提到了曾三异、杜旃、叶子真、许玠等人受到朝廷征召，但是仍然有不少人无法获得录用。《吴垚投匦书后》中

---

① 李心传《建炎以来系年要录》卷九十"绍兴五年六月丁巳条"，中华书局，2013年。
② 《挽刘学谕》，《后村先生大全集》，第294页。
③ 《张尚书集序》，《后村先生大全集》，第2434页。
④ 《许介之诗卷》，《后村先生大全集》，第2582页。

云:"先朝稍于科举尺度之外拔士,徐禧、韩驹以上书至侍从,邓肃以《艮狱》诗擢谏官。玉山吴垚,屡诣阙上封事,陈谏诗,屡报闻而已。前余承乏后省,见韦布甋函,已奏御付下者如山,未尝有遇合者。虽拈出,诸公无顾省者。岂非先朝上书者少,易于拔尤取颖,近岁上书者多,难于扣户拜官欤?"①一是上书求官者人数增多,二是荐举之法开始出现了各种弊端。自开禧元年(1205)五月复淳熙荐举改官法②,至此时已被权贵所垄断,《清波杂志》卷三:"荐举之法日弊,坐主类不识门生面,第徇权贵所欲予者,举词概以猷为敏劭、吏事疏通书刾牍。"士人游历奔走,无门路找到大臣推荐者、失意于场屋者便往往失去进身之途,只能自谋生路。

从学习内容来说,刘克庄鼓励士人学诗文,反对只以《四书》为学问范围的局限偏见,《别宋斌文叔》中云:"天下书无数,君专治《四书》。因留精舍久,遂向举场疏。山路挑包去,秋风罢讲余。故园荒草合,似欠一番锄。"③《雍正江西通志》卷七二记载:"宋斌,袁州人,少师朱子,慕学甚笃,至老不移。临安尹赵与欢延之,事以父行,奏乞用旌礼布衣故事,不报。"④可见宋斌一生奉行朱子学,虽然刘克庄的诗中饱含着对他的同情,但是"天下书无数"句还是体现出他不赞同只奉四书为儒家经典,而是要兼收并蓄,不废科举。尤其是他到了晚年,更积极鼓励士子参加科举,集中有不少劝人勤学出仕的语句:"盱江张季之文,世未有知之者,西山先生始称其清峻之辞寓幽远之味,……山欲推季入山林,故其论高;余欲挽季向场屋,故其论卑。它日呈似西山,必发一笑。"⑤

如何取士,是整个南宋朝廷商讨的关键问题之一。刘克庄希图复兴征召制度,是他对当时的理学环境进行判断后提出的策略,也是他接触到了不少下层儒者士人出仕无由后的想法。其内涵中包括了他

---

① 《后村先生大全集》,第2760页。
② 佚名撰、汪圣铎点校《宋史全文》,中华书局,2016年,第2503页。
③ 《后村先生大全集》,第235页。
④ 辛更儒《刘克庄集笺校》,中华书局,2011年,第460页。
⑤ 《跋张季文卷》,《后村先生大全集》,第2557页。

对于南宋政治重建、文学环境重塑的期待,因而显得尤为重要。而他不仅对当权派理学家有不少反感,与同等政治主张的理学家之间也存在较大差异。

古之学者以言行为学,《论语·雍也上》:"子谓子夏曰:女为君子儒,无为小人儒。"①孔安国释为"君子为儒,将以明道。小人为儒,则矜其名",虞世南《北堂书钞》则引为东汉何休注:"君子儒将以明道,小人儒则矜其名。"②可见汉代的注疏多认为"矜名"与否是区分君子儒与小人儒的标准。从隋代科举制度以来,学者可通过此途径以进入仕途,于是又以是否汲汲于入仕来区分巨儒(鸿儒)与俗儒。《隋书·儒林传》所云:"爰自汉、魏,硕学多清通,逮乎近古,巨儒必鄙俗。文、武不坠,弘之在人,岂独愚蔽于当今,而皆明哲于往昔?在乎用与不用,知与不知耳。然曩之弼谐庶绩,必举德于鸿儒,近代左右邦家,咸取士于刀笔。纵有学优入室,勤逾刺股,名高海内,擢第甲科,若命偶时来,未有望于青紫,或数将运舛,必委弃于草泽。然则古之学者,禄在其中,今之学者,困于穷贱,明达之人,志识之士,安肯滞于所习,以求贫贱者哉?此所以儒罕通人,学多鄙俗者也。"③"禄在其中"出自《论语·为政下》,是孔子答子张学干禄之言,鼓励其谨言慎行则禄在其中。这段话中分析了这种分层与仕禄联系在一起的原因,并非是强行的划分,而是有其因果关系在内的:近世科举取士不以德行,而以刀笔(文章)。有德行者或因命运多舛而沉沦下僚,"巨儒必鄙俗"即是指有深厚学识的儒者往往在民间,而已取得科第者不屑于向未得功名者求教,形成了一个不以人之才识为判断标准的儒教社会。

北宋的理学家们从孔子禄在其中的观点引申出"天爵"的概念,即程颐所云"修天爵则人爵至",主张爵禄不求而自至。他对君子儒与小人儒的区分与汉儒不同,云"君子儒为己,小人儒为人"。消除了"矜名"的标准后,入仕与否其实已不成为决定因素,自我的修养才是

---

① 程树德《论语集释》,中华书局,2014年,第502页。
② 《北堂书钞》,中国书店,1989年,第365页。
③ 《隋书》,中华书局,2014年,第1706页。

关键。不过纵观整个北宋,道学本身也还在成长阶段,他们的影响可以说是潜移默化的、隐形的,虽然始终没有得到官方的承认。除程颐外,活动终归游离于政治中心之外,他们当时所受到的对待和评价也是很值得玩味的。熙宁二年[1069]二月,王安石任参知政事时,向神宗的进言中有"经术正所以经世务,但后世所谓儒者,大抵皆庸人,故世俗皆以为经术不可施于世务尔"。北宋士大夫力图在学识上提高自我,达到禄与学的统一。

南宋,儒者与政治的关系大起大落,先有赵鼎引进程学派学者如朱熹等人,后有反程学派官僚。这种关系虽然强化了理学的地位,但也加强了理学的排他性。南宋后期书院的官化也是官儒、私儒分化的重要因素①。北宋庆历四年[1044]的兴学之诏中规定,州县学的教授原则上由官员担任,但如果没有合适人选的话,则可录用民间有学识的人物来教授。孝宗朝理学多为私学,理宗朝以后书院官化成为热潮,如度宗咸淳七年(1271),方逢辰"侍读经闱,尝被赞书,有曰:近进士一科,文章盛而古意衰,乡以儒硕创家塾,以程朱之学淑其徒,朕甚嘉之。赐名石峡书院,刻之坚珉,列于学"②,书院教授也被列为学官。直至元代,山长、学录、教谕也"并受礼部付身"或"受行省及宣慰司付札"③。

在这一系列变化中,下层儒者所受的影响是极其微小的。因为他们原本只是将儒者作为一种职业而已。如《袁氏世范》卷中"子弟当习儒业"条提到为儒不失为一条好出路:"士大夫之子弟,苟无世禄可守,无常产可依,而欲为仰事俯育之资,莫如为儒。其才质之美能习进士业者,上可以取科名,致富贵,次可以开门教授,以受束修之奉。其不能习进士业者,上可以事笔札、代笺简之役;次可以习点读,为童蒙之师。"④南宋不少诗人作品中反映了下层儒者的情况,如陆游"俚儒

---

① 可参考沈松勤《宋元之际士阶层分化与文学转型》,《文学评论》2014年7月。
② 牟巘《重修石峡书院记》,《全元文》第7册,江苏古籍出版社,1999年,第708页。
③ 《元朝典故编年考》卷三"诸路学校书院",文渊阁四库全书本。
④ 《袁氏世范》,蓝天出版社,1999年,第142页。

朱墨开冬学,庙史牲牢祝岁穰"。① 也有人对这种俚儒生活表达满意之情的,如终生布衣的刘过(1154—1206)在《寄竹隐先生孙应时(时为常熟宰)》一诗中说:"敛藏穷达付之酒,不以礼法自束拘。情归一真举无伪,滑稽玩世为通儒。饮与不饮无不可,醉醒醒醉同一区。"② 这里先对世人批评儒者行为举止虚"伪"作了一番辩解,然后又用"滑稽玩世"来自我解嘲,最重要的是用词语"通儒"来代替以前的"曲儒""腐儒",通儒本是指学通大小经,能精圣人阃奥,并善词赋诗篇之人③,在此却用滑稽玩世来解释,可以说是底层儒者对世道的最大反击了。

日本学者近藤一成的《宋代中国科举社会的研究》一书第二编第三章《宋末元初湖州吴兴的士人社会》中提到了"士人文化"影响了当时人对儒者评价的态度。其中提到:周密在《癸辛杂识》续集下和《齐东野语》卷十一中都设立了"道学"一项来表达他对道学的批判。两处的论调基本相同,但构成内容不同。《癸辛杂识》中介绍了作者年轻时从吴兴老儒沈仲固那里听到的观点:虽然道学家嘴上说得很漂亮,但不过些空泛理论,他们的言行轻佻浮薄,为了自己能出人头地,排斥那些脚踏实地真正有能力的人,是一群小人,终究有一天会给国家带来巨大灾难。周密虽然对沈仲固这种极端言论感到吃惊,但回想起贾似道执掌国政,仿佛正不幸被言中一样。另一方面,周密在《齐东野语》中评价张栻、吕祖谦、朱熹等伊洛之学的学者能自成一家,特别是对朱熹送上了最高的赞美。与此相反,他认为张九成、陆九渊两人受禅僧的影响,流于异端,没有自知之明,给他们的评价很低。至于永嘉诸公,在他看来更是不可同日而语,不给予评价。对周密来

---

① 《北窗》,《剑南诗稿校注》,上海古籍出版社,2005 年,第 1695 页。
② 《全宋诗》第 51 册,北京大学出版社,1995 年,第 21813 页。
③ 《北梦琐言》卷十三"韩简听讲书"条:"武臣未必轻儒,但未睹通儒,多逢鄙薄之辈,沮其学善也,惜哉"(《全宋笔记》第一编第一册,大象出版社,2003 年,第 153 页)。张齐贤《洛阳搢绅旧闻记》卷五记载张灿"昼夜勤苦,能通大小经,皆精圣人阃奥,尤善书杞,有体法。又数年,善词赋诗篇,乡党推伏,四远称之,遂成通儒焉"(《全宋笔记》第一编第二册,第 193 页)。

说,集程学流派大成的朱子学当中,朱熹的思想体系应该得到最高评价,他所批判的道学是针对"一种浅陋之士"自知仅凭自身能力无法达到理想地位,就附上道学之名来推销自己。① 近藤一成使用了"文化的浙西"和"学术的浙东"这两个词组来概括,但是从刘克庄对儒者的评价来看,士人文化也许并不仅限于浙西,儒者风评的差距是儒学本身在长期发展中产生分层后形成的结果。

三、中日"儒者之诗"与"诗人之诗"辨

众所周知,中国南宋中后期是儒学(道学)盛行的时期,同时也产生了"儒者之诗"与"诗人之诗"的分辨论争。在诗学观点上,刘克庄是支持"诗人之诗"的,这也是他与真德秀之间最大的隔膜和差异。真德秀曾请他负责裒集《文章正宗》的诗歌门,在是否收入《秋风辞》的问题上发生龃龉,后来他总结"筝笛岂能谐雅乐? 绮纨原未识深衣"②。虽然是反语,从中也能读出他与真德秀在此事上已分道扬镳。学者对刘克庄文学观与理学关系的研究有分歧,有的认为他"调剂融会诗人道学家之意见"③,有的认为他是"诗人"的批评,而不是道学家的意见④。诚然,他心中的"理窟"与"骚坛"是判然有别的两个世界。他对理学与文学的关系提出了最尖锐的批判:"近世理学兴而诗律坏"⑤,"嘲弄风月,污人行止,此论之行已久。近世贵理学而贱诗,间有篇咏,率是语录讲义之押韵者耳。"⑥理学家反对声律之学,而他则要振兴文坛,担任侍读时上诗辩称"防民不在文为末,端系宫庭实践充"⑦,"何时偃伯兴文治,尽采新吟献法宫"⑧,宣称"有诗一卷留天

---

① 近藤一成《宋代中国科举社会の研究》,汲古书院,2009年。
② 《题郑宁文卷》,《后村先生大全集》卷十,第292页。
③ 郭绍虞《中国文学批评史》下册,百花文艺出版社,2001年。
④ 王开春《基于诗人立场的批评——论刘克庄的诗学思想》,《第八届宋代文学国际研讨会论文集》,第451—460页。
⑤ 《林子显诗序》,《后村先生大全集》,第2540页。
⑥ 《恕斋诗存稿题跋》,《后村先生大全集》,第2878页。
⑦ 《恭和御制礼记彻章诗》,《后村先生大全集》,第480页。
⑧ 《题端溪王使君诗卷》,《后村先生大全集》,第482页。

地,绝胜征南立二碑"①。他对儒家"其次立言"以及认为诗为文之小技的说法提出异议,"叔孙穆叔有云:太上立德,其次立功,其次立言。信斯言也,是云有功德者无待于立言欤?呜呼!赓《喜起》之歌,皋陶也;作《鸱鸮》《七月》,周公也;《棠棣》召穆公也;《江汉》尹吉甫也,皆古大臣也。谓之其次立言可乎?自穆叔之论行世,始以文为道之小技,诗又文之小技。王公大人,率贵重不暇为,或高虚不屑为,而山林之退士、江湖之旅人,遂得以执其柄而称雄焉。自晋、唐以来已然矣!"②相信"有德者必有言"。他心目中的"大儒"邵雍和程颢亦作诗,这成为他批判当时理学家的有力证佐:"然康节、明道于风月花柳未尝不赏好,不害其为大儒"③。他赞同邵雍的快学诗学,④反对欧阳修所建立的"诗穷而后工"理论,反对苦吟:"吾评子美饥寒态,不似尧夫快活身。"⑤南宋理学家陈藻以"乐轩"名集,刘克庄为作序云:"乐轩生平可愁可愤可悲可噫可哭之时多矣,而以乐自扁。乐之为义,在孔门惟许颜子。先儒教人,必令求颜子之所乐。"⑥评价他人诗歌时称"诗师康节,流出肺腑,不以煅炼斲䃺累气骨"⑦。

南宋很多诗人甘于忍受平淡生活,诗歌缺乏情感起伏,这与理学家重视内省、提倡闲居之乐有关,《论语·学而下》中有云:"贫而乐道,富而好礼",《吕氏春秋·慎大览》中云:"古之得道者,穷亦乐,达亦乐。所乐非穷达也,道得于此,则穷达一也,如寒暑风雨之节矣。"然而刘克庄认为"闭门孤学无穷味,笑杀韩公接后生"。⑧他追求以诗自娱,陶冶情性,记录日常生活的点滴。《田舍即事十首》其九中有:

---

① 《题听蛙方君诗卷二首》其二,《后村先生大全集》,第562页。
② 《信庵诗序》,《后村先生大全集》,第2519页。
③ 《信庵诗序》,《后村先生大全集》,第2519页。
④ 张海鸥《邵雍的快乐诗学》,《中山大学学报》2004年第1期;程杰《北宋诗文革新中"乐"主题的发展》,《北宋诗文革新研究》,台北文津出版社,1996年;陈祖言《理学诗之基石:邵雍击壤集自序》,《东方诗话国际学术研讨会论文集》,高雄中山大学,2005年,第97—110页。
⑤ 《书事十首》其一,《后村先生大全集》,第838页。
⑥ 《乐轩集序》,《后村先生大全集》,第2453页。
⑦ 《周梦云诗文题跋》,《后村先生大全集》,第2751页。
⑧ 《身在一首》,《后村先生大全集》,第77页。

"儿女相携看市优,纵谈楚汉割鸿沟。山河不暇为渠惜,听到虞姬直是愁",①很明显化用了苏轼《东坡志林》中的一段文字:"王彭尝曰:涂巷中小儿薄劣,其实所厌苦,辄与钱,令聚坐听说古话。至说三国事,闻刘玄德败,频蹙眉,有出涕者;闻曹操败,即喜唱快。以是知君子小人之泽,百世不斩",然而诗中描述显然更符合实际,村野小氓如何懂得什么君子小人,感动他们的不过是其中的感人爱情。

刘克庄在性情论的基础之上,重视个体差异对文学的影响:"或曰:古人之作由性情而发,后人之作以气力相雄而已。余曰:不然。夫太湖灵璧,玲珑可爱,而康庐、雁荡,拔起万仞,紫翠扫空;山矾水仙幽澹见赏,而乔松古柏绝无芳艳,直以槎牙突兀为奇尔。君益勉之,性情人之所同,气力君之所独。独者难强,而同者易至也。"②他编选的《千家诗》选录标准是:"余家童子初入塾,始选五七言各百首口授之。切情诣理之作,匹士寒女不弃也。否则,巨人作家不录也。惟李、杜别论。童子请曰:昔杜牧讥元、白海淫,今所取多边情春思宫怨之什,然乎?余曰:《诗》大序曰:发乎情性,止乎礼义。古今论诗,至是而止。夫发乎性情者,天理不容泯止乎?礼义者,圣笔不能删也。"③虽然他标举选取标准为"切情诣理",其实更重视"切情"二字。发乎情性便是重视人的个性。

从刘克庄论"大儒"多为处士、隐士,以及对性情论的崇尚来看,他有很浓重的平民主义思想,这与当时流行的"江湖"概念或许可以联系起来。刘克庄深知当时理学影响巨大,试图通过振兴文治,来改变这种现状,其实也是为江湖诗人们发声。但是他鼓励士子出仕,不满足于山林,亦是他与江湖诗人区分的界点。理学环境成为外在语境,渗透和影响着刘克庄及其他江湖诗人的选择。

日本江户初期开始,也开始将"诗人"和"儒者"区别开来。松下忠指出江户初期的"林罗山对诗人之诗和儒者之诗作了区别,并以儒

---

① 《后村先生大全集》,第313页。
② 《后村先生大全集》,第2616页。
③ 《唐五七言绝句序》,《后村先生大全集》,第2443页。

者之诗自认,还认为哲人之风流不同于骚人墨客之风流,并把哲人之风流看作风流之上品。鹅峰也曾对儒家之诗与诗家之诗作了区别,还立了理学之诗的名目,以称扬周、程、张、朱之诗,并立志创作儒家之诗与理学之诗。"①林罗山以下这首诗可以反映这一主张:"词人自有一家诗,儒者何无六义诗。道德文章元不二,古来商赐与言诗"(《春硕赓之因又和焉》)。罗山之子林鹅峰(1618—1680,名恕、春胜、又三郎,字子和、之道)宽文九年(1669)所作的《授仲龙》(《鹅峰先生林学士文集》卷三六)中有如下叙述:

> 儒者论诗与诗家所论,其取舍异趣。诗家所取者,格体句势字法无不着眼。儒者唯取其志气之豪大。其豪也,其大也,皆出于性情之正。所谓思无邪也。诗人或费工巧,或劳安排。儒者唯写胸中之蕴,而洒落平淡也。

鹅峰认为"儒者之诗"与"诗人之诗"的不同之处在于,诗人能够专注于诗的作法和效果,而儒者只关注诗的气象。鹅峰所说"诗人"很明显不是儒者。不过,比起"诗人之诗"来,鹅峰自己更支持"儒家之诗",这应该是当时儒者的普遍看法。

到了江户中期,对诗的专门化发挥了重要作用的荻生徂徕,认为诗家之诗非经生(儒者)所作,称"诗家语自别"②。徂徕的弟子山县周南更提出"诗文何害之有?宜专务之事也"③。服部南郭(1683—1759,名元乔,字子迁,通称幸八)也强调了诗家之诗的独特性,称"诗家文字为特别之物"(原为日文)④。徂徕和南郭这样的主张强调了诗人之诗的纯粹性,更重视的是"诗人之诗"。

这之后的江村北海(1713—1788,名绶,字君锡,通称传左卫门)在《日本诗史》卷四"室鸠巢"条中称"余尝谓:经儒不习文艺。文士

---

① 松下忠《江户时代的诗风诗论:兼论明清三大诗论及其影响》,学苑出版社,2008年,第33、34页。
② 《译文筌蹄·题言十则》,《荻生徂徕全集》卷五,河出书房新社,1977年,第22页。
③ 《汪氏文选序》,《周南先生文集》卷六。
④ 《灯下书》,《日本诗话丛书》第一卷,第61页。

遗经业",明确指明了"文士"(作诗文的人)和"经儒"的区别。将不学经学的人称为文士。《日本诗史》以"阶层"、"职业"、"地域"三点为基轴来编写,这也是因为作者有明确的意识,认为诗人和儒者有区别的吧。同时代的龙草庐(1714—1792,名元亮,字子明,通称彦次郎)将汉诗细分为"儒生之诗"、"隐士之诗"、"禅者之诗"、"诗人之诗",高度评价诗人之诗"温厚和平,情景相触,逸致有余,超然不可复尚"(《龙草庐先生文集初编》卷二《鼎石集叙》)。江户后期的筱崎小竹(1781—1851,名弼,字承弼,通称长左卫门)《广濑吉甫集序》中云:"予谓儒者之于诗,犹吏人之于武艺乎。诗所以言志,武艺所以卫其身,虽非其本务,而不可不为也。"①甚至认为儒者必须作诗。

如上所述,从重视儒者之诗的林鹅峰到赞美诗人之诗的龙草庐,再到认为儒者不可不作诗的筱崎小竹,江户文人的意识在逐渐发生着变化。而从江户初期的儒者开始,就已经认识到了诗人有一种与儒者不同的性质。这也可以看作受到宋代儒者的影响吧。而江户后期的看法,即认为儒者必须作诗,也是因为江户时代的诗人比儒者更接近町人的实用志向和嗜好。正因如此,江户后期的职业诗人才会被认为有近于商人的地方。

四、结语

可以说,中日两国出现专业诗人的背景同中带异,异中有同。不理解这些,便无法将两者进行比较。相同的是文化背景,不同的是社会结构。差异对诗歌创作带来的影响?由于缺乏了科举这一促进平民创作诗文的外部主要推力,日本的汉诗学习和创作一直以来局限于贵族、僧侣等特殊人群。但是随着儒学力量的成长,形成了和南宋中后期科举剥离诗歌、同时道学大兴非常相似的环境。

---

① 《小竹斋文稿》,《浪华诗文稿》下,八木书店,1980年,第217页。

第八章

江户时代职业诗人的诞生

江户后期的天明七年(1787),市河宽斋(1749—1820,上野人,名世宁,字子静,通称小左卫门)在江户神田开设"江湖诗社",从这个诗社中诞生了大洼诗佛(1767—1837,常陆人,名行,字天民,通称柳太郎)、柏木如亭(1763—1819,江户人,名谦[后改名昹],字益夫[后改字永日],通称门作)和菊池五山(1769—1849,赞岐人,名桐孙,字无弦,通称左大夫)等风靡整个文化、文政时期(1804—1829)诗坛的汉诗人。诗佛、如亭、五山三人的共同之处在于他们都是专业的布衣诗人。而且他们有可能是日本汉诗史上最早的一批"职业诗人"。

松下忠《江户时代的诗风诗论》一书中曾专列《专业诗人的兴起》一节①,认为专业诗人的出现在明和、安永、天明时期已经开始了,并提及了林东溟、芥川丹丘、龙草庐、安达清河等早期专业诗人的相关言论。本章在此基础上,详细调查日本最早期职业诗人的各种活动。而且,在这个过程中也留意中国的先例和类似事例,对其中的影响关系和异同加以探讨。以此为基础,逐渐思考为什么在江户后期会产生"职业诗人"这个问题。故下节将在所有的考察开始之前,对中国的先例进行极其简单的疏理。

---

① 松下忠《江户时代的诗风诗论:兼论明清三大诗论及其影响》,学苑出版社,2008年,第54页。

一、中国民间诗人的兴起

关于诗人的社会阶层这个问题,首先要认清中国的状况。在诗歌的最繁荣时期——唐宋时代,诗歌创作最中心的主体是"士大夫"。众所周知,先秦时代,"士大夫"是"士"及其上层阶级"大夫"的合称,但是在唐宋时代,这两者之间已经没有严格区别,只是作为立于庶民之上的为政者的总称来使用。也就是说,如这个名称所提示的那样,对"士大夫"诗人来说,为政者的一面才是他们的本来面目,诗人的身份对他们来说不过是次要的。代表事例有:杜甫晚年慨叹自己漂泊的旅人生涯时说"名岂文章著"(《旅夜书怀》),陆游失意时质疑自己"此身合是诗人未?"(《剑门道中遇微雨》)。对唐宋士大夫来说,因诗成名并不一定是最高荣誉。当然,诗已经成为不可或缺的教养,同时也是重要的自我表现手段,但终究不过是行政职务以外的余技罢了,最终他们自己和他人都认为自己只是业余诗人。

降及十三世纪,在宋朝快要灭亡的时候,在士大夫阶层的边缘地带,出现了一群与士大夫诗学认识有些许不同的诗人们,即所谓的江湖派诗人。他们之中的大多数是州县的属官等低级官职的下层士大夫,或者是在科举中落第而停留在底层的布衣们[①]。正因如此,生平经历不详的人很多,能够证明他们与作诗关系的具体线索非常有限。但是在这些人当中也有能够窥知其生平的诗人,尽管只是冰山一角。

如在这些稀少的例外中,可知姜夔、刘过、戴复古等诗人曾经游历全国各地,与当地的高官和名士积极交流,他们交游的时候,以自己的诗艺为武器,提高自我的存在感,获得金钱等各种支援。对他们来说,诗艺是身为布衣的他们逐步迈进士大夫社会时独一无二的社交手段。因而,对他们这些"谒客"诗人来说,作诗已经不再是一种余技,

---

① 正如"江湖"派这一名字所体现的,在有仕宦经历的七十二人当中,晋升至中央显官的几乎没有。这个群体的成员,如"江湖"这一名字,大部分都是官位很低的役人或者在野的民间平民(内山精也《苏轼诗研究——宋代士大夫诗人的构造》第一章《宋代士大夫的诗歌观》,研文出版,2010年,第60页)。

而是已被看作重要的生活食粮了。

当然,直至今日仍可以视为江湖派的诗人当中,过半数人的经历都不详,无法断言这三人的行动模式可以代表全体。而且总体来说他们的作品还没有像明清职业文人那样明确地商品化。尽管如此,包括在这个群体中的几名诗人确实将诗作为商品的事实却是笃定不移的。

接下来再仔细分析江湖诗人的作品,会发现他们的作品与士大夫的诗有明显不同的倾向。例如,士大夫的诗中几乎一定有从讽谏和社会批判等经世济民的意识出发而创作的作品。这当然与他们官吏的身份有关。另一方面,布衣诗人的诗虽然并不一定完全没有那样的社会诗,但比重明显小得多,绝大多数作品将视野转向描绘身边事和花鸟风月。而且不仅仅是题材,江湖派诗人的诗作总体上来说古体诗很少,五律和七绝等短篇的近体诗占据多数,除了这种诗型选择上的偏向,在表现倾向上还有不多用典故,以白描为主的明显特征。如上,江湖派诗人的诗有与士大夫截然不同的独特特征。

如上所述,到了南宋后期,在民间也出现了一群真正在作诗的人,这种现象从某种意义上来说,反映了诗人的身份从士大夫中独立分化出来,开始出现逐渐专业化的倾向。

在南宋灭亡后的五个多世纪,在日本出现了同样被冠以"江湖"之名的诗社。这个诗社的成员也同样几乎没有武士和官儒等为政者阶层,都是市井之人。南宋后期和江户后期、中国和日本,尽管之间有着难以忽略的不同之处,但拥有同一名称的两个诗人集团之间究竟有何种联系?本文的目的之一就是考察这个问题。

二、日本汉诗创作主体的变化——以江村北海《日本诗史》为参考

日本正式开始创作汉诗是在奈良平安时代,汉诗创作主体大多是贵族。经过镰仓室町时代,进入江户时代以后,汉诗创作主体变成了庶民(布衣)。这种变化是如何促成的呢?

关于这个问题,比江湖诗社稍早时代的古人已经给出了简要的

答案,即江村北海(1713—1788,明石人,名绶,字君锡,通称传左卫门)。其所著《日本诗史》五卷是日本最早的文学史著作,明和五年(1766)成书,明和八年出版①。既然是"诗史",整体上当然是按照时代顺序进行编纂的。不过本书的最大特征在于:除了这条编纂原则外,还以"阶层"、"职业"、"地域"三条基轴将"诗史"进行细化分类,结果人物也能够最先展现展示出来。可以说是一种折衷了编年体和纪传体的编纂方式。

此书中首先按照时间顺序大致区分为江户时代(庆长末)以前和江户时代(元和以后),前者主要以阶层和职业、后者主要以地域为标准进行再划分。具体而言,卷一列举的是十七世纪前半期,即庆长末年以前的贵族(公家);卷二列举的是与卷一处于同一时期的武人、医者、隐者、僧侣、女性;卷三列举的是京都地区的诗人;卷四列举的是江户地区的诗人;卷五列举的是诸州的诗人。

既然江村北海将自己的著作命名为"诗史",同时又从身份和职业等社会阶层的视角出发进行编纂,毋庸赘言是因为他已经明确意识到了日本担当汉诗创作中心的阶层正在随着时代发生推移。北海所写的"凡例"中有:

> 是编初卷所论列,并是朝绅,绝无韦布士。由古选所收然也。盖一时艺文,特在青云上,而草莽士无染指者欤。不然,则《怀风》《凌云》《经国》《无题》等诸选,率朝绅所纂辑,是以采择不及民间欤。是编第三卷以下所论载,靡匪布素,元和以后,朝野文武,靡然向学……

如此段文字所言,过去的汉诗作者大多是由"朝绅",即在朝的公家所独占,但是到了江户时代则变成了"靡匪布素"。关于这种变化,最能简明而直观地反映出其历史观的是卷三开头部分如下一段记载:

> 古曰:文学盛衰,有关乎世道污隆。信哉! 征之我邦,夫谁

---

① 据《日本诗史》(《新日本古典文学大系》65,岩波书店,1991年)所收大谷雅夫"日本诗史解说"(第596页)。以下引用皆据此书。

曰不然……自时厥后，列圣相承，文教日阐。余波及翰墨者，汪洋于弘仁天历间，可谓帝业与文学偕盛也。延久已降，朝纲解纽，文事日废，一坏于保元、再坏于承久、糜烂于元弘建武之后。迄乎足利氏失其鹿，邦国分裂，战争无已，生民涂炭，到此而极。艺苑事业无复孑遗矣。既而天厌丧乱，织田氏丰臣氏迭兴，中州稍削平，然并无学无术，马上得之欲马上治之，是以天人不与，或业坏垂成，或祚止一世。要之，拨乱反正，天必有待而奎璧发彩於久暗之后。固非偶然也。

若夫神祖，圣文神武，上翊戴帝室，下煦育亿兆，干戈攘扰中，遄访耆老，以橐籥治道，广募遗书，以润色鸿业，又命惺窝先生讲析经史之义，于是罗山先生应聘东都，夫然后猛将勇士稍知向学，而邦国泮宫寻兴，士业日广，至今百六十年，玉烛继光，金瓯无亏。风化之美，彝伦之正，亘古所无。而近时文华之郁，无让汉土。

前半部分叙述的是进入江户时代以前的变化痕迹。开头引用的一句虽然出典无法确定，但是与明代胡应麟"文章关世运，讵谓不然"（《诗薮》内编卷一）的表现非常类似。可见这决不是非常稀奇的说法，反而可以说是基于最正统的儒家诗歌观而发出的。如此，他揭示出中国传统的诗歌观，主张汉诗是与政治有着密切关系的。

"延久已降"具体指的应该是延久四年（1072）年末即位的白河天皇的时代。他于应德三年（1086）将皇位让给年幼的堀河天皇，又经过了三代天皇以后，成为"上皇"，君临天下，开始了院政，实行专权政治。这里大概就是在对这种院政体制进行批判吧。"保元"、"承久"、"元弘、建武"都是战乱时期的年号。众所周知，"保元"（平治）时期，从王家到武家，朝廷分为内外两股势力争夺霸权，是一个荒乱的时代，结果也变成了一个武家抬头的时代。"承久"之乱（1221）是指后鸟羽上皇与执权北条氏之间的霸权斗争，在斗争中失败的后鸟羽院被流放到隐岐。"元弘、建武"是指镰仓幕府灭亡（1333）以后后醍醐天皇与足利氏的权力斗争。如上，此段中所言及的年号都与天皇以及朝廷方面政治混乱和权威失坠有关的。

此段话后半部分谈到的是江户时代。"神祖"是指德川家康。最初家康想将藤原惺窝从京都招聘到江户来,但未能实现此事,于是推荐其门下的林罗山来到江户,推行儒学(朱子学)。这以后,地方各藩也开始兴建藩校,终于呈现出"近时文华之郁、无让汉土"的活跃状况。北海认为,正因为上有将军德川家鼓励和推行儒学(朱子学),下有各藩的纷纷效仿,于是汉诗文的学习和创作亦在武士间流行开来,汉诗文才能呈现出空前的活跃状况。

如果参考所引用的开头部分,北海的立场是:不管是平安后期以后汉诗创作的衰退也好,还是元和以降的活跃状况也好,这都是由上层执政者的态度而引起的必然现象。如果对北海的立场再敷陈发挥一下,加上从语言的社会阶层这一视点看人们对儒学的态度,那么可以得出如下的解读:

进入近代以前,日本也好,中国也罢,阶级和所使用的言语之间有一定的相关性,上下层阶级所使用的语言的质和种类发生了变化。例如,平安时代是一个假名在一定程度上普及的时期,可以想象首先有这样的差别:绝大多数人属于文盲层,少数人属于识字层。在此基础上,识字层当中又可以分为能够理解和运用汉文(文言)的阶层、主要运用训读来理解汉文的阶层,和以假名为主体的阶层……如此应该产生了几个阶层。中国的情况也是如此,首先有文盲层和识字层的区别,然后在识字层当中应该存在两层:能够自由驱使文言的阶层和无法自如使用文言、以白话为主体的阶层。

但是日本和中国也有明显不同的一面。那就是在中国,像上面所说的那样的语言社会阶层和权力构造的几乎是平行关系,相比之下,日本则未必如此。如北海所指出的那样:处于政治中心的平安后期以后的公家和镰仓、室町时代的武家们,都没有将理解和创作文言(汉诗汉文)当作必需的教养。相反,中国在明清以前,士大夫层都将此作为重要的传统,一直保持着。

究其要因,除了语言和文字的障壁,恐怕还要归结为两国对待儒学的态度不同这一点。在中国,儒学作为国教,一直占据着绝对的主导地位,而在日本,总体来说不过是可以选择的一种选项罢了。对佛教的僧侣来说,佛典是绝对的,因此必须能够理解文言(禅宗的话还要再加上白话),而对于掌握了日本行政的势力,也就是公家和武家二大势力来说则并非如此,儒学并不是绝对的。因此,能够运用属于儒学文化体系的文言(汉诗汉文)的能力也没有被多么重视了。

然而就像北海所说的,德川家康的号令一发,形势陡然突变。下节中将更加详细地考察江户前期这种变化的情形。

三、江户时代儒学的兴隆和町儒者的增加

江村北海《日本诗史》五卷前附有武川幸顺(1725—1780,京都人,名建德,号南山)的序文,其中提出了与北海几乎相同的看法。当中叙述了江户以后的变化,有如下一段话,虽然很简短,但却意味深长:

> 近世廊庙之上,文学寥寥,亡闻于世者。而惟衡门之寒,衲衣之陋,独擅美于草莱之下者,可胜叹乎。

虽然无法确定上文所说的"近世"究竟是从何时开始的,但从常识来说,应该是指进入江户时代以后。如果这种解释无误的话,武川意为:此时诗坛并非由公家等京都的朝廷,而是由"衡门之寒"和"衲衣之陋"独占了。上节所引用的北海一文中,只记载了"靡匪布素",而并没有言及"布素"是何种职业而担当起了诗坛的中心。武川则在这里言及了具体的职业(阶层),即"衡门之寒"和"衲衣之陋"。后者指僧侣。前者虽然是"寒门之士"之谓,但结合当时的实际情况而具体来说,应该是指町儒者。

如上引北海之言中也记载的那样,等到在江户开幕府后,家康大力地推行儒学。虽然武家的本分是武艺,但是治理一国时学问也是必要的。这一要求不仅仅针对管辖诸藩的幕府而言,对于全国众多的诸藩来说也是同样如此。治国的学问在当时便是指儒学。为此,幕府和诸藩都纷纷招聘儒者,请他们作为顾问来担当子弟的教育。这样,武

家为了维持太平之世，为了与武"士"之名保持名实相符而统治庶民，他们需要能够向他们讲授儒学这种治世教养的人才，因此才产生了对儒者空前的社会需要。

儒者可以区分为"官儒"和"町儒"。"官儒"是世袭的，代代仕于幕府和藩，受到像武士一样的对待。其代表是世代仕于江户幕府的林家。另一方面，"町儒"则是一种与家世无关的凭实力成为的职业。他们的任务本来是教授町人，但是实际上也有很多人被幕府和藩雇佣，于是有很多町儒者开始以被招聘为"官儒"为目标，在学问上发奋努力。而且他们经常一边教授经书，一边创作汉诗当作兼职或者旁业①，从中逐渐生发出将庶民与汉诗创作联系起来的重要起点。从人口上来说，同时存在的町儒往往是官儒的几倍几十倍，主要生活在江户和京都、大阪等大都市。他们每一个人都成为起点，使包括儒学和汉诗在内的中国古典开始在民间普及。

但是，不管是官儒还是町儒，对于儒者来说，作诗都不过是余技。这点与第二节中已经论述过的中国士大夫的情况一样。尤其是江户时代的儒学当中，朱子学的影响力最为广泛，而朱熹在自己生前曾经反复主张作诗会玩物丧志，要禁止作诗。这一点对于江户前期的儒者来说，是一个重要问题，决不可轻易忽视。

然而在这个问题上，却有位儒者一石激起千层浪，转向大力推行汉诗创作，从而引发了江户的汉诗创作热。这位儒者即荻生徂徕。他批评朱子学，提倡古文辞学，尝试自觉运用语言学和文献学的研究法进行新的古典解释。为此，他像自己曾经提到的"总之学问之道除文章外无之"（《徂徕先生答问书》中）那样，全面肯定学问的重要基础在于学习诗文，并且积极地推行诗文。徂徕曾经出仕于第五代将军纲吉的侧用人柳泽吉保，受到第八代将军吉宗的信任，并且为他担当过顾问等职，可谓红极一时的人物。也许因为有这层因素在内，他的主张和方法论对全国的儒学者产生了极大的影响。大约过了一个世纪左

---

① 此外，汉学造诣深厚的僧侣和医者也会在业余时间作诗，篇幅所限，本文暂且不将他们加入讨论范围。

右,津阪东阳(1757—1825,伊势人,名孝绰,字君裕)在《夜航余话》卷下中又直接引用了徂徕的话,并且赞美为真知灼见:

> 自熟悉文字入,最为学业第一义,其初当从学诗入手。……徂徕翁发挥为"学问之道从诗入",诚为卓识格言。且士君子若无雅情,固陋且不知事物之趣,浅薄顽愚,俗不可耐。然以是为轻薄之技,如头巾俗儒之禁戒,反可谓"贼夫人之子"。但如兼好所著《徒然草》中,有一法师练习乘马,最终怠于僧业,耽于乘马,如沉湎若此,终不免此弊,是亦当用心之处。(原为日文)①

虽然最后津阪东阳不忘引用《徒然草》中的一节来告诫人们不要过度沉溺于作诗。不过前半段中津阪东阳完全在叙述古文辞派所主张的文字(文辞)是学问的入门途径,以及对于初学者来说,学习诗对学问的形成有重要的帮助,并且称赞徂徕找到了这条道路。但是,这段话也暗示着,距离徂徕约一个世纪以后的津阪东阳的时代,还存在强烈禁止作诗的"头巾俗儒"的存在。朱子所提起的这个问题,虽然经过了几个时代,场所也已经发生了改变,哪怕徂徕那么强烈地提倡这种想法仍然没有完全消失。因此,只要汉诗的创作主体仍然是儒者,那么作诗就不得不一直处于附庸位置。为了日本汉诗能够全面发展,必须出现从儒学中独立自由出来的诗人。

江村北海创作《日本诗史》是在十八世纪后半期,即明和年间前后,可以推测这时汉诗的创作主体虽然已经转为平民,但很多都是町儒。虽然平民诗人已经大量出现,但是以诗为专业的人真的在此之前就已经出现了吗?关于这个问题将在下节进行讨论。

四、职业诗人的萌芽

富士川英郎曾对儒者和诗人的分离以及诗人诞生的条件有过如下论述:

---

① 《夜航余话》,《新日本古典文学大系》65,1991年,第320、321页。

汉诗文原为儒者应该掌握的一种兴趣爱好。因此江户初期开始，林罗山等汉学者不管大小，皆留心诗文，既是儒者，同时也是文雅之士。然而他们的本道为经义之学，这点无需再议。在同样身为儒者，以经学为事者中，开始出现擅长诗文者大概可以说是萱园派以后的事情，这点江村北海早已在其所著《日本诗史》中指出："盖（荻生）徂徕没后，物门之学，分而为二。经义推（太宰）春台，诗文推（服部）南郭。"而且这种倾向在之后逐渐变得更加明显，就如江村北海《日本诗史》这样的著书之所以在明和年间能够出版，也是基于当时情势为背景的。降及菅茶山和市河宽斋这样的人物出现，这两人尽管都是出色的儒者，其真面目却是诗人，也可以说是有"趣味"之人。而且在这两位人物出现前后，同样主要嗜好诗文的儒者，其数量甚多，这些儒者在"三都"以及其他各个地区所开设的诗社，为当时正处于勃兴势头的庶民阶级提供学习诗文的机会，有不少农家和町人子弟都参加过这些诗社。汉诗从经学中独立出来，诗人常常与儒者区别开来，这些概言之可认为是当时事态下催生的现象。另外，这些已不能称为儒者的诗人居然能够维持生计，说明同样的情况，也就是庶民之间喜好汉诗同时自己也作诗的人数正在逐渐增加是他们背后的支撑。①

富士川先生在上文的不少观点是笔者立论的基础。他的见解非常精彩，如指出菅茶山和市河宽斋的真面目是诗人等。不过他指出，儒者中有以诗为主的一派，从中诞生出了职业诗人，而且这个转变的契机是荻生徂徕的萱园学派正隆盛的时候。但是严格来说，从元禄、宝永年间到享保年间的期间（1688—1735），关西已经有少数职业诗人存在。其中有两位出现在荻生徂徕提倡古文辞以前（或者说几乎同时），一直在关西教授诗歌，被人称为"诗人"。即鸟山芝轩（1655—1715，名辅宽，字硕夫，通称佐太夫）和笠原云溪（？—？，山城人，名龙

---

① 富士川英郎《江户后期的诗人们》，平凡社，2012年，第80、81页。

鳞,字子鲁,通称玄蕃)。

下面将简单介绍此二人的行迹以及刊行的诗集等,同时考察职业诗人是如何诞生的。

(1)鸟山芝轩

鸟山芝轩一直生活在伏见(今日本京都市南部)和大阪,以教授子弟汉诗为生,过着清贫的生活。遗稿名为《芝轩吟稿》,六卷,全部都是近体诗。仅从诗题上看,《晚春杂兴》《田家春兴》《田家秋兴》/《春日》《春阴》/《木笔花》《罂粟花》《紫燕花》/《庄子》《伍子胥》《苏秦》等田园、题咏、咏花、咏史之作很多。从书末尾所附三木近有(号省吾)《以芝轩吟稿呈朝鲜国申学士》一文可知:此稿初刊的时间为享保四年(1719)秋,是芝轩之子鸟山辅门与芝轩的门人户田方弼(字赟卿,号由夫,一默轩)等一起编集刊行的。同年秋,又送给作为朝鲜通信使的制述官赴日的申维翰(1681—1752,字周伯,号青泉)请求批正。同年冬又呈献给灵元天皇请求御览。可是,享保九年(1724)春天发生了火灾,版木被烧毁,享保十一年(1726)春,辅门等人尽力再刊(根据鸟山辅门的跋文)。

芝轩诗集的出版在作者去世以后,他的诗名能够广为世人所知在很大程度上也是借助了其子鸟山辅门和门人的力量。江村北海《日本诗史》卷三虽然介绍过他①,但将芝轩的名"辅宽"误记为"辅贤",可见北海对他并不是非常熟悉。然而到了明治时代,东条琴台(1795—1878,名信耕,字子臧)在著作《先哲丛谈续编》(《日本伟人言行资料》,友文社,1916年5月)卷三中指出芝轩才是日本专业诗人的滥觞②。下面引用其中相关联的部分:

芝轩自少壮好歌诗,刻意唐人,以专作诗教授生徒,常讲说

---

① "鸟山硕夫,名辅贤,号芝轩。亦摄人,或云伏见人。余少年时已闻江若水诗名,以为摄之巨擘,未知有硕夫也。迄为邸职,以吏事数往来浪华,一日访葛子琴,见架上有《芝轩吟稿》,乃知硕夫之遗稿。"

② 松下忠《江户时代的诗风诗论:兼论明清三大诗论及其影响》(学苑出版社,2008年)中也将芝轩列为"专业诗人之嚆矢"(第474页)。

《三体唐诗》《杜律集解》《唐诗训解》等,以此作门户,自称为诗人。(按:先是,石川丈山、平岩仙桂、僧元政等,虽目以诗人,皆讲经史,教授子弟,未曾有以讲说唐诗为专业者。元禄、宝永之间,芝轩始首唱之。)

据东条琴台所言,芝轩是最早的专门以讲说诗为业的日本人。说明元禄、宝永年间,关西已经出现了只爱好诗文的群体。儒学是与政治有密切关系的学问,关西此时已经脱离政治中心很久了,因此出现与儒学分离而以诗文为专业的人也是理所当然的。但是另一方面,芝轩身上也体现了时代的局限性。例如,出版的费用仍然相当高,并且没有得到充分利用,学生人数也还不太多等。因此,虽然贫穷,但他们的收入来源仍然只能主要依靠生徒交纳的束修。

在芝轩的门人中也有值得特书一笔的人物。即入江若水(1671—1729,名兼通,字子徹)。他本来是商人,却爱好汉诗,最终放弃本业,隐栖起来成了一名诗人①。松下忠指出他是海上货船遭遇台风,生意失败才隐居的②。日野龙夫指出:"若水离开町家而走上了专门诗人道路,可能受到了芝轩的巨大影响。"③若水放弃本业以后,隐居在京都的西山,与人唱和作诗(有《西山樵唱集》二卷、《东行吟》一卷)。从这种生活方式来看,与其说是以诗为生活的来源,不如说他只是将写诗作为隐居生活的点缀更符合实际情况。因此,与其说他是专业诗人,不如说他是一位典型的隐居诗人。

(2)笠原云溪④

笠原云溪亦在京都教授汉诗。生卒年不明,有诗集《桐业篇》流

---

① 入江若水爱好作诗在荻生徂徕的《叙江若水诗》(《徂徕集》卷八,《诗集日本汉诗》第三卷,汲古书院,1986年)中有记载。
② 松下忠《江户时代的诗风诗论:兼论明清三大诗论及其影响》,第414页。
③ 日野龙夫《入江若水传资料》(《近世大阪芸文丛谈》,大阪艺文会,1973年)。
④ 中村幸彦曾在《风雅论的文学观》中指出:"京阪最早教授诗文的是宝永年间的笠原云溪"(《中村幸彦著作集》第一卷,第342页),教授诗文之说或据《日本诗史》,但是否最早还有待商榷。云溪的生卒年虽然不详,但集中最晚的作品比鸟山芝轩《芝轩吟稿》初刊时间晚十几年,故当晚于芝轩。

传至今①。有日本国会图书馆所藏抄本（乾、坤）和享保二十一年（1736）刊本，笔者曾进行调查，将两者比较后发现，虽然两本都以诗为主，但并非同一版本。抄本中有享保十九年的序文，据此序文，此抄本的抄者是松冈由章（？—？），但编者却是云溪门人中的一位（姓名未详）。他在老师生前并没有受到太多指导，在老师去世后搜求遗稿，终于得到一册《桐叶篇》。之后，友人松冈由章借阅此稿并抄写，即此抄本。尽管如此，此抄本中谬误甚多，文字上也有很多重出和遗漏的地方。很难完全看作是因松冈由章的误写所导致的，很可能原本中就已经有很多错误之处。无论如何，在刊本出现以前，云溪的诗集已经以抄本的形式在一定程度上流布开来。

现在将抄本和刊本合在一起来看，能够判明创作时期的作品中最早的是元禄二年（1689）的作品（《己巳除夜》），最晚的是享保十五年（1730）的作品（《庚戌春尽前三日游鹫峰亭》）。因此，其创作时间大约都在元禄、宝永、正德、享保年间。几乎都是近体诗（古体诗只有附录中所收的数首），不过也有《阿娇怨得真韵》《昭君怨得歌韵》《婕好怨得佳韵》《上阳怨得灰韵》《春闺怨》《秋闺怨》《春宫怨》《秋宫怨》《从军行》等拟古风诗题，与古文辞派的作品非常接近，或者也可能受到了古文辞派的影响。

虽然云溪在生前没有刊行过诗集，但他却有一定诗名。《日本诗史》卷三简略记载了云溪是如何以教授汉诗为道路的：

> 笠原云溪，名龙麟，称玄蕃。京师人，诗名显著一时。到今遐陬僻境之士尚啧啧称焉。盖自惺窝先生讲学于京师，百有余年于兹，其间虽有以诗赋文章称者，风俗未漓，学必本经史，以翰墨为绪余。而云溪独以诗行。是时仁斋门人中岛正佐者，专业讲说，而所讲不出四书，终始循环，一日数席，诸州生徒，辐凑其门。云溪居止接近正佐，乃以诗授人，生徒以为便。于是云溪诗名，传播

---

① 根据《近世汉学者著述目录大成》（《日本人物情报大系》第四十八卷，皓星社，2000年）的记载，此外还有《唐诗训解》和《唐诗法律》等著述。

四方,亦京师学风一变之机会也。云溪没,门人竹溪者,钞其遗稿,梓而行之,名《桐业篇》。

根据北海所言,笠原云溪曾经师事京都的大儒伊藤仁斋(1627—1705)。西山拙斋《闲窗琐言》则认为二人并非师生关系,而是齐名:"笠原云溪,与仁斋同时讲授,并有盛名。会韩人来贡,其门人等俱往唱和,示以师家诸作,韩人深叹服之。既而门生或告诸二先生。云溪闻之,大呵曰:韩卢宁足知吾诗佳处哉。仁斋冷笑而已。世以此定其优劣。"仁斋不与人争的态度是儒者立身准则决定的,而云溪的态度既表明他的性格,也是文人本质中特有的豪放不羁的体现。

不论如何,笠原云溪开始讲诗的直接原因是受中岛浮山(1658—1727,名义方,字正佐)影响。浮山专讲四书,评价非常好,甚至诸州的学生"辐凑"而至,住在其邻近的云溪便专门讲诗。从诸州汇集此地的学生们因浮山与云溪住处接近而甚为便利,因此学习四书的同时也开始学诗,这样他获得了普遍好评,诗名传播至全国。这里所说的"门人竹溪者,钞其遗稿,梓而行之"即是指享保二十一年(1736)的刊本(竹溪在刊行前就已去世,是书商梅井秀信继续完成的)。"竹溪"是野春泰和的号,《桐叶篇》附录的《竹溪遗稿》即为他的诗集。尽管不清楚他是否就是前面所记的抄本序文中姓名未详的门人(如果是同一人,那么应该会将抄本中的未收作品补入刊本的,因此是同一人的可能性很低),但可知这个刊本也是云溪殁后才刊行的。

如上所述,芝轩和云溪虽然的确是以教人作诗为职业,但他们都没有像诗佛等人一样自己出版刊行过诗集,他们也没有积极地开展文艺活动来吸引同时代人对自己作品的关心。这可能与时代和社会还未达到相应的成熟度,以及与关西保守稳健的风土习惯有关①。当

---

① 宗政五十绪在《京都的文化社会—〈平安人物志〉化政版和京儒—》(《化政文化的研究》所收,岩波书店,1976年)一文中指出:"京都早在享保年间便出现了像笠原云溪这样专门讲授诗赋文章的人。江村北海的《日本诗史》中以他为专门诗家之始。尽管如此,此后的大形势仍然是诗文是儒者讲授经史的绪余(原日文)。"(第305、306页)

时的关西还在延续一直以来的农耕经济,学习汉诗的主要是儒者、公家、武士、僧侣和医者。《日本诗史》卷二中有"今京城中,业讲说者,无虑数十人,执谒其门,靡匪医家子弟。除之无复生徒",也表明绝大多数是医者的子弟。

尽管如此,最早出现诗人专业化这种现象的实际上并不是徂徕学的中心地江户,而是京都和大阪。其原因首先是京都原本是发源于中国的传统文化和学问的中心地,从这里诞生出了藤原惺窝和林罗山也可以知道,这里是一块儒学和中国古典学的传统兴盛地。第二个原因是,政治中心移到江户以后,关西自然与政治逐渐远离,对于生活在这里的儒者而言,政治已经不再是绝对要放在最优先地位的必要条件①。关西的儒者们或者与公家交际往来,或者以教授町人获得束修来维持生计。

如上,关西从十七世纪末开始,存在像鸟山芝轩、笠原云溪那样以教人作诗为职业的人物。但是,芝轩、云溪的例子不过是孤立而罕有的例外事例。虽然他们满足本书第七章中规定的"职业诗人"诸种条件中的一部分,但是与化政期的诗佛等人的活动相比,明显是被动式的,并不能同日而语。还只能将他们的情况看作是萌芽的先例。

那么,究竟是从何时开始,才产生了名副其实的真正意义上的职业诗人呢?关于这一点,《先哲丛谈续编》卷三"笠原云溪"条有如下相关记载:

> 建櫜而还,文学寖阐,鸿匠辈出,不乏其人。虽然,只以诗藻教道生徒者,先是未曾有之,专以此技作一家唯云溪及芝轩。

---

① "概观而言,近世前期的日本儒学,京都保持着最高水准。至享保期萱园之学大行,江户中期呈现出京都和江户的学问一分为二的样相。然而,从人数上来说,从享保至宝历年间,京都依然当看作儒学的中心地区。京都儒学地位是从化政以后开始走上衰落道路的"(上引宗政五十绪《京都的文化社会——〈平安人物志〉化政版和京儒》,第288页)。

> 世称诗人者,辇毂之地,以芝轩、云溪首唱之。至江村北海、龙草庐辈,虽极其拙劣,声价与经义、文学之士雁行者何也。一首沈吟之诗,不劳而自入世人之耳,半行间之挥毫,不烦而能娱俗士之眼,易收润笔,谢资速至。以是称诗人者极多。其徒不能博通经史。仅诵法李、杜、苏、陆,自甘寡陋,傲然而不知所耻。此弊至近时,不论辇毂之地,暨大阪、江户,诸方皆然。云溪虽有才气,惜为时习所锢,遂以诗人为世所知。

东条琴台在上文中称"至江村北海、龙草庐辈,虽极其拙劣,声价与经义、文学之士雁行"。虽然此条是在批评江村北海和龙草庐(1714—1792,姓武田氏,名公美,字君玉,通称彦二郎),但关键是他们取得了可与儒者和汉学者比肩的名声却也是事实。到了十八世纪后半期,诗人已经可以成为一种职业。尽管在上文中完全没有涉及,但是从笠原云溪至江村北海之间发生的变化受到荻生徂徕以及萱园学派(古文辞派)等诸贤的影响最大。

(3) 萱园诸贤

从江户前期至中期,汉诗文的作者大半都是儒者,之后开始逐渐从儒学中分离出来了。加速这种变化的是以荻生徂徕为首的古文辞派的流行。

自从柳泽吉保失势后,徂徕便在下野开设萱园塾,声名大振,有许多弟子(儒者)自立门户,他提倡的诗风和诗说也通过这些门人弟子传播到各地。徂徕继承了明代中叶前后七子倡导的"文必秦汉、诗必盛唐"的主张,被视为范式的作品是有规定的,而照葫芦画瓢地模仿和学习这些作品是初学者的首要任务。

由于揭示了绝对的价值和明确的目标,初学者能够毫不迟疑地学习模仿模范作例,从而更快地掌握诗文作法和基础。因为对于初学者来说,学习对象是多样且无穷的,因此模式还是少一点比较好。大概正是因为这种简明、明快,徂徕的方法论才会爆发式地流行起来吧。其结果,这种主张降低了作诗的难度,实际作者倍增,产生了江户汉诗创作整体水平提高的效果。这样,在汉诗文创作热陡然高涨的风潮下,终于出现了以诗文为专业的人。

徂徕门人里,诗名远扬者有数十人①,但其中能以诗文自立门户的只有服部南郭(1683—1759,名元乔,字子迁,通称幸八)、入江南溟(1678—1765,名忠囿,字子园,通称幸八)和高野兰亭(1704—1757,名惟馨,号兰亭、东里)三人②。

尽管如此,最初三人都并非想以诗人立身。南郭最初以和歌和画仕于柳泽吉保,随后入徂徕门,专意诗文。吉保亡后,嗣子吉里不爱好学问,南郭不得不从柳泽家致仕。南溟并非纯粹的诗人,同时也是儒学者。兰亭是徂徕门人当中唯一一位庶人之子(肴屋富家之子),似乎本来被徂徕疏远③,直到十七岁失明后才听从徂徕的意见,专心作诗④。其诗集《兰亭先生诗集》也是宝历八年(1758)兰亭殁后刊行的。另外,兰亭门下的横谷蓝水(1720—1779,名友信,字文卿)也同样是盲人,放弃了医生的职业成为诗人。有《蓝水诗草》,不过也是作者去世后刊行的(安永九年[1780])。

(4) 龙草庐和江村北海

最后再补充两位曾经被东条琴台批判过的人物:"待价作文"的

---

① 日野龙夫在《文学史上的徂徕学、反徂徕学》(《徂徕学派》,《日本思想大系》37,岩波书店,1972年)中指出:"徂徕门人当中特以诗文闻名者有服部南郭和高野兰亭,此外石川大凡、入江南溟等亦多有与诗文有关的著述。再传弟子中有安达清河、鹈殿士宁、横谷蓝水等人。其他诸人与前代儒者相较,亦明显更倾斜于诗文。"(原日文)
② 日野龙夫《服部南郭传考》,ぺりかん社,1999年,第137页。
③ 《萱园杂话》(著者未详,《续日本随笔大成》第四卷,吉川弘文馆,1979年)中有:"徕翁接人,若非士人则坚决不入同间。故兰亭等虽亦屡屡出入,然为卖鱼屋之子,故隔一间以教授,若因问候等事前来,则必在玄关见后遣之。后失明,自此与士人同样待之。"(原日文,第84页)
④ 前揭《萱园杂话》中有:"兰亭失明后就徂徕问之,如今之不知当如何,是否当学针以为生计? 徂徕暂且沉默后云: 否也,不必如此,当学易为筮者也,又或作诗为诗人也,又暂时沉默后曰: 必为诗人。圣人诗书礼乐之教,若得其一,莫比此也。故下决断学诗。只今生计亦不贫,又其名亦不朽于后世。此皆徕翁以长远目光教之故也。兰亭语云。"(原日文,第73页)

龙草庐和"纳钱入选"的江村北海①。龙草庐对"诗人之诗"的观点已经在上一章中论及,这里不再重复,仅记载其诗集的刊行情况。

《龙草庐先生集初编》于宝历三年(1753)出版,龙草庐尚在中年。江村北海的《北海先生诗钞》初编刊行于明和四年(1767)。尽管已到了晚年,不过初编、二编、三编都是在他生前刊行的。本节举出的活跃在十七世纪末至十八世纪半时期的专业诗人的诗集,如鸟山芝轩《芝轩吟稿》、笠原云溪《桐叶篇》、高野兰亭《兰亭先生诗集》,都是作者殁后刊行的遗稿集,但是到了十八世纪后半期,即宝历、明和年间,龙、江村两氏的诗集用"初编"命名,表明作者在生前刊行诗集开始普遍化。他们一边作诗,一边刊行自编诗集。这种现象对汉诗专门化的意义绝对不小。

以上对元禄至宝历、明和年间的专业诗人进行了考察。这期间变化最大的首先要算生活手段的多样化,其次是诗集刊行的速度。这种变化是由汉诗作者和学习者的增加以及出版事业的进步而决定的。只不过,他们这些早期专业诗人的诗与诗佛等化政期的诗人相比,仍然在性质上有巨大差异。江户前期—中期的专业诗人大体上都将"君子"之诗作为理想,归根结底还是遵守儒教道德的诗。古文辞派的诗人自不用说,就算是龙草庐也有如下言论:

> 诗者言也,君子之言也。可行乎远,可传乎后世者,匪君子之言,则何以为?②

---

① 《先哲丛谈后编》(《日本伟人言行资料》,1916 年)卷八"龙草庐"条云:"草庐应人之需作文,每书字,必定谢仪多少,而后构思起稿。若其不速赠之谢仪财币,则言未全成。故请墓志、碑铭、题跋、序记诸文者,欲其速成,必先以谢仪财币赠之,后请其事,诸儒皆讥其贪得。草庐自若曰:以笔砚代耕耰,何足以此为累。更不校之。同时江北海著《日本诗选》,时人语曰:纳钱入选江君锡,待价作文龙子明。盖当时浮华为风,轻薄为习,人人以虚骄为事,若有好名之徒以诗稿请采择者,北海从其请,必称刻费之资以取若干钱,而后仅采一二首收之选中,故有此语。君锡乃北海之字也。"(第57、58 页)

② 《龙草庐先生集初编》卷二《金兰诗集序》。

这与中国士大夫的诗论几乎并无二致。

要言之,可以认为,在大洼诗佛刚出生不久的那段时期,日本就已经具备了可能成为职业诗人的各种环境条件。

五、结语——职业诗人的大量出现

如上所述,诗在江户时代前期不过是儒者的余业,但是从中期开始,"诗人"这种专门职业开始从儒者中独立分离出来。但是,诗人和儒者的关系是紧密的,很多诗人都是汉学塾培养出来的。而且,他们的诗歌观也是儒家传统的以风雅为第一。然而,到了后期,诗专业化的步伐逐渐加快,庶民当中也出现了以诗人为立身之道的人。

友野霞舟(1791—1849,江户人,名瑛,字子玉,通称雄助)《锦天山房诗话》凡例中有如下一节:

> 元禄以前,因人而传诗者十之七。享保以后,因诗而传人者十之九。何则?当初风俗淳厚,士气刚劲,苟志斯文者皆尚道义,故其嘉言伟行,自卓卓于世,固不待辞章而传也。尔后累熙重洽、文运日融,至近世,闾里小民、深闺弱女,亦知弄文墨。至有挟其技而糊口于四方者,此亦足以见文质之消长、世道之升降矣。①

友野霞舟曾师事古贺精里的门人野村篁园(1775—1843,名直温,字君玉,通称兵藏),担任过昌平黉教授,以及甲府徽典馆学头,之后教授于昌平黉。上段话中重要之处在于其中提到了"近世"(江户后期),"闾里小民"、"深闺弱女"也变得会作诗文,体现了当时巷间创作诗文的热潮。至于为何"小民"对诗文的爱好更甚于儒学,因为与经世治国的学问儒学相比,诗文是一种能更轻松掌握的技艺。

而且,庶民选择作诗为职业的另外一个理由还是因为诗人被看作一种高尚的职业种类。文人处于当时社会阶层的上层位置,因此与其甘守工、商、农的本职,不如选择这种职业为本职,可以更接近士的阶层。如《五山堂诗话》卷七记载了一位叫"小田生"的人物的事迹。

---

① 《锦天山房诗话》,《日本诗话丛书》第八卷,凤出版,1972年。

他原本在江户某位商人的店里工作，"既而自谓：吾先为士，我耻为商，幡然改业，欲以文艺自奋"。这段逸事讲的是原为武士出身的他虽然在商家劳作，但却以此为耻，一念之下开始走上了以文笔成名的道路。

如上，当时憧憬成为文化人的人不在少数。大洼诗佛的父亲似乎也是其中之一。朝川善庵所撰《宗春大洼先生墓表》中明确记载了"子行，承其夙志，改医为儒，以诗学立赤帜于一方，名动天下"。也就是说，诗佛从医转业为儒亦是继承了父亲的遗志。

此外，知识人增加的结果是，能被幕府和藩招聘的定员处于饱和状态，因此可以想见，仕官可能性的降低是转业成为诗人的人增加的现实原因。再加上，社会构造已经变成儒学不再用于治世①，而创作汉诗汉文也可以生存，这可以说是职业诗人出现的最重要客观条件。也就是说，社会对汉诗文需要的增加促成了职业诗人的诞生。

然而，江户后期的诗人比率究竟是多少呢？这可以从当时刊行的人名录来推测。例如，化政版《平安人物志》中开始出现了以前的诸种版本中没有的"诗"的分类。宗政五十绪先生的《京都的文化社会——〈平安人物志〉化政版和京儒》（林屋辰三郎编《化政文化的研究》所收，岩波书店，1976年）中已经指出了这一点。

此外，藤田万树的《江户现存名家一览》（刊年不明，但应该是江户后期编成。《近世人名录集成》第二卷，勉诚社，1976年）中也列举了各种江户的职业。最多的是儒者（201人），其次分别是画家（200人）、书法家（96人）、诗人（65人）、医者（76人）。另外后面还有：博识（92人）、歌人（55人）、连歌（15人）、物产（11人）、兰学（19人）、篆刻（24人）、杂家（54人）、心学（4人）、兵学（7人）、剑学（13人）、射术（6人）……笔耕家（10人）、书画鉴定（7人）。从这些职业推测，他

---

① 皆川淇园《送森生从仆射滕公入东都序》中有："夫学以仕者，士之道也。然今之政，不议于儒者，而其治隆矣。故士大夫诵道言学者，万仅可得一二焉。天下诸侯之国，皆无不以为然"（《淇园文集》初编卷一，《近世儒家文集集成》第九卷，ぺりかん社，1986年，第17页）。

们不仅是自己在各自的技艺学问方面非常优秀,而且很多人还传授和指导有志者和好事家。其中特别引人注目的,除了"诗人"也被记载为职业以外,还有从人口上来说,"诗人"也成为仅次于儒者、画家、书法家的职业,排在第四位。仅仅是江户这一个都市,就存在六十五名诗人,这一点证明时代已发生了巨大变化。

以上整理了江户时代职业诗人诞生以前的变化足迹。从江户中期开始,诗人这种职业从町儒者中分离独立出来并且形成了一种职业。远离政治中心的关西最早出现专门教授诗文的人,之后因荻生徂徕主张的风靡,重视诗文的风气扩展开来,再加上刊刻出版业的成熟等因素,逐渐具备了职业诗人成立的各种条件。

第九章

江户后期职业诗人的生计
——以大洼诗佛为例

江户时代的文化、文政时期(1804—1830)是职业诗人成熟的时期。成熟期的职业诗人和萌芽期的诗人在生存方式上存在巨大差异。萌芽期诗人以教授诗文为主要生活手段,而成熟期职业诗人则使用多样化的手段来维持富裕的生活。本文以化政期职业诗人的代表人物大洼诗佛为考察对象,与中国明清时代的文人进行对比,以明了他们的生存方式以及生计问题。

在中国,虽然南宋江湖诗派是庶民诗人的先驱,但严格而言并不能称为职业诗人。直到明清时代,随着江南地域商业的繁荣发展,大量文人集中于此,在这些人当中才最终出现了成熟的职业诗人。当然,明清时代和江户时代的化政期在政治和社会方面都存在很大差异,不过在都市环境完备这一点上却是共通的,在这种环境下急速成熟的两国的职业诗人究竟在生活上有着怎样的共通点?这是本文试图关注的问题。

一、中国明清时代的职业文人

与江户时代几乎处于同一时代的明末及清朝,最重要的文体是八股文(时文)。诗变成了与出人头地无关的文体,不再是士大夫以及将士大夫作为目标的举子们首先必须熟悉的传统文体。尽管如此,也并非是明清时期的人们不再作诗了。从数量上来说,流传至今的作品比被视为诗歌全盛期的唐宋要多数倍。那么,已经不再被唐宋时期最主要的创作主体——士大夫及其预备军重视的这种文体①,到底是由谁所作的呢?主要是属于社会中间阶层的下级文人。

这些文人大体分为两种类型:一种是写不出八股文,无法顺利从事举子业的文人,他们主要依靠从事私塾先生或者富裕人家的家庭教师等教育职业,或者依靠讨好权贵成为门客来维持生计。另外一种类型是生活在大都市以商人或医者等为主业的爱好者,他们举办诗会,有时还邀请士大夫参加他们的活动。

前者的生活除非是地主或者有其他副业,否则理论上来说会很穷困。后者往往被人称为"儒商",生活宽裕,能够利用在都会生活的诸多有利条件与文人交流,同时也为文人提供各种支援。两者的相互影响下才出现了职业诗人。以下对此进行具体分析。

首先,前者一般被称为"馆客"(清代则被称为"清客"),与"塾师"一样也担当教育子弟的任务,大多都出入于官员和豪商的宅邸,以此赚取生活费。他们的出现是从明代中期开始,大概与"山人"的出现有关。

明代沈德符(1578—1642,字景倩,又字虎臣)《万历野获编》卷二十三中解释了"山人"这一称呼的出现和代表人物等②。据此中记载,明代的山人出现于嘉靖初年,万历中后期达到鼎盛。他们的主要特征是"以诗卷遍贽达官"(《万历野获编》卷二十三"山人名号"条)③,也就是以诗干谒权贵,成为他们的门客。例如吴扩(?—?,字子充,江

---

① 当然,士大夫阶层当中也有不少仍然爱好并创作诗歌的文人。例如属于茶陵派、七子的人物大部分都是士大夫。
② 《元明史料笔记丛刊》(中华书局,1997年)中收录的《万历野获编》设立了"恩诏逐山人"、"别号有所本"、"山人名号"、"山人歌"、"王百谷诗"、"山人对联"、"山人愚妄"等条目。本章所论即依据这些条目。
③ 清代纪昀的《四库全书总目提要》(河北人民出版社,2000年)卷一百八十《牒草》(明代赵宧光著)的提要中也有类似的记载:"有明中叶以后,山人墨客,标榜成风。稍能书画诗文者,下则厕食客之班,上则饰隐君子之号。藉士大夫以为利,士大夫亦藉以为名。"(第4875页)

苏昆山人)与严嵩(1480—1567,字惟中,号勉庵)交游,世人呼之为"相府山人"。沈明臣(1518—1596,字嘉则,号句章山人,浙江鄞县人)与徐阶(1503—1583,字子升,号少湖)交游,同时又是胡宗宪(1512—1565,字汝贞,号梅林)的幕僚。王穉登(1535—1612,字伯谷、百谷,号半偈长者等,江苏江阴人)尝为袁炜(1507—1565,字懋中,号元峰)记室。陆应阳(约1542—约1624,字伯生,号古塔居士、片玉山人,上海松江人)原本是被除籍的生员,因被申时行(1535—1614,字汝默,号瑶泉)提携照拂,"藉其势攫金不少"(《万历野获编》卷二十三"山人愚妄"条)①。

虽然大多数山人依靠权贵生活,但也有善于诗文的人。例如最有名的山人陈继儒(1558—1639,字仲醇,号眉公等),《明史·隐逸传》中对他有如下评价:

> 工诗善文,短翰小词皆极风致。兼能绘事,又博闻强识,经史诸子,术伎稗官与二氏家言,靡不较核。或剌取琐言僻事,诠次成书,远近竞相购写,征请诗文者无虚日。

如《明史》指出的那样,陈继儒擅长诗词文画,也刊行了许多书籍(如《妮古录》《读书镜》《珍珠船》等)。尤其应注意到上文所说的"征请诗文者无虚日",这可以解释为他的诗文受到了大众的喜爱。同样地,以山人闻名的著名诗人王穉登也是如此。清代钱谦益(1582—1664,字受之,号牧斋)的《列朝诗集小传》中云:

> (穉登)妙于书及篆隶……闽粤之人过吴门者,虽贾胡穷子,必踏门求一见,乞其片缣尺素,然后去②。

可见鬻售诗文和书画也是他们的收入来源之一。然而征请其诗文的主要是一些什么样的人呢?其中当然也有钱谦益所说的那种从福建省(闽)、广东省(粤)来的人以及从外国来的商人(贾胡)、贫穷的人

---

① 此外还有许多《万历野获编》中没有列举出来的山人。如徐渭(1521—1593,字文长,号天池山人,浙江山阴人)、王叔承(1537—1601,号昆仑承山人,江苏吴江人)等。
② 《列朝诗集小传》丁集中,上海古籍出版社,1983年,第482页。

(穷子），但是如果考虑到山人辈出的环境主要是在江苏、浙江等所谓的"江南"地区，那么其中也应该有地域因素。那就是从明代开始就聚集在此的徽商等富人。如《万历野获编》卷二十三"山人愚妄"条中记载了陆应阳的如下轶事：某日，他将自作的一卷诗送与诗人沈德符，并曰：

> 公其珍之，持出门即有徽人手十金购去矣。

这里的"徽人"即指徽商，也就是从安徽省来的商人。明代开始聚集在江南，过着富裕的生活。目前已有许多相关研究。要言之，徽商中有许多爱好风雅的人，今天他们被称为"儒商"。不仅是明代，到了清代，那些积累了巨大财富的盐商也与文人有密切关系。例如被称为"扬州二马"的马曰琯（1687—1755，字秋玉，号嶰谷）、马曰璐（1701—1761，字佩兮，号南斋等）兄弟就是徽州商人，他们藏书甚富，与厉鹗（1692—1752，字太鸿、雄飞，号樊榭等，浙江钱塘人）等文人是亲密的友人关系。而以卖诗文书画为生的"扬州八怪"与盐商的交往更是众所周知的事情。

如上所述，从明代中叶到清代，江南地区出现了被称为"山人"、"清客"等以诗文书画诸技能为生活手段的专业文人，从中诞生了较多的职业诗人。其中虽然也有像陆应阳那样变得富裕的人，但当中的大多数仍然过着贫穷的生活。《万历野获编》卷二十三"山人愚妄"条记载了来自福建省的黄白仲（名之璧）的事迹：

> 又一闽人黄白仲，名之璧。惯游秣陵，以诗自负。僦大第以居，好衣盛服，蹑华靴、乘大轿，往来显者之门。一日拜客归，橐中窘甚，舆者索雇钱……

他表面要维持体面，而实际生活却十分穷困，可以推测有很多诗人都是这种情况。如清代著名的小说家吴敬梓（1701—1754，字敏轩）所著《儒林外史》中就描写和批判了许多处于清代社会底层的人们①。

---

① 《儒林外史》的作者提示过描写的时代是明代，但实际的创作背景应该是乾嘉时代。

其中所谓的"斗方名士"也是指下层诗人。《儒林外史》最早的刊本是嘉庆八年(1803)卧闲草堂本,在每回的末尾都附有评语①,关于"斗方名士"有如下言论:

> 余见人家少年子弟,略有几分聪明,随口诌几句七言律诗,便要纳交几个斗方名士,以为藉此通声气。吾知其毕生断无成就时也。何也?斗方名士,自己不能富贵而慕人之富贵,自己绝无功名而羡人之功名,大则为鸡鸣狗吠之徒,小则受残盃冷炙之苦,人间有个活地狱正此辈当之,而尤欣欣然自命为名士,岂不悲哉!②

《儒林外史》是小说,作者很有可能进行了夸张描写,可信性很低,但是这段评语却反映了当时的实际情况。批判的主要是"斗方名士"一味追求富贵和功名。过去诗歌主要是作为一种表达知识人的风雅心情而存在的传统性媒体,其中不容有金钱这种沾满大众手垢的俗物存在的余地。但是"职业诗人"这个称谓本身就是指以自己的诗艺为本钱,以卖诗为生计的人,对他们来说,诗和金钱当然是不即不离的关系。

二、江户后期职业诗人的生计:以大洼诗佛为例

上节介绍了中国明清时代职业诗人的生活手段及所受到的世人批判。实际上,几乎在同一时期,日本也有类似的文人存在。大洼诗佛及其同人就是属于这一类。下面以诗佛为具体例子来考察当时的这种现象,将焦点放在究竟是什么收入来源在支撑诗佛的生活,同时尽可能详细地讨论其生活环境。

(1)教授诗文

诗佛的收入来源中最稳定的是通过教授作诗方法获得"束修"(学生的听讲费)。他在神田玉池之畔开设诗圣堂,定期举办诗会,并且聚集门弟教授诗文的创作方法。

---

① 评语的作者有吴敬梓本人和和邦额两种说法。
② 李汉秋辑校《儒林外史汇校汇评》,上海古籍出版社,2010年,第226页。

以诗人立身者与儒者不同,他们不开私塾,取而代之的是结诗社,为坊间的初学者和爱好者、从诸藩国来京城修行上京的人们教授创作诗歌的方法维持生计。虽然儒者们在教授经学的同时也教授诗文①,但是专业诗人却是专门教授汉诗文,聚集在他们周围的是那些不以学习儒学为目标,或者没有必要学习儒学的人。而对大多数町人而言,经世治国的儒学并不是必需的,这是诗社流行的一大要因。

诗佛在诗圣堂教授诗的情形,在清水砾洲(1799—1859,名正巡,字士远)的随笔《ありやなしや(有邪无邪)》中有记载:

> 诗圣堂在玉池里头,房子为两层,上层为塾生,下层为家人的住所。玉池三四百坪,种莲植柳,池畔作一室,名"翠舍屠苏",庭院洁净,设踏脚石,有十五六叠(笔者按:量词)大小之座敷(笔者按:铺着席子的房间)。先生居此,接待来客,应人之需,挥毫书画。后在其侧造一室,名"唐石轩",为葺修的八叠大小。其中尽挂宋唐碑本。食客塾生男女等十余人,有料理人一人。日日推鲜割薪,来客不绝。其时岁入三四百金云云。歌妓等无日不来。(原为日文)②

据此推测,诗圣堂在遭受火灾烧毁之前(诗佛六十三岁时),是一个每日人迹往来不绝的热闹场所。相比之下,明清时代的文人虽然也有设立开放式私塾的人,但大多数都是在贵人家中教授的馆客(塾师)。不知是否因为这个原因,明清时代很少有像诗佛这样能够建立豪邸的山人清客。

尽管如此,诗佛的门生当中既有富农也有富商,他们像金主一样支撑着诗佛豪奢的生活。这点与山人清客教授官员和富商子弟的情况相同。例如,诗佛弟子之一的佐羽淡斋(1772—1825,名芳,字兰卿,桐生人)就是一位富裕的商人。淡斋自幼好学,成人后擅长诗文。文

---

① 津阪东阳的《夜航余话》(《新日本古典文学大系》65,岩波书店,1991年)中提及了许多与添削诗文有关的内容。
② 《续随笔大成》第八卷,吉川弘文馆,1980年,第293页。

化七年(1810)正月,依养父吉右卫门隐居,嗣其家业,改名为吉右卫门(二世),经营"买次商"(批发店),时年三十九岁。淡斋亦长于货殖之道,家业越来越殷盛,积累了巨万财富,甚至被上毛人称为"一佐羽、二加部、三铃木",是当地首屈一指的大富豪①。

淡斋殁后,诗佛及其同人在他的墓碑上题"诗人",显示了他们之间非同一般的交友关系。朝川鼎的墓记中记载:

> (淡斋)嗜文好客,最能怜才。泛爱厚施,急于救乏。不待鲁公之乞米,已见卫尉之许赈。

暗示着诗佛以及江户的文人从他那里得到过援助。

(2) 权贵的支援

如前所述,诗佛应该得到过豪商佐羽淡斋的支援。这点与明清职业诗人和徽商的关系类似。此外,诗佛的诗集中收录的很多作品能体现出他与藩主和公卿等的交游。江户前中期的儒者也与藩主和公卿等交游,不过诗佛等同人与权贵的联系与江户前中期的文人相比,情况发生了一些变化。他们与权贵的关系变得薄弱,文人的自主意识增强。

这种现象也发生在中国的明清时代,权贵与文人是相互利用的关系,大多与博取名声有关。这点与唐代文人和官员的关系有很大区别。以下简单介绍一下唐代文人与官府的关系,然后论述虽然在宋代这种关系就已经发生了变化,但明清时代的文人却积极利用了这种变化。

唐代时期盛行"游幕"之风,很多诗人奔赴地方幕府,希望能成为幕僚。南宋洪迈(1123—1202,字景卢,号容斋)的《容斋随笔》续笔卷

---

① 参考大森林造的《大洼诗佛和桐生的佐羽淡斋》(《郷土ひたち》第四三号,1993年,第22—30页)。此外,诗佛文化十年(1813)所作的《淡斋百律》序中有:"桐生有佐羽淡斋,以鸞段匹为业,余曾游其家,僮仆数十百人,买卖之忙、牒簿之烦,尽管淡斋一人之身。自他人观之,几如不堪,而淡斋处之绰然。少有间则端坐一室,披卷吟诗,未尝一日改其乐也。曩年刻绝句百首,北山先生序而传之,今又刻律诗百首,诗皆清新温雅,字字得其任、句句皆有响。淡斋之诗出于其绪余,其工可列作者林,论者所谓非诗能穷人者,于淡斋乎领之,穷者而工者,于淡斋乎不然也。"

一"唐藩镇幕府"条中有：

> 唐世士人初登科或未仕者,多以从诸藩府辟置为重①。

"辟置"是指招募人才担任幕僚。不过,唐代的幕府是指节度使,由武将担任,因此需要寻求能够辅佐他们的文官担当顾问。因此与政治有很深的关系,幕府之长也对他们以礼相待。为此,"游幕"可以认为是年轻官吏出仕的一种途径。而且唐代有"行卷"之风,向高官投递自己的文章,如果自己的才能得到承认,就能增加在科举中及第和被录用为官吏的可能性。

到了宋代,科举制度完备,为了将考官和考生之间的枉法私情防患于未然,采取的方式之一便是消除和控制行卷的风习。但是进入南宋后期以后,诗人出入幕府和官府拜谒长官的事情并没有断绝。宋代的拜谒与唐代有巨大差异。唐代士人将游幕行为看作实现自我抱负的手段,心理上并没有任何羞耻之感。而宋代的诗人成为官府之客原本就与科举没有关系,因为他们对高官可以说是依存甚至是寄生的关系,行动上不得不低头哈腰。从生活方面来看,唐代的游幕文人因为受到重视,生活上有余裕。而宋代的游幕诗人大体上受到轻视,因此生活没有保障。

江户前中期的文人（儒者）和大名的关系像唐代一样,是作为顾问被权力者雇用的。因此他们的"士"的身份颇不安定。一旦被主君嫌弃,或者主君自己失势,文人失去士人身份的例子非常多。例如祇园南海、柳泽淇园、田中桐江、服部南郭等人与主君的关系是从属性的、紧密的。而且,主君也并不一定会对他们按照士人身份来对待。而是像中国汉代的东方朔那样,有可能被视作"俳优"或者"艺者"来对待。再加上文人如果离开幕府和大名的庇佑,就像中国士大夫退出了政治舞台一样,所以也有很多在诗文中歌咏自己的不遇。

江户后期职业诗人与权贵的关系属于宋代型。但是值得注意的是,他们身上完全看不出有像南宋谒客诗人那样将自己看得十分卑

---

① 孔凡礼点校《容斋随笔》,《唐宋史料笔记丛刊》本,中华书局,2005年,第227页。

下的意识。不如说他们是为了能让自己的名声广为世俗所知,为了实际目的才积极利用权贵的。这与明清时代的文人与权贵的利害关系是同样的,如《万历野获编》卷二十三"山人愚妄"条所揭示的那样,是相互利用,以图为己的。

> 先达如李本宁、冯开之两先生,俱喜与山人交。其仕之屡踬,颇亦由此。余尝私问两公曰:先生之才高出此曹万万倍,何赖于彼而惑眶之。则曰……余心知其非诚言,然不敢深诘。近日与马仲良交最狎,其座中山人每盈席。余始细叩之,且述李、冯二公语果确否。仲良曰:亦有之,但其爱怜亦有因。此辈率多儇巧,善迎意旨,其曲体善承,有倚门断袖所不逮者。宜仕绅溺之不悔也。

虽然这段话有一些夸张,但却非常准确地指出了两者的关系。相比之下,江户后期的职业文人(其中也包括诗人)身份与明清时代的幕宾相比,在经济上的支援不够安定,因此必须寻求多方面的支援。这样,虽然他们能够与众多的贵人交流,反过来可以说正是不安定的身份保障反而给予了他们比较大的活动自由。

诗佛的诗集中收录了不少藩主和公家的唱和诗。后述"番付骚动"发生的一年前,即文化十二年(1815),诗佛正被增山正贤(长岛藩藩主)、小仓丰季(权大内言)、日野资爱(中纳言)招聘,与他们诗歌唱和。大概正是因为有这种体验,诗佛才有勇气在番付中记载自己的名字。

专业诗人参加公家和藩主等贵人的宴席,与他们进行唱和,会产生各种各样的"效果"。其一,诗集中如果频繁出现贵人的名字,不仅是同时代的读者,后世的读者也必定会注意到这位诗人。其二,藩主在参勤交代归国时,如果寄赠了自己所写的送别诗文,自己的诗名甚至能传到该藩。这样一来还有宣传效果,吸引从该藩前来江户的学生。

这一点上,他们这种专业文人(诗人)与儒者之间存在巨大差异。即使是藩主,对待儒者也必须以礼相待,因为儒者可以教授藩主关于经国治世的知识,所以会给予他们像顾问一样高级的身份。当然,"与中国的士大夫不同,日本儒者不过是诸侯学问上需要寓意的对象而已,只有在时机非常好的时候才有可能参与实际政治"①。但是,即使是学问上的顾问对象,也必须要给予相应的待遇,否则儒者是不会心甘情愿任此职务的。而且儒者不能同时为几位藩主服务,必须立誓忠于一位君主。

(3) 出售诗文书画

如前所述,明清时代的职业诗人也以卖诗给大众(尤其是徽商)作为生活的手段。这点诗佛也是一样的。诗佛早期的诗集《卜居集》中有一首名为《卖诗者》的诗,可看作是诗佛自身的日常投影。

> 秃笔唯因人请挥,一世休言活计微。几断诗肠浑卖尽,黄公垆上买钩归。

诗的前半部分只是在请求他人作诗,歌咏卖诗者即职业诗人乏味的日常,后半部分的内容是:卖掉了苦吟而作的诗歌后,用得来的钱去酒家饮酒,并且买了"钓钩"归家。"黄公垆"是指魏晋时期竹林七贤聚集的酒肆,见于《世说新语》"伤逝篇",借指酒家。末尾的"买钩归"见于苏轼《洞庭春色》诗"应呼钓诗钩,亦号扫愁帚",此处借指酒。

日本首屈一指的大都会江户为诗佛提供了卖诗的绝佳场所。其中最有效的就是诗会和书画会。江户时代的书画会和诗会已经变成了出售书画等艺术品的商业性场所。如果有已经出名的诗人、画家或书法家参加的话,这次会便能吸引大批的好事者。会的主办者也会得到大量参加费,诗人、画家和书法家们或挥毫作诗,或品评他人作品,然后从会的主办者那里收取相应的谢金,他们是一种相互依存的关系。

而且,与江户前期的书画会和诗会相比,后期尤其是化政期以后的书画会和诗会不仅是文人和金主等行家,一般市民也可以参加。不仅是像诗佛这样的已经确立了诗坛盟主地位的人可以参加,就算是年轻无名气的青年也可以参加这些集会,借此提高自己的名声。

---

① 小岛康敬《徂徕学和反徂徕》,ぺりかん社,1994年,第80页。

在各种利益的纠缠下,文化十四年(1817)发生了所谓的"书画番付"骚动。前年冬天,诗佛、菊池五山等江湖诗社的同人们效仿相扑的"番付",对江户的书画家(文人)进行品评排序,并且印刷出来传布巷间。其中将龟田鹏斋列为东部的"大关",将谷文晁列为西部的"大关";东部的"关胁"为诗佛,西部的"关胁"为五山。当然,番付制作者是匿名的,但却激怒了儒者大田锦城,他揭露了其中的内幕,并发起了针对诗佛的论争①。这次番付骚动在某种意义上反映了儒者与以诗书画篆刻为职业的专业文人之间的对立。但是其本质是欲对席卷文坛和文学市场的专业文人加以掣肘。如揖斐高所指出的那样,对这次番付进行批判的不仅有大田锦城,还有葛西因是、龟田鹏斋、铃木芙蓉、大田南亩、大田晴轩(大田锦城之子)等人。他们发表文章和狂歌之类对诗佛等人进行揶揄和非难,这表明儒者以及比诗佛等人要早一个时代的文人们强烈反对文艺作品的商品化。

不论如何,职业诗人将诗文作为商品对待。他们为了提高自己作品的附加价值,除了创作诗文以外,一般还要具备书和画的技艺(例如诗佛还擅长草书和墨竹,中国职业文人也是同样的情况,王穉登擅长书法,陈继儒擅长书画)。这一时期,被称为文人画的南画急速流行可能也是原因之一。但是,文人"雅"画要得到普及,前提当然是必须要有大量需求者,也就是受众。具备一定经济能力的普通民众家庭开始需要诸如挂轴这样的装饰品,受潮流影响,也开始集体关心这种被评为"雅"的南画。由此从中产生了大量的需求。这一点说明江户后期的化政期,文人趣味的普遍化程度。

职业诗人将诗文作为商品来对待,这点与一直以来的文人(诗人)有巨大差异。传统文人(诗人)是将仕于幕府和诸藩作为目标的,而职业文人并不将拥有这样的固定职位而仅有微薄固定收入作为目标,他们选择了将都市和农村的富裕阶层作为对象,来赚取来源更广的生活费。当然,他们不仅仅将庶民富裕阶层作为对象,而且也与大

---

① 可参考揖斐高《江户的诗坛"报刊":〈五山堂诗话〉的世界》(角川书店,2001年)第十一章《大江户文人茶番剧》。

名和武士、僧侣交流。但是,这一点也成了保守派的批判对象。因为他们身为町人,居然出入权贵的宅邸。他们不计较对方身份的广泛交游,在保守派看来是毫无节操贪图富贵和功名的行为。但是,不管实际情况如何,他们广泛的交友关系和交友手段无疑对汉诗的普及有巨大的贡献。由于他们的活动,汉诗创作向着大众化的道路更进一层,其结果是江户后期的汉诗在质上和量上都空前高涨。

再加上,江户中后期开始流行起粘贴各种书画作成的书画册。其背景里可以看出诗(书画)的社会机能在发生变化。也就是说,诗(书画)已经商品化,成了实用性的赠答品。例如,在庆祝生日和开业时、在哀悼死者时,请有名的文人寄来诗书画,作成书画册。在此之时,尽管是要祝贺或者哀悼的对象,但他是否认识这位文人已经不成为问题。重要的是请名人挥毫,为自己的仪式活动锦上添花。当然,需要给请来的名人一些相应的谢礼,这无疑表现出了诗(书画)的商品化。这种书画册与书画会上制作的展观目录及书画集(关于这个问题将在第十五章讨论)之类有很大差异。书画会的展观目录和书画集从企划到制作都是以文人为主体,而所谓的书画册则是以举办各种活动的主人为主体的。江户后期的书画鉴定商安西云烟(1807—1852,名於菟、字山君、通称虎吉)于天保年间所著的《近世名家书画谈》"书画帖之事"条中有:

> 书画帖,唐山早已有之也。此际古亦称之"手鉴",集古人遗墨以珍玩。近时此事行于都鄙,呼为"书画帖",都鄙皆预制帖子,携之奔走四方,知与不知,皆乞书画人挥毫,不择工拙,只以贪多务得为上计,故闻今之书画人不胜其劳。向者,京师人端隆,字文仲,又号春庄,以书为业,云能诗,为有隐操之人,天明年中,遇京师大火,大为落拓,然怀名为"春庄帖"之书画帖,乞知己之诸名家题识语其上,且喜云:此帖乃为吾别庄也。此事见《畸人传》。此真好事者,又其风流亦可掬。(原为日文)①

---

① 《近世名家书画谈》,《日本画谈大观》所收,民友社,1917年,第257、258页。

端隆之事见三熊花颠的《续近世畸人传》（宽政十年[1798]初刊）①。这种现象与明清时代"斗方"（用于书画的一尺见方的册页）的流行非常类似，而当时的职业诗人被人称为"斗方名士"，已见前所述。

以下以寿诗和挽诗为例，比较具体地来探讨他们收集书画的原因。

中国为了祝贺诞辰而收集诗文的现象，出现在唐代以后。本来最早是从皇帝圣诞日时，百官献上寿诗开始流行的，不过到了宋代以后，士大夫之间也开始盛行起来。而到了明清时代，广募名士诗词，编为一册的集子成为一种风气。清代赵翼（1727—1814）在《陔余丛考》卷二四"寿诗　挽诗　悼亡诗"条中就对这种风气进行下如下批判：

> 叶水心题蜀僧《北涧集》云：集中有上生日诗，不可传于后。是宋时犹以称寿诗为戒。郎仁宝云：挽诗盛于唐，非无交而涕也。寿诗盛于宋，渐施于官府，亦无未同而言者。亦见《怀麓堂诗话》。近时二作，不论识与不识，转相征求，动成卷帙、可耻也。空同、大复集中少之，此过人矣②。

上文中的"叶水心"是指南宋的叶适（1150—1223），"郎仁宝"是指明代的郎瑛（1487—1566），《怀麓堂诗话》是明代李东阳（1447—1516）的著作。"空同"是明七子之一的李梦阳（1473—1529）的号，"大复"是同为七子之一的何景明（1483—1521）的号。

日本也从江户中期以后开始盛行起与上述现象相似的风气。例如，岩垣龙溪（1737—1806，名彦明，字亮卿、孟厚，通称长门介）的《删米寿诗卷序》（《松萝馆文集》不分卷，日本国会图书馆藏本）一文有以下句子：

> 近儿童嬉戏者，犹且为之，而况山海其馔、锦绣其文。会亲戚故旧，以乐其父祖乎。

---

① 宗政五十绪校注《近世畸人传·续近世畸人传》，平凡社，1972年。
② 赵翼撰、曹光甫校点《陔余丛考》，上海古籍出版社，2011年，第440页。

龙溪是江户中期的儒者,这篇序文作于"辛丑年春三月",即天明元年(1781),诗佛只有十五岁。顺便提及,这篇序文的创作缘由是:纪伊的医官镰足生为其祖母庆祝米寿而设宴,亲戚故旧会聚一堂,请诸名家创作诗歌以及长短杂词,收集了五百余篇,然后拜托龙溪对此进行择汰。诗佛也曾于文化二年(1805)为川越一位名为中岛济美的人庆祝其母的七十岁大寿,在中岛济美广求诸名家作品之际,寄出了一首《题芝仙竹寿图》的七绝①。文化四年刊行的《五山堂诗话》卷一中批判了募集寿诗和哭诗的人们:

> 博求寿诗,此弊今犹不已。庸人俗子以是为孝,不知累粪堆瓦,原自不堪侑爵。纵令有佳作,不过祝嘏浮辞耳。……寿诗犹可恕也,又有募哭诗者。夫七情中,哀重于喜。东坡云:不言歌则不哭。两者有间可以见已。今取其重者,求之行路人,不通之甚。岂欲使人人为刘豫州乎。某家少年死,其友相会作哭诗,其父泣曰:贱息短命,不料今日为诸君嘲具,此言沈痛,可以醒世。

因为寿诗是可喜可贺之事,所以祝寿的诗越多越喜庆。从内容上来说,被依赖方可以能够比较轻松地进行创作,也能够充分确保事先创作的时间。相比之下,挽诗不仅被依赖方忌惮会写成轻浮之作,依赖方也不能随意地拜托,不是谁都可以创作的。而且最重要的是,人之死常常不期而至,不可能事前准备。古人挽诗比寿诗少的原因可能是这种情况发生作用的结果。同样的现象也出现在中国明代,出现了广求名人挽诗和挽词的人。陆容(1436—1494,字文量,号式斋)在《菽园杂记》卷十五中有如下记载:

> 今仕者有父母之丧,辄遍求挽诗为册,士大夫亦勉强以副其意,举世同然也。②

诗佛的时代也是如此。出现了广求追悼诗文,并且汇总在一起的例

---

① 大森林造《大洼诗佛札记》,梓书房,1998年,第58页。
② 陆容《菽园杂记》,《元明史料笔记丛刊》,中华书局,1985年,第189页。

子。如文政年间,若樱藩的大名池田定常(冠山侯,1768—1833)第十六女露姬五岁时夭折,而他将哀悼女儿的诗文汇集为《玉露童女追悼集》(1988年,金龙山浅草寺覆刻出版)。汇集的有汉诗、和歌、俳句,以及绘画、荷兰语的追悼诗等,其数量达到了1 595首,至少有1 500余人寄来了作品,其中也有诗佛的作品。在短时间内可以集中数量这样庞大的作品,充分证明了当时的文人已经非常习惯寄赠书画的行为。

(4) 职业诗人的旅行

江户时代后期,庶民之间出现了旅行热潮,这已经有许多论著进行了讨论。虽然旅行的目的最多的是寺社巡礼,但在这一时期兴起这股热潮的原因,首先是以庶民的生活已经有余裕为前提的。此外,街道和宿场的宿泊施设等、旅行的基础设施逐渐完备,还有旅行的工具和装备的发达,以及导游书籍、地图等的充足等,也是促成这种流行的要因。①

乘着这股热潮,三都的专业诗人、文人们也频繁地去地方旅行。而且大多数场合,他们的旅行往往与以创作诗歌、充实诗囊为目的的旅行不同,并不是无心之旅。

与诗佛属于同一时代,比他更早进行长期旅行的文人有柏木如亭、菊池五山、龟田鹏斋和市河宽斋等。他们形成的文人网可能也为诗佛的旅行提供了很多便利。因为在旅行的途中,为诗佛提供饮食和住宿的人们中,除了地方豪农、豪商和名主以外,还包括许多同属文人交流圈(诗社)的弟子和友人。

例如,文化十年(1813),诗佛前往桐生旅行时,得到了与同在奚疑塾学习的同学馆天籁(1778—1827,本姓斋藤,字豹)以及在江户时的熟人佐羽淡斋主办的翠屏吟社的成员进行交流的机会。而且,与柏

---

① 横山俊夫的《通往"藩"国家之路》一文第四节《旅行文化的兴隆——关于其文明史的意义》中指出:"促进民众旅行的因素之一是见闻记风类旅记的出版热潮。这股风潮是宝历、明和时期,也就是十八世纪中期以后出现的,对之起决定的作用的是宽政年间后半段,橘南谿《东游记》《西游记》的刊行。"(《化政文化的研究》所收,岩波书店,1976年,第103、104页)

木如亭的晚晴吟社（信州）的同人也有交流。已有学者指出："支撑诗文自立，或者说诗人文人自立的，是以江户和京坂为中心、包括地方农村在内的全国范围的儒者交流圈的成立"①。也就是地方知识人层变得深厚，在强力支援着职业诗人的旅行。

　　文化十四年（1817）番付骚动的影响下，诗佛在江户的名声一落千丈，不得已的情况下于八月出发去信越旅行。而且，晚年诗圣堂烧毁后，也频繁去地方上旅行。旅行中所作的诗收录在《西游诗草》《北游诗草》《再北游诗草》三集中。然而，这三集中收录的作品，描写地方风景的作品不如说只占少数，过半数的作品都是与地方文人的唱和之作。这种创作倾向与俳谐的旅行诗人松尾芭蕉等完全不同。

　　即使是在地方上旅行，也和在江户时一样召开诗会，汇集了许多当地的人，挥毫诗画等，这是旅行文人常见的状态。大田锦城《春草堂集》（《尊经阁丛刊》，育德财团，1938年）卷十八有诗题为：

> 《诗佛先生游北越，于新潟妓馆再为百花会，橐中之装，挥散殆尽。尔后所得润笔，门生百年尽数夺去。夫文人橐装，为声伎尽，是古今常事也，不足为异。门生夺金，刘义之后，又有百年，是千古仅事也，不可不记》

虽然这段文字的中心话题是门人夺走师匠润笔料的事，不过另外值得注意的是其中有"于新潟妓馆再为百花会"一事。"再"一字暗示着在江户也曾经举办过这样的会。也就是说，他成了一个将江户最前卫的流行传播到地方的媒介人，并且由于他依样画葫芦地举办了这种集会，也给了地方文人以直接体验的机会。这应该算是旅行文人发挥的重要作用。

　　同时，在这首诗中，大田锦城将诗佛的这种游历称为"打秋风"，将他比拟为中国明清时代的文人。《近世名家书画谈》"诸名家游历之事"中如下记载：

---

① 衣笠安喜的《儒学的化政：与宽政异学之禁的关联》，前揭《化政文化的研究》所收，第390页。

近世所谓"游历",都下书画家文人词客,动辄携笔砚游他乡以售其技,尤其壮游者,乃当今第一等老儒先生之信越行,其盛无有出其右者……闻当其北游之时,当地诸子弟待先生如大旱望云霓,于是先生所到之处,解经则古人未发之妙说,作诗文则皆不朽之文字,其余狂草戏墨,求之者见其一纸半绢,如得怀素张旭之真笔,因是积润笔至数百金。由是,当地子弟等乃因先生之教化,以诗书为事,居然变为一书生,传闻其父兄愈仰崇先生之德。而先生所得润笔亦随手散去,归家之日,身无半文钱。若果然如此,则先生之壮游亦不及唐山之人。试举以问或人,或人答云:康熙年间,李笠翁周流天下数十年,卖诗鬻文,其名当时甚高,其才明之李卓吾、陈仲醇亦不及也。笠翁尝以其贫告友人,其友云:"子有笔胜镃基,砚同负郭,卖文已足糊口,所至辄有逢迎,何贫之有?"见《一家言》……①(原为日文)

此处安西云烟虽然没有暗示是哪位先生,但是与上记大田锦城的记载有类似的地方。而且如此处所指出的那样,中国清代的李渔(1611—1680,字谪凡,号笠翁,浙江金华人)也曾经游历地方赚取润笔料。此外,明代陈继儒的《纪游稿序》中有:

昔游有二品,而今加三焉。贾之装游也、客之舌游也,而又操其边幅之技,左挈贾而右挈客,阳吹其舌于风骚,而阴实其装于稠橐,施于今而游道辱矣。……今游士非独产吴,然出无津梁,往往借口子长以为游祖,马蹄车毂凌竞道傍。甚者,青山白云不以税驾,而耽长安中如深帷卧榻。②

叙述的也是同样的例子。中国明清时期流行"打秋风",可能与这种游历相似。"打秋风"是指加上各种名目,无所顾忌地讨要钱物。如前所述,诗佛每次在外出游时,都是为了逃避自己的窘况,因此上面的形容一点也不夸张。

---

① 《近世名家书画谈》,前引《日本画谈大观》所收,第263、264页。
② 《陈眉公全集》,广益书局,1936年,第73、74页。

(5) 出版事业及出仕问题

诗佛积极地编纂和出版与诗学相关的书籍,这是他重要的收入来源。关于此点,将在下章进行详细论述,这里仅仅指出而已。

最后对诗佛晚年的出仕进行说明来结束此章。

文政八年(1825)五十九岁时,诗佛成为秋田藩①的藩校明德馆的儒官。诗佛当然不是儒者,尽管如此仍然被选为儒官,这与时人思想潮流的变化有着密切关系。

在此之前,藩校的教授不如说几乎都是由儒者占据着的,一介诗人要教授藩士的子弟,几乎是天方夜谭。举个例子,比诗佛早半个世纪左右的诗人龙草庐(1714—1792,名公美,字君玉)曾经因为儒学素养不够而没能成为藩儒。此事见于小宫山枫轩(1764—1840,名昌秀、字子实、通称造酒之介、后称次郎卫门)的《枫轩纪谈》(日本国会图书馆藏本)卷四:

> 龙草庐乃诗人,学问浅薄,故虽被井伊家招聘,从学者甚少,故后居京。少年时乃卑贱之人,成童乃在书肆当差,书肆主人惜其才,使之就学成儒。为掩其出处,乃于《草庐集》载其传,草庐之子今为儒官。(原为日文)

尽管如此,诗人诗佛被藩招聘,明确显示了普通文人的汉诗和书画等纯粹艺术在士的阶层中也开始受到了与儒学同等的重视。不仅是诗佛一个人,他的老师市河宽斋之子,同时也是他的文人朋友的市河米庵(1779—1858,名三亥,字孔阳,通称小左卫门)也被加贺藩招聘。菊池五山《五山堂诗话补遗》卷二中有:

> 米庵以辛巳春应宗国辟,徙仕加藩,班秩踰等,荣耀一时,临池发迹,近今所未有。

"辛巳"是文化八年(1811)。"临池"是指学书,或者书道,出自《晋书·卫恒传》。这里指书家。"发迹"是指出人头地。米庵擅长书法,

---

① 参考大森林造《大洼诗佛和秋田藩》,《郷土ひたち》第46号,1996年。

像诗佛那样有很多门人向他学习。文化八年出仕于富山藩,富山藩和其父亲亦有渊源,不过原因还是在于他擅长书法。文政四年(1821)以家禄三百为加贺藩招聘。正像菊池五山所感叹的那样,以书法家的身份而出仕于藩国是史无前例的一件事情。安永、天明年间,诸藩纷纷设立藩校,需要大量的人才,正因如此,作为一介平民和一介诗人、书法家,才能够得以进入藩校,成为儒官。以上事实显示了江户后期一部分社会阶层已经发生了流动化的现象。

当然,他们并没有参与到藩国的政治中,至多不过是作为藩国的一种装饰性的身份而已,但专业文人的仕官象征着这一时期潮流的变化。

如上,本章就职业诗人将什么作为收入源、过着怎样的生活等问题,集中整理了其中具有特征的几点。

大洼诗佛的晚年似乎十分寂寞,但他中年最大显身手、生意兴隆之时,曾在神田玉池之畔构筑居所,于其中造二十小景,来表现其雅趣(关于此二十景,大田锦城作有《玉池精舍记》)。在这点上,他与日本自古以来以讲授儒学和诗文为生的民间人士有很大的差异。当然,明清时代的江南文人当中有与之相似的人存在。"番付骚动"也给诗佛的后半生带来了不小的打击,但也可以说是明清职业文人们受到的批判几乎同一根源。也可以看作是作为担负着风雅传统的诗和作为商品的诗之间显现出矛盾,结果爆发出来的一种现象。职业诗人也曾尝试着用自己的方式解决这种矛盾,但却受到了保守的知识人和文化人的批判。

近世篇 Ⅲ

◎ 第十章　大洼诗佛的出版活动及其特征

◎ 第十一章　市河宽斋诗中的"江湖"与江湖诗社

◎ 第十二章　山本北山与奚疑塾

第十章

大洼诗佛的出版活动及其特征

江户时代后期,汉诗文的出版逐渐兴盛。《江户明治汉诗文书目》(日本二松学舍大学 21 世纪 COE 项目,2006 年)记载了每年的出版数量。笔者以此为依据,将庆长元年(1596)至大洼诗佛活跃的天保年间为止的出版数据制作成图,如下所示:

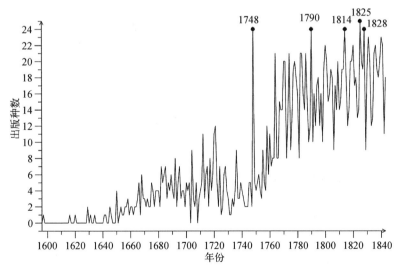

江户时代汉诗文(1600—1840)出版趋势图

如图所示,宽延元年(1748)呈现急剧增长,这是因为第十次朝鲜通信使来访对文人的刺激和影响(此外,从上图还可知,天和二年

[1682]第七次、宝历十四年[1764]第十一次来访对汉诗文的刊行也产生了影响),除了这些外来因素,从江户初期至后期的汉诗文刊行总体上呈现逐渐增长的趋势。尤其是从明和年间(1764—1771,诗佛出生于这一时期)开始,呈现出显著的增长态势。其中还有一个因素,即受到这一时期开始流行的狂诗狂文影响,刊行了许多别集。例如明和年间,细井平洲(1728—1801,名德民,字世馨,通称甚三郎)刊行了《嘤鸣馆诗集》(明和元年[1764])、宫濑龙门(1720—1771,名维翰,字文翼,通称三右卫门)刊行了《龙门先生文集》(明和五年[1768])、大江玄圃(1729—1794,名资衡,字稺圭,通称久川靱负)刊行了《玄圃集》(明和六年[1769])。这些集子都刊行于作者中年时期。当然,刊行技术的进步也是一个方面,但主要原因首先来自于汉诗人的增加。此外还可以指出的是诗人出版观念的变化。也就是说,到了江户后期,诗人开始逐步整理和编纂自作,并且在生前的各个时期上梓刊行,这显然体现出他们对于出版的态度十分积极。当然,大洼诗佛也是其中之一。

诗佛与同人们的刊行事业从内容上来说大致可以分为三类。第一,日本汉诗人的诗集;第二,对中国出版的诗集加以训点和评注的翻刻本;第三,由日本人对作品进行选编的中国诗选集。本章就是按照以上三种类型,对与诗佛有关的诗集出版物加以整理分析。第一种可以分为别集和"词华集"(选集),最后再附加讨论一下诗话。第二、第三两类,大部分是宋诗选集[1]。

一、个人别集的出版

小宫山绥介(1830—1896,名昌玄,字伯龟)《南梁札记》(日本国会图书馆所藏本)中有如下记载:

> 唐人诗有称"百咏"者。如宋阮阅《郴江百咏》、宋曾极《金陵

---

[1] 承堀川贵司先生教示得知,刘芳亮《日本江户汉诗对明代诗歌的接受研究》(山东大学出版社,2013年)第三章中附有"江户后期宋诗和刻本的出版状况表",本章参考了此表。

百咏》、明杨循吉《梅花百咏》、清李确《梅花百咏》是也。有称"万首绝句"者,如宋洪迈《万首唐人绝句》、清王士祯《唐人万首绝句选》是也。但未有称"百绝百律"者也,盖邦人创造,其初刊行古人之诗,今则刊行已诗。(原为日文)

上文所言"唐人"泛指中国人。其中指出:虽然中国从宋代以来就存在题为"百咏"和"万首"的诗集,但是没有题为"百绝"和"百律"的,这是日本的独创,这种"百绝"、"百律"的编纂方式最初使用在编集古代诗人的集子,然后也开始使用在编集诗人自己作品时。

关于前者,后述《宋三大家绝句》《三家妙绝》《宋三大家律诗》《宋三大家绝句笺解》《广三家绝句》等都属于这一类。虽然封面标题没有"百"字,但是内题为"石湖百绝"、"诚斋百绝"、"放翁百绝",明确带有"百"字。

关于后者,具体来说应该是在指诗佛及其同人们。尤其是江湖诗社早期的个人诗集大多冠以"百绝"、"百律"的题目。列举如下:

市河宽斋《宽斋百绝》,宽政九年(1797)刊行

大洼诗佛《诗圣堂百绝》,宽政十二年(1800)刊行

佐羽淡斋《淡斋百绝》,文化六年(1809)刊行(诗佛为作序文)

宫泽云山《细庵百绝》,文化七年(1810)刊行

村田水菈《杜陆堂百绝》,文化九年(1812)刊行

佐羽淡斋《淡斋百律》,文化十年(1813)刊行(诗佛为作序文)

栗田逸斋《逸斋百绝》,文化十一年(1814)刊行(诗佛为作序文)

宽斋、如亭、诗佛、五山《今四家绝句》,文化十二年(1815)刊行

市河米庵《米庵先生百绝》,天保二年(1831)刊行

*《宽斋百绝》《诗圣堂百绝》《细庵百绝》又合称为《三大家

百绝》

  * 宫泽云山(1780—1852,名雉,字神游),江湖诗社同人
  * 村田水菰(?—?,名明,字月渚)、大洼诗佛门人
  * 栗田逸斋(?—?,名朗),诗佛的同人,且为馆豹海庵主宰的翠屏吟社成员

关于原因,市河宽斋在《细庵百绝序》中有如下叙述:

  夫百者盈数也。唐有日试百篇之制,当时如王建花蕊于宫词、胡曾于咏史,皆从此数,则岂唯谓之窥乎一斑而已哉。宽政中如亭五山为余刻百绝,尔后天民淡斋皆效而刻之,乃至《三家绝句》《三家妙绝》,亦无非此数者。近日如亭刻初稿,诸体虽具,其数犹不出于此,谓之江湖之甲令,亦奚不可。①

宽斋言及的如亭初稿是指文化七年(1810)出版的《如亭山人稿初集》。书名中虽然没有"百"字,却正好收录了一百首。宽斋将只收录一百首的诗集称为"江湖之甲令",也就是最重要的规则,其原因是什么呢?

  可以想象,将数量限定为一百首的直接原因可能是为了节约出版经费。如果减少了作品数量,那么版木的数量和纸张也会随之减少,从而将售价控制在很便宜的价格内。从读者方面来说,也不会对自身经济产生那么大的伤害,减少压力,携带起来也非常方便。其结果是这些诗集能够畅销并广泛传播。这种出版战略在江户市民中起到了促进汉诗普及以及通俗化的效果,与江户前中期儒者兼诗人的情况有着明显区别。津阪东阳《夜航余话》卷下指出了如下现象:

  篠崎金吾《和学辨》中讥谤时风之轻薄,其第一者乃人未死便板行诗文集。成此之世者皆因萱园之徒,见寄奥田三角书信中提及南郭文集上木之事,生前将家集公诸于世实为罕见之事,即在彼社中亦甚奇之事。然则生前出版集子自南郭始,今已为世之

---

① 《宽斋先生余稿》,游德园,1926年,第132页。

习见之事,亦无视之为怪者。唐土始自五代之时,至明极盛,《云谷卧余》中有云:"古人之书,多可传者,未尝自求其传也。藏之家,或当时、或后世,人见而爱之,为之镂刻,与众同好,故可传也。五代和凝有集百余卷,自镂版行于世,识者非之,可见前此无自刻其集者。今人不自量其诗文可否,概为镂版行世,是以传者少,而不传者多也。"近时又生一弊,集本请人评之,所下批评皆为标榜,甚狂妄,油腻赞辞靦然公诸于世,实为轻薄浮华之至,幼稚且厚颜无耻。篠崎乃徂徕门人,与山田麟嶼一同上京,亦曾从东涯游,与三角甚亲密。①(原为日文)

篠崎金吾即篠崎东海(1687—1740,名维章,字子文,通称金吾),这里所引用的话未见典籍,可能是东阳记忆有误。奥田三角(1703—1783,名士亨,字嘉甫)是伊藤东涯的门人,据《先哲丛谈》中的传记,给他寄书简的是入江南溟②。无论如何,这里认为日本人生前刊行自己诗集是从服部南郭开始的,而南郭似乎仍然对此感到羞愧。这点也可以从当时诗集的出版时期得到证明,如本文开头论述的那样,从明和时期开始,个人集的出版开始增多。

但是这种自己出版诗集的事情至少在江户中期是受到批判的。松村梅冈(1710—1784,名延年,字子长,通称多仲)的《驹谷刍言》中有:

> 近年好名利之学风盛行,人人著书出售。原本实力不足,为获钱与名所编成之物,全不为人而编。为害者甚多。因立第一义,示蒙士云:三十年以来,([小注]宝历。)此方所编书,除注解书外,决不触目也。如此则可一意行自我本道,不堕鬼窟外道之蠹人间也。此事须慎戒慎戒。③

作者是用批判眼光来看待宝历年间(1751—1763)儒者大量出版书籍

---

① 《夜航余话》卷下,《新日本古典文学大系》65,岩波书店,1991年,第363、364页。
② 日野龙夫《服部南郭传考》(ぺりかん社,1999年)中已指出这点(第220页)。
③ 《日本随笔大成》第一期第十六卷,吉川弘文馆,1976年,第382页。

的现象的。同时代的江村北海(1713—1788,明石人,名绶,字君锡,通称传左卫门)也在《日本诗史》卷四中提到(不过其中提到的仅限于诗文集):

> 伯玉墓木已拱,遗稿未出,余未审何故。近时学风轻薄,仅学作诗,则已灾梓。①

这部著作成书于明和五年(1766)前后。其中提到本应该出版遗稿集的祇园南海,其诗集却一直没能得到出版。随后北海批判了当时世上学诗者出版自作诗集的现象,背后原因是受到萱园诗隆盛影响,时势发生了变化。另外,混沌诗社的鸟山崧岳(?—1776)在自己的诗集《垂葭诗稿》出版之际所作的跋文中有如下叙述,明和九年(1772)撰:

> (《垂葭诗稿》)刻成,门人请公诸海内,先生曰):否,非吾之志也。古人文成而藏诸名山,其意微矣。传之通邑大都,非吾侪之所敢当也。方今世浇人薄,滔滔乎名利之竞焉。白面书生,才缀五字七字,则剽窃嘉万诸子,嘹嘹然自诧曰:吾善泝开天之际。其最狡黠者,偷他人之诗以为己作,著之简编,或请缙绅释氏汉商韩儿之序,而冠其首,卖虚名于闾里儿女辈,以为衣食资,宛如贾竖之揭招牌而诱顾主也。②

上文批判的也是比江湖诗社稍早出现的萱园学派的相关人物。萱园学派对汉诗文从儒学中分离出来产生了巨大影响。"卖虚名于闾里儿女辈,以为衣食资"的部分显示出作者对出版诗集以博取诗名并求得利益之人强烈的批判态度。

《日本诗史》和鸟山崧岳的跋文都证明了明和年间开始已经产生了这样的现象。到了宽政年间(1789—1800),这种现象愈加普遍化。畑道云(1767—1809,名秀龙,字道云,号金鸡)的《金鸡医谈》(宽政十一年[1779]刊)中有如下语句:

---

① 《日本诗史》,岩波书店,《新日本古典文学大系》65,1991年,第114页。
② 《垂葭诗稿跋文》,《浪华混沌诗社集》,般庵野间光辰先生花甲纪念会,《近世文艺丛刊8》,1969年,第109、110页。

> 近时有世人之癖疾者,今举其一二矣。儒生初开门户而不刻诗文集者稀矣。

上文传达的信息是:虽然儒学应该是入门的学问,但刊行自作诗文集的现象却成为理所当然的事情。宽斋奖励门人出版"百绝"和"百律"应该也是受到了这种风气的影响。诗佛于宽政五年(1793)二十六岁时已经出版了第一部诗集《卜居集》,因此可以说是上面所指的典型例子①。

二、选集的编纂

这里讨论的选集出版,并不是那种选择古人名篇佳作的杰作选集的出版,而是选择当代持相同诗学主张的同人们的优秀作品为一集进行出版。可举出的典型例子有《臭兰稿甲集》,收录的是山本北山奚疑塾社友的诗歌。此集刊行于宽政五年(1793),其中也收录了诗佛的诗。

当然,也有人对这种行为采取批判的态度。

大田锦城于宽政六年(1794)撰写《臭兰稿》(《春草堂集》卷八)一文,对这种趋势进行了激烈批判。他首先将批判矛头指向了这股风潮的"罪魁祸首"江村北海:

> 余犹记之,二十年前洛儒江村君锡者作《日本诗选》,刻其徒之诗,行之天下,天下蒙生竞集其门,大周之利,以致其富。

上文批判的是刊行于安永年间(1772—1780)的《日本诗选》正编十卷、续篇八卷,认为问题在于其中选录的都是北海门人的作品。但是,这不过是进入正题前的开场白,他最主要的攻击对象是《臭兰稿甲集》:

> 喜六此集盖袭其故智,欲牢笼都下好名愚人,以张皇门庭,囵

---

① 虽然诗佛说此集是"因人劝上梓,至今噬脐不及也"(《诗圣堂诗话》),但这应该看作只是谦逊之语而已。

致修脯,是故以好名自称,而其实则射利黠计耳。

"其故智"是指江村北海的先例。"牢笼"是指引诱他人进入自己设计的圈套中并自由驱使之。"张皇"意为扩大。"修脯"是指束修。"射利黠计"是指以谋取利益为目标的狡猾的计策。顺便提及集名"臭兰"出自《周易·系辞上传》的"(君子)二人同心,其利断金。同心之言,其臭如兰"句,表达了北山对门人的期待,也有锦城批判的"张皇门庭"的目的。

大田锦城的批判的确毫不留情。他批判北山刊行诗集是打算利用"臭兰"这个高品位的书名来笼络江户的"愚人",提高自己门派的影响力,并赚取大量束修。锦城是从儒者的立场出发,展开论述他轻视诗文的观点,对北山门下过早出版诗集来博取名利一事发泄不满。

其他的例子有:曾向诗佛学诗的佐原鞠坞(1762—1831,改姓北野。通称有喜久七、平八、梅隐居士、百花园等多种,向岛百花园的开祖)于文化元年(1804)出版的《盛音集》(《词华集日本汉诗》第十卷,汲古书院,1984年)。山本北山为作序,称"集中皆辑江户清新之诗也",高度赞扬了其中收录的107家的作品都是清新之诗,使读者对这个流派留下了深刻的印象。

出版这种诗集有时需要事先筹集资金。例如文化五年(1808)稻毛屋山(1755—1822,名直道,字圣民,号屋山,通称官右卫门。篆刻家)在编集《采风集》(《词华集日本汉诗》第七卷,1983年)时曾制作"请诗小引":

> 上梓之费乃贫生微力所不及,故不得已预谋之,然诸名家固必不以出偿欲入集,枉冀高意助成卑志。①

也就是说,如果要在此集内刊载诗歌,必须事先拿出钱来。接着还提到了具体的金额。

---

① 据水田纪久《〈采风集〉刊前刊后》(《近世文艺》47,笠间书院,1987年,第38—46页)。

集录,一叶二十行,一行之刻价,以银六分成,略计诸体之位置而录左。①

顺便提及,出版诗话时也有类似收取金钱的现象。

常常提及的如菊池五山在编撰《五山堂诗话》时采录诗人和作品,收取谢礼作为报酬。前揭《南梁札记》中记载了松本士崇的话:"五山编《五山堂诗话》时,请载录者七绝一首纳谢仪二百钱、七律一首纳谢仪一铢云云(原为日文)。"另外,小宫山枫轩(1764—1840,名昌秀,字子实,通称造酒之介,后称次郎卫门)的《枫轩纪谈》(日本国会图书馆藏本)卷三也记载有"《五山堂诗话》《采风集》,皆射利之物也。人比之《膝栗毛》草纸。《诗话》中有仙台家老片仓小十郎之诗,乃因其赠予大量金钱之故"(原为日文)。比菊池五山更早的诗话,如六如的《葛原诗话》(《日本诗话丛书》第四卷,凤出版,1972年)重在考证,津阪东阳也曾满怀善意地介绍过此书"六如《葛原诗话》博综奇语并发挥之,以备诗人帐秘,实为其集自注"(原日文,《夜航余话》卷上),而《五山堂诗话》是菊池五山和同人诗作相关的轶事逸话集,两者性质有巨大差异。

《五山堂诗话》模仿的是清代袁枚(1716—1796)的《随园诗话》,两者都收录了很多当代相识之人的诗作。《随园诗话》在江户后期非常流行,这可以从《夜航余话》中"近时除《随园诗话》之话,仅抄诗刊行于世,虚妄之至"(原为日文)一句可知。这里提到,原本应该是诗话的作品,当时却出现了削除"话"的部分,只摘选诗作以成一书并刊行的现象,侧面证明了此书的流行程度。

菊池五山也是职业文人,因此文笔是他唯一的生活来源。在那些有其他主业、仅将诗看作一种神圣的余技的人眼中,菊池五山的诗文常常与金钱纠缠在一起,不过是沾染着大量世俗尘垢的商品而已。但是从另一个方面看来,五山及同人们的行为也将汉诗从庙堂之高引向底层的江湖,一下子增加了作诗人口。汉诗对江户市民来说,已经

---

① 据上条注释中的水田论文。

变成了完全可以创作的抒情工具。至少在这点上,他们有莫大功绩。

三、宋诗选集的出版

以上列举了与诗佛有关的同人别集和选集的出版,以下将讨论他们编选的宋诗选集的刊行,这与他们的诗学主张有密切关系,甚至成为他们的生活来源。尽管如此,这些出版行为与之前古文辞派大量出版唐诗相关书籍类似,虽然看不出时代的变化,但是将清代的宋诗选集作为底本这点却是一大特征。诗佛还出版了几种宋诗相关的诗学书籍以及明清书籍等,篇幅所限,本章没有进行详细介绍,可参考文后附录。

众所周知,江户前中期,萱园学派蹈袭并提倡明七子的复古、拟古主义诗论,出版对象中唐诗和《唐诗选》相关的书籍占据了主流。另一方面,江户后期的大洼诗佛等江湖诗社同人则是在山本北山和市河宽斋的指导下,提倡宋诗,出版了大量宋诗选集。以下按时间顺序排列,并按底本性质进行分类,介绍诗佛参与编集的宋诗选集。

① 清代张景星《宋诗别裁集》(别名《宋诗百一钞》)

宽政六年(1794),大洼诗佛与山田直大(?—?,字伯方,号西湖)、奥山榕斋(1781—1841,本姓糸井,名高翼,字君凤)及山本绿阴(1777—1837,名信谨,字公行,通称亮助)一起校订出版了《宋诗别裁集》。然而,这部和刻本的书名不管是封面还是内题,都作《宋诗钞》(收录于《和刻本汉诗集成 总集编》第三辑),书名和内容之间发生了龃龉。一般来说,《宋诗钞》应该是指清代吴之振(1640—1717,字孟举)等人编纂的书。山本北山为宽政本作序,其中有以下记载:

> 近来彼邦为此宋诗大行,其证在《漫堂说诗》。曰:《宋诗钞》几于家有其书矣。

"彼邦"指清朝。《漫堂说诗》是清代宋荦(1634—1713,字牧仲,号漫堂)的著作。宋荦是清初宋诗派的重要人物,而一般认为山本北山的宋诗观也受到清代初期宋诗流行的影响。《漫堂说诗》的原文是"至余友吴孟举《宋诗钞》出,几于家有其书矣"①,因为明确记载了"吴孟举"的名字,因此宋荦言及的《宋诗钞》很显然是指吴之振、吴留良、吴自牧所编的《宋诗钞》,而非张景星的《宋诗别裁(百一钞)》。顺便提及,吴之振等的《宋诗钞》初集刊行于康熙十年(1671)、张景星的《宋诗别裁(百一钞)》刊行于乾隆二十六年(1761)。或者是因为此书出版时山本北山和诗佛等人手边都没有《宋诗钞》的原本,才产生了这样的误解。如后所述,几年后诗佛才真的得到了《宋诗钞》的原本,并以此为基础刊行了和刻本。还有一种可能,《宋诗钞》初集为一百零六卷的篇幅浩瀚的大部头著作,书肆必定很不喜欢这种印刷费用也很高的商品,因此有可能他们是应书肆要求才选择《宋诗别裁(百一钞)》的。《宋诗别裁(百一钞)》虽然是不分卷的,但收录的作品数量不超过七百首,相当于《宋诗钞》的百分之一左右。但是不管是哪种理由,都免不了挂羊头卖狗肉的嫌疑。

② 清代周之鳞、柴升的《宋四名家诗抄》

宽政十二年(1800)夏天以后,诗佛与中野素堂(1765—1829,名正兴,字子兴)、山本谨一起校订了山本龙所收藏的清代周之鳞、柴升编《宋四名家诗抄》中的《放翁诗钞》,翌年的享和元年二月出版(收录于《和刻本汉诗集成 宋诗编》第十六辑)。山本北山也为这部和刻本撰写了序文:

> 将本集以下《剑南诗抄》《放翁诗选》前后集雠校,旁及《宋诗纪事》《宋诗抄》《瀛奎律髓》等凡有放翁诗者焉。

"本集"指陆游的《剑南诗稿》。《剑南诗抄》是指清代杨大鹤(字九皋,号芝田)的《剑南诗钞》(康熙二十四年[1685]序刊),而《放翁诗选前后集》是指南宋罗椅和元代刘辰翁的选集(此二集都收录于《四部丛刊》所收明代弘治刊本中)。从这里列举的校正资料来判断,与①的编纂时期仅仅相隔不过六年左右,可知诗佛等人手边与宋诗相

---

① 王夫之等《清诗话》,上海古籍出版社,1978年,第416页。

关的资料到此时确实已增加了不少。

文化元年(1804),诗佛与山本谨一起刊行了《宋四名家诗抄》中的《石湖先生诗钞》。此后,文化三年(1806)又与朝川鼎、松井元辅一起校订出版了《东坡先生诗钞》①。然而同年三月四日,江户遭遇大火,诗佛只得暂时借寓于今户的一座废宅,不久便前往信越地区旅行。因此他虽然参加了校正工作,但刊行时可能并没有参与其中。

③《宋三大家绝句》《三家妙绝》《宋三大家律诗》《宋三大家绝句笺解》《广三家绝句》

享和三年(1803),诗佛与山本绿阴一起刊行了《宋三大家绝句》。文化四年(1807),市河宽斋出版了《三家妙绝》。文化八年(1811),柴山老山(1788—1852,名琴,字冰清)和梁川星岩(1789—1858,名卯,字伯兔,通称新十郎)出版了《宋三大家律诗》,诗佛为作序。翌年,佐羽淡斋出版了《宋三大家绝句笺解》,这是对《宋三大家绝句》的注释本。文化九年(1812),诗佛与菊池五山出版了《广三大家绝句》。诗佛与五山联合署名的序文中提到了这一系列南宋三大家(范成大、杨万里、陆游)选集的刊行情况,如下:

> 癸亥岁,行与绿阴相谋,镌范、杨、陆三家绝句,每家百篇,诗合三百。北翁序之,远近争购,家有其书。李家唐诗殆几于亡。丁卯岁,宽翁再纂《三家妙绝》,采拾其遗,使行序之,桐孙暨如亭跋之,又为诗三百,篇什既富,亦可以止矣。行、桐孙两人犹不知厌,共搜遗之又遗者,更录诗三百,名曰《广三家绝句》,但急于应请益者,不遑顾继富之消也。通前二书,诗凡九百,初学新进,宜毋辞而与乡党邻里受读之。

根据这篇序文,可知《宋三大家绝句》博得了世人好评且流布甚广,因此才陆续编集了一系列选集。"家有其书"的表现完全借用了前引宋

---

① 朝川鼎的序文中有"予与大洼天民、松井长民校刻《东坡诗钞》以传之",说明诗佛也参与了校正。顺便提及,大森林造的《大洼诗佛札记》(梓书房,1998年)一书中也提及了这次出版。

荦《漫堂说诗》的话语。其中还记载了《广三大家绝句》的编集也是应"请益者"的请求,大概是书肆预料到此书出版后会有不少利益而请求诗佛尽快编成。最后一句中的"初学新进"以及"乡党邻里"暗示了这些选集的主要读者对象是那些刚开始学诗的初学者和在地方私塾求学的年轻人。不仅是因为只有三百篇左右的绝句和律诗,携带上轻重正合手,而且都是南宋三大家那种平易而清新的诗风,因此对于初学者来说是绝佳的入门书籍。其结果导致"李家唐诗殆几于亡""李家唐诗"是指明七子之一李攀龙的《唐诗选》,此一句暗示了萱园诗风的衰退。

柏木如亭在其《宋诗清绝序》有如下叙述:

> 向吾师宽斋先生,依吾友诗佛三家绝句例,更选刻三百首,名曰《三家妙绝》,吾恒以此二选本载行筥,到处说诗,为糊口之助不少。

如亭每次出发旅行时,一定会带上老师和友人编集刊行的南宋三大家的绝句选本,以此为准讲诗,赚取生活费。对于经常旅行的如亭来说,浅显易懂的内容适合教授地方初学者自不用说,这种书不太重且正好适合携带,这肯定也是他旅行必携的理由之一。顺便提及,清水礫洲(1799—1859,名正巡,字士远)的《ありやなしや(有邪无邪)》(《续日本随笔大成》第八卷所收)一书中也记载了宽斋曾为塾生和门人讲授《三家妙绝》和《放翁诗抄》①。

④ 清代吴之振等的《宋诗钞》

如前所述,诗佛还刊行了对清初诗坛产生过巨大影响的吴之振等人所编的《宋诗钞》。

文化二年(1805),诗佛与佐羽淡斋一起出版了《方秋崖诗钞》(《和刻本汉诗集成 宋诗编》第十六辑所收),据北山的序文,这是以吴之振的《宋诗钞》为原本,再用本集进行校正的。本集可能是指《秋

---

① "宽斋翁隐居后,住在二楼,为塾生门人等讲授《三家妙绝》《放翁诗抄》等。"(《续日本随笔大成》第八卷,吉川弘文馆,1980 年,第 292 页)

崖小稿》。吴之振等人的《宋诗钞》中收录了一百家宋代诗人的诗作，但是诗佛等人却将方岳的诗歌作为首先校正的对象。笔者推测其原因可能是《宋诗钞》的小传中评价方岳的诗"以清新为主"，而以山本北山为首的江户后期的宋诗派最重视的诗境就是"清新"。

文化五年（1808），诗佛与山田直大、山本谨、辻元崧庵（1777—1857，名昌道，号冬岭）一起校订出版了《杨诚斋诗钞》（《和刻本汉诗集成　宋诗编》第十五辑所收）。另外，文化七年（1810），松浦笃所（1781—1813，名则武，字乃侯）刊行了宋代高翥（1170—1241，字九万，号菊磵）的《菊磵遗稿》（《和刻本汉诗集成　宋诗编》第十六辑所收）。诗佛虽然没有参与刊行过程，但松浦笃所曾从学于山中天水和市河宽斋，与他有间接联系，附记于此。

文化九年（1812），诗佛为泉泽牧太（1778—1855，名充，字始达，号履斋，在诗佛塾中学习过三年）校订的《真山民诗集》（《和刻本汉诗集成　宋诗编》第十六辑所收）作序。文化十二年（1815），诗佛参与到《宋四灵诗钞》的刊行（《和刻本汉诗集成　总集编》第四辑所收）、文政元年（1818），又为几阪世达（？—？）校正的《后村诗钞》（《和刻本汉诗集成　宋诗编》第十六辑所收）作序。

⑤ 清代陆式玉《今体宋诗选》

文化三年（1806），山本谨校正出版了清代陆式玉的《今体宋诗选》（《和刻本汉诗集成　总集编》第四辑所收）。

⑥ 曹庭栋《宋百家诗存》

文化八年（1811），柏木如亭从清代曹庭栋的《宋百家诗存》中摘选诗作，编集刊行了《宋诗清绝》。之后，天保十二年（1841），菊池五山与辻元崧庵刊行了续编《续宋诗清绝》。另外，卷大任于文化十年（1813）刊行了《宋百家绝句》，诗佛为作序。

以上整理了与诗佛相关的宋诗选集的刊行状况。他们所用的底本并非宋人的别集，几乎都是清人编选的选集，是对它们的翻刻或者摘选。其原因可能有几种：首先可以推测是对清朝诗坛的憧憬。而且清人编选的选集都附有宋代诗人的小传,这些小传会包括一些简洁的诗评,因此他们可能也会认为其中有很大的参考价值。再加上对于平民的他们来说,要得到宋人的别集肯定原来就不是容易的事情,所以这也是原因之一。虽然官校可能会收藏一定数量的相关书籍,但他们并没有资格自由使用。在这点上,他们使用的清人选本应该是经由长崎舶来的,数量较多,他们才有可能比较容易获得。

另外,在出版和刻本时,当然与中国书籍的重刊和覆刻有很大区别,就是必须施加训点。而为了施加训点,必须透彻理解诗的含义,因此如果是卷帙浩瀚的书籍,就需要相当长的时间。出版经费当然也会增加,价格也自然会上涨。因此,不管是对于施加训点(校定)的一方,还是对于出版和贩卖的一方,出版卷帙浩瀚的别集类对于盈利以及事业效率都不好,故而出现了回避它的结果。

不过无论如何,和刻本的刊行者在校正过程中都应该精读过该诗集。正因如此,诗佛加以校正的书籍产生的作用首先是使诗佛丰富关于诗学的知识(文化资本)。举一个例子,如前所述,文化二年(1805),诗佛与佐羽淡斋一起出版了《方秋崖诗钞》,校阅工作完成于文化元年(1804)冬。诗佛的诗集《诗圣堂诗集(初编)》卷五收录了《仿唐伯虎花月吟十首》的作品,诗佛在自注中引用了方岳《舟次严陵》诗"江风月事老"一句。这首诗是模仿明代唐寅的诗所作,是享和二年(1802)左右的作品,恰好是校正方岳诗钞的时期。这个例子可以看作是一字一句的校正工作给予他具体诗思的实例。

四、结语

如上,本文从内容上对诗佛等人的出版事业进行了分类,然后逐次讨论了其特征。

不管内容如何,如果挑选出相共通的特征,即他们的出版物是与他们的诗学主张直接相关联的,在出版的企划方面拥有主导权,同时主要在卷数和形态方面,经常将书肆的意向和市场的动向考虑在内。而且比较浓重地体现出当代性,这一点也是他们出版物的重要特征,尤其体现在选集和诗话上。

以化政期为中心的江湖诗社的出版活动使出版事业的三角关系——著者(编者)、书肆、读者(市场)之间的关系——的联系比他们之前的联系变得紧密得多,变成了有机的联系。不出版卷帙浩瀚的书籍,代之以卷数少的书籍,出版数量也相应地增加了,内容和编集形态也变得多样化。

从书肆方面来看,如果控制卷数,则投入少量的资本即可,还可以降低售价。这样一来,赢得了市场、扩大销路。著者(编者)也可以缩短制作时间,同时使更多的冠有自己姓名的书籍进入市场,提高诗名,也会提高作品的市场价值。对于读者来说,降低价格和种类的多样化也会刺激购买欲望。如此这般,在他们的出版事业背后也可以充分解读出将三者的关系妥善结合起来的形式。

当然,从保守派方面看来,他们这种积极的出版活动以及出版战略也成了唾弃和痛骂的对象。个中原因之一斑已在本文中介绍过了。但是由于他们的活动,作诗这种行为变得更加通俗化,其结果产生出数量上的增加以及随之而来的质量上的上升,这是无须争辩的事实。正因如此,他们在日本汉诗史上的功绩决不可小觑。

因为篇幅的关系,上记书籍以外还有许多诗佛参与出版的书籍没有成为研究对象,现将这些作为附录列记于后。

[附录]

- 宽政十三年(1801),与奥山榕斋一起编纂《宋诗语》。
- 文化元年(1804),出版《唐宋笺注联珠诗格》。
- 文化二年(1805),为植村氏的《瀛奎律髓》作跋文。
- 文化二年(1805),出版《佩文韵府两韵便览》。
- 文化五年(1808),为《中郎流插花图会》作序。
- 文化七年(1810),校正《三家咏物诗》。

- 文化十三年(1816),与菊池五山一起校阅《元百家绝句》。
- 文政元年(1818),校正《枕山楼课儿诗话》。
- 文政元年(1818),为《花历百咏》作序。
- 文政十年(1827),为《袖珍三体诗》作序。
- 文政十年(1827),点校《瓯北诗选》。
- 文政十二年(1829),校正《瓯北诗话》。
- 文政十二年(1829),与冈部菊匡一起编集《清新诗题》。
- 文政十二年(1829),与朝川善庵、冈部菊匡一起校正《檐曝杂记》。

第十一章

市河宽斋诗中的"江湖"与江湖诗社
——兼论与南宋江湖诗派的关联

日本汉诗史上,"江湖诗社"是一个非常重要而独特的存在。对江户汉诗的诗风变化产生的影响之大自不用说①,诗社成员的柏木如亭、菊池五山和大洼诗佛作为专业诗人,构建起新的文人模式,这也给江户诗坛带来了巨大影响。②

本章对诗社的命名者市河宽斋加以探讨,虽然不能称其为职业诗人,他却引导大洼诗佛、菊池五山、柏木如亭等人成长为职业诗人。因此,对他的探讨在解释清楚职业诗人的育成和人际关系上具有重要意义。

市河宽斋(1749—1820,名世宁,字子静,通称小左卫门)是诗佛的老师,同时也是江湖诗社的盟主。一直以来,学者研究的主要是他的诗学主张和《全唐诗逸》等著作③,对他作为江湖诗社盟主的身份并

---

① 富士川英郎的《江户后期的诗人们》(平凡社,2012年)中指出:"宽政初,市河宽斋兴江湖社,其门杰出诗人辈出,江户诗风为之一变再变。"(第79页)
② 上引富士川英郎的论著中有:"属于江湖社的诗人中,资格最老的是柏木如亭、小岛梅外、大洼诗佛、菊池五山,这四人好比是江湖社中的四天王,他们虽然都是诗人,但已经不再是儒者。或者在江户自立门户,或者游历诸国,或者添削他人之诗,或者出售书画以为生计,经学自不用说,连训诂学也已经是离他们很遥远的学问。"(第80页)
③ 蔡毅撰有《市河宽斋所作诗话考》(1999年)、《市河宽斋与〈全唐诗逸〉》(2001年)、《市河宽斋简论》(2007年),皆收入其《日本汉诗论稿》(中华书局,2007年)。

没有深入研究。然而,他作为江湖诗社的盟主,自然对社员的成长产生过巨大影响。本章关注的中心问题是:他在诗社成立时为何选择"江湖"这一社名?它与中国南宋后期的江湖诗派究竟有什么关系?然后再以包含"江湖"一词的创作事例为中心,考察对他而言"江湖"一词有着怎样的意义。

一、天明六年市河宽斋所咏的"江湖"

关于江湖诗社的成立经过,揖斐高先生在《江湖诗社的出发——向着市民文学发展的汉诗》①一文中进行了阐述和说明。这里想重新探讨的是市河宽斋"江湖"意识的形成和发展。

宽斋明确意识到"江湖"一词是在天明七年(1787),也就是江湖诗社成立前夕。天明六年(1786),他的诗中开始出现"江湖"一词。其诗集《宽斋摘草》四卷按照诗型收录了宽斋前半生(即至天明六年为止)的作品,其中一部分作品由宽斋的后裔市河三阳进行了编年②。据此集可统计出宽斋的作品中自天明六年开始集中出现"江湖"一词。这并非单纯偶然,而是具有深刻意义的现象。事实上,在这一年内,宽斋周围接连发生了多次天灾人祸。

天明六年,① 正月二十日江户发生大火,昌平坂文庙以及校舍被烧毁。至二月下旬为止,江户几乎昼夜火灾不断。而且,② 七月中旬又发生水灾。③ 九月,将军家治(1760—1786)殁。结果导致④ 田沼意次被罢免,由于③④的缘故,宽斋的老师关松窗失势。再加上第二年(天明七年)正月,昌平黉祭酒林凤潭(1761—1787,名信征)去世,富田能登守次子成为继嗣一事③,天明七年十月,宽斋辞去圣堂启事役(塾头)一职,开设了江湖诗社。由此看来,天明六年—七年在宽斋的一生中无疑是具有重大转折意义的一年。

---

① 《国文学:解释和鉴赏》73-10,2008 年,第 98—106 页。
② 市河三阳《市河宽斋先生》,あかぎ出版,1992 年。
③ 根据上引《市河宽斋先生》第 97 页引用的《云室随笔》,林凤潭于天明六年去世。不过,凤潭实际上上天明七年去世的,有可能是云室的误记。

天明六年包含"江湖"一词的作品有以下 a—c 三首。

    a.《古城春望》　七言律诗(《宽斋摘草》卷三)
    b.《时事二首》其二　五言律诗(《宽斋摘草》卷二)
    c.《秋日休文益夫见过》　五言律诗(《宽斋摘草》卷二)

首先,a 诗中"江湖"一词出现在开头第一句中:

    a　欲向江湖寄此身,古城风色望青春。荒园雨洒桃花水,坏道云飞车马尘。月满宫中无倚槛,草深沟畔有垂纶。凭高独起凄凉思,鸟雀相亲抱病人。

"古城"究竟是指哪座城已无法查明。这里采用的是传统怀古诗的手法进行歌咏,保留着萱园的余风。开头一句吐露了从今往后想在"江湖"生活的愿望。"江湖"是指与"朝廷"和"庙堂"相对的场所,含义与现代词汇"在野"、"民间"几乎等同。而且,在中国传统观念看来,身在"江湖"的人是自由自在的。当时置身于昌平簧的宽斋并不是纯粹的平民,而是教授武士学问的官儒。因此,他才会站在士的立场对屡次发生的天灾和人祸感到痛心,每天似乎都过得很忧郁。

b 诗可能作于上述②洪水暴发之际。

    b　沟渠通积水,无路问沧洲。仰乳空梁燕,寻雄失渚鸥。门庭争利涉,聚落入奔流。为问江湖客,谁怀杞国忧。

第一句是指由于洪水,沟渠的水都溢出来,仿佛与大海相连通,街道都被大片的水覆盖。"积水"在这里指海。第二句"沧洲"指水边,不过自古以来用来比喻隐者的居所。意为虽然想隐遁在水边,却无路可通,分不清应该如何前往,是一种双关的说法。颔联是关于自然界的对句。因为主人避难不在家,空荡荡的家中只有梁上的巢中还留着等待母燕归来的雏鸟,渚没于水,失去雄鸟行踪的鸥鸟在搜索伴侣。颈联是关于人类世界的对句。"利涉"也就是舟楫,大家争先恐后地寻求舟楫逃难,但奔流却毫不留情冲入聚落中。"门庭"是指较为富裕的家庭。这样一来,这里的"聚落"指庶民的居所,也可以将这句解释为描写奔流毫不留情地涌进下级武士或者商人平民居住的"长屋"的样子。尾联袭用了杜甫《秋日荆南述怀三十韵》末尾二句"自古江湖客,冥心若死灰"(《杜诗详注》卷二一)。宽斋此两句诗意为:虽然自己像杜甫一样已经身为江湖之客,舍去俗念之心已是无可动摇的,但是目睹眼前的惨状,也不禁要发问:有谁会像杞国人担忧天会落下来一样怀有同样的担忧呢?

此年秋天,葛西因是(1764—1823,名质,字休文,通称健藏,号因是道人)、柏木如亭(1763—1819,名谦,字益夫,通称门作)造访家中时,宽斋又有诗作(c),其中也出现了"江湖"一词。

  c 同人寻我至,风叶扫茅茨。烹茗清为味,论诗心作师。寒蝉高树集,归鸟晚云迟。相值休争席,江湖合在兹。

由于"同人"的来访,得以交流各自清静无虚饰的心。后两句大意是:年长的宽斋对站着相互礼让的两位年轻客人说,这里是江湖,与庙堂不同,因此不必拘谨,可以轻松惬意一点。"争席"一词本来是不拘礼、亲密无隔阂的意思(出典为《庄子杂篇·寓言篇》"阳子居"的故事),但这里还沿用了王维《积雨辋川庄作》一诗中的"野老与人争席罢,海鸥何事更相疑"(《王右丞集笺注》卷十),以及陆游《村居》诗中的"樵牧相谙欲争席,比邻渐熟约论婚"(《剑南诗稿校注》卷一),"争席"如其字面意思,是指争座席的顺序。全篇贯穿着"江湖"与庙堂相对的意识。宽斋此时虽然还担任着昌平黌的公职,但此诗暗示了大约在这一年,他对于公与私的区别变得更加明确,精神上更多地将重心移到后者。

以上对三首包含"江湖"一词的诗例进行了检讨。天明六年一年之中,"江湖"一词的集中出现证明了"江湖"在宽斋内心的意义变得更加重要,他已经有意识地反复思考自己的过去和将来。在 a 诗中,宽斋尚且将自己置身于江湖之外,夏去秋来,在 c 诗的末句"江湖合在兹"中,他将自己的居所称之为"江湖"。这种变化暗示了他逐渐下定决心要离开昌平黌,意味深长。

实际上，已有先行研究从其他视角出发，指出天明六年前后江湖诗社的基础已经形成。揖斐高先生分析 c 诗后指出：

> 宽斋将因是、如亭称为"同人"值得关注。这一首诗描写的情景暗示了以宽斋为中心、醉心于新诗风的年轻诗人们的沙龙正在形成。这个沙龙里有上述《日本诗纪》各卷的校定者们，以及另外几位年轻诗人出入其中。也就是说，这个小小的沙龙正是后来成为江户诗坛革新先驱的江湖诗社的前身。①（原为日文）

上文所说的《日本诗纪》是指宽斋搜集平安末期以前的王朝期汉诗编成的总集，共五十卷，收录了 420 位诗人、3 204 首诗。其第一辑十二卷，刊行于天明六年。此年他还写了一篇求人捐赠出版经费的募疏文，其中与宽斋联合署名的包括后来江湖诗社中几乎所有成员，当然也包括诗佛的名字。正如揖斐高所指出的那样，似乎这个时候诗社的成员已经形成了一个集团。但是，仅仅是通过读这三首诗，宽斋的心虽然在逐渐地无限接近"江湖"，但尚在犹豫阶段。a 诗中的"欲"、c 诗中的"合"字清楚揭示了这种犹豫。可以说，最终是这种诗社共同活动的频繁化和安定化使得他下定决心跨越了成为"江湖"之人的最后一道心理防线。

二、江湖诗社和江湖诗派的关系

天明七年（1787），松平定信主持的宽政改革开始。这次改革改变了之前田沼意次的重商主义政策，抑制商业，强化了对文教的统制。尤其是在文化方面，实行矫正风俗和禁止异学的措施。

江湖诗社成立的时期正处于因宽政改革世情由"放"到"收"的巨大变化时期。宽斋这一时期所作的《矢仓新居作》（《宽斋先生遗稿》卷一）如下：

抛掷昌平启事名，烟波近处占幽情。江湖结社诗偏逸，木石

---

① 参照揖斐高《江湖诗社和游里词——围绕江户诗坛的革新》（上），《国语和国文学》51(3)，1974 年，第 53 页。

成居趣亦清。白首人间争席罢,青云世外振衣行。扁舟乘月谁相访,门静寒潮夜夜声。

诗题中的"矢仓"位于日本桥两国,即现在的东日本桥附近,神田川在这里汇入隅田川。第二句"烟波近处"正表明此处面临大河。宽斋之前一直住在日本桥桶町。桶町在今天距东京站不远的八重洲、京桥附近。这次迁居虽然与之前步行到昌平黌的距离并没有相差太多,但如果以江户城为中心来看,桶町与江户城近在咫尺,而矢仓则要远将近一倍。相应地,官僚气也变得稀薄。

开头一句如字面意思所示,指他辞去昌平黌启事之职。时间是天明七年(1787)十月。此后到宽政二年(1790)六月为止,宽斋一直担当昌平黌教授一职,但到了天明七年十月时,他在一定程度上已经对官儒生活下了了断的决心。颈联"白首"一句与前引 c 诗相同,都是以王维的《积雨辋川庄作》为基础的。意为:满头白发的我已经放弃了世俗间那种鼠鸡肚肠地与他人争席次。下定决心要完全拂去世俗尘埃,脱身世俗之外。尾联"相访"的主体究竟是作者还是他人?不同的主体会使解释产生差异。但不管哪一种,被明月吸引后乘着小舟寻访友人的场景象征着此诗的主题是隐士的自由和惬意的生活。

关于诗社冠以"江湖"之名的理由,宽斋在书简《与源温仲先生》中明确提到:"社名江湖,取之宋人之流派。"①也就是取自南宋后期的江湖派。江湖诗社和江湖派在实际情形上有相当大的差异。例如,"江湖派"与其他一般诗派不同,没有绝对的主导者②。而且,"诗社"不论在日本还是中国都是以空间(场、座)的共有为前提的,而"江湖派"这种联系很薄弱。那么宽斋对这一正常规格外的流派抱有共鸣感的理由是什么呢?《与源温仲先生》中提到其理由:

曰吾辈不坐朝不与宴,幸生大["太"字之误]平之世,沐浴含

---

① 《宽斋先生余稿》,游德园,1926 年,第 89 页。
② 内山精也师的《苏轼诗研究——宋代士大夫诗人的构造》(研文出版,2010 年)第一章《宋代士大夫的诗歌观》中指出:"江西派当时有像黄庭坚那样绝对的领袖存在,相反,江湖派则不存在这样的人物。"(第 62 页)

> 鼓之泽，即得为知道之庶人则足矣。何必为效时好，截取唐人试帖中语，以沾沾自喜邪。于是元白皮陆，苏黄范陆从各所好，不为之涯岸，只以得兴趣为贵。亦唯与一二从游之士，日以娱乐而已，何为以己律人哉。①

这里举出的理由有两点：① 从身份上来说，都是庶民；② 从诗学方面来说，他们是反古文辞派，以时人不屑的各个时代诗人为学习对象。这与江湖诗派学习晚唐体和南宋四大家的情形相似。因此宽斋选择了"江湖"一词来命名诗社。

关于第二点将在后文论述，以下对第一点加以更详细的论述，如前所述，宽斋在人生的转折期所咏诗歌中对"江湖"这一名称本身有特别的执着，关于这点，至少还有一项重要原因使得当时宽斋开始注意到这个流派。那就是中国江湖派曾经遭受的笔祸事件。

宽斋提及这点已是多年以后的事情了。文化七年（1810），宽斋为松浦笃所校定刊行的江湖派诗人之一——高翥（1170—1241，字九万，号菊涧）的《菊涧遗稿》作序：

> 后世以诗抵罪者甚多，何耶？虽贝锦罗织无所不至，抑作者亦不可谓全无罪也。宋时自坡谷诸公以下罹此祸者，皆是荐绅大夫忧国恤民愤激之余，不觉陷此耳。如江湖诗人，朝不坐、宴不与，而祸及者，嘉定中李知孝（？—？）之弹事，为最甚焉②。其时集于临安，如刘潜夫（刘克庄，1187—1269）、敖器之（敖陶孙，1154—1227）、赵紫芝（赵师秀，1170—1219）、周筌翁皆不免，而独菊涧高先生以巨擘能超然纷议之外者，岂非高踏尘世，不染污

---

① 前引《宽斋先生余稿》，第89、90页。
② 南宋周密（1232—1298，字公谨，号草窗等）的《齐东野语》（上海书店，1990年）卷十六"诗道否泰"条中有："宝庆间，李知孝为言官，与曾极棊建有隙，每欲寻衅以报之。适极有《春》诗云：九十日春晴景少，百千年事乱时多。刊之《江湖集》中。因复改刘子翚《汴京纪事》一联为极诗云：秋雨梧桐皇子宅，春风杨柳相公桥。初刘子翚诗云：夜月池台王傅宅，春风杨柳太师桥。今所改句，以为指巴陵及史丞相。及刘潜夫《黄巢战场》诗云：未必朱三能跋扈，都缘郑五欠经纶。遂皆指为谤讪，押归听读。同时被累者，如敖陶孙、周文璞、赵师秀及刊诗陈起，皆不得免焉。于是江湖以诗为讳者两年。"

泥，其诗亦无有一语于涉人事哉。

"朝不坐、宴不与"的语句与前引《与源温仲先生》一致，接着又提及了江湖诗派遭遇的具体事情。此文中虽然记为"嘉定中"（1208—1224），但所谓的"江湖诗祸"确切来说发生在宝庆元年（1225），当时权臣史弥远废黜济王，引起多方非难，史弥远利用强权弹压批评者，此次笔祸正是这一系列事件中的一出，当时临安书肆陈起所刊行的《江湖集》中，正好有一些诗歌被认为是在批评此事，随即诗集受到禁售处分，而被视为批判性诗歌的作者如刘克庄、曾极、敖陶孙、赵师秀、周文璞、陈起共计六名诗人受到了处罚。身为监察御史的李知孝逢迎史弥远之意，是捏造这起疑狱的罪魁祸首，当时被人称为"三凶"之一。

宽斋在上文中表达了自己对此事件的观点，他认为江湖诗祸与北宋的笔祸事件相比，是一起性质格外恶劣的疑案，然后提到高嵩没有受到任何连累，极口称赞他的为人和诗风。当然，这篇序文是诗社成立二十多年以后所作的，因此与给诗社命名时的心情可能并不完全一致。不过，假设宽斋为诗社命名时已经具备了礼赞高嵩的基本思想信条，那么可以推测他对"江湖"这一称号包含的第一想法贯穿着他要与"政治"保持距离，与政治保持完全绝缘的立场。眼看着因宽政改革的强大权力而使得社会极其快速地硬化，再加上自己身边也发生了巨大变化，宽斋才下定了决心要离开昌平黌。另一方面，作为一介平民自由表现自我的场所，他成立了江湖诗社。趁此机会，当然也有明哲保身的意思，他起誓坚决不在诗歌中加入政治因素。

接下来对《与源温仲先生》一文中言及的选择"江湖"作为名称的第二个理由"反古文辞派"进行论述。大洼诗佛继承了宽斋的诗论。《诗圣堂诗话》中有如下叙述：

> 宽斋先生尝论诗云：诗本风情，不求之风趣，而求之格调，抑远矣哉。且格犹人品，品分上下，士农工商各有身分，有品格。臣而为君，农而为士，谓之不知分。故应制、试帖，吾所不为，何则？身在江湖也。从军、塞下吾所不作，何则？时际升平也。夫教自

修身始而充之天下,学诗亦尔。言其身分之中,无所不能,然后应制从军从所遇,而皆不出于吾身分之外,故学诗,一求之目前,不必求之远。先生此言,痛中今人之病,故录于此。

宽斋诗论的开头部分当然是对古文辞的批判。宽斋批判古文辞学派为了学会格调,首先不断依葫芦画瓢地模仿样品,甚至不惜歌咏子虚乌有之事。如"应制"本来是奉皇帝之命咏诗的意思,没有这种资格的人却要模仿应制诗,又如没有远征经验或者不具备这种身份的人却作从军诗。宽斋主张要严禁以上做法,避免这种虚伪行为。取而代之,宽斋劝说诗人应该首先歌咏自己身边的素材,从与自己身份相应的题材开始创作。

在以上言论中,宽斋涉及了士农工商的身份,论述了诗人应该创作与各人身份相符的诗歌,这是时代的表象。也就是说,表明此时已经进入一个士以外的各个阶层也可以创作汉诗的时代。于是,宽斋从其置身于江湖的立场出发,劝说民间诗人们不要逞强,要歌咏身边的事物。

中国传统的诗论原本是以士为对象展开的,因此无法与宽斋的诗论等量齐观,两者之间在基本态度上当然有极大区别。也就是说,中国诗论传统上强调诗的教化和讽刺功能,鼓励创作社会诗。因此,那些有强烈的"士"精神的诗人们不断创作批判社会和时政的诗。相反,宽斋的诗论主张合乎身份地进行创作,基本上具有排除甚至否定中国积极认可的诗歌的社会性、政治性倾向。

如上所述,宽斋在诗学主张上反对古文辞派也应该是从他自认为是庶民的观念出发的。其理由大概是前面分析过的——政府进行宽政改革时,他亲身体验了政治权力的恐怖,从而选择了与政治保持距离的道路——与他的经历和为人有很大关系。他向江湖诗社寻求的东西是与政治相反的世界,与儒家的指向性是完全相反的。这些也体现在上述诗论中。

上面论述了宽斋之所以将诗社命名为"江湖"是取自南宋江湖诗派。然而,宽斋在矢仓新家居住的时间仅仅只有短短三年。宽政二年

(1790),宽斋又搬到了白银町。白银町在今天日本东京日本桥本石町的附近,北面与日本银行本店相邻,是一条繁华的中心街道。《移居》(《宽斋先生遗稿》卷一)一诗中歌咏了他心境的变化:

> 买得城中屋数椽,移家来住亦因缘。檐低犹足容妻子,堂净殊宜奉祖先。厨不妨空鱼市近,樽如常满酒家邻。心闲此际多幽事,枉杀江湖过几年。

虽然他应该是抱着巨大期待而迁居矢仓的,但未满三年便再次迁居肯定是因为生活上有不便的地方。上面这首诗末句中的"枉杀"一词是徒劳枉费,辜负期待等意思,因此从这首诗也可看出他在矢仓的生活没有达到自己的期待。颈联两句歌咏了白银町新居在生活上的便利。因为是位于市内,所以可能也有点喧嚣,不过正像陶渊明《饮酒二十首》其五中的"心闲地自偏"那样,他是不介意这些的。矢仓位于郊外的河畔,即使有"寒潮夜夜声"的静寂,但生活上的不方便可能还是难以忍受。然而,白银町的生活虽然拥有都市的便利,但也没有持续多长时间。翌年的宽政三年(1791),宽斋担任了富山藩校广德馆的祭酒,前往富山。这一年,宽斋在富山创作了《养拙》(《宽斋先生遗稿》卷一)一诗。诗题下有"时余筮仕越中"的自注。

> 漫道江湖宜养拙,侯家有地更谁知。青衫著得官犹散,素发侵来身未衰。腰瘦初缠博士印,名逃空勒党人碑。投闲笑向妻孥诧,老手工夫持败棋。

诗题中的"养拙"一词是作为闲居和隐居的代名词来使用的,"拙"是不会处世的意思。首联咏道:虽然大家都说江湖最适宜闲居,却不知道仕官之地有更适合闲居的地方。第三句"青衫"是指官位很低的七、八品文官穿着的上衣,这里指宽斋担任了藩校祭酒一事。第五句中的"腰瘦"是指在江湖过了几年的贫困生活后,腰围变瘦变细了。第六句的"党人碑"是根据北宋徽宗崇宁年间在各地树立的元祐党籍碑而来。徽宗奉行新法,将元祐年间与新法官僚遭到贬谪的旧法政权有关的官僚名字刻石,并且禁止他们及他们的子孙担任朝官和教职。

在这里意为在宽政异学之禁中自己也被载入黑名单,此刻已经从争名夺利的世界抽身而出,空有党人之名,实际上隐居以后却没有任何行为活动。尾联的意思是:自己面对妻儿,笑着表明是故意在这场斗争中选择失败的,"诧"是夸耀的意思。

接下来再看他于宽政五年(1793)在门人柏木如亭(字永日)和菊池五山(字无弦)来访时所作的《永日无弦见过赋示》(《宽斋先生遗稿》卷一):

> 无复衣冠似白苏,只余风月属江湖。老来欣遇清诗友,病后重倾小酒壶。乐府人传孺教子,穷居自叹鬼随躯。斩新气味令予起,欲及青春染素须。(自注)无弦有新乐府《辟垆孺》之篇,永日有"穷鬼随身驱不去"之句,人盛传诵,故及。

首联意为:虽然自己无法达到像"白苏",也就是白居易和苏轼那样高的官位,但如果是属于"江湖"的风月,得到它还是绰绰有余的。白居易的《醉吟先生墓志铭》(《白氏长庆集》卷七十一)中有"外以儒行修其身,中以释教治其心,旁以山水风月歌诗琴酒乐其志",苏轼的《前赤壁赋》(《东坡集》卷十九)中有"惟江上之清风,与山间之明月,耳得之而为声,目遇之而成色,取之无禁,用之不竭,是造物者之无尽藏也"。这里宽斋是在说,虽然自己回归了官儒的身份,并且将白居易和苏轼等士大夫的闲适诗推重为诗学理想①,但已经回不到青年时期那样意气扬扬的生活了。只有江湖诗社的同人们至今还活跃在诗坛,引领着新的诗风。

三、江湖诗社的"四灵"

以上论述了宽斋和江湖诗派的关系,那么江湖诗社的成员们与江湖诗派有关系吗?宽斋一生属于纯粹的江湖生活其实非常短暂,但

---

① 辞去昌平学校的职务以后,宽斋以白居易为宗,而且还为白居易编过年谱。根据其《傲具诗》的自注,他曾设立香山社,每年八月祭拜白居易(前引《市河宽斋先生》,第200页)。虽然没有发现他推崇苏轼的例子,但在《与源温仲先生》中有:"于是元、白、皮、陆、苏、黄、范、陆,各从所好。"

江湖诗社中的诗人们一生大半都是以平民身份渡过的。下面从时人的评价来探讨他们与南宋江湖派的联系。

富山藩广德馆的祭酒是一项闲职,宽斋的生活是非常悠闲自在的,而且藩主允许他每年回江户一次。至文化八年(1811)为止,宽斋担当此任共二十一年,每年都往来江户和富山之间,而且他每次回到江户就会与诗社的门人们相聚,诗文唱和。

宽政四年(1792)秋,宽斋回到江户时作诗一首《归自越中偶成示永日、克从、君玉、天民》(《宽斋先生遗稿》卷一):

> 久客身如度岭巅,归家暂欲息劳肩。闲游清话须终日,衰病穷愁莫问天。篱坏才存霜后菊,酒低犹费俸余钱。四灵今在江湖上,老境方知不寂然。

这里的"四灵"不用说是指诗题中的四人。"永日"是柏木如亭。"克从"是小岛梅外(后转而创作俳谐,有《大梅居家集》)。"君玉"是海野蠖斋(1748—1833),他是备中(冈山县)庭濑藩的江户家老,也是诗社中最年长的。"天民"是大洼诗佛。

"四灵"之称在这里是仿照中国南宋的"永嘉四灵"①,也就是徐照(? —1211,字道晖、灵晖,号山民)、徐玑(1162—1214,字致中、文渊,号灵渊)、翁卷(1153—?,字续古、灵舒)、赵师秀(1170—1219,字紫芝,号灵秀)而命名的。《五山堂诗话》卷一(文化四年[1807]刊)中有如下一条记载可以证明这点:

> 人生聚散亦复难常。二十年间江湖社,一离一合,吟席殆无暖日。乙巳,余归江户,如亭见赠云:叶水心初出宦途,四灵复聚旧江湖。盖以余当水心也。②

"乙巳"是天明五年(1785),这一年江湖诗社还未设立。研究者认为

---

① "永嘉四灵"是江湖诗派的先驱。南宋严羽的《沧浪诗话·诗辨》中有:"近世赵紫芝翁灵舒辈,独喜贾岛姚合之诗,稍复就清苦之风,江湖诗人多效其体,一时自谓之唐宗。"(郭绍虞《沧浪诗话校释》,人民文学出版社,1983年,第27页)
② 《五山堂诗话》,《新日本古典文学大系》65,岩波书店,1991年,第171页。

"乙巳"应该是"乙卯"（宽政七年［1795］）或者"丁巳"（宽政九年［1797］）之误①，但这样一来，与"二十年间"就不相符合了，因此有可能是"乙丑"（文化二年［1805］）的鲁鱼之误。与江湖诗社成立的天明七年（1787）相距二十二年，大致符合②。此时，久未谋面的江湖诗社社友聚集在江户，重修社盟。如亭的诗很显然是因上引宽斋的诗而作的。"叶水心"是指叶适（1150—1223，字正则，号水心），他是"永嘉四灵"成名的幕后策划者，曾经编集四人诗为选集，由陈起的书肆出版。菊池五山也曾经刊行《五山堂诗话》，书中多处称扬同人的作品，其中也频繁出现柏木如亭、小岛梅外、海野蠖斋和大洼诗佛的名字。从这点看来，如亭似乎把五山比作叶适。不管怎样，柏木如亭是将叶适和四灵之名并列进行歌咏的，因此这里的四灵无疑是想起了南宋后期的"永嘉四灵"的称谓。

而且，宽斋将此四人比作"四灵"可能是认为他们是江湖诗社中最优秀的四个人。包括"永嘉四灵"在内的江湖诗人被看作是南宋四大家（范成大、杨万里、陆游、尤袤）的后继者。例如，《瀛奎律髓》卷二十中有"（乾道、淳熙）以来，尤、杨、范、陆为四大家，自是始降而为江湖之诗"。诗佛等人曾经刊行过南宋三大家的诗集，提倡南宋三家的诗，故而此举可看作是在追流溯源。

不仅是宽斋一人，他周围的知己好友和诗社同人也使用"四灵"的呼称，至少在宽斋的周边，这已经是公认的称呼了。例如，文化五年（1808）庆祝宽斋还历之年时，前面提及的葛西因是在所作《奉寿河先生六十序》中，记载有"社中诸人咸献寿诗，如芝兰之并秀，如四灵之来会"③，宫邦达的祝寿诗中也有"须把江湖作寿台，四灵相会小蓬莱"④的诗句。

以上首先探讨了市河宽斋诗中"江湖"一词的含义以及诗社名称

---

① 《五山堂诗话》注释，前引《新日本古典文学大系》65，第229页。
② 《五山堂诗话》卷一有"乙丑，余再归江户，河宽斋先生见赠云云"（前引《新日本古典文学大系》65，第163页）。
③ 《江湖盛事》，收录于前引《宽斋先生余稿》，第404页。
④ 《江湖盛事》，前引《宽斋先生余稿》，第407页。

与中国南宋江湖派的关联,其次论述了诗佛等诗社四杰被比作江湖派先驱的"永嘉四灵"。另外,中日这两个冠以"江湖"之名的诗人群在诗风上也有相似之处。

文化元年(1804),曾向诗佛学诗的佐原鞠坞编辑和出版了《盛音集》,根据山本北山为此书所作的序文,这是一部收录和提倡清新诗风之人的作品,换言之是诗佛和江湖诗社同人诗歌的选集。大田锦城也为此集作序,其中有如下记述:

> 诸名人诗,尖巧幽丽,酷肖江湖之集、月泉之吟矣。晚宋之体为然,老圃秋容之淡、晚节霜中之芳。菩萨自以为号,则是取其气类之相似者乎。①

"江湖之集"是指陈起所编《江湖集》,代指江湖派之诗。"月泉之吟"是指元代至元二十三年(1286),浙江浦江的吴渭等人策划的月泉吟社所作之诗。他们放出悬赏,刺激近郊的诗社作诗,募集作品,从应募者寄来的作品中挑选佳作编成诗集。募集的作品是以"春日田园杂兴"题的律诗,《月泉吟社诗集》中所收的诗尽管不只有晚唐体的诗歌,但都是与之相近的诗风。"菩萨"是指佐原鞠坞,"取其气类之相似者"也揭示出本集所收皆为诗风相近者的作品。

四、结语——江湖诗社的去向

如前所述,江湖诗社成立后不久,市河宽斋就成了富山藩校广德馆的祭酒(宽政三年),社主的缺席给诗社带来了很大影响。例如,宽政九年(1797),宽斋从富山回到江户后再次结成诗社②。《重结江湖诗社十二韵》(《宽斋先生遗稿》卷二)一诗中记载了当时的样子。

> 昔我在江湖,自称诗社长。诗道明如日,云雾奈不朗。同盟富俊彦,歌咏多真赏。一时诗坛上,吾党擘可攘。中岁入官途,误罹此宪网。四走信越险,萱堂乖侍养。土木终年役,襟怀那得放。

---

① 《盛音集》,《词华集日本汉诗》第10卷所收,汲古书院,1984年,第397页。
② 根据前引《市河宽斋先生》的编年,第199页。

盟誓从是寒,江湖付梦想。岂无天闵予,日月来复往。君恩赐休暇,似归故山壤。市酒虽云薄,旧交重见枉。唯当歌太平,讵必论俯仰。

最初八句在歌咏和回顾天明七年江湖诗社成立时的光景。第四句的"云雾"是指当初宽政改革(异学之禁)开始时,弥漫和笼罩在江户街市乌云般的压抑氛围。第七、第八句意为当时意气风发的只有我们诗社。"攘臂"是指捋胳膊挽袖子意气轩昂的样子。第九至十四句的六句表现了越中仕官的不自由生活。第十二句的"萱堂"是指母亲:宽斋感叹自己因为要在越中任职,长期不在江户,没能对母亲尽到孝养义务。第十五至十八句意为虽然自己一直都关心诗社的事情,但远在他方不能如愿以偿。第十九至末句是指自己得到休假回到江户,可以与社友再仔细论诗,感到非常喜悦。末尾的"论俯仰"是指尽管对人生的不如意说三道四也是白费。

此后,尽管宽斋每次回到江户就要与同人聚会①,但诗社的成员却因各种原因,或者去地方旅行,或者到地方藩出仕,已经很难再凑齐所有人员了。例如,宽政十二年(1800),宽斋给如亭寄去书信(《与柏永日》),其中有如下记载:

> 但愁诗社寥寥,飘散四方,使人愈益思足下(柏木如亭)而不置。无弦(菊池五山)既以自造之罪,流落京摄之间。天民(大洼诗佛)亦寻西游,不知今何在。伯美(菅伯美)依旧宰野火止(埼

---

① 宽政十年(1798),海野蠖斋曾借小梅别墅,邀请宽斋父子、小岛梅外、菊池五山以及其他几人(《宽斋先生遗稿》卷二中有《君玉邀游某氏小梅别墅同无弦克从儿亥三首》,《诗集日本汉诗》第八卷,富士川英郎等编,汲古书院,1985年,第287页),前引《五山堂诗话》卷二中也有记载。文化七年(1810)秋,在宽斋宅中召开诗会,诗佛与大田南亩、五山、谷文晁都参加了。《南亩集》卷十七(《大田南亩全集》第五卷,滨田义一郎编,岩波书店,1987年,第173页)中有《河市宁宽斋集同天民五山谷文晁赋》。另外,文化八年(1811),受信浓饭田藩的堀亲寚(1786—1848)的邀请,赖杏坪(1756—1834,名惟柔,字千祺,通称万四郎)、宽斋、五山一同陪席(赖杏坪《饭田侯邸招饮同西野诗佛五山》,《春草堂诗钞》卷二,《诗集日本汉诗》第十卷,1986年,第215页)。文化九年(1812),宽斋、诗佛曾一起饮酒(宽斋《风雨赴诗佛饮》,《宽斋先生遗稿》卷五,《诗集日本汉诗》第八卷,第318页)等。

玉县新座市地名)。唯海大夫(海野蠖斋)及克从(小岛梅外)时聚首于一堂之上,共为一长大息而已。

上面的书简记录了宽政十二年时的诗社已经零落的情形。"四灵"的一半成员不在江户,菊池五山也不在。宽斋于文化二年(1805)所作的《无弦至自五濑谈诗数日慨然有赠》诗中也有类似记载:

> 寥落江湖旧社盟,相逢重作不平鸣。

如上所述,社主经常不在江户,而且社友都已各自成长、独立,他们自己不在江户的时间也逐渐增加,这些情况是导致诗社零落的最大原因。

虽说如此,江湖诗社也有新加入的成员。如前所述,文化五年(1808),宽斋六十大寿时,久别重逢的诗社同人欢聚一堂。这时创作的祝贺诗全都收在《江湖盛事》中,诗佛等十六人创作了题为《恭祝宽斋先生六十初度》的同题诗。这十六人(详细参照附录)皆是当时的诗社同人。

[附录]江湖成员考

江湖诗社绝对不是一个固定的诗社,因此也很难统计其成员人数。除了前面提及的"四灵"和菊池五山以外,名字可考的成员如下:

○ **菅谷归云**(1757—1823,名清成,字伯美,号五痴),高崎藩士。宽政二年(1790)受到藩主的贬责,被流放到武州野火止(埼玉县新座市),"有《松梦轩集》八卷。诗专学香山。故其所言多涉平淡"(《诗圣堂诗话》)。另外,诗佛的《卜居集》中有《寄菅伯美》一诗,题下注云:"伯美,同社友今川刚侯之兄也,予未见其人,因刚侯数见其诗。"可知他与今川刚侯是兄弟。刚侯,名毅,号绿窗,备后福山人。二人与菅茶山关系非常亲密。而且,菅谷归云是江湖诗社的早期成员。诗佛的《诗圣堂诗话》中有"余初作诗,独立无倚,后因高蒙士入宽斋先生江湖社,得交舒亭、梅外、蠖斋、娱庵、伯美诸人",可知他在江湖诗社草创期便已是社友之一。

○ **松浦笃所**（1781—1813,名则武,字乃侯,通称斋宫）,上毛（群马县）人。在江户神田开设私塾学山堂。葛西因是的《古今体序》中有:"上毛松乃侯学诗于河宽斋,出自河家门者,多以诗名,而乃侯不欲徒以诗为名,经学文章只恐少其一。"

○ **宫泽云山**（1781—1852,名雉,字神游）,秩父（埼玉县）人。《宋三大家绝句笺解》的校订者之一。松村默庵（1796—1849）的《赠云山》诗中有:

> 江湖社里小无弦,自负风流五十年。落魄卖诗清活计,名如画饼岂其然。

可知他被看作菊池五山的后继者,也是一位靠卖诗文生活的职业诗人,有《细庵先生百绝》。

○ **木侦** 生卒年、籍贯皆未详。根据《诗圣堂诗话》,可知二十二岁时早亡。

根据《江湖盛事》可知的成员如下:
○ 八木雄飞　　○ 原清　　○ 邨为一　　○ 高克隽　　○ 原修　　○ 井文房　　○ 田宣　　○ 镰五安　　○ 胜真　　○ 原敬

*《五山堂诗话》卷二有:"宽斋先生,主持风雅,爱才如命。其在门墙者,如原长卿、田德郎、胜善长,皆少年能诗。德郎诗情最佳。余亦深喜后起有人……"原长卿可能是原修、田德郎可能指田宣、胜善长可能是胜真。

根据《五山堂诗话》可知的成员如下:
○ 国府碧　　○ 宇庞卿（名嘉充）　　○ 南总三币希亮（字子采,号周淮）

第十二章

山本北山与奚疑塾

——兼论大洼诗佛的交游圈

大洼诗佛大约在何时进入山本兆山的奚疑塾的？关于这个问题，从《诗圣堂诗话》的以下记载可以推测是在宽政二年（1790）至宽政四年（1792）之间。①

> 及中野素堂之将刻《晴霞亭遗稿》也，引余谒北山先生。余之受知于先生，职诗之由，距今十余年。②

《诗圣堂诗话》刊行于宽政十一年（1799），假设上条记载是此年所作，上溯十年是宽政元年（1789），但是《晴霞亭遗稿》的作者山中天水（1758—1790，名久宣、恕之，字宣卿，通称犹平）去世于宽政二年（1790），生前就刊刻遗稿是非常奇怪的事③。而此条之前有"高蒙士因宽斋先生入江湖诗社"的记载（参考第十一章），所以"十余年"应该从天明七年（1787）前后开始计算。无论如何，《晴霞亭遗稿》二卷是

---

① 揖斐高的《大洼诗佛年谱稿》（《江户诗歌论》附篇，汲古书院，1998 年）在"宽政三年（1791）"项中引用了《诗圣堂诗话》的这则记载，并推断"大约在这一年，通过中野素堂的介绍认识了山本北山"（第 609 页），但是并没有陈述具体理由。
② 《诗圣堂诗话》，《日本诗话丛书》第三卷，凤出版，1972 年，第 432 页。
③ 山口旬《诗圣堂诗话注释　上》（《成蹊人文研究》18，成蹊大学，2010 年）中对此有考证："《晴霞亭遗稿》的著者山中天水去世也是在宽政二年。可能其生前便有刊行诗集的计划，由于突然去世，这才变成了'遗稿'。这段话中'余之受知于先生'后没有接续语，'职诗之由'在训读、年数上有问题，可能有一些文本上的错乱。"不过，如果将"职诗之由"从进入江湖诗社时开始计算的话，年数没有问题。

中野素堂所编,刊行于宽政四年(1792),根据"将"一字,则诗佛进入北山的奚疑塾在这期间。大约是在他入宽斋门下三年以后的事情①。

大洼诗佛幼年时期与母亲分离,在父亲的故乡常陆太田长大。父亲在诗佛幼年时期便将诗佛留在故乡,自己前往江户以小儿科医为业,因此诗佛是由祖父和伯父养大的,但是祖父光伦在天明三年(1783)诗佛十六岁时去世,伯父光明则在天明五年诗佛十八岁时去世,所以他不得不离开故乡,投奔江户的父亲。但是,其父也于宽政二年(1790)诗佛二十四岁时去世。父亲在世时,诗佛原本计划继承家业,修习医学,为了掌握汉文素养以作为医学基础,这才如前所述进入了山中天水的私塾学习儒学。父亲去世以后,诗佛选择放弃继承父业,而以诗为业。故而,宽斋和北山成为诗佛在父亲去世后的人生目标,同时也代替父亲成为他的人生导师。

然而,这两位老师在性格上是完全不同的。宽斋总体上来说具有隐逸志向,为人也非常温和,相比之下,北山可以毫无顾忌地对他人展开激烈的攻击,辩客的名声世人皆知,是一个外向的人。另外,虽然宽斋作为江湖诗社的盟主,指引诗佛成为了诗人,但是诗社成立后不久,他便赴富山藩任官,大部分时间不在江户。相反,北山很少离开江户,因此当时二十五岁左右的诗佛有更多和他见面的机会,和北山的交流也更频繁。

北山虽然不是江湖诗社的社友,但他和他主持的奚疑塾对于诗佛来说具有非同寻常的意义。北山和宽斋一样也曾受到宽政改革的

---

① 斯文会编《日本汉学年表》(大修馆书店,1977年,第385页)、上引揖斐高《诗佛年谱稿》(第607页)、大森林造《大洼诗佛札记》(梓书房,1998年,第9页)等论著中将大洼诗佛进入江湖诗社的时期确定在宽政二年(1790)左右。《日本汉学年表》的根据是《诗圣堂诗集叙》,但笔者没有找到相关地方,宽斋的序中只有:"时余方开江湖社,闻风来者甚多,天民亦入社。"《诗佛年谱稿》中推测:"虽然无法确定诗佛最初参加江湖诗社是何时,但在与他并称为江湖诗社四才子的柏木如亭、小岛梅外、菊池五山中,参加诗社的时间是最晚的",但是没有陈述其理由。如果根据《诗圣堂诗话》中的"因高蒙士,得入宽斋先生江湖社,与舒亭、梅外、蠖斋、娱庵、伯美诸人交",那么他在江湖诗社成立以前便已经和宽斋关系非常亲密。因此可以推断诗佛进入江湖诗社大约在天明七年(1786)左右。《大洼诗佛札记》则几乎单纯引用揖斐高的考证而已。

巨大冲击①，但相比于宽斋曾在昌平黉担任官儒，北山则几乎一直保持着町儒的身份②，这种立场使他可以更加自由地发表言论。而且，与宽斋自由放任型的温柔敦厚的教育手法不同，北山大力汲引自己的弟子，具备领导者的统帅力和感化力。于是，北山领导奚疑塾的塾生对萱园学派加以攻击，将他们的诗风斥为"伪诗"，进行了猛烈的反对。对于诗佛来说，宽斋在实际创作方面为他提供了具有激发性的创作场所。如果说宽斋是给予他具体指导方针的老师，北山则主要是在理论方面指导他前进道路的老师。两者一静一动形成鲜明对比。

而且奚疑塾和江湖诗社成员的交流非常紧密。诗佛以外，柏木如亭和菊池五山也与奚疑塾的山本谨有过密切交流，他们互相合作，尽心尽力于宋诗选集等的出版活动。这两个集团具有共同的主张，使当时的江户诗坛刮起了一股强有力的新风。

一、町儒山本北山

北山在当时曾经受到过很多人的批判，主要原因是他猛烈地反对古文辞，招致了古文辞派的批判。另外，有时候还会有人批判他作为儒者品行不端。本节考察他在此方面受到的批判，分析北山的性格以及他作为町儒的活动。北山的成长环境对他的人品形成非常重要，故以下首先对这点进行分析。北山自己有如下叙述：

> 吾昔居白山。白山与驹达为邻，驹达儒生丛居，为舌耕之所。因之，吾仅十四五岁时，过驹达书肆等，有偶因某事相见之儒生，又有意料之外而成一面之识者，不翅三、四人。③（原为日文）

---

① 山本北山强烈反对宽政异学之禁，与龟田鹏斋、市川鹤鸣、塚田大峰、丰岛丰洲一起并称为"五鬼"。
② 如山本嘉孝在《山本北山的技艺论——拟古诗文批判的射程》一文中所指出的那样，北山"从宽政二年至文化八年曾担任第九代秋田藩主佐竹义和在江户藩邸的侍讲，参与了藩校设立和洪水处理等藩政事务中，相关记录见佐竹义和的一代记《御龟鉴·江府编》"。但是这项工作非常短暂，类似于顾问之类，并不能表明他成为了藩儒。
③ 北山的门生雨森牛南在《诗讼蒲鞭》(《日本诗话丛书》第八卷收录)中的记载第39页)。

据上文,北山青少年时期在江户城的白山长大,邻近街区的驹込居住着很多儒生。松村梅冈(1710—1784,名延年、太仲,字子长)的话证实了他的这段回忆。梅冈从宝历年间至天明年间为止住在驹込,教授儒学,其所著《驹谷刍言》于天明二年(1782)完成。序文中也记载了驹込曾居住着很多儒者:"余居驹笼,教授及二十年。其间亦多代代同业之人。"①顺便提及,梅冈在该书中还批判了驹込的儒者学问造诣浅薄②,北山的著作《孝经集览》(安永四年[1775]刊)也被当成了批判的对象。③

由此,北山受到驹込这片町儒集中地域的氛围影响,他自己也充分发挥了町人的气质,积蓄财力。其所著《作诗志彀》中有云:

> 吾家本贫困,以故志不夺于奢逸。幼虽丧父,母氏训戒亦至。初受桃溪先生句读,十余岁与先生诀别。后欲索名师从之,然不得其人。④(原为日文)

北山回忆自己出身贫困,自小节俭。可是事实上到了晚年,他生活变得富裕,财大气粗。小宫山枫轩(1764—1840,名昌秀,字子实,通称次郎卫门、酒造之介,常陆水户藩士)的《枫轩纪谈》(日本国会图书馆藏写本)卷三有:

> 北山虽为富家,乃无所不为之人。曾为堺町(相当于今天日本东京中央区日本桥人形町三丁目)芝居金主等。是故不为幕府所用。其待门人,有财力者与贫生亦大有不同。其为人可鄙也。(原为日文)

---

① 《日本随笔大成　第一期》第十六卷,吉川弘文馆,1876年,第355页。
② "明和之初,驹込有儒者名兰溪。[夹注]俗名本田弁介。作奇怪诗文,署名驹门隐士某。人问何故云驹门,彼人云:徂徕先生书牛込为牛门。故亦记驹込为驹门。徂徕之记牛门,以牛込有城门之故。驹込无城门,如此记者,则彼人之意乃以门字训込乎。驹込此类儒者多矣。"(原为日文,《驹谷刍言》,《日本随笔大成　第一期》第16卷,第364页)
③ "近年,有人编书云《孝经集览》。集孔安国以下古注者也。视其书之体,当视为集注、集解、集传、合注等例也。列为一目,如不及遍观古今注,集览之名不当也。"(《驹谷刍言》,《日本随笔大成　第一期》第16卷,第380页)
④ 《日本诗话丛书》第八卷,第56、57页。

其中指责北山曾为芝居(戏剧,特指歌舞伎、新派剧等日本古来就有的戏剧)戏棚的金主(出资人),以及对待门人有贫富差别。大田锦城的第三子大田晴轩(1795—1873,名敦,字叔复,通称鲁三郎、鲁佐)曾为北山门人,后来二人反目,他在《训蒙浅语》中记载①：

> 北山先生晚年,暗地为勾栏[夹注]芝居金主之事,心术不良流布天下。②

据此,虽然是北山晚年的事情,然而他的所作所为路人皆知,言行举动与其儒者身份不符,故而风评很差。小宫山枫轩的《枫轩纪谈》中还将他与龟田鹏斋(1752—1826,名翼、长兴,字国南、公龙等,通称文左卫门)进行比较：

> 鹏斋、北山皆为老儒。鹏斋有不知之事,坦言以问北山。北山有不知之事,不明言问之,周之以诿其事,人以此定二人优劣。北山常云：人不卖名,得高名,予亦早卖名者也。

上文通过对比和刻画,对北山的丑陋姿态进行了揶揄。相比于龟田鹏斋具备儒者的谦虚品行,北山则虚荣心强,有意卖名,利欲熏心。

对北山人品的不良评价并不仅见上述例子。比北山年少三十岁的广濑淡窗(1782—1856,名建,字廉卿)也在《儒林评》(天保七年[1837]刊)中对北山有以下批判：

> 皆川(淇园)乃行状放荡之人,东都山本北山亦然。予友原士萌举人之言曰：皆川之放达出于弄世,谢安携妓东山之类也。至于北山,于其中有射利之谋。不可同日而语。③

淡斋和小宫山枫轩一样,批判北山对金钱的贪欲态度。但是这两者的

---

① 此外,小山田与清(1783—1847)的《松屋笔记》(国书刊行会,1908 年)卷十四"文人为芝居金主"条中也有类似的记录："今兹文政三年秋,茸屋町玉川座芝居金主为岸本由豆流也。日日率从仆诺居茸屋町玉川座帐场也。先者,山本信有亦为芝居金主文人。为芝居金主者,唯此二人而已。"(第 120、121 页)
② 《日本随笔大成 第三期》第八卷,吉川弘文馆,1977 年,第 223 页。
③ 《儒林评》,关仪一郎编《日本儒林丛书》第三卷中收录,凤出版,1971 年,第 10 页。

批判都远比大田锦城（1765—1825，名元贞，字公干，通称才佐）的批判要柔和得多。锦城对北山的批判是相当坚定且不留情面的①。锦城有一段时期曾入奚疑塾为北山的门生，但后来与之绝交，离开了北山。他在《记悔》(《春草堂集》卷三）一文中记载了事情的经过。要言之，锦城初来江户时拜谒诸儒，想学习经学和文艺，听闻北山名声很大便入其门下。最初喜其说新奇，然不久即知北山性格"狂诞自信"，想要离开，但兄长伯恒非常推崇北山，故又在塾中多留了一年多。然而最终无法忍受北山"骄慢傲放"的行迹，并且对于曾经和北山一起刊行过袁中郎的《瓶花集》一事感到十分后悔，并与之断绝了交往。

以下列举出锦城对北山人品进行的批判：

① 议论往来，稍喜其说新奇，卒委质从事焉。当此时，喜六（山本北山）首唱中郎（袁宏道），讥驳于麟（李攀龙），掊击牛门（荻生徂徕）赤羽（服部南郭）诸老先，以拨乱反治自任，欲鼓舞海内，以为己门徒，招集俊秀，诱掖骜杰，以长羽翼，为第一义。及得余，大喜以谓一敌国不啻也，极口推奖，余居数日窃疑其人狂诞自信，决非君子之人也。

② 居一年，大为彼诳惑。少年客气，误不自料。其材薄劣、狂疏缪戾、骄慢傲放、蔑视世儒、豪英自命，又误奇彼才，以谓天下之雄，为之羽翼，则足共立功业、驰声誉、震扬一时矣。自此之后，平居所著书记论说，互相表榜，欲以激致名声。

③ 夫喜六之唱公安竟陵，岂真知袁钟者哉。唯抱一部中郎集，不过欲以卖名射利耳。故其为诗，俚语押韵，俭僻苦涩，自谓诗如此，可以为精神矣。夫中郎所谓性灵者，冲淡而古朴也，清奇而潇洒也。伯敬（钟惺）所谓精神者，孤峭而幽森也，缜密而沉着也。岂喜六之所谓者哉。

---

① 例如《枫轩纪谈》卷三有："有人问北山'鸡俎佛'，答曰：如来也。问见于何书，答曰：某书。后考之，乃茶之异名，非佛之事。北山之说有如此者，大田才佐有云。"

④ 若或就彼诗文，指摘其误，如彼之于徕翁诸居（萱园学派）之文，更仆曷尽。至经义之义，强辨妄解，不明邪正，不晢义理，骑蚝古贤，诬谤前修，犹市井小人，争利贪财，斗闹搏击，放口怒骂，喧嚣纷杂，不自知耻者矣。古圣人之温厚之旨，一扫而尽。自儒者以来，未有若喜六鹙黠也。

在上面几段文字中，锦城批判北山：① 性格狂妄；② 吸引门生结为党派；③ 轻视世儒；④ 欲借袁中郎之说获取名利；⑤ 对先儒肆意攻击等。要言之，大田锦城是站在传统的儒者立场，批评失去"温柔敦厚"之旨、激烈批判他人的北山像"市井小人"一样品行极其低下，并且暗地里常常企图争财获利。

这里引用的三人的批判中，共通之处是都批判了北山对名利的态度。这反过来也意味着批判者都是站在传统的儒者立场所下的论断。重名分、轻功利正是儒学的传统，又因朱子学更进一步得到强调。此外，"修己治人"、"修身"等内省式、禁欲式的态度也是朱子学的基本内涵，这正与北山矫激地批判他人的姿势相抵触。因此他们展开激烈的批判也是不无道理的。

而且，还可以想起当时江湖诗社的同人也受到与北山同样性质的批判。大田锦城曾极力攻击菊池五山和大洼诗佛。他站在保守论阵上，顽固地反对将诗文和儒学商品化。然而，追求名利是商品经济下职业文人所担负的命运，这么说一点也不过分。不管是身为町儒也好、职业文人也罢，如果他们不靠出售自身的学识和技艺来换取金钱，生活就无法达到安稳。正因如此，他们才动辄就汲汲于自我宣传。而在传统儒者和文人眼中，这看起来必定是非常庸俗卑劣的。这是两者立场完全不同所导致的。

而且没想到的是，江户后期的宽政年间至化政时期大约四十年间集中爆发这样的批判，这也是具有启示意义的事情。表明这一时期传统的学问和文艺的通俗化都在急速发展。而处于这个巨大旋涡中心的正是山本北山和江湖诗社的同人们。

二、奚疑塾的性质

上一节介绍了北山所受到的批判。接着,本节将讨论大田锦城所批判的第②点"吸引门生结为党派"。从奚疑塾成员的身份分析这个私塾的性质。

关于奚疑塾的成立时间,北山的《孝经集览》中有"奚疑塾藏"的文字,因此最迟也在此书刊行的安永四年(1775)前已经成立了。这一年他只有二十三岁。二十多岁的前半时期便成立了这个私塾。而且据说最盛期塾生达到了数百人。出身奚疑塾的人不仅有儒者和诗人,还有女子(文姬)、受舆论批判的人(山中天水)、戏作者(中井董堂)、歌舞伎作者(长岛寿阿弥)等。上引《枫轩纪谈》卷三详细记载了奚疑塾中一位女性的名字:

> 寄宿北山奚疑塾之门人①有十七人,其内妇人有二人。一云文姬,年三十岁许,善书,善诗,尝为伊能勘ケ由之妾者也。②

日本女子进入汉学塾大约是从这个时期开始的。这点与中国清代袁枚(1716—1797,字子才,号简斋、随园老人)的情形非常相似。中国女性诗人的数量也是到了清代才急剧增长的,其中也有像袁枚的"女弟子"那样非常著名的人物。中国新发生的文化现象传至日本并达到流行状态通常需要二百年左右的时间。然而,奚疑塾有女弟子入门是安永、天明年间(1772—1788)的事情,中日间并没有那么大的时间差。虽然无法确定当时北山是否知道袁枚女弟子的存在,不过到了化政期他似乎已经知道了这种存在。原因是诗佛出版了《随园女弟子诗选选》(文政十三年[1830])。安永、天明年间的时候可能只是偶然一致而已,不过结果可以解释为传统文艺的近世化(通俗化)现象。还可以看成是以下事实的一个例证:到了江户后期,从市民的文化生

---

① 《枫轩纪谈》卷三另有"寄宿北山者每月白米一斗五升,此外盐菜之料鎠(笔者按:劣币)各三百文"的记载。

② 诗佛的诗中也有言及文姬者,即《读闻秀文姬诗》(《诗圣堂诗集初编》卷五)。

活这点来看,中日之间的距离已经相当接近了。至少到了诗佛们的时代,男性诗人对女性诗人的心理上的抗拒感已经变得相当稀薄了。归根结底,这与诗佛身边的奚疑塾已经存在实例并不是毫无关联的吧。

除了女弟子以外,北山还允许道德上有问题的人物入塾。即山中天水(1758—1790,名恕之,字宣卿),世人都指责他好色。北山曾为其遗稿《晴霞亭遗稿》作序,其中提到:

> 或恶恕之于正兴曰:夫薄行不可结交,譬之如虎豹,饥则帖耳摇尾乞怜,小饱则咆哮欲食人。

不仅中野子兴(1765—1829,名正兴,号素堂。伊势州饭野郡中万里人),大田锦城也曾与天水是亲密的交友关系,奚疑塾的塾生和北山一样不拘泥因袭,带有自由主义因素。

另外塾中还有一位名为江间德人(名尚,号彭城,别号璞堂,俗称哲介,东都人)的人。他幼年时期曾从井上金峨受业,后又从学于北山。根据揖斐高的推测,此人即长岛寿阿弥(1769—1848,本姓江间,名秋邦,通称真志屋五郎作,别号有曇斋、月所、狂寿)。他创作狂言,还为长呗、净瑠璃作词,亦擅长连歌,曾担任幕府连歌师的"执笔"(在连歌的聚会上记录与会者作品的人)。北山自己也有汉文笑话集《笑堂福聚》,此外还为"读本"(江户后期小说的一种)作序文①。可见,北山主动地接受大众爱好的通俗文艺,并不拘于传统的雅俗意识,具有灵活开阔的思想境界。这点也可以和明末的三袁及其理论源头李贽(1527—1602,原名林载贽,后改名,字卓吾,泉州晋江人)联系起来。北山开放和自由的精神演变形成了奚疑塾的氛围。

塾中还有中井董堂(1758—1821,名敬义)。出生于江户,狂号为"腹唐秋人"。创作戏作(江户后期的通俗娱乐小说),艺名为"岛田金谷"。他同时也是书家、狂歌师,书法崇拜明代的董其昌,为大田南亩门下,著有狂诗集《本丁文醉》。狂歌属于大屋里住门下的本町连。

---

① 《枫轩纪谈》中有:"草纸作者马琴所著《燕石杂志》中有北山序,人薄之。又太田才佐少年之作中有春画之序。"

有洒落本《狂训汇轨本纪》。

此外还有富商入塾。例如石田醒斋(1780—1834,名笃,字伯孝)是在日本桥本石町营业的绢商,有巨万之财。他比诗佛年少二十八岁,但二人是非常亲密的好友,后来诗佛开设诗圣堂,根据清水砾洲的《ありやなしや(有邪无邪)》,醒斋即诗圣堂的常客。

其他塾生可参考本文附录的列表。

如上所述,奚疑塾是开放式的私塾,汇集了各种行业的人士,尤其以町人为塾生的主体。他们支持老师提倡的诗说,发挥和实现了在庶民之间确立新诗风的作用。

三、奚疑塾和秋田藩

山本北山虽然是町儒,但似乎也曾在某一段时期内曾担任了秋田藩和高田藩的顾问,尤其与秋田藩的关系非常深厚。宽政五年(1793)六月,北山受秋田藩主佐竹义和所邀,为整顿藩校"明道馆",前往秋田藩。当时诗佛也一同随行。常陆太田的大洼氏曾任于佐竹氏,或许因为这层家世渊源,北山才让诗佛随行的吧。诗佛在四十年后回忆当年那次旅行时提到:

> 予四十年前随北山先生到秋田,曾有句:过毛(下野)平野绝,入奥(陆奥)好山连。①

北山在秋田藩受到了厚禄之赐。《枫轩纪谈》卷三中有:"北山受佐竹所赐为十人扶持,此外又有赠物,此禄可比百石。"(原为日文)诗佛晚年也受到秋田藩的招聘,担任了明道馆的教授,有可能也是因为这层因缘。文化十三年(1816),诗佛为秋田藩主佐竹义和作挽诗(《恭挽天树公》,《诗圣堂诗集二编》卷四),其中感谢了他一生受到的大恩,并不觉想起了藩主的慈祥面容:"平生几度受恩隆,犹觉风流在眼中。"

另外,他们与秋田藩的家老疋田元祥(1750—1800,名定常、九华。

---

① 《过奥毛界并序》,《诗圣堂遗稿》卷四。

字考祥,通称鹤治)和疋田松塘(1779—1833,名厚纲,字伯纪,通称久马,后改称斋)父子也有交流。柳塘的墓碑是山本北山所作。诗佛曾作诗《赠秋田松塘大夫》(《诗圣堂诗集初编》卷九),其中有句"北游昔日到秋田,相识于今二十年",并自注"予受知于先大夫柳塘君"。松塘于文化十一年(1814)出版了《长堤竹枝词》(伊藤信编《日本竹枝词集》收录,华阳堂书店,1939年),其中所收的三十首诗作是松塘在江户藩邸时所作,诗佛对此加以评点,并有赠诗。

或许是因为这些缘故,奚疑塾的塾生中有很多都出自秋田藩。例如,馆天籁(1778—1827,本姓斋藤,字豹,通称豹藏。别号海庵、小仓山房等),本是秋田藩士,来江户后成为山本北山的弟子,与大田锦城、朝川善庵一起并称为"北山三才"。文政八年(1825)归乡,任藩校明德馆的教授。奥山榕斋(1781—1841,本姓井,名高翼,通称九平)也是秋田藩士,后任江户藩邸日知馆的教授,归藩后任明德馆的教授。此外,《臭兰稿甲集》中还收入了东海林泰明(名顺,俗称顺泰,秋田藩侍医)、东海林文哉(名郁,号娆山)、田一德(名长民,号月洲)等人的作品,他们也都是秋田藩的人。

如上所述,北山所率领的奚疑塾与秋田藩有深厚的关系。有可能通过与家老们的交往,从藩中吸收门生。这可能也是大田锦城所批判的一个方面。

[附录]奚疑塾塾生考

○ 山本信谨(1777—1837,字公行,号汎居、绿阴,通称良辅[介]),北山之子。《枫轩纪谈》卷三有:"北山之子自富士见御宝藏番入小普请,禄八百俵、五人扶持。"

○ 小川泰山(1769—1785),町医者小川笙船(1672—1760)之孙。雨森牛南为作传记,收录在《泰山遗说》(再版名为《经子考证》)中。

○ 柴山老山（1788—1852，本姓菅原，名琴，字冰清、太古。通称司）大野郡揖斐人。曾任山本北山塾的都讲，但不事吟哦，专攻经术。后受和歌山藩招聘，任教授。另外，老山还曾与之后来入塾的梁川星岩（1789—1858，名卯，后名孟纬，字伯兔，后字公图）一起刊行了《宋三大家律诗》和《浩然斋雅谈》。

○ 佐佐木圣父（？—1821，名万彦，字圣甫），"人称幕臣元典多六，其实是《霞关集》的编者石野广通的第二子。文政四年十月二十八日殁。歌为礼泉家门人、汉学为山本北山门下"（丸山季夫《泊洎舍年谱》，私家版，1964年）。其名见载于《江户诸家人名录》（文政年间刊）。初称三藏，号蒿斋，又号海棠园、狭狭城花禅，江户人。另外，池田玄斋《弘采录》卷九十九中有："但歌之古风已不复从前。今列侯之御歌大抵亦以佐佐木花禅为师。此亦为时势也。歌之变劣，较诗更显。"

以下据《诗圣堂诗话》：

○ 辻元崧庵（1777—1857，名昌道，号冬岭），自幼年时期游奚疑塾，诗从诗佛学，后为幕府医官，赐号为春院。

○ 小川藤吉，早夭。

○ 今川刚侯（？—1813，名毅，号绿窗），备后福山人。

○ 东方祖山（1748—1813，名望、由贤、屯，字满卿，通称宇左卫门）。加贺（石川县）大圣寺藩士。曾任自前田利道以后五代藩主的儒官。著作有《易说弁蒙》《祖山笔记》等。其子蒙齐亦学于北山，书法学市河米庵。

以下据《文藻行潦》：

○ 三浦义见

○ 山本明卿（名时亮，号北皋），东都人。《袁中郎先生尺牍》的校订者之一。

据《作诗志彀》：

○ 山田图南（1749—1787，名正珍，字宗俊），医者。为《作诗志彀》作序。

- 雨森牛南(1756—1816,名宗真,字牙卿,别号松荫)。后为大野藩医。
- 释性山
- 小野田克
- 柴田子介
- 宫川德,《袁中郎先生尺牍》校订者之一。
- 鸟居吉人
- 高井邦淑,陆奥人。为《作诗志彀》作跋文。

以下据《孝经楼诗话》:
- 汤上恭,加贺人。
- 橘景秀,江户人。
- 伊藤孝谊,江户人。

以下据《古文尚书勤王师》:
- 中岛嘉春
- 中村清成,奥山榕斋《辨艺园鉏莠》的校正者之一。

以下据《日本外史》:
- 三岛舜臣

以下据《作文率》:
- 石井忠厚,秋田人。
- 野上陈令,同上。
- 藤原豹,同上。

以下据《臭兰稿甲集》:
- 佐佐木仲佑(名一德,号艺斋),东都人。
- 松井延年(名寿,号碧海),东都人。
- 鹰野忠人(名贯、号鲁屋),东都白山鸡声洼人。以儒为业。
- 稻垣一德(号游山居士)。
- 稻垣君义(名正方,号旭山),信浓人。
- 叶潜夫(名虬),东都仕隐。
- 井上富藏,井上金峨(1732—1784)之孙,井上南台之子。

○ 山田子言(名致昌,号未兆,俗称源二,本姓星,名高,号雄飞)。陆奥二本松人,移居东都。

○ 山田直大(字伯方,号西湖),东都人。

○ 田中贞卿(名笃忠,号白下园、得得,俗称定二郎),东都人。

○ 田中子建(名见年,号梦蝶,俗称喜六),东都人。

○ 星野文凤(名阳,号景山,馆号绿桐)。

○ 原子振(名元麟,号江关,馆号昭昭),东都人,累世以医为业。

○ 原直夫(名刚),东都人。

○ 源仲鼎(名贞铉,号首山),八王子乡人。

○ 源伯固(名贞干,号凤山),馆称来仪馆,武藏八王子乡人。

○ 所君还(名维惠,号柳湾),奥州人。

○ 加藤陵霄(名泔卿,号北洲),东都人。居于骏州冈部驿。

○ 后藤行父(名笃义),东都人。

○ 释子德(名真随),相州人。

○ 野中新三(名知,号君山),东都人。

○ 石井子直(名惠,俗称英吉),奥州盛冈大槌人。

○ 长谷川光大(名实辉),东都人。

○ 新家玄常(名景明,一字子亮,号守静),远州人。寓居东都白银第三街。

○ 桥本子行(名德,号南华,俗称藤九郎),东都吹上人。

○ 冈村士干(名贞,俗称祐助)。

○ 坂井子衷(名启节),号东山。越后人。

○ 宫田方大(名直侯),东都人。

○ 中原伯节(姓中原氏若林,名包贞,字伯节,号鼓山、潜龙馆主人),东都人。

○ 中井子重(名美乔,号霜骨),东都人。

○ 铃木廉夫(名耻,号曰櫟屋,俗称范藏),武州川越人。

○ 保科硕笃(名宜俦,号八沟,俗称就助),东都处士。

- 三宅所助(名顺),备中人。
- 浦池鳞长(名潜),备中人。
- 久米井子工(名惟亮),东都人。
- 乔子元(名黄离,号冲斋),东都人。
- 高野伯忠(名恕),东都人。
- 高栗子有(名宽乔),信浓人。
- 小田切有济(名熙,俗称健藏),东都人。
- 小松叔韫(名教觅,号尾谷山人),常陆新治人。
- 大竹学夫(名近知),东都人。
- 大内宽夫(名栗,号桃花斋),陆奥人。
- 上田子中(名元吉,号翔谷),东都人。
- 菅野广正(名喜,号北林),下野人。
- 真里谷真君(名吉利,号玉山),武州江户人。
- 马岛文度(名安节),相州人。
- 牛洼雪(字百谷、号棠园),东都汤岛中坂人。

近 世 篇 IV

◎ 第十三章　中日民间诗社概说
◎ 第十四章　江户时代的江湖诗人
◎ 第十五章　江户时代的书画会

第十三章

中日民间诗社概说

——兼论其教育机能

笔者曾对大洼诗佛所属的江湖诗社和奚疑塾的主持者和成员等问题进行了论述。不过,诗佛并不只属于这两个团体,他还属于当时许多文人集团,曾参加过许多文人集会且非常活跃。甚至他自己也创立诗社、指导青年作诗。因此本章首先考察江户时代的诗社问题,查明诗佛和诗社的关系,同时讨论与中国诗社的异同,以作为比较对象。

中国的诗社原本产生于士大夫社会当中。士大夫的诗社自"文人雅集"发展而来,历史非常悠久[1]。魏晋时期,士大夫开始积极投身于诗歌创作。自此以后,在开设酒宴的同时吟咏诗歌成为一项"雅"的传统。假如将广义的诗社定义为由半固定的成员构成的频繁集会和持续作诗的集团,那么南朝齐梁的贵族文学沙龙也符合这些条件。南朝齐的永明年间(483—493),竟陵王萧之良的门下聚集了所谓的"竟陵八友",包括萧衍(梁武帝)、沈约、谢朓、王融、萧琛、范云、任昉、陆倕,此外梁朝的萧统(昭明太子)、萧纲(简文帝)、萧绎(元帝)等人的皇族沙龙也频频举办诗酒雅会。在这种汇集了许多俊秀的竞作场所,非常讲究诗的形式和韵律,表现技巧也得到提高。而且在比赛作

---

[1] 诗社出现的背景之一是文人集会的发达。熊海英的《北宋文人集会与诗歌》(中华书局,2008年)中对北宋文人集会进行了详细讨论。据此书,北宋的文人集会极其繁荣,诗社即其中一种。

品优劣的过程中,批评意识也得到提高,甚至产生了诸如刘勰《文心雕龙》和钟嵘《诗品》那样的诗歌评论。

另一方面,根据现存资料,民间诗社的成立比士大夫的诗社要晚得多。其最重要的原因是文言诗的创作被定位为士大夫的教养,其结果是:对于庶民来说,要创作这种形式和内容上以高度洗练为必要条件的作品逐渐变得困难。也就是说,魏晋六朝时期,作诗是一种象征着"士"这种上层阶层文化高度的教养。当这种情况得到强化后,结果便会导致属于"庶"阶层的民间人创作诗歌的障碍越来越高。

唐宋时代是中国诗歌最兴盛的时期,但上述状况并没有发生明显变化,只是某种社会制度和文化事业在缓慢地进行着变化,即科举制度和印刷出版事业。前者始自隋唐以来,后者始自唐五代,其规模开始扩大并对社会全体产生巨大影响则始自北宋以降。因此,民间出现诗社的条件也是宋代以后才具备的。

北宋后期以降,进士及第者人数每次可达四五百名。同时可以推测,科举的第一阶段(乡试)的考生自北宋后期以降超过十万人。因此,每三年举行一次的科举,每次都会产生大量的落第者,规模达到十万人,这些落第者大多数无法成为"士",而是沉积在民间。虽然是落第者,但他们也曾受过长时间的考试教育,具备士的教养——高度的诗歌技艺。虽然他们在举子业中是落伍者,但发挥着如同传教士一般的作用,使民间作诗人口不断增加。

另外,北宋后期以降,民间出版业兴盛。进入南宋后,以福建、江西、浙江为中心,出版业逐渐隆盛。民间书肆最初主要编纂刊行的是面向科举考生的教科书、参考书之类,但进入十三世纪后,也开始刊行与科举没有直接关系的书籍。其中也包括面向初学者的启蒙性质的选集和用语集等诗学的入门书。这些书籍的存在证明当时民间已经拥有一定数量勉力作诗的人口。接着可以确定,至迟也在十三世纪后半期(即宋末元初时期)已存在相当数量的与士大夫迥异的民间诗人。这种诗人层范围的扩大是以民间诗社的成立为前提条件的。假设将士大夫文人的集团化成立定位于齐梁时期,那么二者之间存在大约八百年的时间差。

不过,如果将士大夫和民间的诗社进行对比,两者之间存在无法忽略的差异。前面笔者曾试着对广义的诗社进行了宽松定义,此处再重新提示一下,(广义的)诗社是指由半固定的成员构成,频繁而持续地举办诗会的作诗集团。首先参照以上条件,对两者间的差异进行考察:士大夫的诗社即便满足以上条件,活动的持续时间也更倾向于比较短的时间。尤其是在唐宋时代,更是如此。这是因为士大夫的生活方式通常以三年为期,需要不停地变换职务岗位。例如很多时候,当一位有诗名的士大夫去某个地方都市当地方官,并在当地结成诗社,当该士大夫任期结束,需要迁至其他都市时,这个诗社的活动也会陡然衰退,甚至不得不休止。这是因为这个诗社的活动很大程度上依赖该士大夫。与之相反,民间诗社的活动则往往持续时间很长。这是因为民间诗社以民间人为主体,主要成员都居住在同一个都市里,生活方式与经常需要移动的士大夫不同。

此外,两者还有本质上的不同。士大夫的诗社通常是已具备高度诗歌技艺的同人进行平等的交流或者创作竞争的场所,其中几乎不包含启蒙和教育的要素。另一方面,民间诗社中既有与士大夫诗社类似的诗社,也有面向初学者的启蒙性诗社,不管是目的还是水平,都是多种多样的。但是,士大夫的诗社比较缺少面向初学者的启蒙性磨炼场所的功能,而这点正是民间诗社的一大特征。

当然,民间诗社原本就是从士大夫诗社发展而来的,因此两者之间也有无法严密区分开来的时候。士大夫也会参加民间的诗社,民间诗人也会参加士大夫的酒宴。本文就是着眼于诗社的成员(是士大夫还是民间人)和功能(是比赛作诗还是教育)的视点,将之分为两大类进行考察。首先,从中国民间诗社的出现情形出发进行讨论。

一、中国古代的民间诗社

(1)宋元的民间诗社　一般认为,中国最早的"社"是东晋慧远主持的"莲社"。但是,虽然也传存下来相关的诗作,"莲社"仍然属于宗教性的结社,并不是纯粹的诗社。至唐代,中唐时期的诗歌中出现了"社"和"吟社"等语,但都是指僧侣和贵族的诗社,很明显不是民间的诗社①。

　　考察诗社的先驱研究有欧阳光的《宋元诗社研究丛稿》(广东高等教育出版社,1996年),其中对诗社在宋元时代的盛行进行了论述。但是,欧阳光在论述的时候没有明确区分北宋和南宋,叙述也稍欠准确性②。两宋三百年间,诗社的活动越接近北宋末期越活跃③。其原因大约是在文字狱盛行的时期,士大夫刻意回避诗社等集团活动。于是在北宋阶段,以士大夫为中心的集团活动成为绝对的主流,民间的诗社并没有那么引人注目。④

---

① 欧阳光《宋元诗社研究丛稿》(广东高等教育出版社,1996年)下编"宋元诗社丛考·弁言"中引用了以下诗句来证明诗社的出现并不是从宋代才开始的:① 中唐司空曙《题凌云寺》诗中的"不与方袍同结社,下归尘世竟何如"句;② 同上《岁暮怀崔峒耿湋》诗中的"洛阳旧社各东西,楚国游人不相识"句;③ 晚唐高骈《途次内黄马病寄僧舍呈诸友人》诗中的"好与高阳结吟社,况无名迹达珠旒"句;④ 同上《寄鄂杜李遂良处士诗》诗中的"吟社客归秦渡晚,醉乡渔去浃陂晴"句;⑤ 晚唐温庭筠《重游东峰密宗禅师精舍》诗中的"暂对山松如结社,偶因麋鹿自成群"句(第155、156页)。其中可以确认为诗社的是③④。高骈(821—887,字千里)是南平郡王高崇文之孙,也是晚唐的名将。①和⑤皆与僧侣有关。
② 上引欧阳光的论著中将耆英会、尚齿会、真率会认定为诗社,但笔者认为这些属于文人集会,应该排除在外。
③ 当然,宋初已经存在诗社。例如上引欧阳光的论著中举出了景德三年(1006)丁谓(966—1037,字谓之、公言)所作的《西湖结社诗序》(第162页)。另外,其中列举的北宋时期的诗社有:(1)贺铸(1052—1125,字方回)于元丰年间设立的彭城诗社;(2)邹浩(1060—1111,字志完)于元祐年间设立的颍川诗社;(3)徐俯(1075—1141,字师川)的豫章诗社;(4)叶梦得(1077—1148,字少蕴)于重和、宣和年间设立的许昌诗社;(5)李若水(1093—1127,字清卿)于宣和末年设立的诗社;(6)欧阳彻(1091—1127,字德明)的诗社;(7)许景衡(1071—1127,字少伊)的横塘诗社;(8)僧云逸于宣和年间设立的吟梅社。自(4)以后皆为北宋末期设立的,因此可以认为诗社的大量出现是从北宋末期开始的。
④ 例如,丁谓的诗社和唐代的诗社一样,是士大夫和僧侣的结社。他自己是官吏,其诗社的成员中"贵有位者,闻师之请,愿入者十八九。故三公四辅、宥密禁林、西垣之辞人、东观之史官、泊台省素有称望之士,咸寄诗以为结社之盟文"(上引《宋元诗社研究丛稿》,第162页)。前注中,(1)是贺铸在徐州任官时,与当地的文人结成的诗社。(2)是邹浩任颍昌府学教授时成立的诗社。(3)的成立时间不明确,大概是徐俯在南昌任教授时,与此后成为进士的士人们结成的诗社。(4)的成员大多是官员的子弟。(5)、(7)的详细情况不详,大约是李若水进士及第以前的事情。值得注意的是(6)的成员大多是青年平民诗人。可惜的是欧阳彻遭逢国难,因参与到政治当中,年仅三十七岁便被杀了。

进入南宋以后,民间诗社增加,而且愈到后期愈发显著。例如南宋后期的江湖诗派,归入这一诗派的138人中,至少可以确定有21名诗人参加过各种不同的诗社活动。① 不过,因为缺乏相关资料,他们参加的诗社具体而言到底是什么性质尚且不太清楚。但是无论如何,江湖派的成员大多数都是下层士大夫或者布衣,可以想见与北宋时期以大官为中心的诗社呈现出的样态应该是不同的。

　　进入元代,民间的诗社活动变得更加生机勃勃。江浙尤其盛行。而且,民间主体是很难通过当时的政治状况来确定的。也就是说,南宋故地的中心地区江浙一带因为是被征服地域,当地出身的人长时间被剥夺了在中央政治舞台活跃的机会。另外,因为四十年未实施过科举,江浙的很多知识人完全失去了前途出路,只能像民间普通百姓一样生活。所以这一时期在这个地区设立的诗社自然也带有很浓重的民间色彩。

　　根据上引欧阳光的论著,元代的诗社活动许多时候会采用以下形式:首先确定诗题,再募集作品,并拜托名士和大儒,请他们进行品评②。一个典型的例子是,元代至元二十三年(1286),月泉吟社以《春日田园杂兴》为题募集诗作。其实,从宋元时期至元末,还有很多集会采用了同样的形式运行。例如至顺年间(1330—1333),濮彦仁(?—?)等人举行的"聚桂文会",以杨维桢为阅卷官,聚集东南地区诸名士创作文章,数量达到500人(朱彝尊《曝书亭集·徐一夔传》)。这虽不是诗社集会,但却反映了当时流行这种集会形式。明代李东阳(1447—1516)也在其《麓堂诗话》(《丛书集成初编》本)中记载:"元季国初,东南人士重诗社,每一有力者为主,聘诗人为考官,隔岁封题

---

① 根据的是欧阳光《宋元诗社研究丛稿》的计算(第3页),"与江湖诗派有关的诗社"一节中有详细列举(第250页)。
② 上引《宋元诗社研究丛稿》中有:"关于诗社的活动形式,根据现有的材料,宋代诗社大都离不开分韵赋诗,次韵唱和的路子,具有相当大的随机性。而在这方面,元初诗社却要正规得多。首先,元初的诗社活动要定出一个诗题……其次,要聘请名士硕儒充任考官,担任评裁诗卷的工作。……第三,诗稿完成后,考官将从中选出优胜者,确定名次,并写出评语。……第四,有些诗社还要根据名次对优秀者给予物质奖赏。"(第53页)

于诸郡之能诗者,期以明春集卷,私试开榜次名,仍刻其优者,略如科举之法。"研究者曾指出,这种公开募集诗作的形式,设置了考官以求公正地评定优劣,是在模仿科举制度。①

那么,诗社为何要模仿科举制度呢?其实这不是从元代才开始的,要一直上溯至北宋。北宋时期原本已经存在两种类型的诗社。根据熊海英的《北宋文人集会与诗歌》(中华书局,2008年),一类是文雅之士在职务余暇与师友相聚,咏诗并相互品评,这是非功利目的的诗社;另一类是为了准备科举考试,设立严格的形式和规则,是功利目的的诗社(该书上篇第二章第五节)。大约从南宋中期开始,后者开始增加。元代以降,这一类诗社逐渐增加。这种诗会的主持者模拟"会课"和"课社"制度②,让参加者竞赛作诗。也就是说,宋代会课已经成为诗社的一种类型。

元代初期,虽然长时间没有实施科举,但州县学以下的书院、私塾等各种教育机关尚还继续存在,这些教育单位便成了诗社的根基。例如上述月泉吟社是以浙江浦江的月泉书院为基础的。而且,在月泉吟社的公募中入选前几位的人也多是教授之职(宋代的诗社也有以教授为社主的时候。本章注中提及的邹浩、徐俯即是如此)。这一事实证明当时的诗社和书院有很深的关联性,同时也可以回答上面的疑问:诗会活动的形式究竟为何要模仿科举。入选的诗人在自己创作诗歌的同时,还会指导自己的学生,他们无疑会让学生也参加这样的诗歌竞赛,以提高学生学习作诗的动力。

如熊海英在上引著作中指出的那样,北宋后期诗社的出现明确体现出以下两点:文人集会的成员转变为下层的士大夫阶级,文学的

---

① 此外,清代钱谦益(1582—1664,字受之)曾指出"月泉吟社仿锁院试士之法"(钱仲联标校《牧斋初学集》卷八十四《记月泉吟社》,上海古籍出版社,1985年,第1763页)。

② "会课"形式北宋末期已经出现。例如,《东莱吕紫微师友杂志》(《丛书集成初编》本)中有:"崇宁初,予家宿州,汪信民教授……三人(汪革、黎确、饶节)者,尝与予及亡弟揆中会课,每旬作杂文一篇、四六表一篇、古律诗一篇,旬中会课,不如期者罚钱二百。""课社"是准备科举考试而形成的集团,并不只作诗,也作文章。《宋元诗社研究丛稿》中也对"课会"和"课社"进行过介绍。

生成场所从中央扩散至地方。这种成员身份以及地域的扩大自然而然会促进结社活动的通俗化。其原因是士大夫的人数不管哪个时代都是固定的数量,如果诗社的绝对数值增加的话,士大夫占全体参加者的比重会越来越轻,相反,民间平民的比率自然会提高。

从南宋到元代,民间诗社的大量形成与非士大夫阶级知识人的增加有关。前面已经提到,这种量产知识分子的机制与科举制度和印刷文化的发展有关。尤其是元代以江浙为中心的南方知识分子,因为北方异民族政权的建立,失去了成为士大夫的途径,这才结成诗社,以自己的作诗技艺为本钱,将指导后进作为自己的社会职责。

(2) 民间诗社的发展　明代,民间诗社仍然继续发展,且愈加多样化①。明清交替时期,出现了很多带有政治性色彩的结社活动。当民族间的紧张关系得到缓和,重新归于太平之世时,诗社活动也变得活跃。直到清代乾隆年间,迎来了文化最为繁盛的时期,职业文人增加,诗社较多地是出现在经济繁荣的江南各都市为首的地方上。民间诗社很多时候由富商(主要是盐商)主办②。至清末民国,诗社的数量和规模得到了更进一步的发展。近年出版的二十六册本《清末民国旧体诗词结社文献汇编》(南江涛选编,国家图书馆出版社,2013年)即其证明。在"出版说明"中提到清末民国的诗社总共达到了1 000社。类型也非常多样化,有"娱乐型"、"征友型"、"宗风型"、"学术型"、"教学型",其中"教学型"就类似上面论述的模仿科举制度的诗社。要言之,是一种以教育和培养人才为目的的诗社。也可以说,这

---

① 郭绍虞在《明代文人集团》(收入《照隅室古典文学论集》,上海古籍出版社,1983年)一文中将明代诗社分为三个时期,论述了各个时期的特征。而且将这三个时期归纳为诗社的三种类型。即:第一,"诗酒唱和的诗社"(趣味型/从洪武至景泰年间);第二,"提倡诗说的诗社"(主张型/从天顺至万历年间);第三,"与政治有关的诗社"(政治型/从天启至崇祯年间)。

② 袁枚(1716—1797,字子才)的《随园诗话》卷四中有:"升平日久,海内殷富。商人士大夫,慕古人顾阿瑛、徐良夫之风,蓄积书史,广开坛坫。扬州有马氏秋玉之玲珑山馆;天津有查氏心谷之水西庄;杭州有赵氏公千之小山堂;吴氏尺凫之瓶花斋。名流宴咏,殆无虚日……马氏玲珑山馆,一时名士,如厉太鸿、陈授衣、汪玉枢、闵莲峰诸人,争为诗会,分咏一题,裒然成集。"(雷瑨注《笺注随园诗话》,鼎文书局,1974年,第128、129页)玲珑山馆即盐商马曰琯、马曰璐兄弟的藏书楼。

种诗社最能反映民间诗社的特征。其原因如前所述,士大夫已经具备了高度的诗歌创作技巧,而民间成立的诗社则将品评诗歌和传授诗技作为大量吸引成员的手段。这种现象在日本是否也同样存在呢?以下即以江户时代的诗社为对象,进行比较研究。

二、江户时代前中期的民间诗社

(1) 官儒的诗社　日本的平安时代和室町时代,在贵族和禅僧之间也有诗社和诗会,不过直到江户时代才变得尤其活跃。江户前期,儒者的诗社特别多。在日本汉诗文创作史上,江户时代"儒者"这一职业的成立具有重大意义。他们原来的本职是思考和研究儒学,但汉诗文的学习和创作对他们来说是一切的基础。因此儒者中也有一些人结成诗社、积极地投身诗歌创作。

例如,伊藤东涯(1670—1736,名长胤,字原藏、源藏、元藏)父亲仁斋的门人北村笃所(1647—1718,名可昌,字伴平,通称伊兵卫)曾与村上冬岭(1624—1705,名友佺,字漫甫)、堀兰皋(？—？)等人每月六回集体阅读"二十一史",同时屡屡举办诗会。会主轮流担任,尤其是在冬岭的斡旋下,诗社活动竟然持续了"绵绵二十有余年"[①]。诗会必有饮食,这点与后世的诗会是相通的。另外,东涯的诗集中也有:《中春偶书　二月十六日日野公诗社》(《绍述先生文集》卷二十二)、《春湖泛舟　十八日诗社》(同上)、《春夜雨　二月十六日日野公诗

---

① 伊藤东涯《先游传》(《日本儒林丛书》第十四卷,凤出版,1971年)"北村可昌"条中有:"北村可昌,字伊兵卫,号笃所。江州江部庄之土豪,夙好读书,游京周旋于诸儒之间。后师事先子,草定古义,多其笔授。推为高弟,博物洽闻,有记览之名,人以为书淫。州郡屡有征聘不偶。在京四十余年,搢绅之间,多所亲遇,近道诸镇,或被礼待。晚岁与冬岭、兰皋等诸人,会集阅史,青衿之士,多所造就,谈吐爽快,议论风生,语朝仪知世变,听者忘倦。社中会集,必虚左迎之,至曰无车公不乐……"(第9页)"村上友佺"条有:"晚与笃所、兰皋诸人,会集阅二十一史,逐月六次,不避寒暑伏腊,中岁后识先子,时时折柬相邀……"(第4页)《日本诗史》(《新日本古典文学大系》65,1991年)卷三提到:"当时诸儒,会读二十一史,会月数次。又结诗社,并轮会主,必有酒食。临期,会主或有他故,冬岭必代为主,以故社会绵绵二十有余年。后进所作,时有佳句,则击节叹称,吟诵数回。一时艺苑赖之吐气,其自运亦矫矫乎一时矣。"(第92、93页)

社》(卷二十七)、《追和杜审言早春游望韵 戊寅正月六日长尾顺哲诗社题》(卷二十二)、《秋夕闲望得残字 七月廿四日冈东庵诗社》(卷二十四)、《对酌 六日寅所宅诗社题》(卷二十七)、《雪晴 腊月六日小仓恭诗社题》(同上)等作品可以证明。大约从元禄年间开始,儒者和公家之间诗社(诗会)的举办数量也变得多起来。

(2) 町儒者的诗社 民间的诗社活动可以说是由于町儒者们才发展起来的。一般认为,田中桐江(1668—1742,名省,字省吾)的"吴江社"是最早的。桐江曾仕于柳泽吉保,同一时期荻生徂徕也在吉保手下任职,故二人结下了深厚的友谊。然而,桐江因杀伤吉保宠幸的奸臣,逃亡到奥州,最后听了熟人的劝告,隐居在大阪的池田。享保九年(1724)在隐居的地方开设了"吴江社",这个诗社的成员大多是武士和僧侣①。享保年间正当萱园学派盛行的时期,桐江因为与徂徕门人有密切关系,也提高了他的诗名。

这一时期有名的诗社大多是由出身徂徕门下者所设立的。服部南郭的门人安达清河(1726—1792,名修,字文仲)曾开设名为"市隐草堂"的诗社,以一般的武士和町人为对象,教授汉诗。宝历四年(1754),龙草庐(1714—1793)在京都与芥川丹邱(1710—1785,名焕,字彦章)、清田儋叟(1719—1785,名绚,字君锦)等人结成"幽兰社"。此社轻儒学,重视诗文,因此被世人戏称为"游乱社"(《先哲丛谈后编》卷八"龙草庐"条),这是由于社主龙草庐的性格决定的。清田儋叟的二哥江村北海也从五十多岁致仕以后,每月十三日聚集门生和名士于赐杖堂作诗。参加者很多是幽兰社的成员,如芥川丹邱、武田梅龙(1716—1766,名维岳,字圣谟、士明)、林东溟、村濑栲亭(1744—1819,姓源氏,名之熙,字君绩)②等。

---

① 吉田锐雄的《田中桐江传》(池田史谈会,1923 年)中有:"最初,社友为二十余人,之后逐渐增加,列名其中者,士人五十名,缁徒五十二名,共计一百零二人。"(第 30 页)
② 金龙道人敬雄的《北海诗钞序》中有:"及青山侯移封郡上,君锡亦辞职而去。其后君锡与余相识于城南,与谋倡诗社,则芥元章、武圣谟辈应之,寻复林周父、源之熙,暨一时知名,济济乎来盟矣。于是良会无虚月,雅倡披幽襟。则洛阳诗社惟此时为盛矣"(《北海先生诗钞》,《诗集日本汉诗》第五卷,汲古书院,1985 年,第 315、316 页)。

以上诗社中,混沌社是一个性质有些特殊的诗社,它的前身是木村蒹葭堂(1736—1802,名孔恭,字世肃,通称坪井屋吉右卫门)于宝历八年(1758)开设的蒹葭堂会。此会每年开六次小会、二次大会,制定了严格的规则①。七年后,即明和二年(1765),佐佐木鲁庵(1733—1782,名凤,字子岳)与其诸多好友在大阪结成"混沌社",推举片山北海(1723—1790,名猷,字孝秩)担任盟主。北海出身农民,曾在京都设立私塾,尾藤二洲(1747—1813,名孝肇,字志尹)、赖春水(1746—1816,名惟宽,字千秋)都是其门下。"混沌社"的同人据说超过三千人,成员多是二十多岁、三十多岁的青年,中心成员是商人和医者等"町人"(江户时代住在城市的手艺人和商人等)。赖春水的《在津纪事》中详细记载了这个诗会的情况。这里介绍其中的一部分:此会于每月十六日举行,即席分诗题,探韵作诗。诗会的程序是:写字台上只准备一张纸,禁止写草稿,思考好腹稿后,就在这张纸上缮写。这是社主片山北海的提案。另外,在赋诗期间还提供丰富的饮食。诗题从时序晴雨开始至咏史等②,可以说如实地反映了当时诗社的情况。

　　如以上概括的那样,享保年间开始,民间已经出现了结社之风。而且,与中国诗社呈现出多样性相比,江户时代的民间诗社特殊之处在于主要实现的是教育年轻诗人的功能。这点也使得江户时代的民间诗社与传统的文人雅集之间产生了巨大差异。这种现象是由日本的儒者(尤其是町儒者)的性质所决定的。也就是说,日本的儒者主要以教授为本职,除此以外几乎没有诸如提倡诗说、参与政治类型的诗社。尽管如此,这一时期的诗社成员本身缺乏成为诗人的意识,虽

---

① 可参考野间光辰《蒹葭堂会始末》(收录于《近世大阪艺文丛谈》,大阪艺文会,1973 年)。
② 《在津纪事》(《新日本古典文学大系》97,岩波书店,2000 年)中有:"混沌诗社,每月既望,诸子会集,分题探韵各赋。诗成取几上一纸书之。不别立稿。盖腹稿已熟也。故无有临书踌躇,无有故纸狼藉。"(第 191 页)"社友相会,交际甚昵。浪华之俗,酒馔极丰,拈韵赋诗于杯盘交错之间","(河野)恕斋好客,常留酌赋诗。一日谓众曰:时序晴雨之词,已觉可厌,请分咏国史何如? 皆曰:善……尔后社会,辄以此为课,体限七律。至数十首,裒然为册。"(第 196 页)

然培养了大量知识人,但很少有人走上了诗人的道路。例如混沌社的成员中尽管一般庶民占据了很大的比重,但他们以诗立身的意识很稀薄,还是有很多的年轻参加者(如赖春水)将诗歌创作看作儒学的附庸。然而,民间诗社如此隆盛当然酝酿着江湖诗社诞生的时机。

三、江户后期的民间诗社——诗佛和化政时期的诗社

本节对诗佛时代的诗社进行考察。诗佛的时代,开设的诗社比从前更多,规模更大,开展了许多积极的活动。诗佛所属的"江湖诗社"以外,还有山本北山结成的"竹堤社"。而且江湖诗社的社友柏木如亭与云室(1753—1827,名鸿渐,字元仪等)结成了"小不朽吟社"①,同为江湖诗社社友的宫泽云山在下总铫子设立了"烟波吟社",仅拿与诗佛有紧密关联的人来说,也可以马上举出以上四个事例。

江户后期的诗社与前中期相比,活动的持续性、连续性并不比以前差,此外更能发挥诗社培育诗人的功能,与儒者的诗社受到门派限制不同,后期各诗社通过交流使诗人集团化。而且提倡诗说的意识增强,给诗坛带来了影响。例如,菊池五山的"冰云社"继承了如亭的"小不朽社",在盟主五山去世后也还在继续。《五山堂诗话》卷七有以下记载:

> 余近结诗社于麻阜,名曰冰云社。① 西湖、② 琢斋、③ 桂丛、④ 春岸、⑤ 静庵、⑥ 三溪等诸人,并为其选。每会咏一题,使余品甲乙,为抄近业以传清响。②

"麻阜"可能是指今天日本东京港区的麻布。"为其选"大概是指负责为参加者所作诗歌品评优劣,选出诗社中的俊彦。最终将优秀者

---

① 《五山堂诗话》(《词华集日本汉诗》第二卷,富士川英郎等编,1983 年)卷五中有:"云室昔日唱小不朽社,当时订盟者,桐君兰石、柏如亭、平梅溪、源台山、边赤水、高西巷、田好古等八九人,轮流为主,盛作诗画之会。后如亭去都,梅溪下世,此会中绝。二三年来,云室继而新之,新参者:西圭斋、野西湖、藤琢斋、服古颠、藤三林、而台山、西巷、岿然尚在,数子皆累于画,吟诗者,惟台山、西巷、琢斋三人耳。"(第 413 页)
② 上引《五山堂诗话》,第 440 页。

推荐的佳作进行排序的是由社主菊池五山负责。入选者的有：① 西湖（浅野西湖，？—？，名晁敬，字苟）、② 琢斋（藤文卿）、③ 桂丛（江连尧，字君致）、④ 春岸（木圣揆，字若节）、⑤ 静庵（木汉征，木圣揆之子，字有道）、⑥ 三溪（浅野元谦，浅野西湖之子，字公受）。其中，①②两人曾是"小不朽社"的成员。著名诗人大沼枕山（1818—1891，名厚，字子寿）似乎也参加过这个诗社，枕山有《六月廿八日，中五山翁十七周忌辰，雪江会诸友于浅草水寺，次其绝笔韵》（《枕山诗钞三编》卷下，《诗集日本汉诗》第十七卷）一诗，内容如下：

> 五门诸彦散，赖有我徒同。莲寺以诗会，如参冰社中。

当天正值菊池五山的第十七回忌，枕山等人在浅草寺缅怀五山，同时举办诗会。首句的"五门诸彦"意为五山的门生，因此"冰社"很有可能是指冰云社。

江湖诗社也是同样的情形。自从盟主市河宽斋担任富山藩的儒官，长期不在江户，社友们便各自结成了自己的诗社，举行诗会。例如诗佛曾和柏木如亭一起结成"二瘦诗社"，据说因为不收会费，参加者达到上百名。诗佛和如亭也借由大量参加者的力量，宣传清新诗说，反对格调派①。接连出现这种有继承关系和成员有紧密联系的诗社，既密切了文人间的联络，也极大扩张了文人圈。不同的诗社间频繁地进行成员交流，尤其是著名诗人被各个诗社邀请出席。在某个诗社举办诗会的时候，其他社也会有人来参加。而且，诗社的活跃化给年轻人提供了学习汉诗的机会，由此逐渐扩大了诗人群。

江户后期的诗社在功能层面上比前中期的诗社更加多样化。再者，不仅有文人集会这一个侧面——如本章第一节中的（2）以及郭绍虞《明代文人集团》（见本章注释）中分类的明代诗社那样——而且功利性也增强了。更具体来说，江户后期的诗社具备以下四个特征：

---

① 《诗圣堂诗话》（《日本诗话丛书》第三卷，凤出版，1972年）中有："余尝与舒亭（柏木如亭）开诗社于东江精舍，号曰二瘦诗社。来与盟者百余人，北山先生作之引。固不受一星之银、半尺之布，痛斥世之为李王者。于是格调之徒，猪怒虎视，议论讻讻不止焉。然由此得人亦不少，世之刺我非我，于吾乎何有。"（第454页）

① 实现了相当于汉学汉诗的私塾或者"道场"的作用。也就是说，诗社的优秀者担负着指导后辈们诗文作法的责任。

② 诗社不仅会单独活动，几个诗社间的交流也非常盛行，其结果使得文人之间的交流更加盛行。

③ 形成了文人间的交际圈，由此可以交换文学市场上的情报，结果使得文人作品可以迅速在市场上流通。

④ 交流变得开放化，对原本处于文人圈以外的商人和农民等也开放门户，有时还有密切的合作。

汇集了众多"名士"的文人圈（几个诗社的联合）当然会给诗坛甚至社会带来巨大的影响。首先，①由于诗社培养后进的教育机能成了中心机能，所以出现了越来越多的汉诗人，人才辈出。而且，由于②相互交流变得非常频繁，形成了强大的文人圈，这种圈子使得文人可以脱离固定的支援，结果带来自立性的提高。由于③的机能，诗人如果处于这个圈子当中，便可以充分地生活自足。

要言之，江户后期诗社的发展打破了一直以来固化的儒者世界，不仅仅是诗酒唱和，还强化了功利性（提倡诗说、成员交流、获得名声）。从这点而言，与宋元以来中国诗社的发展在内容上是一致的。

第十四章

江户时代的江湖诗人

——化政期的诗会和出版

江户后期,天明七年(1787),市河宽斋(1749—1820,上野人,名世宁,字子静,通称小左卫门)在江户神田设立"江湖诗社"。从这个诗社诞生了大洼诗佛(1767—1837,常陆人,名行,字天民,通称柳太郎)、柏木如亭(1763—1819,江户人,名谦[后名咏],字益夫[后字永日],通称门作)和菊池五山(1769—1849,赞岐人,名桐孙,字无弦,通称左大夫)等席卷文化文政期(1804—1829)诗坛的汉诗人。诗佛、如亭、五山三人的共通之处是皆为专业的布衣诗人。而且,他们可能也是日本汉诗史上最先成熟的职业诗人。化政期成熟的职业诗人和江户前中期的诗人在生存方式上有巨大差异。即江户前中期的诗人主要以教授诗文为生存手段,而成熟期的职业诗人则使用各种各样的手段来支撑富裕的生活。举办诗会就是其中之一。

尽管如此,如果追溯诗会的历史,它本就是中国文人唱和而产生的一种形式。与汉诗一起传至日本,平安时代的诗题中可见"诗宴"、"诗会"等语。下至室町时代,五山禅林间也频繁举办规约完备的诗会。朝仓尚在其论著《禅林的文学——诗会及其周边》(清文堂出版,2004年)中提到了其重要性:"诗会在禅林中是备受注目的存在,能参加诗会是令众僧羡慕的事情。"① 江户时代诗会的形态与五山禅僧举

---

① 朝仓尚《禅林的文学——诗会及其周边》,清文堂出版,2004年,第8页。

办的诗会应该是承继关系。当然,集会的主体和参加者的身份等与五山禅林的诗会有不少差异,但是在规约和顺序等方面相共通的地方很多。例如江户时代的诗会主要是由诗社成员进行的,不过也有与他社进行交流的诗会。这点与五山时代的"内众的诗会"(塔头和寮舍内部僧人举办的诗会)和"友社的诗会"(其他寺院的僧人招请有密切交往的文笔僧举办的诗会)之间的关系非常相似。但是,江户后期的诗会中,面向一般民众的诗会逐渐增加,不仅限于诗社成员,而是以参加者的扩大为目标。再者,与出版事业相关联也是江户后期诗会的重要特征。

从大洼诗佛诗圣堂所举办的诗会可知,出版促进了诗社的诗会转变为面向一般人的诗会。文化三年(1808)秋,诗佛在神田的"お玉が池"(玉之池)畔构建了新居,开诗圣堂,祀杜甫像。诗圣堂在文政年间的盛况在清水砾洲(1799—1859,名正巡,字士远)的《ありやなしや(有邪无邪)》(《续日本随笔大成》第八卷,吉川弘文馆,1980年)中有详细的描写。接下来将参照其原文,对诗圣堂的盛况进行介绍。

诗佛的诗会于每月七日举行。参加诗会的有:冈本花亭(1767—1850,名成,字子省,通称忠次郎)、大沼竹溪(?—?,大沼枕山之父,通称次右卫门)、菊池五山、朝川善庵(1781—1849,名鼎,字五鼎)、宫泽云山(1781—1852,名雊,字神游)、馆柳湾(1762—1844,名机,字枢卿,通称雄次郎)、盐田随斋(1798—1845,名华,字士萼,通称又之丞)等文坛泰斗。此外还有不破右门(?—?,字子温)、山地蕉窗(1777—1847,名宽、正诚,字孟教,通称武一郎)、池守秋水(1778—1848,名龙,字潜夫。龟田鹏斋的门人)、五十岚竹沙(1774—1844,名主膳,字主宝)等也是常客。

> 故乞书画者,多卜此日乞诸先生挥毫者。故画人竹谷([眉批]依田竹谷,名瑾,字子长)武清([眉批]喜多武清,名字子子慎,号可庵。并为文晁弟子)等亦出席,田舍汉等皆来谒先生。若行束修,得委托求之诸先生,自加州等国裹粮、寓宿先生之家者不绝如缕。(原为日文)

因为有许多书画名家参加诗圣堂的诗会,所以希望能够得到他们书画的人也挑选在诗会举办日大量聚集参加此会。而且,诗佛的书画受到很高的评价,从地方上京,想得到其书画的人络绎不绝,有的甚至成为诗佛的门生。

上文中值得注意的是,乞书画的人"卜日而来"的事实。"卜"应该如何解释呢?说明他们确实事前便已经知道诗会的日期,那么这些情报他们是从哪里得到的呢?当然也有可能是通过口耳传闻得到信息的,不过也有其他的可能性,这是通过一些保存至今的文献得到提示的,即"人名录"。

一、江户时代的"人名录"

诗会情报在广泛范围内为人所知的传播背景之一,是当时印刷业的发达提供了巨大的贡献。那些久居江户的人尚且还好,对于地方上那些想参加诗会甚至不惜远道上京者来说,要准确得到诗会的举办场所、举办日期等情报绝对不是件容易的事情。为他们提供了极大便利的就是印刷出版的"人名录"。此类书籍的主要刊本都收录在森铣三、中岛理寿所编的《近世人名录集成》五卷(勉诚社,1976—1978年)。这套丛书是按照地域和职业进行区分的,共收录了六十四种人名录。现在从与汉诗有关的人名录当中,摘选出能够反映各地域职业诗人成熟的"诗"类或"诗人"类,以及相关"会日"的记载。

京都是最早出现人名录的地域。明和五年(1768)刊行了《平安人物志》初版,安永四年(1775)刊行了二版,二书设立的门类有:"学者"(初版中此类有注:儒士、医家、商贾、浮屠)、"书家"、"画家"、"篆刻者"、"卜筮者"、"相者"。天明二年(1782)刊行的三版中新增了"历算"和"本草"两类。文化十年(1813)刊行的四版在分类上有重大改变,凡例中有以下说明:

> 旧刻专以知文雅之士姓名、字号、居处、俗称等为主,今亦从之。虽旁及一二技艺、然若武技俗艺之类,则不载之,盖以文为主也。

以上明确记载了新增了一两种技艺。新增加的是:"诗"、"韵"、"和学"、"歌"、"物产"、"好事"、"喎兰"、"奇工"、"女流"九种门类。这反映了文化年间已经对文艺和技术全面而细致地进行了职业分类。

"诗"的门类当中,仅记载了七人(杉冈道启、梅辻春樵、石川竹厓、武元登登庵、畑橘洲、泽村兰斋、濑尾文),而在"凡例"中有明确记载"儒家率皆善诗,故不于诗再出焉",说明是将"儒家"排除在外的。所以这七人应该就是专业诗人。

《平安人物志》五版(文政五年[1822])和六版(文政十三年[1830])的分类更加细致,"诗"类所收皆为二十七人,不过与四版不同的是,收录了善诗的儒家,并标注出"再出"字样。除了这些重出的儒家,五版和六版所记的诗人总共有十六人。再从中除去僧人,共有十一人:

> 濑尾文、丹波恕安、入江有亲、北尾孟轨、中山元吉、山田敬直、源亭(五版)
>
> 野口景张、梁纬、伊默、向川贞(六版)
>
> *六版的"追加"条中增加了神田柳溪。

顺便提及,七版(天保九年[1838])、八版(嘉永五年[1852])、九版(庆应三年[1867])诗人的数量从二十人逐渐减少至十八人。从文化年间刊行的四版中出现"诗"的门类开始,直至天保年间以降的诗人数逐渐减少,这种现象证明了化政期是职业诗人成熟和盛行的时期。

江户人名录的编纂刊行比京都要迟得多,而且从最初开始便重视诗文。文化十二年(1815)扇面亭编集的《江户当时诸家人名录》是按照人名的以吕波顺序进行排列的,并在姓名旁边标示了职业种类。与诗有关的人物共有二十六人。从其中除去儒者(学者)、医者、僧,还有以下十五人:

> 服部元雅(诗)、服部元夫(诗)、藤堂龙山(诗)、大洼诗佛(诗书画家)、柏木如亭(诗书画)、谷麓谷(诗人)、馆柳湾(诗人)、海野蠖斋(诗书画)、海野柯亭(诗书画)、梁川星岩(诗家)、

卷大任(书诗)、小岛梅外(诗人)、三枝百年(诗人)、菊池五山(诗人)、宫泽上侯(诗人)

其中江湖诗社的成员占了一大半。大洼诗佛、柏木如亭、菊池五山三人自不用说，本章开头已经介绍过。海野蠖斋(1748—1833)是备中(冈山县)庭濑藩的江户家老，也是江湖诗社中最年长的人。海野柯亭是他的侄子，也是他的养子。虽然没有资料证明他是江湖诗社的成员，但是屡屡见于菊池五山的《五山堂诗话》以及诗佛的《诗圣堂诗话》。梁川星岩曾从大洼诗佛学诗，且参加过江湖诗社。小岛梅外之后虽然转到了俳谐领域，但此时仍作为诗人活跃，是江湖诗社的成员。宫泽云山(1780—1852，名雉，字神游)也是江湖诗社的同人。由此也可以说，文化年间江湖诗社的成员已成为诗坛的主盟，而且还可获知江户专业诗人的数量已经超过了同一时期的京都。在这种指南手册当中，专门记载"诗"和"诗人"正是为了应付从地方上来到江户的上京者们的需要。他们依靠这些指南书，查找想要访问的诗人住址，或者拜入门下，或者委托他们创作书画。

人名录在当时的影响非常深远。朝川善庵在为《江户当时诸家人名录二编》所作的序文中有以下叙述：

> 闻前刻之出，寒乡僻邑之士，投赘执谒，或乞字求画者，甚便利之。人人争购以为奇货。

在为地方上的人们提供便利的同时，也为江户的文人们带来了巨大的利益。因为对于职业诗人(文人)来说，如果不止江户，连地方上也有人委托作品创作的话，收入会相应地增加。

《江户当时诸家人名录》二编只刊载初编中遗漏的人，因此诗人只有网川藤谷一人。此二编刊行以后，大约流行了二十年。随后，天保七年(1836)，刊行了同样由扇面亭编集的《江户现在广益诸家人名录初编》。此书前载诗佛和菊池五山所作序文，说明他们已经成为江户的名士。另外，此书中还增加了一些新的诗人，即使除去儒者、医者、僧侣，善诗者仍有四十一人之多。

而且,此书的最大特征是附记了诗会举行的日期(会日)。此前的人名录都没有附记会日的例子,几乎都只在姓名下方标记字号和居处以及俗称等信息。而此书记载了举办会的主要有儒学、画、书、诗、国学、医者等职业的人,其中举办诗会的有七人:

> 张龙山(此外善墨梅,三)、大洼诗佛(此外善书法,十五)、馆柳湾(三八)、野泽醉石(一六)、山本绿阴(九)、菊池五山(十六)、宫泽云山(此外善小说,三八)

如上所示,括号里的数字表示每月举办诗会的日子,即"会日"。这七人几乎都是化政期活跃的职业诗人。根据上节提到的清水砾洲在《ありやなしや(有邪无邪)》中的记载和朝川善庵的上述序文中的内容,可以想象从文政年间开始,想要获知诗会举办日期的地方人士越来越多,会日的情报也受到重视,为了"卜日"(判断会日的意思),天保年间在文人的指南书中附加上了会日,这为从地方上京期待参加会的人提供了便利,从而也为职业诗人提供了巨大的便利。明确记载会日一事意味着:对于新参加诗会的人来说,诗会也是一直保持开放状态的。这点使得江户后期的诗会与以往诗社主办的一般性诗会之间产生了巨大的差异。顺便提及,天保十三年(1842)出版的二编、文久元年(1861)出版的三编,以及安政七年(1860)出版的《安政文雅人名录》中也记载了会日,证明了这一改革得到了大众的接受。

以上对京都和江户文化繁华之地的状况进行了考察。那么,大阪和地方上的情况如何呢?遗憾的是,大阪和地方的人名录中几乎都没有专门设立"诗"这一门类,也没有与会日有关的记载。这大概是因为如前面所言及的,地方上的优秀诗人都聚集在文化中心地吧。

大阪的人名录有《浪华乡友录》,初版刊行于安永四年(1775),共分为五个门类:"儒家"、"闻人"、"书家"、"画家"、"作印家"。宽政二年(1790)刊行了二版,分为九个门类(儒家、医家、缁流、闻人、天学家、物产家、书家、画家、印镌家)。文政六年(1823)刊行的《续

《浪华乡友录初版》和《浪华金襕集》是按照人名的以吕波顺序编集的，其中也没有记载善诗者。

文政七年（1824）刊行了《新刻浪华人物志》，其"凡例"在"儒家"的下方标注有"文士、诗人属此门"。二版中也有同样的注记，二版所注为"无论下帷授徒，或道学，或文士者，皆属此部"，亦未见有"诗人"名目。

天保八年（1837）刊行的《续浪华乡友录二版》虽然是分类编集，但非常简略，记载的儒者也仅有十三人。弘化二年（1845）刊行了《新撰浪华名流记》，"凡例"中记载"儒家常能诗文或书，不别举之"（原为日文）、"医家虽兼善诗文书画，不别载之以重其术"（原为日文）。其中认为儒家和医者皆善诗文、书画等，但这不是他们的本职，所以不予揭载。嘉永元年（1848）刊行的《浪花当时人名录》中虽然设立了"诗家"的门类，但是其中除了收录两位儒家（广濑谦吉、篠崎小竹）以外，余下就只有香川琴桥（1794—1849）一人，可谓寥寥无几。

享和三年（1803）出版的《东海道人物志》，收录的是东海道各个"宿场"（江户时代对驿站的称呼）的文人。其中也可见到菊池五山（四日市驿）的名字，头衔是"汉学、诗、书"。菊池五山当时住在伊势的四日市。《五山堂诗话》卷二中有："余甲子岁（文化元年）尚寓伊势。"[1]之所以会记载五山的名字，可能是因为文化中心地培养出来的职业诗人也会前往地方，目的是赚取润笔料，客观上促进了地方上汉诗素养的提高。实际上，《东海道人物志》中收录的大部分人经历都是先在京都或江户磨炼技艺，然后出仕诸藩，之后并不会返回都城，而是居住在东海道沿线各个地方，因此可以将他们称之为都城培养出来的文人。

二、江户时代的课题表

以上考察了江户人名录对诗会盛况的出现作出的贡献。实际上，

---

[1] 《五山堂诗话》卷二，《新日本古典文学大系》，岩波书店，1991年，第215页。

不仅会日是事先已固定化且广为告知的,当时的诗题也是事先分发给参加者的,称之为"课题表"。而且,文政年间已经印刷出版过一张课题表,早于人名录中记载会日的时间。这无疑是因诗会的参加者已经达到了一定的数量才能出现的现象。

关于"课题",小宫山绥介(1829—1896)在其所著的《南梁札记》(日本国会图书馆藏本)中将之解释为:"课题乃课门人之诗题,不见华人用之。见于近时诗集,未极搜索,然亦无余义"(原为日文),其断言"不见华人用之"和"无余义",但是否果真如此呢?从结论来说,中国也有课题,不仅如此,其出现比日本早得多。只不过因为没有留下像日本课题表那样的资料,所以无法明确断定是否有过课题表这样东西。

中国的"课题"原本是指学校(书会、书院)的试题,"课"是"试"的意思。在南宋时代的民间学校——书会——中已经出现了这种现象。例如北宋末南宋初的李光(1078—1159,字泰发,号转物老人,越州上虞人)绍兴十八年(1148)创作的诗题中有如下内容:

> 戊辰冬,与邻士纵步至吴由道书会所,课诸生作梅花诗,以先字为韵,戏成一绝句。后三年由道来昌化,索前作,复次韵三首,并前诗赠之。(《庄简集》卷七)

从上可知,在南宋初期的私塾中,已经有确定诗题课学生作诗的事实。欧阳光的《宋元诗社研究丛稿》中也曾指出元代以降,诗社的诗会中开始采用课题的形式①。例如黄庚(1260—?,字星甫,号月屋,天台台州人)曾游历各地,在客寓会稽时,参加了越中诗社和山阴诗社,应诗社要求,分别创作了题为《枕易》和《秋色》的诗作(结果其作品被人绝口称赞,列为第一等佳作)。另外,明代瞿佑(1347—1433)的《归田诗话》中也有"诗社以杨妃袜为题,杨廉夫一联……",记载了杨维桢(1296—1370)应诗社之需,创作了以杨贵妃的袜子为主题的诗。从以上可知,至元代,参加诗社诗会的人是先有题再作诗的。

---

① 欧阳光《宋元诗社研究丛稿》,广东高等教育出版社,1996年,第53页。

日本方面,五山禅林的诗会也有"兼题(或称兼日题)"和"当座题",前者大多是人数比较少的"内众的诗会"上采用,后者则是参加人数比较多的"友社的诗会"上采用①。江户时代的课题也是同样的情况,参加人数比较少的同社人士间的诗会的课题,大多是即席出题。例如菊池五山的会日是每月十五日,文化四年(1807)九月的诗会正好碰上月食,于是便以之为题(《五山堂诗话》卷三)。这是事先无法预想的,故而可知是即席出的课题。另一方面,有大量参加者的诗会多出兼题。除了给不熟悉创作诗歌的参加者留出时间上的余裕,还可以缩短诗会本身的时间。此后便开始采用事先分发"课题表"的办法,可以认为这也体现了参加诗社的人逐渐开始通俗化。

　　今天还保留下来了很多江户时代的"课题表"。例如,曾经师事菊池五山且参加过大沼枕山诗社的书法家关雪江(1827—1877,名敬、思敬,字铁卿、弘道,通称忠藏)的《雪江先生贴杂》一书中就保存了许多课题表。另外,早稻田大学图书馆所藏的《五弓杂抄》也收录了很多幕末时期的课题表,这些是五弓雪窗(1823—1886,名久文,字士宪,通称丰太郎)搜集的。

　　课题表究竟是何时诞生的,现在还不太清楚,笔者可以找到的最早的是文化十年(1813)静冈的江山社所出的课题表。虽然不是在江户成立的诗社,但这个江山社其实与诗佛和菊池五山都有很深的因缘。江山社的盟主是大塚荷溪(1778—1844,名正弘,字风晓,通称甚左卫门),他曾经向菊池五山学诗(市河宽斋文化元年所作《和冢荷溪野游韵却寄》的题下注有"荷溪学诗于五山,归向吾党有年",《宽斋先生遗稿》卷四),与诗佛和梁川星岩也有密切交往。因此,他很有可能受到了菊池五山和江湖诗社社友们诗会的影响,这才在自己主持的诗社中采用课题表的形式。其《江山社通知》内容如下:

　　　　江山吟社会月以初七为例,乃次摘二题预附,而欲辑录其诗,请勿负期,不择客生熟,更添锦来,亦一大好快也。癸酉端月荷溪

---

① 朝仓尚《禅林的文学——诗会及其周边》,第29页。

冢碧顿首。

"癸酉端月"是指文化十年正月。"次摘二题预附"是指每人从其后列举的诗题中依次挑选二个题目,将之作为每月的课题。所列举的诗题如下:

> 《春云出谷》《梅楼夜卧》《山中春晓闻鸟声》《别春炉》《花时苦雨》《田家牡丹》《听晚莺》《荷钱》《田家雨中》《移菊苗》《苦热得雨》《山中观瀑》《客中七夕》《疏雨滴梧桐》《湖村月夕》《始闻早砧》《秋柳》《舟中九日》《废园残菊》《霜月早行》《霜晴》《寒雨》《食河豚》《风雪归庄》《岁暮山村》《除夜雪》

全部诗题共二十六道,每月两首还余两道,不过基本上是顺着季节的变迁进行排列的,大概有两个月是以三道题为课题的。另外,根据《通知》中"不择客生熟"的话可知诗社社友以外的人也是受到欢迎的。

如上所述,菊池五山和诗佛极有可能也曾采用过这种课题表的形式。其实,在《雪江先生贴杂》的开头便载有一枚《五山堂诗会课题》。如题所示,正是菊池五山的诗会所出的课题表。"己酉"是嘉永二年(1849),正当菊池五山去世那年。五山是六月二十六日去世的,因此这张课题表大概是嘉永元年年末或者嘉永二年年始便准备好,并分发给同人的吧。与大塚荷溪江山社的课题表相比,格式要严整得多,而且诗型也是固定的。大约历年都会分发这样的课题表,并且每月的诗会都是按照此表举行。虽然现存资料中大塚荷溪诗会的课题表比五山的课题表时间更早,但两人本是师生关系,考虑到江户是诗会文化的隆盛地,可以判断出更妥当的顺序是菊池五山原本在先,大塚荷溪则是在模仿他的形式。再者,考虑到诗佛是五山的同人,那么诗佛在文政年间举行的诗会也肯定是大同小异的情况。实际上,虽然没有找到大洼诗佛的诗会所分发的课题表,但他曾于文化二年(1805)出版过《清新诗题》。此书分为春、夏、秋、冬(上卷)、杂题、题画(下卷)六类,各类皆按照字数多寡列举同类诗题,可以认为当是为选择诗会题目时提供参考的书籍。

三、结语

本章以江户后期诗会的独特性为中心，对其进行了考察。尤其值得指出的是：文化文政年间以降，出版这一媒介得到了极大的活用，这间接扩大了诗会的规模。印刷的"人名录"和"课题表"给江户后期汉诗带来的影响首先是在广泛范围内使汉诗得到了普及。可以说，利用这一出版手段的人主要就是江湖诗社的成员和他们的同人们，也就是化政年间活跃的职业诗人们。正因为他们将诗会当成生活手段，才努力使诗会朝着面向一般人的方向发展。

关雪江《雪江先生贴杂》(内阁文库影印丛刊，日本国立公文书馆)
"五山堂诗会课题(己酉)"

正　月	松　　　影	各　　体
二月	狐王庙 木笔始开	七言律 七言绝
三月	垂丝海棠 青郊归牧	七言律 七言绝
四月	湘帘 卖时新	七言律 七言绝
闰四月	卯花雪 昼永	七言律 七言绝
五月	钓丝风 竹活	七言律 七言绝
六月	观使鸬鹚 过云雨	七言律 七言绝
七月	鸭跖草 新凉待月	七言律 七言绝
八月	秋蛙 江山渔乐	七言律 七言绝
九月	花桃 获浚田家	七言律 七言绝

续表

十月	菊塔 寒林独步	七言律 七言绝
十一月	宿雁 雪月夜泊	七言律 七言绝
十二月	腊八粥 赠乞寒人	七言律 七言绝

第十五章

江户时代的书画会
——职业诗人的俗化

笔者在上一章中讨论了日本江户时代的诗会和出版问题。诗会既是职业诗人教门生作诗的手段,也是他们接受从地方上京者的书画委托的机会。本章专门以书画会为讨论对象,并对相关问题加以考察。从江户时代的《人名录》可知,不仅诗人,江户还居住着许多专业文人如书法家、画家等,他们也会举办会社。而且,在对"课题表"进行调查时,相关资料中还保存了许多当时的书画会举办通知。因此本文探讨与诗社和诗会也有很深关联的书画会的实际情况,并且整理出大洼诗佛等江湖诗社同人和化政期诗人与这些活动之间到底有哪些具体关联。

书画会之义,如其名称所示,是以书法家和画家为中心举办的集会。不过,书画和诗文本来就是不可分割、相互依存性很强的文艺,即便在分工化有巨大进展的江户后期,书法家和画家也与汉诗文有密切关联。因此,书画会中有诗人参加也是极其自然的现象。不同的是,书画会经常有各色与文艺有关的人士主办或参加,如有俳人参加,或由戏作者主办等,是商业色彩十分浓厚的集会。

诗会通常在主办者家中举行,而书画会则更多地利用酒楼和"料亭"(日式饭馆)等举办,具有一定的开放性。故而不仅有书画家和诗人,还有邻近领域的文艺界人士也可参与。本章就基于书画会的这一特质,不再将考察范围局限于职业诗人,而是广义地将之定位为江户时代职业文人活跃的场所,并加以考察。本章的另一个目的是考察他们如何与商人合作,繁荣江户时期的都市文化的。

关于书画会,已有很多杰出的先行研究①,本论文也对这些先行研究成果多有参考。尤其是揖斐高在《江户的文人沙龙:知识人和艺术家们》(吉川弘文馆,2009年)一书中专门设立了一节来讨论江户时期的书画会,本文颇受其启发。揖斐高将江户时代的书画会分为"展览会系统的书画会"和"席书、席画系统的书画会"两类,本章亦依此进行分类。在此基础上,对书画会的历史进行整理,同时找出化政期书画会的特征。

一、展览会系统的书画会

在中国,文人聚集在一起鉴赏书画大约是从北宋的曝书会开始的②。但是与诗文等文学作品不同的是,直至宋元前后时期为止,书画的名作几乎都是由宫廷和一部分士大夫独占的,这样说一点也不夸张。因此,即便假设曾经举办过类似的展览会,其中聚集的人也都是高级官僚等士大夫,完全应该归类为文人雅事。从明代开始,江南

---

① "科学研究费助成事业"通过的与书画会有关的课题有:(1)罗伯特·坎贝尔(ロバート·キャンベル)的"近世期至明治书画会的展开和意义"(1997—1999年)。其成果主要有:《观照的流动 书画会四席其一——其四.银阁寺东山殿三百会忌.江户感应寺西园雅集.甲府一莲寺改号书画会.冰川公园内聚乐会》(《文学》第八卷第二号,第140—141页;第三号,第2—3页;第四号,第2—3页;第九卷第一号,第2—3页。1997年)。罗伯特·坎贝尔的研究还有《天保期前后的书画会》(《近世文艺》47号,1987年,第47—72页)。(2)岩佐伸一的"京都大阪书画会数据库的构筑及其在绘画史上意义的考察"(2007—2009年)。主要成果有:《从唐画师林门苑的作品说起》(《美术论坛21》第十七卷,2008年,第4—9页)、《关于十河节堂的〈展观录〉》(《大阪历史博物馆研究纪要》第7号,2009年,第91—96页)、《美浓飞騨相关的书画会、展观会资料的介绍》(《岐阜县博物馆调查研究报告》第30号,2009年,第1—12页)、《关于松本奉时的经历和画业(一)》(《大阪历史博物馆研究纪要》第8号,2010年,第51—59页)等。(3)川崎智子的"近代书画会的历史性考察"(2012年通过课题)等。此外还有不少与书画会有关的研究。只是,关于大洼诗佛和书画会关系的先行研究很少,可举出者仅有河野桐谷的《大窪天民百年祭和化政度的书画会》(《南画鉴赏》1938年,第4号,第24—27页;第6号,第14—17页)。

② 关于北宋的曝书会,可参考陈元锋《北宋馆阁翰苑与诗坛研究》,中华书局,2005年。

地域的书画文人大量增加,他们之间也有通过品题书画提高作品价值的事情①,然而管见所及,尚未发现面向大众开放的展观会。另一方面,江户时期的书画展览会,尤其是文化文政以降的书画展览会更加地庶民化,兼具商业性目的,是富裕层的集会活动。这里所说的富裕层,其实大半是市民阶层,也就是平民而已。

江户时代的书画展览会滥觞于明和七年(1770)大阪商人木村蒹葭堂(1736—1802,名孔恭,字世肃,通称坪井屋吉右卫门)举办的集会②。十年以前,即宝历十年(1760),孔恭开设蒹葭堂,自此以后,他费尽精力搜集书画古董。将这十年间收集的藏品向好事家展览,这正是日本近世书画会的开始。随后,在关西也频繁举办书画会③。

在江户城内,安永年间(1772—1780)开始举行书画会。如安永六年(1777)正月十五日,八岁的僧人贤雄在江户平河町的龙眼寺举办书画会,当时吟咏的作品收录在《书画展玩席上放歌分题诗册》(《如禅道人知己诗囊初编》收录,日本国会图书馆藏)中。但是严格

---

① 安西云烟(1807—1852,名於菟,字山君)的《近世名家书画谈》(《日本画谈大观》收录,坂崎坦编,目白书院,1917 年)中谈及了中国有无书画展览会的问题。"展观会之事"条中有:"於菟按:文衡山常好品评书画,友人李日华每访衡山,必携其所藏书画示之。衡山大悦之,亦欲使视我所著者,自入书房出四卷示日华,终了,又换出四卷,如此几遍亦不觉倦,示之无遗,以之为乐。近来,近世都下文人词客书画家者流亦各携古书画,或集于禅院或集于闲置别业,列挂其幅于壁上,终日赏玩,品评甲乙以尽欢,是谓展观会,实可谓风流韵事矣。余近时问一先生,唐山亦有此种韵事否。先生答云:亦往往见诸纪载或法帖之末,后之名士同观前贤书画,记姓名于帖末卷尾等,或系题跋,由此益重后世之价。明张爱平曰:'夫赏鉴家得一古绘,必与诸名手遍相传阅,互出品题,当时皆得指名而物色之云云。'唐山名士之鉴定如此,可知确有其事。反之,《随园诗话》云:'有人画七八謦者,各执圭璧铜磁书画等物,作张口争论状,号群盲评古图,其消世也深矣。'此不应仅谈书画古玩之事,然唐山既自有任鉴定者,亦应有如此之人。"(原为日文,第 256—257 页)。文衡山是明代的文壁(1470—1559,字徵明),吴中四才子之一。"张爱平"生平不详。
② 据池大雅(1723—1776,名勤,字公敏)所作《竹严新霁图》的题赞(《国华》795,1958 年)。
③ 《蒹葭堂日记》(水田纪久等编著,艺华书院,2009 年)中有以下记载:天明二年(1782)四月十二日条记载在双林寺(京都)举办书画会,木村蒹葭堂也前往参加(第 63 页)。自宽政四年开始,每年春秋,京都东山都会举办展览会,共举办十四次。主办者为皆川淇园。宽政九年(1797)三月二十七日在清水寺举办的会在《东山新书画展观》(日本早稻田大学图书馆藏本)中有相关记载,参加者几乎都是关西的名人,江村北海主持的赐杖堂成员也曾参加。

来说,这次并不是展览会,而是席书、席画系统的书画会。采取的形式是：贤雄在席上作画,而参加者则在画上题诗。其实在这次的参加者中还有山本北山的名字,北山的诗题是《挥笔于墨水酒家》。诗佛的老师已经出席这样的集会,无疑会对弟子们产生或多或少的影响。

　　大阪和江户以外的地方也会举办书画会。宽政五年(1793)三月三日,赞岐(香川县)的长町竹石(1757—1806,名徽,字琴翁,通称德兵卫,是诗佛的熟人)门下的青山云邻(1770—1819)在其居所——高松的畅春楼举办古书画展观会。这次展览会具有近代意义,曾出版了目录《畅春楼展观》(《日本南画史》附录,山内长三著,瑠璃书房,1981年)。此书"凡例"中有：

> 　　席上得诗十数篇,余别录之。今但取玉堂鹿庭二先生之诗,书于始末,以代序跋。

"玉堂"是指浦上玉堂(1745—1820,名孝弼,字君辅,通称兵右卫门),他时常造访此地。"鹿庭"是指源汝翼、也就是山田鹿庭(1756—1836,名汝翼,字政辅,通称政助、正助),曾从学于菊池五山,后在高松藩的藩校讲道馆教授,是当地的藩儒。如上面凡例中所记,这次集会上也曾作诗,但仍然以展观为主要目的。出品者共有二十六人,几乎都是酒楼和书肆的店主,可知名字的有：梶原蓝渠(1762—1834,名景惇,字复初,通称九郎右卫门,商人)、渊上旭江(1753—1816,名祯,字白龟,画师)、后藤漆谷(1749—1831,名苟简,字子易,通称勘四郎,诗人)等。文人和当地的豪商等合作,这才酝酿出地方文人趣味的高昂。

　　如上所述,宽政年间已经出现了文人和商人联合协作举办的书画展览会。自文化年间以降,也有不少定期举办的书画展览会,展览内容上也发生了一些变化。早期主要是展览中国的书画,宽政年间以后也开始展览同时代日本人的书画。早期展览会的目的大约是为了将古刹和贵人们珍藏的平日难得一见的贵重书画展示给更多的人鉴赏,因此展品以从中国传来的名作为主。既可以满足书画家和好事家们的研究心、好奇心以及雅趣,也可能包含着教育、启蒙的目的。不管怎样，都不是以买卖书画为目的的。另一方面，宽政以后的展览会是为了展示同时代日本文人平时的成果，性质已经变成高调展现自我市场价值的场所了。因此，与早期相比，商业意图要明显得多，可以推测展览会呈现出来的也是类似展销会的样貌。

文化元年（1804）前后，诗佛的弟子佐原菊坞举办了书画会。其展观目录的出版广告附在文化元年刊行的《盛音集》（《词华集日本汉诗》第十卷收录）末尾。从这则广告来推测，这部目录似乎还兼具本书上章言及的"人名录"的功能。那些想要求得当代名人书画的人，可以有效地利用这一目录，将之作为商品目录，按图索骥地去书画家的家中拜访，并拜托各种创作事宜。

以上简单介绍了展览会系统的书画会上文人和商人的联合协作，实际上以化政期前后为界限，此类书画会的举办频率增加，并开始定期在各地举办。①

《新书画展观目录》出版广告

二、席书、席画系统的书画会——儒者和艺者的参加

席书、席画系统的书画会比展览会系统的书画会更晚出现，在中

---

① 小栗十洲（？—1811，名光胤，字万年）有题为《纪藩崖南峤求有名书画，每春秋展观，顷又依例寄书，以请余诗画，乃书而赠》(《观海楼小稿》，日本早稻田大学图书馆藏本）的诗作，可知纪州也于每年春季与秋季举办两次展览会。从有人向小栗十洲求书画一事可知这种展览会也会展览当代名家的作品。此外，嘉永年间城崎温泉（兵库县）也于每年四月举办盛大的展览会。日本国会图书馆藏有嘉永五年（1852）的目录，书末有"例年四月于但马城崎"的记载。

国亦几乎无有先例。①

据安西云烟(1807—1852,名於菟,字山君)《近世名家书画谈》(《日本画谈大观》收录,坂崎坦编,目白书院,1917 年)的"书画会之事"条,席书、席画系统的书画会是从宽政年间僧人昙熙开始的。此后,书法家牛山也学此方式,于是逐渐盛行②。昙熙和牛山之事不详,要言之,其产生是从僧侣和书画家开始的。③

以上言及的是书画家举行的书画会,实际上早期的书画会大多数是由俗文学作者主办的。例如戏作者畑银鸡(1790—1870,名时倚,字毛义)曾于享和年间(1801—1803)从荒木素履(1754—1811,名翘之,字公楚,号青荔、吴桥、适斋等)学书法,当时便已举办过书画会,其情形在畑银鸡的滑稽本《银鸡一睡南柯乃梦》卷一中有记载:

> 尔(笔者按:指作者自己)既在吴桥塾中之时,号毛义,享和二年春三月二十五日,于百川主办书画会,有歌川丰国与松露庵雨什,遂拜托式亭三马照顾此般人物。因有人携一艺者名笔岛前来,自宽与吴桥大怒。圭斋与敬义入屋来,向尔父有怨言曰:此等小事,艺者可令别席也。尔亦应稍记之。又其时有"金杉之亲

---

① 《近世名家书画谈》的"书画会之事"条有:"因此问一先生:如此雅集后世唐山亦有否? 先生云:如此之会未见书籍中有,仅见《板桥词钞》中有'乾隆廿一年二月三日,予作一卓会,八人同席各携百钱以为永日欢。座中三老人五少年,白门程锦庄、七闽黄瘿瓢与燮(板桥郑氏名燮)为三老人。丹徒李御萝村、王文治梦楼、燕京于文濬石卿、全树金兆燕棕亭、杭州张宾客仲谋为五少年。午后济南朱文震青雷又至,遂为九人会,因画九畹兰花以纪其盛云云'。然与此方今所行书画会乃似是而非者,极其寒酸,会主润笔想亦不多。"(第257页)《板桥词钞》是中国清代郑板桥(1693—1765,名燮,字克柔)的词集,"乾隆廿一年"是1756年,相当于日本宝历六年。
② 《近世名家书画谈》中有:"近世盛行书画会之式,於菟按:传闻始自宽政时期镰仓僧人昙熙,此僧向曾游长崎,从清商程赤城学书,来江户,制作自笔扁联,又于单帖记云何月何日于某酒楼开书画之筵,待诸君子贲临,预先赠之四方,当日迎客于酒楼,作书作画,倾杯互起高谈,会主是日多少得润笔。此后书家牛山亦仿是,由是此举遂渐盛行。"(第257页)
③ 东条琴台(1795—1878,名信耕、耕,字子臧)的《先哲丛谈后编》(《日本伟人言行资料》,1916年)卷八"龙草庐"条中有:"三都所谓书画会、春初发会、著作会之类,至今世之以文艺糊口者,不得不用之,而皆以之为便,其事自草庐始。"(第59页)其中提到龙草庐为书画会发端,但根据不明。

玉"、"矢仓之先生"与"根岸之大人"三人出席,"书家之牛山"对曲河与鹤陵二人言,噫! 今日之事甚稀奇也。儒者出席书画会,其时尚为罕见之事,转瞬之间,风俗变换,近来之书画会,一会亦不可无儒者出席。①（原为日文）

"歌川丰国"是浮世绘师。"松露庵雨什"大概是指俳人生方雨什(? —?)。式亭三马(1776—1822,菊池泰辅、字久德)是地本(通俗读物)作家,也是药商、浮世绘师。"笔岛"是当时的人气艺妓义太夫。"自宽"是指歌人三岛自宽(1727—1812,名景雄,字子纬)。"圭斋"大概是谷文晁(1763—1841,名正安,通称文五郎,直右卫门)的门人大西圭斋(1773—1829,名弘,字毅卿,通称又一)。"敬义"是中井董堂。"金杉之亲玉"大概是指市川团十郎(五世?)。"矢仓之先生"或许是指市河宽斋②。"根岸之大人"不清楚到底是指谁,只不过根岸是宽永寺的领地,因此大概是位贵族。"书家之牛山"即先前所述早期书画会的主办者。"曲河"可能是清水曲河(1747—1819,名冕,字子章,学于谷文晁,画家),"鹤陵"是谁也不太清楚,有可能是医者片仓鹤陵(1751—1822,字深甫,通称元周)。根据文中引用的牛山之语,出席的"儒者"大概是指"矢仓之先生"。

畑银鸡此书虽是仿照"黄粱一梦"的故事,虚构了自己的一场奇梦,但书中描写的书画会情形来源于现实。根据其中的记载,享和以前的书画会主要是由职业文人(俳人、歌人、艺术家浮世绘师、书家、画家)主办和参加的。儒者出席是很罕见的事情,艺妓更是禁止出席的。

但是到了文化、文政时期,书画会的情况却发生了突变。儒者成为主角,招艺妓亦成为常态,甚至还出现了所谓的"女先生",三田村

---

① 《银鸡一睡南柯乃梦》,《日本随笔大成　第二期》第二十卷收录,吉川弘文馆,1974年,第374页。原为日文。
② 据《市河宽斋先生》(市河三阳著,あかぎ出版,1992年),宽斋于享和二年(1802)四月出发前往富山藩,此前居住在江户。

鸢鱼曾在《文人画是空腹的厌胜》一文曾指出此点。①

书画会发生重大变化的要因,首先是儒者和诗人等的出席造成的。《近世名家书画谈》中有以下内容:

> 今不仅书画家者流设此种雅会,儒流词客动辄亦仿此定式,举办高会,及诗赋书画之兴阑,继之以丝竹管弦以助之,实升平乐事,更胜山阴兰亭会一筹。②

其中明记了"儒流词客"也就是儒者和诗人模仿书画家们的"定式"举办集会。随后,等到"诗赋书画之兴阑",便以"丝竹管弦"为余兴节目,活跃酒宴气氛。音乐主要是由艺妓演奏,因此当是邀请了艺妓的豪华宴席。关于此点,《银鸡一睡南柯乃梦》中也有相关记述:

> 书画会有艺妓出席乃近来之事。自宽政迄享和,此等事尚且无多,然自文化之初,始兴。至文政年中,此种事甚多。今则有书画会、有艺者会,至于不知何名目之会。列此筵者,醉心于饮酒,甚于书事,遂为酒雅会,非苦事也。③(原为日文)

此后甚至还出现了被称为"书画会艺者"的艺妓。据三田村鸢鱼之言:

> 通常在周旋于杯盘之间以外,或以磨墨为长技、或擅长捺印,或无缘由受诸先生喜欢,如大田南亩袒护道"诗则五山、役者则杜若、狂歌则俺、艺者则阿胜、料理则八百善"云云。④(原为日文)

---

① 《文人画是空腹的厌胜》(《三田村鸢鱼全集》第十五卷,中央公论社,1976年)中提到:"这一时期非常流行女先生,尤其是书画会上,万绿丛中几点红是有必要的。就如同在寄席(日本的传统小剧场、曲艺场)的配色一样,必须使用一些女艺人。出入大名内宅教授技艺的女儒者,她们的见识并非不高,出于立身扬名的想法,甘愿算作几点红。还出现了完全为了书画会所用的女书法家、女画师,其中甚至有风俗气重的顽劣少女列席,因被收入《诸家人名录》而洋洋自得。"(原为日文,第174页)
② 《近世名家书画谈》的"书画会之事"条(《日本画谈大观》,第257页)。
③ 《银鸡一睡南柯乃梦》,《日本随笔大成 第二期》第二十卷,第374页。
④ 《江户艺者的研究》,《三田村鸢鱼全集》第十卷,1975年,第329页。

儒流词客以及艺者的出席最终招致了书画会的堕落（俗化）。其原因是以他们的参加为契机，书画会的主要内容从挥毫书画转移到了饮酒、听音乐等余兴节目上。

而且，文化文政年间的书画会主要由职业诗人，如诗佛、菊池五山等主办，他们原本就将诗文视为商品，这更加使书画会的面貌发生了改变。

三、职业诗人和书画会——文人的俗化

文化文政年间正是诗佛和菊池五山等职业诗人开始活跃的时期，书画会也开始由他们所主导。其佐证之一是《江户名物诗初编》（方外道人著，天保七年［1837］刊本）中收录的狂诗《扇面亭书画扇两国横山町肴店》：

> 文晁武清米庵笔，五山诗佛绿阴诗。年年仕込新书画，扇面卖初发会时。

"武清"是指喜多武清（1776—1857，字子慎，通称荣之助），他是谷文晁的门人。"米庵"是指市河米庵（1779—1858，名三亥，字孔阳，通称小左卫门），他们都是书画家。下句则是在说诗人菊池五山、诗佛和山本谨[①]。

从第三、四句可知每年他们都经由扇面亭出售书画。扇面亭是指担任书画会干事之人。式亭三马的日记《式亭杂记》中有相关记述：

> 扇面亭者，乃居马喰町肴店之扇屋传四郎也。于会席贩卖扇子、唐纸、短册等。……毛毡、砚之类亦可向扇面亭租借，极为便利，草履番人酒番人亦由扇面亭雇用，为甚熟习事者也。[②]（原为日文）

据此段记载，扇面亭最初是出入书画会出售扇子、纸、短册等，也租赁砚和毛毡，此后也开始担任各种事务的中间人。而且随着书画会的盛

[①] 此外，《南梁札记》（日本国会图书馆藏本）中有"弘斋每出书画会，常与米庵争论书法，诗佛等调停之，事则止云"，提到卷大任也曾出席书画会。

[②] 《式亭杂记》，《续燕石十种》第一卷，广谷国书刊行会，1927年，第51页。

行,他们便作为流程顾问,开展各种形式的活动。寺门静轩(1796—1868,名良,字子温)是山本谨的门人,曾经多次出席书画会。他的《江户繁昌记初编》(天保年间刊本)从天保二年(1832)开始撰写,因此其中描述的大概都是化政期至天保年间的事情。此书"书画会"条有:

> 扇面亭某父子,风流相承,并闲会仪,达其格式。以故谋集会者皆先就质,兰亭西园,每月集会,与有力焉。所著《江户诸名家人名录》二卷,行于田舍。

由于他们出入书画会,通晓会的流程和顺序,不仅成了书画会策划者的顾问,而且发挥着在地方上宣传和广告书画会情报的作用。如上章中言及的《江户当时诸家人名录》的出版即是其中一个例子。

再回到《江户名物诗》中的狂诗。第四句的"发会"意为办会,职业文人总是以各种名目办会赚取金钱。例如出版书时要举办祝贺出版的会,在宣传新刊书的同时还可从参加者收取谢金礼金,可谓江户时代的"出版纪念派对"。小宫山昌秀的《枫轩纪谈》(日本国会图书馆藏本)卷三中有:"天民[诗佛的字]刻诗集,赠知友,举办诗会,得谢仪金九十两。"文化七年(1810),诗佛刊行《诗圣堂诗集》初编之际,在料亭百川楼举行纪念书画会。菊池五山也曾举办《五山堂诗话九编》刻成发会。可以想象,为了多征收一些高额的会费,会上可能会准备酒食招待客人,为了吸引客人,可能还会分发诗佛和五山挥毫签名的新刊书,有时可能还有他们自作的书画等。

总之,从上面的狂诗和相关资料可知,职业诗人和扇面亭合作,频繁地举办书画会。这种盛况通过大田南亩(1749—1823,名覃,字子耕,通称直次郎、七左卫门)的《诗佛百川楼集》一诗亦可明白:

> 如是我闻诗佛会,浮生巷里几千人。行厨香积沾甘露,飞盖车尘转法轮。师子一床诸弟座,天龙八部百川滨。散花美女来游戏,雪里金文玉偈新。①

---

① 《南亩集》卷十七,滨田义一郎编《大田南亩全集》第五卷,岩波书店,1987年,第338、339页。

位于日本桥的"百川楼"是当时江户首屈一指的高级料亭,与位于柳桥的"万八楼"(文化十四年[1817],诗佛也曾在万八楼开书画会)一样,是经常举办书画会的场地。由于举办太过频繁,百川楼的书画会甚至成了江户的"名物"(特产)。不仅如此,从地方上京的人会特地前往江户这个观光地。《江户名物诗》中所收的狂诗《百川楼参会日本桥浮世小路》中有如下歌咏:

> 诸家振舞名弘宴,贷切更无一日休。浮世小路浮世客,百千来会百川楼。

"贷切"是指全场包租的意思。诗中称这种状态无一日休止,连续不断,可见其盛况是相当热闹的。当时一般的风潮是根据书画会参加人数的多寡判断主办者名声的大小。当然,文人方面也希望通过增加书画会的参加人数,扩大自己的名声。试举一例,菊池五山为小町玉川(1775—1838,名玉成,字温卿,通称雄八)的《玉川百诗》(文化十年[1813]刊,日本早稻田大学图书馆藏本)所作序文中有以下内容:

> 玉川小町温卿,初介鹏翁书,载酒以来。曰:某欲以某日遍会书画名士于某楼,诸君见莅。及期而往,坐间称客者止六七人,酒为之酸。居一月又来,曰:某欲以某日再会某楼,依前见莅。及期而往,来坐偻指不出二十人,食为之馇。又半月来,曰:某更欲以某日大会某楼,敢烦三顾。犹及期往,到巷则舆马充矣,入门则杖屦溢矣,上坐则殆无立锥之地矣。酒以溪量,食以山积,不独平素拍浮书画者来,谨厚不出者亦皆悉至。一日之内,名躁都下。夫书画之会三受侮,亦复不少,玉川能忍而为之,此其所以显名也。

小町玉川非常希望能举办书画会,并且盼望能有很多名士参加,达到座无虚席状态。然而最初办会时却门可罗雀,完全没有人气,直至第三次才终于实现了夙愿。可以想象,对于没有名气的诗人来说,想邀请大批人前来参加自己举办的书画会,是件相当困难的事情。是否能让名人来出席展会决定着办会的成败。当时各个地方都已经举办过大规模的书画会,如果没有特别的缘故和大量的谢礼,前来参加的人就会很少。寺门静轩的《江户繁昌记》"书画会"条中也记载了类似的情况。

负责主办的"先生"在开办展会前,会在会场(料亭)里悬挂巨大的招牌,其上大书"不拘晴雨,以某月某日会,请四方君子顾盼",并且写上"先生"的姓名。而且,为了能让更多的名人参加展会,"先生"会提前准备,从黎明时候开始便前往富豪和贵人的宅第,恳请他们赴会出席。到了展会当天,"先生"却脸色一变。俨然端坐,与来客寒暄……①

如此,化政期的书画会已经脱离了文人雅集,变成了职业文人的集会,走上了完全俗化的道路。到了天保年间,书画会进入了最盛时期,这种恶俗也受到了当时一些人的激烈批判。如前面引用的畑银鸡的滑稽本《银鸡一睡南柯乃梦》中就痛骂天保年间的书画会是"妖怪道的会所"、"魔王大王的决断所"。他自己也于天保年间的每月二十五日举办书画会,因此这种言论是基于这种经历而发的,其批判对象主要针对的是儒者:

> 近来之书画会,一会亦不可无儒者出席。正因如此,学者势力渐强,百倍于书家、画家。事到临头,其声之大更甚于俗客,亦屡有骂人者。②(原为日文)

此条生动地反映出畑银鸡作为著名戏作者的文采。儒者参列书画会的情况增加的话,也开始出现一些不顾斯文之辈,"骂人"指的便是儒者不顾身份,在书画会上大声兜售作品的样子。这部滑稽本的主旨是"文人变为俗人",直接批判的虽然是儒者,但其中也包括职业诗人。佐证之一是周滑平(1773—1831,名包章,字龟文、夷彦,通称文左卫

---

① 《江户繁昌记》的"书画会"条有:"其地多以柳桥街万八、河半二楼,先会数月,卜日挂一大牌,书曰:不拘晴雨,以某月某日会请四方君子顾临。且大书揭先生姓名。……未会之间,先生鸡起,孜孜奔走之务,高门县簿莫不敢往,亦不省内热之恐。当日先生仪装曲拳,俨然坐上头……"
② 《银鸡一睡南柯乃梦》,《日本随笔大成 第二期》第20卷,第374页。

门)的评判记《妙々奇谈》(《日本随笔大成》第三期第十一卷)中对龟田鹏斋、大洼诗佛、市河米庵、菊池五山、谷文晁等人进行了讽刺。例如其中的第四回"栗三压五三"中就将菊池五山比喻为"欲(望)之五山",其文如下:

> 世俗之人评有"欲之五山"。一曰:梓行诗话;二曰:卖师匠之名;三曰:大家之颜色;四曰诗会;五曰书画会。总之谓五山。①

一是指刊行《五山堂诗话》,从人收取谢礼;二是指在诗话中收入已故柴野栗山的诗作;三是指谄媚富商和名士的脸色;四是指靠诗会赚钱;五即指通过书画会聚敛钱财。

《妙々奇谈》的创作背景之一是"番付骚动"。"番付"原本是大型相扑比赛时力士的排名表,但从江户中期开始,相扑以外的各种行业也出现了"番付"(排行榜)。文化十三年(1816),诗佛和五山等人秘密策划,出版了文人番付。这触怒了儒者大田锦城,爆发了所谓的"番付骚动"。

不管是番付,还是评判记,都是评定文人的优劣和顺序,然后广泛地向市民和地方上的好事家们进行宣传的工具。如果排在前位,其书画会聚集客人的能力自然会增加。番付骚动的时候,大田锦城曾经写信给诗佛,书简名为《与大洼天民书》(收录于《日本儒林丛书》第三卷《都下名流品题弁》),其中对这种风潮进行了批判:

> 近闻都下书画篆刻之士,不辨其伎巧拙,阿谀足下辈。而入其党者,乃于所谓书画会者,聚首造膝,亲如兄弟,时褒赏其伎,以欲其名之传播矣。如不入其党,则背面反眼,视如仇雠。甚则绿阴君凤辈,龁齿排摈,无所不至,使其不能在其坐焉。其意一在胁制书画文墨之士,入吾彀中,张其羽翼,皇其门户,以为卖名射利之媒焉。(第6页)

---

① 《妙々奇谈》,《日本随笔大成 第三期》第11卷,吉川弘文馆,1977年,第371、372页。

大田锦城也熟知书画会之事，这才发怒的。另外，天保九年（1839），天竺浪人所作滑稽本《书画会肝煎锅》（日本国会图书馆藏本）的书扉中也贴有一枚书画会"肝煎"（召集人、负责人）的"番付"，其中亦可见诗佛与同人的名字。可见大田锦城是在面临职业诗人逐渐俗化的情况下，针对书画会中试图垄断利益的动向进行批判的。

	三月 文晁 文凤	壬月 云山 星坞	六月 武清 焉马	八月 五山 遇所	十月 蕉窗 薑斋	十二月 闲林 云潭
书画会肝煎月番付	四月 南溟 松轩	五月 星岩 文雄	七月 北马 竹谷	九月 江山 琴台	十一月 椿年 醉茗	会酌人おふさ 钱面亭

[笔者注]
三月　　　谷文晁　　　高岛文凤
四月　　　春木南溟　　未详
壬月　　　宫泽云山　　秦星坞
五月　　　梁川星岩　　龙文雄
六月　　　喜田武清　　乌亭焉马
七月　　　葛饰北马　　依田竹谷
八月　　　菊池五山　　益田遇所
九月　　　大洼诗佛　　东条琴台
十月　　　山地蕉窗　　未详
十一月　　大西椿年　　未详
十二月　　冈田闲林　　镝木云潭
　　　　　会酌人おふさ　酒保阿房
　　　　　钱面亭　　　　扇面亭

书画会肝煎月番付

四、结语——书画会的结局

如上,本章概括了江户时代书画会的发生至达到隆盛的状况。在这种隆盛的情况下,如前所述,受到批判和讽刺的文人也不在少数,也有人受到了现实的处罚。如天保三年(1832),东条琴台便因举办了盛大的书画会而以喧闹市中之罪被林家逐出了师门。天保十一年(1840),椿椿山(1801—1854,名弼,字笃甫,通称忠太、亮太)为了救援幽禁于田原(爱知县)的老师渡边华山(1793—1841,名定静,通称登)而举办了书画会。然而这次书画会最终却招致了华山之死:为生活而卖画,幕府认为这有违道德,一时谣言四起(一说是由藩内的反华山派策动的),害怕给藩带来麻烦的华山留下了"不忠不孝渡边登"的绝笔书,在位于池之原的宅邸的小仓库内切腹自杀了。

虽然书画会引发了诸多骚动事件,书画会的隆盛却一直持续到明治时期。三田村鸢鱼的《可喜可贺之人的话》(《三田村鸢鱼全集》第二卷,中央公论社,1975年)中记载:

> 自西南战争以后,书画会开始极其流行,虽然被称为文人墨客的生意人也因此受益,实际上都是玩赏当代著名的华族和官员的墨迹,归根结底都是廉价的古董,很多人都满足于这种简单的慰藉,反而是那些华族和官员,都得意洋洋,翻看明治十六年版的《明治文雅姓名录》,这些人的姓名历历可见。(第190页)

此外,秋庭太郎的《书画会考》(《三题ばなし考》所收,1949年)中也有相关记载。

本章总体上以江户职业诗人参加的集会为对象。在实现汉诗世俗化、商品化方面,书画会的作用甚大,当然也给职业诗人的生活带来了巨大的利益。江户的书画会对职业诗人扩大名声贡献巨大,使他们可以过上富裕的生活。同时也吸引更多希望自己能达成同样成功的人进入这个群体。

职业诗人在诗社、诗会以及书画会上的活跃给诗风变化也带来了巨大的影响。尤其是处在拥有诗社这样关系密切的文人圈中,实现起来更加容易,而这点对民间诗人来说是极其重要的。士大夫诗人与传统的儒者一样,对政事的态度都是非常耿直坦率的,体现的是崇高的人格。与之相异,民间职业诗人的个人魅力必须也只能通过诗来表现。但是个人的力量是弱小细微的,所以才借由群体和文人圈的力量,再加上使用各种手段(例如书画番付),在近世诗坛揭起旗号,并发挥主导作用。

近 世 篇 V

◎ 第十六章　山本北山和大洼诗佛的反古文辞派
◎ 第十七章　大洼诗佛和唐宋诗歌论争

第十六章

山本北山和大洼诗佛的反古文辞派

众所周知,山本北山是一位激烈反对荻生徂徕提倡的古文辞派,并因此大大改变了江户诗风的人物。市河宽斋也曾刊行袁枚的《随园诗话》,担当了诗风改革中的一员骁将。大洼诗佛在这两位老师的指导下,创作"性灵清新"诗,成为反古文辞派的先锋。诗佛的诗论主要继承的是北山的观点,但他在创作中究竟是怎样使诗风发生的?以及在实际生活当中,究竟采用了什么手段和方法来改变当时的诗风?本章就针对这些问题进行考察。

首先论述古文辞派的流行,及其诗论——格调诗说——的成立,然后对诗佛打破古文辞派采用的方法、理论以及手段——北山的理论——加以检讨。

一、荻生徂徕和"格调"——古文辞派的盛行

荻生徂徕(1666—1728,名双松,字茂卿,通称总右卫门)尊崇明代李攀龙(1514—1575,字于鳞,号沧溟,历城[山东济南]人)和王世贞(1526—1590,字元美,号凤洲、弇州山人,太仓[江苏太仓]人),作诗提倡模拟盛唐。然而,与王李诗论有巨大差异的是,徂徕的诗论与学问(儒学)有非常紧密的关系①。也就是说他反对如宋儒(朱子学)

---

① 松下忠《江户时代的诗风诗论:明清的诗论及其摄取》(明治书院,1969年)及其《明清的三诗说》(明治书院,1978年)中已经指出此点。

那样只讲求"心"(德行)的修养,而认为必须对先秦经典有透彻研究。为了达到这一目的,方法只有求之于"事"(礼乐等仪式)与"辞"(修饰)。在诗文方面,学习李攀龙和王世贞的作品,通过阅读二人那些大量使用古代文辞的诗文,以期达到窥见上古经学之一斑的目的。

徂徕和李攀龙一样,在诗歌风格方面重视南宋严羽(? —?,字丹丘,邵武[福建]人)在《沧浪诗话》中倡导的"格调",排斥盛唐诗以下的诗歌,但是这仍是他从儒者立场出发的诗论。以下论述徂徕其实是站在官儒的立场上接受"格调"说的。

徂徕曾经出仕,先后担任过柳泽吉保(1658—1714)、德川吉宗(1684—1751)的学问顾问。可能与这种经历有关,他总是强调"君子"的身份,并且想要实现"圣人"的理想。不管是在学问还是诗文的教育上都是如此。这点也体现在他的《学寮了简书》,在此文中徂徕首先批评了林家的学问至昌平坂学问所时期已经衰微的原因,乃其教育方法偏重朱子学。接着提出学校教育不应该只是讲释,而应该阐明经典的奥义。

> 當時昌平坂抔之講釈ハ聴衆兼而極リ無之、参懸リ之人ニ為承候仕形故、ヲノツカラ談義説町講釈之様ニ成行、白人之耳近キ様ニ仕、或ハヲトケ咄ヲマゼ、或ハコワ色ヲツカヒ、或ハ太平記抔之咄ヲ加ヘ、聴衆之多ク御座候様ニ仕候者モ必可有之候。左様無御座候而モ、白人ニ為聞候講釈、オモノ勤之様ニ成行候而者、儒者之学問ハ衰微ニ罷成候。増而右之通ナル鄙劣之振舞モ出来候ハヽ、以之外之義ニ御座候。是等ハ元来不吟味ヨリ事起リ、最早三四十年ニ成候而者、世上之人モ自然ニ御作法之様ニ覚ヘ、誤ト存知候人モ少ク御座候。①

上段话认为:学习者有玄人(内行)和白人(素人、外行)之别,儒学应该为内行人而讲,但昌平坂学问所为了使外行人也容易听懂,开始在讲释时夹杂诸如"ヲトケ咄(杂谈)"和好色物(艳情作品)以及《太平

---

① 《荻生徂徕全集》第一卷(みすず書房,1973年7月),第569、570页。

记》等俗文学,因此儒者的学问也衰微了。儒学是与天下国家息息相关的学问,不适合采用这种教授方法来谄媚水平很低的听众。徂徕的心底有雅俗之见,因此他对采用迎合态度,用俗的日本故事来解说雅的礼之国中国的儒学,觉得有强烈的违和感。而且第二行的"町講釈之様ニ"一句中也将官儒和町儒明确区别开来,可知他的想法是比较保守的,认为官儒应该重视经学,不能胡乱模仿町儒的做法。对他来说,《太平记》等日本的俗语读物和经学典籍当然是有天壤之别的。他学习和创作汉诗,是为了实现修成学问而采用的手段而已,因此他认为学习的模范和创作的诗歌都应该具备"雅"的"格调"。

徂徕将诗文作为完成儒学的手段,强调学习诗文的必要性,使诗文从儒学中独立分离出来,并让门生们首先学习诗文。他认为如果能够自由地运用汉诗文,便能更主动、更分析性地理解经学典籍,这是有道理的。中国明清时代的教育系统是从小学开始阶段式学习文言文,而当时的日本还没普及这样的教育系统,而且学习文言文的起始时间也比中国要晚得多。正是基于日本这样的实际情况,徂徕才选择让入门后的门生首先彻底学习以诗文为中心的文言文。他将学习诗文定位为掌握儒学的第一层阶梯,但是主体仍然还是儒学。

那么有这种想法的徂徕为何被明七子吸引,为古文辞而倾倒呢?这可以从他写给堀景山(1688—1757,名正超,字彦昭、君燕)的长篇书信《答屈景山书》中可以推测出来:

> 明李王二公,倡古文辞,亦取法于古。其谓之古文辞者,尚辞也。主叙事,不喜议论,亦矫宋弊也。夫后世文章之士,能卓然法古者,唯韩柳李王四公,故不佞尝作为《四大家隽》,以诲门人。而其尤推李王者,尚辞也。虽然,不佞所以推二公者,不特此耳。夫学问之道,本古焉。《六经》《论语》《左》《国》《史》《汉》,古书也,人孰不读。然人苦其难通,古今言之殊也。故必须传注以通之,犹之假倭训以读华文邪,尚隔一层仿佛已矣。且传注之作,出于后世,古今言之殊,彼亦犹我也,彼且以理求诸心,而不求诸事

与辞,故其纰谬不可胜道,且如明德异端,其解岂不美乎。①

徂徕在上段引文的前面部分还言及了韩柳和欧苏的文章,称韩柳"一取法于古",为了矫正六朝的弊病而"绌辞",欧苏则不求法于古,一味模仿韩柳,不直接以古为法,其文专以说理取胜,喜发议论,结果"肆心所之,故恶法之束也",不追求辞,不能叙事。也就是说,欧苏所代表的宋文,在徂徕重视的古之"法"与"辞"两方面皆有欠缺,也不善于"叙事",而韩柳的文章在"辞"上有欠缺。但是"李王"重视"辞",而这点正是他们所具有的独特性,所以将之称为"古文辞",以示与韩柳文的区别。

在上面引用的部分中,徂徕又言及了与传注的差异。传注在解释古书中难解之处时,不求"事"与"辞",而是通过说"理"来解释,故而会产生误差和谬误。这里提到的传注看似指汉儒以来的所有注释类作品,但更可能的是直接以朱子的诸多注释为谈论对象。

今天的研究者更倾向于将明七子的主张限定于文学范畴内,但至少徂徕对他们主张的接受是在儒学甚至是古典学的范畴内的,也表明他是站在反宋学、也就是反朱子学的立场上的。考证学在中国的兴盛是从乾嘉年间(1736—1820)开始的,也就是徂徕去世以后的事情。虽然徂徕的主张与朴学相比,在方法论上更朴素,显得不够成熟,但它们的精神和目的是一致的,而且在中国之前便已提出了同类意见,这点很有意思。

另外,徂徕还在其他地方提到了他倡导古文辞的目的,内容如下:

> 暨中年,得二公之业以读之,其初亦苦难入焉。盖二公之文,资诸古辞,故不熟古书者,不能以读之。古书之辞,传注不能解者,二公发诸行文之际涣如也,不复须训诂。盖古文辞之学,岂徒读之已邪?亦必求出诸其手指焉。能出诸其手指,而古书犹吾之口自出焉。夫然后直与古人相揖于一堂上,不用绍介焉。②

---

① 《荻生徂徕全集》第一卷,《徂徕先生学则》附录,第33、34页。
② 《荻生徂徕全集》第一卷,《徂徕先生学则》附录,第34、35页。

如果掌握了古文辞,不仅可以不用通过传注直接理解古书,还可以用古文辞表达自己的思想。如此一来,古书如同出自自己之口,可以与古人站在同一平台,不需要任何媒介来进行平等的对话。

徂徕还曾提到中国与日本在环境上的差异,他认为由于日本没有科举的束缚,所以能更自由地学习儒学。

> 明以经义策士,必以朱注,非此则不得第进士,其文必以八股,非此则亦不得第进士。……且此方之儒,不与国家之政,终身不迁官,如赘旒然,岂有立功策名,显其父母之愿哉。治经为文,各从其心所欲为,而官不为之制,岂复有利害之切于己,如乡者所言明人哉。①

明代的科举以朱熹的四书注为教科书,且必须用八股文的形式来回答经义试卷,各种教育机关所教授的当然也是朱子学,学作的文章是起源于宋文的八股文,而这些自然都是无法依照个人喜好进行选择的。另一方面,日本的儒者没有参与国政的资格,也没有左迁的机会,仿佛是一种"赘旒"即装饰物一般的存在,但反而可以随心所欲地从事学问。此外,大概是受到了来自这封书简的收件人——堀景山的批判,徂徕针对"模拟剽窃"欠妥的批判,辩解说这不过是在依样效仿明人的口吻,严重脱离了日本的实际情况。即便学习对象不是李王,而是韩欧,日本人在学习汉文时,也不得不采取"模拟"的方式,不然就只能创作"国字之文"了。

徂徕谴责世间的"道学先生",欲打破传统儒学的"德行"准则②,引导学者们脱离"性理",走上重视纯粹的文辞的道路。日野龙夫在《文学史上的徂徕学、反徂徕学》一文中有以下观点:

> 徂徕学所谓的"君子"是指政治支配者,本与道学臭无关联,

---

① 《荻生徂徕全集》第一卷,《徂徕先生学则》附录,第39—42页。
② 《对西肥水秀才问》(《荻生徂徕全集》第一卷):"传曰:诗书者,义之府也;礼乐者,德之则也。不佞谓:诗书辞也,礼乐事也。义存乎辞,礼在乎事。故学问之要,卑求诸辞与事,而不高求诸性命之微。"(第53页)

但也是儒学概念……即使是徂徕学者,也尚未将文学完全从儒学中独立出来。这就是为何徂徕一方面那么宽容地认可人情,一方面却强调无视个性的表现范式。①(原为日文)

如上所述,徂徕的"格调"说是为了学习儒学采取的手段,文学的目的也是为了成为官儒。

然而,古文辞派势力之所以能够扩大,一方面是徂徕的门人安藤东野(1683—1719,名焕图,字东壁,通称仁右卫门)与山县周南(1687—1752,名孝孺、字次公、少介)贡献颇多②,另一方面,徂徕和其门下的诸多门生得到了柳泽吉保等权力者的庇护也是一个巨大的要因。《日本诗史》卷四中有:

> 徂徕门下,称多才俊。其显者,春台南郭之外,犹数十人,可谓盛也。然细考之,则其中大有轩轾。盖大名之下易成名耳。况赫赫东都,非他邦比。或攀龙附凤,欸托禁脔;或曳裾授简,长沾侯鲭。假虎威者,附骥尾者,青云非难致也。加之邦国士人,各从其君往来,结交同盟,遍满诸藩。褒同伐异,鼓荡扇扬,靡遐僻不届。是其所以显赫一时也。③

"大名之下"即指受到大名的庇护,也就是指被聘为官儒。江户居住着很多从诸藩前来参勤交代的大名,文人经常受到"文人大名"赏识,他们的交际范围比京都和大阪的文人要宽广得多,也更容易获得名声。

上段话可能包含一些京都文人江村北海对江户文人的羡慕和嫉妒,不过也可以推断实际情况与此并没有太大的乖离。这正是他们之所以能够比以前的文人拥有更大势力的原因,也是萱园诗风之所以

---

① 收录于《徂徕学派》(赖惟勤校注,《日本思想大系》37,岩波书店,1972年),第580页。
② 山县泰恒的《先考周南先生行状》(《周南先生文集初编》附录)中有:"是时(徂徕)先生始倡复古学,疑难蠭起,从信之士尚少。独先考与滕东壁,一意从事斯道,左提右携,羽翼大业,名声籍籍四方。"
③ 《日本诗史》,《新日本古典文学大系》65,岩波书店,1991年,第509页。

风靡一世的原因。而且古文辞派的诗也像堂上派的和歌一样,受到了上层风雅人的欢迎,这点也是它们流行的一大要因。

二、山本北山的反古文辞派

自荻生徂徕最初提倡复古、拟古以来,便已经有很多人展开了激烈的批判,大体上都是反对其学问主张的儒者,其中又以朱子学者和折衷学等与其流派相异的儒者占据了大多数,因此这里不一一论述。从前面引用的寄给堀景山的书简也可以窥见一斑。

这里值得注意的是从文学立场展开的批判。实际上在山本北山以前,就有不少人对古文辞派的剽窃模仿展开了批判①。但是批判者们只是批判,并没有自己独立的诗歌理论。始终没有出现能摆开论阵,与徂徕以及萱园学派对抗的诗论家,这种状态一直持续到安永、天明(1772—1788)年间②。山本北山也在《作诗志彀》中有如下论述:

> 信有自幼丑时诗之陋,绝口不谈诗,望世有起而驳之者久矣。夫欲扫时诗之陋,应为中郎之所为。今之人仅知时诗之陋,或曰:不为于麟,为唐云云,而视之,则失于麟高华之风,为卑弱之作,且声调稳协不如于麟。故又有厌之而云欲为白乐天者,有云欲为苏东坡者,有云欲为陆放翁者,有云欲为程松圆者。要之,不由中郎者,皆五十步笑百步之类……③(原为日文)

要言之,北山以前反对徂徕派的人们只是主张改换祖述对象而已,如唐代的白居易、宋代的苏轼和陆游、明末的程嘉燧(1565—1643,字孟阳,号松圆,嘉定人)等,与古文辞派大同小异、五十步笑百步,没能对拟古展开本质性的批判,北山认为自己的理论才是最早的真正的批

---

① 《日本诗史》卷三有:"宇士新,名鼎,京都人……先是物徂徕,唱古文辞于东都,士新说其说,而多病,不能东游,乃遣弟士朗从学焉。京师讲徂徕之学自士新始。后来意见渐异,事事反戈徂徕。士新著作颇饶,其文集名《明霞遗稿》。"(第500页)
② 葛子琴和六如也提倡宋诗,但并没有著作能从理论上否定徂徕。如六如的《葛原诗话》(收入《日本诗话丛书》)几乎都是对诗语的考证,并不是理论著作。
③ 《作诗志彀》,《日本诗话丛书》(凤出版,1972年)第八卷,第20、21页。

判。上文中的"中郎"是指明代的袁宏道(1568—1610,字中郎),他批判的主要就是明七子。同样地,北山也继承了他的学说,点燃了反徂徕的战火。袁宏道受阳明学左派李贽(1527—1602,字卓吾)童心说的影响很深,提倡首先不应该从已定型的拟古开始,而应该直接表现自己心胸内潜在的性灵。其《叙小修诗》中云:

> 故吾谓今之诗文不传矣。其万一传者,或今闾阎妇人孺子所唱"擘破玉"、"打草竿"(笔者按:庶民的劳动歌)之类,犹是无闻无识真人所作,故多真声,不效颦于汉魏,不学步于盛唐,任性发展,尚能通于人之喜怒哀乐嗜好情欲,是可喜也。①

其中所说的是:当今之世的诗几乎无法流传至后世,即使传至后世,那也可能只是民间无学识的小儿和妇女们的歌诗而已。何故如此?因为只有这些诗才表现出了"喜怒哀乐嗜好情欲"等人类真率的性灵。

也就是说,他认为不必勉强与预先设定的"格调"达到一致,而是要从自己心灵深处发声,即便全是卑俗的表现,那也能成为好的真诗。这种诗论的基底是认为应该创作符合自己身份的相应的诗歌,从这种态度可以引申出以下观点:与政治无关的民间诗人没有必要在诗中歌咏天下国家之事,只需以每日的生活为主题即可。若极端而言,则意味着已经从强烈要求诗应具备社会机能的儒教的诗歌观转换成了以吐露"自己"的性灵为目的的个人主义的诗歌观。山本北山也充分意识到了这点。

关于山本北山的反徂徕,日野龙夫有以下观点:

> 某个时期,肯定有过计划驱除享保期前后垄断汉诗坛的萱园派,引导汉诗回归本来的政教主义路线的运动。从整个汉诗史来看,曾经策划这种运动的,除了天明宽政年间登场、以反萱园为旗帜的山本北山、市河宽斋等清新派以外没有其他人了。②(原为日文)

但笔者并不完全同意日野氏的说法。因为北山的反萱园也并不是以

---

① 钱伯城《袁宏道集笺校》,上海古籍出版社,1981年,第188页。
② 日野龙夫《近世后期汉诗史和山本北山》,《国语国文》34(6),1965年。

回归政教主义路线为目标的①,反而明显具有使诗向民众开放的倾向。将由性灵而发的表现皆予以肯定的诗论,不正可以解释为将传统的文学表现手段引入包括庶民在内的个人领域吗？实际上,到了北山的时代,民间的作诗热已经达到相当高温的程度,如果再将他之后的时代也纳入视野,便可以得出笔者一直想要论述的结果：汉诗的大众化在逐渐加速。基于这种时代状况,笔者认为将北山的诗论理解为使作诗转向个人化,也就是大众化的掌舵人,与实际情况更加符合。

因此,他的诗学思想可以定性为是试图通过对徂徕派的批判,将诗的表现手段变得与自我身份相符。其背后潜藏的不仅有北山的改革精神,还有他现实主义而又沉着冷静的计划。而且,这大概也与职业诗人的诞生之间存在一定的关系。

不过,虽然山本北山把徂徕和南郭的诗文当作箭靶来反对,但不管是诗还是文,他都并不赞同那种抛弃古人的熟字熟语而创作完全出于自我胸臆的诗文的主张。他也主张在通晓古典的基础上创作诗文。仔细阅读北山的批判言论,他批判的是古文辞学派的诗文在运用古语的方法上的错误,以及句法不成熟的地方(例如,二对一意和前后不照应)等,似乎对他们不精练的拟古最为不满。

李攀龙等盛唐诗拟古派主张"非唐人使熟之字,一字不使；非唐人使惯之故事,一事不用(原为日文)"②。对此,北山云"经史子集之语皆可入诗(原为日文)"③。在其《孝经楼诗话》中也对晚唐诗人和宋元明清诗人使用过的诗语进行解说,并且论述了《唐诗选》等书籍中存在的错误。

古文辞学派重视的是"格调",在解释诗歌时认为"诗妙在可解不可解之间"(明胡震亨《唐音癸签》卷三),对此,北山批评他们,主张

---

① 山本嘉孝在《山本北山的技艺论——拟古诗文批判的射程》(《近世文艺》,2014年1月)中也论述了他对日野龙夫这一观点的不同意见。不过他是从山本北山的技艺论出发进行论证的。
② 山本北山《作诗志彀》,《日本诗话丛书》第八卷,第40页。
③ 山本北山《作诗志彀》,《日本诗话丛书》第八卷,第40页。

"凡古人之诗,无一不可解,有不可解者,唯因己知识不及故也(原为日文)"①。而且他以古文辞派所轻视的《联珠诗格》为"正书",给予了很高的评价,"此书非独有益于诗学,《宋史》所漏宋末义士遗民姓名字号,因此书得传者数十百人。又宋代虽有诗名,曾立于胡元朝、曾食胡元禄者,不入一人(原为日文)"②,这种评价与古文辞派正相反。

此外,荻生徂徕主张不通中国语则无法创作诗文,也读不懂俗语小说。而山本北山在《作文志彀》中反对这种从语言变迁的观点出发的说法,认为文言和白话在近世是对立的状态,即便掌握了白话,也对诗文创作没有帮助,而且他以自己年轻时候的体验为证据,证明即使不懂白话,也可以读懂俗语小说。

以上几点就是北山从诗学观点对古文辞派进行反对的要点。徂徕的复古理论是儒学本位的,相比之下,北山的诗学思想更接近于文学本位,包容性更强,而且更简单易懂。从他肯定训读有用这点来看,也可知其具有大众性。也许正因如此,《作诗志彀》一出版便立刻成为世俗议论的焦点。

三、大洼诗佛的反古文辞派

北山原本是儒者,反古文辞派的活动也主要是站在辩论家的角度,停留在构筑理论的层面,在创作实践方面没有那么大的功绩。不过,宽政年间聚集在北山门下被称为"清新派"的青年,尤其是大洼诗佛,以诗为生,在实践层面的功绩比北山更加显著。他的诗学观点基本上与儒教的政教诗观没有半点关系。他是从一位诗人的立场对古文辞派进行反对的。

文化元年(1804)三月,诗佛为神谷东溪(1744—1805)刊行的《随园诗话》(《和刻本汉籍随笔集》20,汲古书院,1978年)作序文。其中有如下内容:

> 我邦元禄享保之间,萱园之徒奉明季李王之诗以风靡一世,

---

① 山本北山《作诗志彀》,《日本诗话丛书》第八卷,第36页。
② 山本北山《孝经楼诗话》,《日本诗话丛书》第二卷,第72页。

自以为长城守矣。后虽稍有觉其非者,时之艰、力之弱,不能攘臂而起于其间。及我辈创立帜于清新性灵之真诗坛,伪诗城垒不攻而降,不战而破。而后诗之功业将一统于我辈之手,是岂人力之所能为乎哉。所谓清新性灵者,吐自己之胸怀,不尝古人之糟粕是也。此之谓真诗,所谓专主于活,不参死句是也。我辈以此唱世十余年,于今而犹未洽于海内。何计随园先生亦在彼邦唱之。《随园诗话》之刻在壬子之岁,则去今十三年矣,与我辈之起殊地同时。

袁枚的《随园诗话》刊行于乾隆五十七年(1792,壬子),相当于日本的宽政四年,正好是诗佛进入北山奚疑塾的前后时期。因此,上文中的"我辈"大概就是指奚疑塾的同人。实际上,诗佛曾与山本谨等人一起刊行过各种宋诗选集,文中的"诗之功业将一统于我辈之手"透露出他拥有坚定的决心和强烈的自负能使自己在诗坛的名声更加远播,并将诗风从古文辞中解脱出来。

宽政十一年(1799),诗佛刊行了《诗圣堂诗话》,当时大约三十二岁左右。山本北山为作序文:

> 诗佛之诗话者,业镜也。一高挂,善恶皆见焉。遂教人知惊人诗今现在,而发真诗心。然这里不免有三途业报,何也?欲以降伏恶诗,大广宣清新,此是贪;使俗诗家殆气死,此是瞋;吟易官,咏易禄,翰墨以易财利,苦心以易乐意,岂不亦痴乎。佛而坠泥犁,大方便,大神通,凡夫固不得知也。

北山参照佛教中的"业报"之说,谐谑式地盛赞诗佛的诗话为"业镜"。从上文也可以读出二人间令人神往的师生关系。从其中嵌入的"惊人诗"、"真诗"、"清新"等清新派诗论的关键词,也透露出他们的自负和变革的反响。

诗佛的《诗圣堂诗话》(本文使用的是《日本诗话丛书》)主要可以分为三类内容。第一类是与咏物诗有关的内容,第二类是与师友有关的内容,第三类是与自己的诗论和活动有关的内容。首先就第一类内容来说,第1、2则谈论的是日本独特的咏物诗,即咏樱花的诗歌。

第 8 则谈论的是三弦琴在江户的盛行及歌咏三弦琴的诗。第 16 则记载的是咏物诗的理论。

第二类总计四十八则，其中第 3—7 则、第 21—26 则、第 34—41 则，以及第 45 则，共计二十则，谈及的是奚疑塾和同人以及与他们有关的人物和他们的诗作。第 9—15 则、第 17—19 则、第 27—29 则、第 32、33、46、48 则，共计十七则记载的是市河宽斋以及江湖诗社同人的事迹。这四十八则中与诗佛的师友、同志有关的记述占据了近八成（只有少数例外，如第 20 则记载的是有关《增注联珠诗格》的内容，第 47 则记载的是无名氏诗有关的内容）。

第三类中，第 18、30、31 三则展开的是他一贯坚持的理论，第 42、44 则记载的是他前往信浓的旅行，第 43 则记载的是诗佛在民间反古文辞派的宣传活动。以下引用第 43 则的内容：

> 余尝与舒亭开诗社于东江精舍，号曰二瘦诗社。来与盟者百余人，北山先生作之引，固不受一星之银、半尺之布，痛斥世之为李王者。于是格调之徒，猪怒虎视，议论讻讻不止焉。然由此得人亦不少。世之刺我非我，于吾乎何有？

"东江精舍"是指现在位于日本东京都墨田区的东江寺。诗佛曾经有一段时间与"舒亭"（柏木如亭）设立诗社，对古文辞派加以激烈的批判。诗社对于他们这些职业诗人来说原本是非常重要的收入来源，但诗佛最早设立的这一诗社却不收门生的学费，免费讲授诗文。其目的自然是为了大张旗鼓提倡己说，打击古文辞派。如此段文字末尾所暗示的那样，这个诗社在诗佛的反古文辞活动应该具有重要意义，遗憾的是相关资料几乎都没有保留下来，所以其详细情况不明。不过这个诗社的名气似乎很大，甚至传到了遥远的地方藩[①]。

[①] 《诗圣堂诗话》（《日本诗话丛书》第三卷）的第四二条："余西游之日，途出信浓。宿小诸稻垣伯弓之家三四日，城下人士来求观者数十人。有僧观禅者，亦来见余，称叹余诗不凡，因问曰：公在都下，知瘦梅先生乎？余曰：知之矣。和尚何以独记瘦梅之名？僧曰：瘦竹先生曾游此地。我得见之矣。我闻都下有瘦竹、瘦梅二先生，以诗鸣一时。余观公诗，非寻常之人，必二先生之徒……"

最后再来看看诗佛的同人柏木如亭的诗歌观。高冈秀成（？—?，字实甫，号养拙斋）在《木工集序》一文中稍稍提及了柏木如亭的学习经历。《木工集》（《柏木如亭集》收录，太平书屋，1979年）即柏木如亭的诗集。

> 初受规则于宽斋河先生。河先生者，首唱白氏风于世，其徒日众。永日既得其法而稍变之，杂以宋诸名家，最喜杨诚斋、方秋崖体。其述情赋景，巧入纤密。而其用心在于镕铁成金。凡殊俗异风，细言小事，人以为不可入华语者，悉收拾来做诗料。曲折极态，此其自家功夫，以故其语多奇险，不为常人所喜，而常受识者赏。虽古色闲澹犹未及，而尖巧细深颇有蓝出者。

如亭最初从市河宽斋学诗的时候，受到老师的影响，学白居易，但随后倾倒于南宋的杨万里（1127—1206，字廷秀，号诚斋）和方岳（1199—1262，字巨山，号秋崖），模仿他们的诗风。这篇序文虽然没有揭起反对古文辞的旗帜，不管是白居易，还是南宋的杨万里、方岳，都是萱园学派不屑一顾的对象，这已经是十分明显的反古文辞态度了。众所周知，宽斋喜爱和提倡白居易的平易诗风。白居易的诗被萱园学派等儒者们评价为"俗"，排斥在学习对象以外，但对于江户时期的汉诗初学者来说，仍然比学李王那样的诗要容易得多，非常让人有亲近感。此外，宽斋于天明六年（1786）还刊行了歌咏吉原的《北里歌》，《诗圣堂诗话》中记载此书是为反对格调派而作的。①

四、结语

属于徂徕学派的人后来有很多都成了幕府和藩校的官儒，这给他们的主张在世间的广泛流行提供了良好的条件。而北山主要是从理论方面，诗佛主要是从实际创作和指导实际创作两方面对他们举

---

① 《诗圣堂诗话》中有："明和之末，萱园余焰未尽。诗人动率以格调。宽斋先生作《北里歌三十首》以见性灵之诗，莫不可言者。舒亭《吉原词》、娱庵《深川竹枝》，皆是其所权舆也。而先生隐其名不著。"

行了反对的大旗,并且成功地将他们的诗风驱散出诗坛。如果粗略地概括一下的话,即萱园学派作为儒者,较多凭借官府而增强影响力,相比之下,北山身为布衣儒者,诗佛身为民间的职业诗人,他们从下层进行改革,一举扫除了古文辞之风。当然,使之成为可能的是十八世纪以后市民经济飞跃性地发展,市民文化不断开花,而诗佛们的改革也与时代共步成熟,这可能是最大的要因。然而,从单一到多样、从绝对到相对,这种诗歌观的发展必须要某个时刻由某个人物树起旗帜、提出主张才行。而这正是北山和诗佛所实现的。在他们之前提倡反古文辞的诗人有六如,他的身份使他无法像北山和诗佛那样提出密切接近庶民的诗论①。正因如此,他也没能改变江户时代的诗风。

　　北山和诗佛等人的反古文辞运动从宽政年间以降开始变得活跃,其原因是什么呢?这大概与宽政改革有直接或间接的关联。山本北山于安永八年(1779)刊行了《作文志彀》、天明三年(1783)刊行了《作诗志彀》,几乎在此同一时期,诗佛的另一位老师市河宽斋,原本在昌平黉担任大学头,也因挟异学之书,被免除了昌平黉的职务。以此为契机,宽斋也开始倾向于诗文方面。当然,这一时期的思想统制虽然不是使他发生转变的全部契机,但至少也使他存在一些念头,想要回避无用的摩擦和争斗吧。

　　再加之,这一时期对萱园学派古文辞学的不满也逐渐高涨。这大概是因为到了这段时间,不管是作者还是读者,眼光和鉴赏力都更高,已不再满足这种排他性的古典主义的方法论了吧。于是才产生了要学习宋诗的新潮流。也就是说,由于上层回归朱子学的整风政策,信奉折衷学和阳明学等的町儒们为了"远祸",开始将自己私塾的教学重心从儒学转到诗文上,这种态势再加上时代要求出现与古文辞学不同的诗风,最终诞生了新的作诗风格。

---

① 《五山堂诗话》卷一有:"六如禅师,诗名笼罩一世,人以钵盂中陆务观称之。余诵其诗,景仰非一日。或传师为人矜情作态,见便可憎,余不欲观面,恐回慕悦之心也。庚申入京,皆川淇园先生欲余往见,时师避疾在一条里宅,因一造之,门下以病见辞。至今以不见为幸矣。"

第十七章

大洼诗佛和唐宋诗歌论争

——以卷大任编《宋百家绝句》序文为中心

大洼诗佛及其同人反对徂徕派的拟唐诗,以宋元诗人尤其是南宋三大家的诗为学习对象。不仅如此,从宽政年间开始,陆续刊行宋人诗集和宋诗选集,最终取代唐诗选本成为江户后期汉诗初学者的入门书。

尽管如此,宋诗在坊间市井盛行以后又出现了批判它们是"伪宋诗"的声音。菊池五山《五山堂诗话》卷一有如下记载:

> 山本北山先生,昌言排击世之伪唐诗,云雾一扫,荡涤殆尽。都鄙才子,翕然知向宋诗,其功伟矣。余谓先生曰:伪唐诗已鏖矣,更有伪宋诗,可谓又生一秦也。何如?先生莞然:盖今日之诗,虞山所谓邪气结轖,大承气下之,输写大利,元气受伤,则别症生之时也。谁居瘳之者,必当有任。①

《五山堂诗话》卷一刊行于文化四年(1807)。五山称,自北山排击"伪唐诗",使之一扫而空后,现在又出现了"伪宋诗"。这该如何是好?针对这一问题,北山引用"虞山",也就是清代的医者钱潢(字天来,虞山[江苏常熟]人)《伤寒溯源集》②中的语句,称这种现象的出现是理

---

① 《五山堂诗话》卷一,《新日本古典文学大系》65,岩波书店,1991年,第525页。
② 参照前引《五山堂诗话》(第162页)的注释。

所当然的，后人当中应该会有能够治愈这种弊病的人。五山在上则记载之后，也还提到过"伪宋诗"的问题①，并称"伪宋诗"的流弊比"伪唐诗"更甚。②

当然，五山所批判的"伪宋诗"作者应该不包括江湖诗社的同人们，但是当时也有认为江湖诗社的诗就是"伪宋诗"的人。如武元君立（1770—1820，备前冈山藩士）的《读五山堂诗话》一文中就痛骂江湖诗社的诗"纤巧琐细"、"轻佻鄙俗"：

> 曩时徕翁之徒，唱济南诗学，风靡一时，黄金白雪，不胜陈腐。乃有一二钜匠，唱宋诗务以反之，茬土江湖社最甚矣。而予不甚喜江湖社之诗，以其雕镌琐细或类儿戏也，以其轻佻鄙俗或陷诽语也。今读其所著《五山堂诗话》，有言云："伪唐诗已鏖矣，更有伪宋诗，可谓又生一秦也。"以是观之，盖有所自省也。③

从末尾"盖有所自省"的表现来看，武元君立有点讥讽语气地将五山关于"伪宋诗"的言论理解为是五山自我反省的语句。

本章针对当时这些围绕着唐宋诗的争论，考察江户后期诗坛关于"真诗"、"伪诗"的争论。

考察对象选择的是文化八年（1811）成书的卷大任编《宋百家绝句》（文化十年刊，日本早稻田大学图书馆藏本）。这部选本中收录了从王禹偁至僧惠洪（附花蕊夫人）为止的宋代一百家的绝句，共二千首，前附六篇序文。分别为山本北山、葛西因是、大洼诗佛、龟田鹏斋、馆柳湾，以及卷大任的自序。这些序文都对当时的唐宋诗之争陈述了

---

① 《五山堂诗话》卷一有"世之称唐明者，取材有限，规模已定。譬如栋梁楣楹毕备，然后营宫室，虽拙工，结构原自不难。至宋元，则不然。譬如造凌云之台，架空构虚，出人意表，精巧自非输般，安能得措手。宜矣伪唐诗之多，而真宋诗之少也"（前引《五山堂诗话》，第530页）。

② 《五山堂诗话》卷一有"均之伪也。唯作伪唐诗者，刻鹄类鹜，其言虽笨，犹且不失君子体统。宋诗失真，则画虎类狗，其庸俗浅陋，与诽歌谚谣又何择焉。竟使耳食者谓宋元诸诗率皆如此而并薄之也。乃嚄然自称宋诗，妄不亦甚乎。其病坐不才无识而生。故学宋诗，必须权衡，唯有才识可以揣度，不然，则鄙俚公行，几亡大雅，不如作伪唐诗之为犹愈也"（前引《五山堂诗话》，第530、531页）。

③ 《北林遗稿》卷五，山阳新报印刷部，1936年，第603、604页。

自我的观点。本章以这六篇序文为线索，同时参考当时其他与唐宋诗有关的言说，以期瞥见唐宋诗论争后期发展之一斑。

《宋百家绝句》编成于文化八年前后，正当"真诗"与"伪诗"的论争达到白热化的时期。同年刊行的《五山堂诗话》卷五中有以下记载：

> 今日诗人率皆类此。有一人，自负其诗为真，有诋之者曰：此岂真诗。又有一人，谓二人之诗皆非真。既而察之，则其人所作，亦复非真。展转相攻，终无穷极。若遇真道士一睨，则无所逃其妖形矣。①

这里描述的论争情形已不再像古文辞派和清新诗派那种单纯明快的对立图式了，仔细分析后会发现，他们的主张各自有细微的不同之处。为《宋百家绝句》写作序文的六人当中，北山和诗佛是师生关系，他们的诗论几乎是一致的，但也存在细小的差异。龟田鹏斋和北山同样是井上金峨的门生，也都是町儒（私儒），他们序文中展开的诗论采取的是折中立场，始终站在肯定自己诗风的立场进行立论。剩下的三人（葛西因是、馆柳湾、卷大任）都与诗佛是十分亲密的友人关系，不过他们都是提倡唐诗的诗人。由此，即便是在这些属于同一文人圈的同人之间，他们的主张也各有异同，这恰好反映了当时文人间错综复杂的关系。

一、山本北山、大洼诗佛的序文及其观点

首先来看诗佛的老师山本北山以及诗佛自己的序文。文化八年，北山已经六十岁，且于翌年的文化九年去世。因此这篇序文可以看作是他晚年已达到成熟圆融境界的诗论。

> 作诗学唐者有真有伪，伪者字字句句模窃唐人，其诗譬之若啮糟，有酒臭无酒味。真者宋人取唐是也。凡唐诗可宗者在其诗

---

① 《五山堂诗话》卷五，《词华集日本汉诗》第二卷，汲古书院，1983 年，第 415 页。

皆真,不模汉魏不袭六朝,能自成一代之盛音也。故宋人不模唐不袭唐,皆别出机轴,虽或有类唐者,要之弃其腐烂语,修吾清新辞,宋诗与唐抗衡,不居于雁行者,由能真而不伪也。譬犹一脔肉聂为轩、缕为脍、烹为羹、燎为炙,宰制称呼虽各异,不失其为肉之真也。至学宋者,亦宜取宋人所取唐,而使其诗真。然既学之,又其用字置句之间,或有类宋人,无妨其真。与夫伪唐家句句模腐,字字拟烂,可同日而语乎。是故彼邦先贤论诗者,有伪唐诗之句,无伪宋诗之目。近时伪风大草,真诗隆行,人人知向宋矣。嫉妒家恶伪唐诗丑名,欲分伪于宋,移产伪宋诗之目。殊不知伪可谓之于唐,不可谓之于宋也。余尝闻学宋法:多读宋诗,满腔是宋。目熟于宋,口惯于宋,积之有得诸心而应乎手,不少涉假伪。下笔则宋诗,成于斯云。

在山本北山看来,学习唐诗而作的诗有"真诗"和"伪诗"之别。"伪诗"是指只会一字一句模仿唐诗的作品,"真诗"则是宋人选拔出来的唐诗。这些作品并不模仿和蹈袭汉魏六朝诗,而是确立了自己独特表现方式的作品。同样,宋人也放弃了唐诗"腐烂"的文辞,自己能够创作"清新"之语,所以可谓得其真。

上文认为,古文辞派的"伪诗"和他们标榜的宋诗"真诗"之所以"不可同日而语",是因为它们之间存在两种主要差异:一是古文辞派当成学习对象的唐诗是模仿蹈袭汉魏六朝诗的作品,而没有学习到唐代的"真诗"。另一点是古文辞派以模拟为第一义,而不是当下自我的表现,这在作诗时是最重要的东西,但反而不是他们追求的目标。这一观点北山在《作诗志彀》中也有提及和论述,可以看作他一直以来坚持的论调。

自南朝梁刘勰(467—522)论及"复古"和"通变"问题以来(《文心雕龙》"通变"篇),这一问题早已成为中国传统诗学的重要论题,将之与规范论争关联在一起进行具体论述则始于元代以降。尤其是以明七子为契机,涉及究竟是学习唐诗还是宋诗的唐宋优劣论成为讨论的中心话题,他们的讨论带有具象性,并且也论及具体的方法论,最终演变成一场热烈讨论的对象。山本北山的主张也是顺应这种潮流的产物。

北山的论述自然是站在积极肯定"通变"的立场,但其中非常有意思的一点是,他强调当时坊间市井所谓的"伪宋诗"原本是不成立的,在中国也确实不存在这样的呼称。北山认为宋诗是"通变"的象征,可以说是洞悉了中国诗坛上被视为本质的东西。复古派模拟唐诗,自然与争新斗奇的宋诗精神是互不相容的立场。因此,北山得出的结论是:"伪宋诗"这一呼称的提出是嫉妒宋诗隆盛之辈所干的勾当。

读完这篇序文会发现,北山并不是完全否定唐诗的。例如《作诗志彀》中也有"非谓唐诗不足"之语:

> 中郎云唐无诗,诗在宋诸名家,非谓唐诗不足。其意云宋东坡、六一不蹈袭唐人,才为真诗。①

另外,北山在此书中还提到"欲知中郎趣,熟读老杜诗",认为杜甫的诗贯穿着袁宏道的改革精神。要言之,北山最为重视的是宋诗的"通变",也就是改革诗风的精神。

接下来看诗佛的序文:

> 世之学唐诗者,以宋为浅劣。学宋诗者,以唐为腐臭。是未知唐宋之真诗者也。夫唐宋一而已矣,譬犹父创业子继统也。吾友弘斋与其族兄柳湾唱唐诗,为晚唐、为中唐,又忽选《宋百家绝句》。人或怪其乖忤,余以为不然。夫唐宋一而已矣,何岐而二之。若论其异,犹寒暑之相为四时,谓之非一岁而可乎。此弘斋之所以兼及宋诗也。唐已有四唐之目,宋岂一宋乎哉。此所以并取百家也。世之论唐宋必立界限。世之论宋诗,多以两三家概一宋。弘斋此选无偏见固执之累,盖胸中卓然有见者也。

众所周知,诗佛也是祖述宋诗尤其是南宋三大家诗作的,然而在上面

---

① 《作诗志彀》,《日本诗话丛书》第八卷,凤出版,1972年,第20页。

的序文中,诗佛认为唐宋诗没有分别地都存在"真诗"。而且宋诗中还存在多种多样的风格,等同视之是很奇怪的事。这种诗歌观念在他在同一年为门生高木龙洲(?一?,名信鞭,字士羊)的诗集《栖凤楼诗集》所作的序文中也有明确的记载:

> 予平常举学诗之法以似子弟曰:凡学诗之法,唐可学焉、宋可学焉、元明清亦皆可学焉。既学之后,其诗唐也,则以为非吾诗矣;其诗宋也,则以为非吾诗矣;元明清也,则以为非吾诗矣。夫诗以清新为务,以性灵为主,自然成一家之言,而后可传之于后世。是之谓吾之真诗也,又何以唐宋元明清为乎。

以上主张可以概括为,诗的学习对象不管是唐也好、宋也罢,抑或是元明清也罢,其实都没有关系,皆应该学习,不过创作出来的诗不管学习对象如何,不可以像依葫芦画瓢那样具有相似性。也就是说,应该写出自己的个性,不应一味地模拟或模仿。诗佛的基调与老师北山的诗论没有区别,但北山的脑海里还浓厚地残留着唐与宋对立的图式,相比之下,诗佛的思想并没有特别拘泥于要在唐或宋之间选择其一。创作者的"性灵"能用"清新"的语言表现出来,这才是他认为的创作"真诗"需要的条件。他们的诗论在重视"通变"这一点上,师生之间是密切联系在一起的,但诗佛的诗论超越和克服了规范论争,是比其老师更进步一点的观点。

诗佛和北山两人立场有以上差异的原因可以想象主要有以下两点。首先两人在个性和职业意识上有区别。北山与其说是诗人,不如说是儒者,比起感情、情绪,他更喜欢论理、议论。因此,不管是与他人的论战,还是与现实抗衡,他都可以积极主动地接受,并且擅长在面对各种诸如此类的剑拔弩张的场面时,仍然能够组织并展开自己的论理,坚持一贯的看法,他自己大概也把这当成了自己的真本领。另一方面,诗佛是专业文人,置身于轻松舒适的环境当中才能发挥其本领。而且比起理论,他更擅长在实际创作方面发挥自己的能力。总之,诗佛的气质比北山要温厚得多,诗论方面也更能倾听他者的说法。

第二点需要指出的是,北山和诗佛之间存在十五岁的年龄差,他们各自接受的中国的"清新性灵"诗论本身也可能存在时代上的差异。北山的性灵说蹈袭的是十六世纪后半期——明代袁宏道的说法。另一方面,诗佛的性灵说可能更大程度上是受到十八世纪后半期——清代袁枚的影响。袁枚的《随园诗话》在日本的和刻本最早是文化元年神谷东溪刊行的。袁枚虽然也和袁宏道一样提倡"性灵"说,但他并不采取或唐诗或宋诗的二元对立的截然区分方法,而且他也不像袁宏道那样因过于拘泥于"性灵"而否定技巧。也就是说,不管是在相当于入门阶段的规范论争中也好,还是在相当于过程阶段的技巧等等风格、方法论方面,他都表现出极其宽容的姿态。袁枚的"性灵说"结果都在他的实际创作中,重心并不是在入门和过程阶段。他所创作的作品充分表现出作者的个性(性灵),而不管这是唐诗式的,还是宋诗式的,或者是白描诗,还是用典故的诗,或者是多用技巧的诗,这些原则上都不是问题。因此,即便同样是"性灵说",袁宏道和袁枚之间也存在相当大的差异。

虽然诗佛和袁枚之间实际上是否有影响关系,还需要今后加以更慎重的分析,但诗佛所认识的"性灵"的实质内容更接近袁枚,而不是袁宏道,这点是不得不承认的。

二、龟田鹏斋、葛西因是的序文及其诗论

龟田鹏斋(1752—1826,名翼、长兴,字国南、公龙等,通称文左卫门)与山本北山是同门,二人是非常亲密的交友关系。他既是町儒,也与诗佛等当时江户的职业文人有亲密的交往。如果鹏斋这篇序文写于文化八年的话,那么正是他结束长达三年的地方旅行,刚回到江户的时候。鹏斋擅长书法,其为人也如其字,十分豪放[①]。其序全文如下:

[①] 《五山堂诗话》卷七中有"龟田鹏斋先生以宿儒为斯文领袖,豪放不羁,纵酒偃蹇,诗多洸洋自恣语"(《词华集日本汉诗》第二卷,第434页)。

> 李唐以后,宋明各有诗矣。而其一代之调,必有所期焉。宋期苏黄,明期李王。今尊其所期,而概推奉其一代诸家之作,鄙其所期,而举唾弃其一代诸家之作,皆未具诗家金刚一只眼者也。如其浩瀚雄浑,则可期也。而或有山魈木怪之可恶矣,如其茍狗钉饳,则不可期也,而或有冲澹老成之可称矣。然则选诗非瞎眼可能验取也。

鹏斋在上文中展开的论述,似乎在避免直接言及唐宋诗优劣论和真诗伪诗论争。鹏斋认为宋和明两个时代值得敬仰为理想人物的分别是苏轼、黄庭坚和李攀龙、王世贞,然而现如今推崇某个时代的人,大体上都是推崇那个时代各家的作品,唾弃其他时代的作品,认为不值一提……这是不具备"金刚一只眼",也就是那些不具备看清真相眼光的人们才会做出的行为。而他自己的价值观是认为能达到"浩瀚雄浑"或者"冲澹老成"①的诗境才是理想的诗歌。

虽然没有明言,但也可察觉出他似乎与唐诗有更多的共鸣。原因是他所批判的"钉饳"的倾向在——被评为"学人之诗"、具有炫耀才学的特征——宋诗当中更加强烈,"怪"也是因为宋诗具有强烈的追求新奇表现的倾向,才会产生较多这样的缺点。鹏斋与北山不同的是,他在文艺方面可能选择更保守、更被动的立场。这点从他举出苏黄作为宋诗的代表、以李王为明诗的代表,而完全没有提及南宋三大家和三袁等地方也可以看出。至少从这篇序文来看,似乎隐藏着他的真正想法是不愿意卷入当时论争的旋涡当中。

和鹏斋有类似想法的是葛西因是(1764—1823,名质、字休文、通称健藏)。葛西因是出身于藩士家庭,天明年间曾与市河宽斋和柏木如亭有过亲密交往,和诗佛当然也是熟人②。文化八年(1811)前后时

---

① 南宋严羽的《沧浪诗话·诗辨》中有"诗之品有九,曰高、曰古、曰深、曰远、曰长、曰雄浑、曰飘逸、曰悲壮、曰凄婉",郭绍虞《沧浪诗话校释》,人民文学出版社,1983 年,第 7 页。
② 诗佛的《赠清溪老人》(《诗圣堂诗集初编》卷八收,文化四年作)一诗的自注中有"第一句因是道人句也"(《诗集　日本汉诗》第八卷,汲古书院,1985 年,第 413 页)。

期居住在江户,并曾为林述斋的门人。他论诗尊崇唐诗①,其序文内容如下:

> 享元诗人喜明诗,亦知贵唐诗。今日诗人喜宋诗,或至废唐诗。今主张唐诗者,馆枢卿、卷致远二人而已,屡刻唐诗行之。致远今又刻行《宋百家绝句》,何也?曰:诗人学唐诗,何代不然,此集亦宋家之唐诗也。其言不为无理矣。两宋三百二十年,雅笨、生熟、精粗、活滞,百家诗格。递有高伟、雅熟、精活,竟不免露骨少肉之病。笨生粗滞、丑怪鄙俚,总之属旗亭壁上之歪笔。唐诗人无学问,宋诗人皆有学问,然而宋诗不及唐诗者,坐其有学耳。唐人无学,其诗轻松自佳。唐人有学如李杜韩柳,适足以助其风骚,未尝以此棘手戟口也。今日诗人学宋诗,喜其丑怪鄙俚乎?抑将喜之乎者也类学者口吻乎?致远笑而不答,却强余叙之。遂谂言曰:学唐诗上策也;学宋诗有唐调者,中策也;学宋诗之丑怪鄙俚者,下策也。致远此刻憾遗中策而出于此耶?岂其下策之为哉。

因是尊崇唐诗的意识比鹏斋要强烈得多。这篇序文开头提到:文化八年正当宋诗流行的时期,大力提倡唐诗的恐怕就只有馆柳湾和卷菱湖二人,然而其中一人最终仍然免不了编集出版了宋诗的绝句选本。因是的语气带有感慨悲叹的味道。文中虽然采用的是葛西因是与菱湖进行对话的形式来记述的,但其中心应该都渗透着因是一贯的主张。因是首先承认宋诗具有多种多样的风格,但随即又指出宋诗具有"露骨少肉"、"笨生粗滞"、"丑怪鄙俚"等缺点。而其中最大的要因就是"学问"。唐诗中也并不是没有将学识加入诗中的作品,但

---

① 《五山堂诗话》卷二(文化五年[1808]刊)中有:"余论作文,独心折于因是,至诗则趋向小异。因是专宗唐诗,大要本金圣叹法,而间有出入者。一日酒间论诗,亹亹生风。余始尚不应,既而粗迫曰:果首肯否?余徐答曰:第俟五里雾霁矣。大笑而止。"另外,关于葛西因是对唐诗的推重,可参照池泽一郎的《葛西因是的唐诗推重——〈通俗唐诗解序〉和〈柏山人集序〉》(《早稻田大学大学院文学研究科纪要》第58辑,2012年)以及《葛西因是的唐诗论——馆柳湾编书的序文和〈辨唐诗〉》(《江户风雅》第七号,2013年)。

只不过是抒情的辅助，附带的使用而已。宋诗则仿佛故意要使诗变得更加难解一般，加入许多学问知识，而这也直接导致了它的缺点。对因是来说，唐和宋的次序是很明显的，直接表现出他一直以来的观点。而且，他借似乎要转向宋诗的菱湖之口，吐露此次出版的"真正的"目的，最终引出了"学宋诗之丑怪鄙俚者，下策也"这句话。

鹏斋在序文中回避直言，委婉地表现他支持唐诗，与之相异的是，因是则明确地指出宋诗的缺点，并且直言不讳地公开支持唐诗。同时，他也是借用序文这一形式，向那些想要为宣传宋诗助一臂之力的同道之人敲响了警钟。

如上所述，鹏斋和因是两人尽管都是在为宋诗选本作序，表现出的情感也与北山和诗佛不同，他们更加注重唐诗，并且试图坚持他们一贯的主张。

三、馆柳湾、卷大任的序文及其诗论

馆柳湾（1762—1844，名机，字枢卿，通称雄次郎）与卷菱湖（1777—1843，名大任，字致远等，通称右内）二人是从兄弟的关系，而且皆曾从学于龟田鹏斋①。二人对唐诗的尊崇与古文辞派的唐诗尊崇不同，他们主要重视的是中晚唐诗歌②。馆柳湾文化八年时五十岁，担任幕府的差役，过着平静安隐的生活。他曾陆续编纂刊行了《金诗选》（文化四年）、《晚唐十家绝句》（同上）、《四咏唱和》（文化六年）、《晚唐十二家绝句》（同上）、《晚唐诗选》（同上）、《中唐十家绝句》（文化七年）等书。卷菱湖则主要是一位书法家，《宋百家绝句》是应书肆之求而编集的，但他自己平时无疑也对宋诗是关心的。此书编成后的第二年，文化十年（1813）他又出版了《箧中集》，选录了十二人

---

① 龟田鹏斋的《宋百家绝句序》中有"馆机、卷大任二人，尝从余而游，最长于诗学，借主张唐诗，建赤帜于骚坛而主夏盟"，本文的引文中省略未用。
② 《五山堂诗话》卷三（文化六年［1809］刊）中有："越后馆机，字枢卿，号柳湾。卷大任，字致远，号弘斋，一号菱湖。二人同宗中晚，而小异其趣。柳湾仕为小吏，半世为风尘所累，然吟咏不绝，和雅酝藉，诗似其人……弘斋于书，六书八体无所不ական，殊为有识所推赏，诗自清隽，优入作者之域。"（《词华集日本汉诗》第二卷，第383页）

的二十四首诗作,其中就有江湖诗社市河宽斋(一首)、菊池五山(二首)、大洼诗佛(一首)的诗作。

首先揭示馆柳湾序文中的相关论述,内容如下:

> 夫唐诗者,稻粱也,刍豢也。山肴海错,嘉羞芳馔。八珍咸列,五味悉备。朝夕供之,其味不可穷也,又焉有外慕哉。虽然,口之于味既厌膏润,时思淡泊者,人之情也。情之不能止,致远亦不得不染指,则宋诗之所以不能不讲欤。……若夫粟秕不拣,芒耐不脱,炊洗粗略,器皿芜秽,以为性灵真诗者,则野父村老粪火炉头充饥之粝飱而已,岂足与论味哉! 岂足与论诗哉!

馆柳湾将唐诗比喻为山珍海味皆罗列于前的豪华而奢侈的佳肴。每日食用这些也决不会厌倦,滋味无穷。然而人们只吃奢侈菜肴的话,有时也会追求淡泊的食物。而菱湖之所以刊行《宋百家绝句》,正是出于这一原因。接着,他赞赏菱湖的选择十分英明(中略部分),然后他称表现性灵的真诗就像没有经过精心选择的食材,烹调前也没有什么事前准备,也没有用干净的器皿盛装,然而这些都让人没有想品尝的欲望。也就是说,他认为诗要像佳肴一样让人品尝,首先必须具备相应的风格和格调、形式等。由此可知,柳湾的诗歌观当中有与"性灵说"无法相融合的部分,他的本心是反对当时风靡一时的"清新性灵"诗论的①。

最后来看看编者卷菱湖的自序:

> 余雅尚唐诗,又旁读宋元以下诗,颇多所抄出。顷书肆花房姓乞刻宋代诗,盖欲以便发蒙也。余乃就所抄出录《百家绝句》四卷、《千家绝句》四卷付之,诗约略千余首。今《百家绝句》刻先成,或谓余曰:子奉崇唐诗,今复取宋诗,将如他人背议何。余对

---

① 馆柳湾在《箧中集序》(文化十年[1813]书)中云:"近世江都一二诗匠厌踏袭摹拟之风,而唱性灵清新之说,以诱后进焉。慕习之徒,一时相和,日趋流易,惟新奇是务,不知其戾于雅正,咄嗟谈笑,走笔成章,不论风趣格调,以多为富,鄙俚猥杂,僻劣琐碎,无所不至,岂足以传于大方乎。污惑之声,几使闻者掩其耳矣。"

之曰：乌呼！子亦为此言乎。苏东坡先生云：论诗必此诗，定非知诗人。余尝以为知言。且近体之诗，孰不学唐者。童蒙之学诗，从宋人入手，取以为初机，未尝非方便法门也。吾观今世学诗者，其弊有三：一则画一王李之纰缪，舍宋取明，虽云宗唐，其实专蹈袭七子，是所谓奴隶舆儓者也；一则唐诗非其所讲惯，徒读宋末数家诗，好趋奇僻猥琐，不知风情之所托何在，是所谓邪魔外道者也；一则痛斥宋元以下，偏执唐诗，强辩傅会，错隙太过，竟使作者本意索然无味，是所谓郢书燕说者也。三者各是己所见，吹毛拉排，视如仇雠，均之坐渠侬襟韵不高，未能脱尽门户之陋习耳。余之于诗，一无所依倚，不啻宋金元明，虽今人所作，逢其合者，亦将录而存之，况于宋贤之学唐，其所得最优者乎。子是之不察，却愿吾效三者之弊耶？

卷菱湖在序文中叙述了出版这部选集的经过和意图。他原本被视为尊崇唐诗的一派，但恐怕当时会有不少人因此书而产生一种印象：难道此人已经转而推赏宋诗了。这篇序文就是预先设想了这一结果，针对这种疑惑和反响，用答某人问的形式来说明自己的本意。

他首先引用了苏轼绘画论中著名的两句，即《书鄢陵王主簿所画折枝二首》其一（《苏诗合注》卷二九）中的句子来作为"知言"的例子。苏轼此诗原本强调的是绘画的价值不在于"形似"，而在于"传神"和"写意"，作为这种观点的傍证，苏轼提出诗不存在绝对的类型和风格。如果有人认为诗在表现某种对象时，只有一种绝对的描述方式，那么说明此人根本不懂诗的本质，仅是谬见而已。菱湖援用这一理论，说明自己虽然尊崇唐诗，但并不会固执于此，所以尽管与自分的趣向不合，但仍然推荐宋金元明诗乃至今人之作。

除了可以明确他对待诗的态度立场，此文的中间和末尾还包含了他编纂这部书的目的。在序文的末尾明确说明了此书所收的绝句都是学唐的最佳作品，也就是说，他在暗示自己与北山和诗佛提倡的"清新性灵"有截然区别。而序文中间部分也强调了宋诗是最适合学习创作近体诗的入门教材。从上可知，菱湖的态度仍然是以唐诗为主,宋人的绝句不过是学习唐诗的阶梯而已。总之,他想辩解这并不是一部要痛快地突现宋诗独特性和鼓吹宋诗的选本。

在这篇序文中,尤其值得大书特书的是他将当时的诗坛归纳为三个派别,并指出各自的弊病的部分。

这三派分别是:首先是以坚守明七子之说以为金科玉条的唐诗派,这一派标榜唐诗,然而实际上却蹈袭七子,他们自己变得像奴隶一样没有自主性。其次是只读宋末几家诗人作品的一派,他们极其赞扬并模仿这些"奇僻猥琐"的作品,并没有理解诗的正道是什么,反而走上了邪道。第三派排斥宋元以后的诗,一味地固守唐诗,并不断重复他们的牵强附会之说。第一个流派应该是想到了萱园学派的诗人。第二个流派应该是想到了江湖诗社同人们的主张。第三个流派应该是指萱园学派以外尊崇唐诗的派别。

至于为此书作序的其他五名作者,既然卷菱湖拜托他们为作序文,那么至少他是认为这五人不在上述三种分类里的。然而,这五人大体上都属于其中某一派别的。因此,以上的批判最终还是指向了包括卷菱湖自身在内的诗人,带有自我反省的性质。通过这种剑拔弩张的批判,卷菱湖充分解说了被门户之见毒害而看不清诗歌本质的弊害。

四、结语

卷菱湖的《宋百家绝句》本来是由尊崇唐诗派的诗人所编纂的,结果反而折射出当时对唐宋诗认识的多样性。创作序文的五名作者在菱湖拜托作序时,大概都会各自推测一下委托者的意图。既然是受有交情的熟人委托,他们肯定会认真思考该如何在书写时将自己平时一贯的主张与本书联系起来。

对于属于宋诗派的北山和诗佛来说,受到委托作序可能本身就是一种意外。他们当然认为这本书的出现是一件值得欢迎的事情,而且既然知道编者是属于唐诗派的诗人,所以他们在写作序文的时候,都不约而同地提到了对唐诗的看法。

其他三名与唐诗有共鸣情感的作者,可能对原本有共同志向的伙伴似乎要开始迈上另一条道路抱有危机感吧。三人采用了三种不同的写法,但在论及唐诗的优越性时,都渗透出这种感觉。尤其是葛西因是,序文中更以这一疑问为主题而作。

如上所述,卷菱湖《宋百家绝句》的六篇序文中,文化年间代表江户诗坛的六名诗人围绕着唐宋诗的问题,在保持分寸的同时展开了论战[①]。各自都在意识到论敌的同时,立足平时的交友关系,并不倾向于滥发感情论,而是在自我克制的同时展开论述,实在非常有意思。

实际上,文化年间以后就很难再看到这种究竟是唐诗还是宋诗的论争。归根结底,卷菱湖《宋百家绝句》序文也已经反映出来当时的认识已经不再是选唐诗还是选宋诗这样的二选一的关于规范的论争。虽然各自对应该注重哪一方有不同的看法,但可看出双方都已经有一定的让步。这正与从明代中叶开始的唐诗宋诗的规范性论争到清代中叶袁枚的时候已经有点尘埃落定的情况非常相似。规范论争的结局,自然而然会产生一种平衡感,既不完全以唐诗为是,也不完全以宋诗为非。

话题再回到大洼诗佛身上,诗佛在开始学习作诗的时候,师事北山和宽斋,亲身近距离经历了新潮流诞生的过程,自己也作为改革的旗手,创作"清新性灵"诗,成为宋诗流行潮流中的重要一员。他对自己道路的正确性是坚信不疑的。然而,踏上这条道路原本是他所尊崇

---

① 此年,菊池五山也对唐宋诗发表了看法,即文化八年刊行的《五山堂诗话》卷五中提到的唐宋诗的区别,其文如下:"唐人诗不胜学,宋人学不胜诗。唐诗温润,有春水四泽之象;宋诗磊砢,有冬岭孤松之象。唐则满朝诗人,宋则不过数家,只斯数家,优足与全唐诗人抵敌。此宋诗所以称雄也","唐宋之辨,人动问及,余亦难言之。近读清蒋心余集,得其辨诗五古,论得痛快,极获我心。今抄传以代鼓舌之劳。诗云:唐宋皆伟人,各成一代诗。变出不得已,运会实迫之。格调苟沿袭,焉用雷同词。宋人生唐后,开辟实难为。一代只数人,余子故多疵。敦厚旨则同,忠孝无改移。元明不能变,非仅力气衰。能事有止境,极诣难角奇。奈何愚贱子,唐宋分藩篱。哆口崇唐音,羊质冒虎皮。习为廓落语,死气盖伏尸。撑架陈气象,桎梏立咸仪。可怜馁败物,欲代郊庙牺。使为苏黄仆,终日当鞭笞。七子推王李,不免贻笑嗤。况设土木形,浪拟神仙姿。李杜若生晚,亦自易矩规。寄言善学者,唐宋皆吾师。"(《词华集日本汉诗》第二卷,第410、411页)

的两位老师为他准备的,并不是他自己开拓的道路。正因如此,他在学习宋诗的同时,也认识到宋诗是以唐诗为基础的,或者说是以唐诗为养料而养成的,他对袁枚的诗论也有接触,也学习到了性灵诗说的多样性。而且,随着他自己名声的增加,交游范围也相应扩大,与持不同诗学观点的诗人的交游也不断增加。这种从日常生活中学习现实的结果构成了本章介绍的其序文的骨格。

另外,对于诗佛等职业诗人来说,比起理论之类来说,坊间作诗热的逐渐升温和作诗人口不断增加的现实无疑要重要得多。创作者绝对数增加的话,理所当然地价值观也会变得多样化。这样,他们为了延续生存,就有必要顺应时代的潮流,倾听这些更多样化的声音。正因如此,各执己见、争执不休的规范论争消失灭迹也可以解释为汉诗创作已经在世俗间扎根,成为非常自然的发展潮流。

文化八年卷菱湖《宋百家绝句》序文中的论争可谓江户后期汉诗坛经历的几个发展节点的最后一曲乐章吧。

近世篇 VI

◎ 第十八章　大洼诗佛的《村居四时杂题十九首》
◎ 第十九章　大洼诗佛的咏物诗

第十八章

大洼诗佛的《村居四时杂题十九首》
——兼论与范成大《四时田园杂兴》的关联

本文以大洼诗佛的第一部诗集《卜居集》中所收的《村居四时杂题十九首》为对象,考察诗佛田园诗的特征。如后所述,这一组组诗是沿用了南宋范成大的《四时田园杂兴六十首》的形式,对于今天的研究者来说,要了解刚开始迈上专业诗人道路不久的诗佛是如何学习南宋田园诗的,这组作品正是极好的素材。而且这组作品还可以具体解答如下疑问:与诗佛同时的江户的清新性灵派诗人究竟从南宋诗歌中学习了什么内容?并如何将之运用到自己的诗歌作品中?本文以分析这些诗佛早年创作的组诗为中心,同时也涉及他之后创作的田园诗,以考察上述诸多有关问题。

一、诗佛的青少年时期和《卜居集》

日本学者大森林造曾指出大洼诗佛的第一部诗集《卜居集》所收的诗歌中"吟咏山居、村居、山庄、田家等的作品占压倒性多数",并且将之概括为"这部诗集与其说是吟咏自分的生活,不如说大多作品都在诗里寄托他对幽栖的梦和憧憬"[①]。

第一部诗集之所以有数量如此众多的田园诗,其直接原因大概

[①]《大洼诗佛札记》前言,梓书房,1998年。

与本章要论述的他所从属的诗人群体的诗歌观有很深的关联。但是，使这种创作成为可能的一个间接原因是他少年时期的生活环境和体验。诗佛并不是出生和在江户长大的，他出生于常陆国久慈郡池田村（今日本茨城县），几岁时移居同郡的大久保村，少年时期的十几年间都是在常陆久慈郡的田园风光中成长的。虽然记载诗佛少年时期事情的文献极少，不过铃木碧堂的《大洼诗佛》（铃木碧堂著，珂北乡土研究会，1937年）一书中记载了当地的一些传闻。根据传闻，诗佛是一个"喜欢破坏附近田地"的淘气少年，少年时期常常奔跑在常陆的田园风景中，这些经历肯定会保留在诗佛的记忆深处。

十五岁左右，诗佛便前往江户，寄居在父亲那里。其父的职业是儿科医生，但在宽政二年（1790）诗佛二十四岁时便早早去世了。据大田锦城的《玉池精舍记》（《春草堂集》卷十六），"天民少时荡尽家产，流离颠沛，东奔西走"，父亲亡故后，诗佛青年时期似乎在江户的繁华中迷失了自我，度过了一段放荡不羁的日子。文化十年（1813）诗佛所作的《淡斋百律序》（日本国文学资料馆藏本）中有如下记载，描述的大概就是父亲去世后，他败光遗产坐吃山空时候的样子：

  余家以医为业，少时父教以医方，而余拙于医，逃而归于诗，终岁局促，索债者不绝门，非诗能穷人乎。

或许是努力不足，也有可能是没有能力适应，他没有继承家业，反而开始了走上了专业诗人的道路。然而讨债人却接踵而至，一年到头都在惶恐不安中度过。不过幸好上面这种穷困的生活并没有持续很长时间，没过多久他便诗名远扬，可以作为诗人生存下去了。

第一部诗集刊行于宽政五年（1793），收入的大约是从宽政二年至五年的作品。诗佛大约在二十二岁（天明八年[1788]）左右时曾到山中天水门下学习儒学，翌年加入市河宽斋开设的江湖诗社。之后又在二十四岁时（宽政二年）父亲和天水皆亡故以后加入了山本北山的奚疑塾。

因此，《卜居集》所收的作品是他在父亲死后，决意转型成为一名诗人,并刚开始走上了专业诗人道路的几年间的作品,所有的诗歌原则上都应该是他居住在江户时创作的。《卜居集》大概就是以卷首第一篇作品七律《卜居》的诗题为集名的。

虽然诗佛四十岁以前尤其是三十岁以前的足迹有很多无法确定的地方,但关于这首《卜居》诗,仍然有先行研究称是他移居品川既醉亭时所作的①。也就是宽政三年(1791)前后,诗佛当时二十五岁。

江户时代的品川是东海道第一所驿站,虽然紧邻都会喧噪的地域,却因面临东京湾,是一块风景明媚的地方,有很多大名的别庄。尽管如此,这里当然不会只有田园风景。因此,如果早期的田园诗大多创作于品川的既醉亭,那么不难想象那里的居住环境并没有直接促进这种创作。因为那里虽然没有都会的喧噪,但也并不是一片只有恬静田园风景的地方。

所以,当时激起他创作田园诗的念头有可能直接与他所属的诗人群体的诗歌观密接相关。当时正是诗佛在山本北山和市河宽斋的引导下,开始锐意学习南宋三大家(范成大、杨万里、陆游)诗歌的时候。而南宋三大家无一不是用细致的笔触描绘过田园的日常,并且三人都是各自开拓出了自己独有诗境的田园诗人②。其中范成大的《四时田园杂兴》是他晚年在故乡苏州的郊外、石湖之畔构筑了一所别墅,并定点观察一年之中周边田园风光的变化,采用的都是七言绝句的组诗形式,共计六十首,是极具热情而创作的作品,对后世田园诗带来了巨大的影响。

因此,诗佛第一部诗集当中包括这么多田园诗的原因,暗示了当时在学习南宋三大家的过程中,诗佛和他的师友们自然而然关注的题材就是田园。尤其是诗佛的《村居四时杂题十九首》正是在范成大

---

① 揖斐高《市河宽斋 大洼诗佛》,《江户诗人选集》第五卷,岩波书店,1990年,第183页。
② 据刘蔚的《宋代田园诗研究》(人民文学出版社,2012年)"前言"的统计,陆游有一千五百首田园诗,范成大有一百四十首田园诗,杨万里有七十五首田园诗。

《四时田园杂兴》的影响下产生的作品,其象征意味特别巨大。诗佛大概是一边学习南宋三大家田园诗是如何选定素材和题材以及他们的句法等,一边回想起自己遥远记忆中的少年时期的"原风景",这才构想出了最早期的田园诗吧。

二、《卜居集》和田园诗

中国描写田园的诗歌可以上溯至《诗经》,然而使之确立成为一种诗歌门类的是东晋的陶渊明。进入唐代以后,又与起源于谢灵运的山水诗潮流合流,形成了山水田园派的风格,即所谓的"王(维)孟(浩然)韦(应物)柳(宗元)"这一流派。其中王维与其他三人不同,其他三人原则上是不断移动的,而不是长期呆在同一地方,王维则在离都城长安不远的辋川之地购得了一所庄园,并且长期以之为吏隐的据点。可能因为他是庄园所有者的缘故,他除了描写田园,还把自己的居所(山庄)也加入到了田园诗当中①,可以说他是一位对新型田园诗风格的确定做出过最重要贡献的诗人,这种新风格就是将山水和田园进行融合的田园诗。在唐代这种新发展的基础上,后世的田园诗原则上都在诗题中加入"田"、"园"、"庄"、"村"、"农"、"野"、"田家"、"田舍"等词语,从而也成为指描写农家和渔民的日常生活和田园风景的诗歌。②

按照以上原则,《卜居集》中的"田园诗"有如下六十二首:

○《山庄十首》(五律)

○《村居》(七律)

○《山居三十首》(七律)

○《田家二首》(七绝)

○《村居四时杂题十九首》(七绝)

---

① 参照葛晓音的《山水田园诗派研究》(辽宁大学出版社,1993 年)和池泽一郎的《江户时代田园汉诗选》(农山渔村文化协会,2002 年)。

② 参照前引刘蔚《宋代田园诗研究》第一章第一节"田园诗义厘定"。

以上全部都是近体诗,大多为连作。而且意味深长的一点是诗佛的田园诗集中在第一部诗集《卜居集》,其他的诗集中数量并不是很多。例如《诗圣堂百绝》中仅有《山居》一首;《诗圣堂初编》①中共有六首:《村居晚秋》(卷四)、《春日田园》(卷五)、《村中晚步》(卷六)、《湖村晚兴》(卷七)、《山居雪后》(卷八)、《村居书喜》(卷八);《二编》中只有《秋日村居漫兴》(卷十)一首;《遗稿》中只有《秋夜山居分韵》(卷四)、《春日耕者》(卷六)、《秋日山斋》(卷六)三首,合计起来总共只有十一首。因此《卜居集》的特征应该说是田园诗的数量特别多。

首先来探讨一下诗佛自己的说法。他在《诗圣堂诗话》中曾经提到了这部诗集的刊行,其文如下:

> 余初作诗,独立无倚,后因高蒙士,得入宽斋先生江湖社,与舒亭、梅外、蠖斋、娱庵、伯美诸人交,又及中野素堂之将刻《晴霞遗稿》也,引余谒北山先生,余之受知于先生,职诗之由,距今十余年。有《卜居集》二卷,皆前是所作。癸丑之岁,因人劝上梓,至今噬脐不及也。②

上文中的"皆前是所作"与事实不符。从上段话的文脉来看,《卜居集》中所收的诗似乎都可以解读为他加入江湖诗社和得到山本北山知遇以前的作品,然而实际上却与之相反,集中收入的主要作品都是他加入江湖诗社并进入奚疑塾以后所作的。

诗佛进入奚疑塾是在宽政二年(1790),例如卷首第一篇《卜居》如前所述大约是宽政三年前后的作品。此外,其中所收的《夏夜同北山先生、山本公行、山田伯方、江间德人同游》《北山先生孝经楼》等诗则显然是他得到北山知遇后,也就是宽政二年以后的作品。另外集中还收入了《送中野子兴游热海温泉遂归势州》一诗,此诗自注中有"时《臭兰甲集》成,同会奚疑塾评论判议",《臭兰稿甲集》刊行于宽政五

---

① 本文使用的大洼诗佛的诗集是《诗集日本汉诗》(汲古书院,1985 年)第八卷所收的《诗圣堂诗集初编》《二编》《遗稿》。
② 《诗圣堂诗话》,《日本诗话丛书》第三卷,凤出版,1972 年,第 432 页。

年(1793),此诗应该也是同一年所作。这样一来,《卜居集》中也收录了刊行(宽政五年)前不久的作品,因此"皆前是所作"之语并没有明确表达出这一事实。诗佛大概是感觉到了早期作品的不成熟,所以稍显勉强地将之定位为自己真正认真作诗前的习作。

再回到正题。《卜居集》中多田园诗这一特征,其实在同一时期诗佛的交游圈中也盛行吟咏这种题材,例如以下作品:

▽ 山中天水《晴霞亭遗稿》(宽政四年刊)
- 《秋日田家》
- 《卜居二首》
- 《次中野子兴新秋村家韵》
- 《隐居五首》

※ - 《大洼天民次余隐居韵仍用前韵又赋五首》
- 《次中野子兴隐居韵七首》
- 《幽居春事》

▽《臭兰稿甲集》(宽政五年刊)
- 中野子兴《春日田家》
- 山田子言《山家闺怨》

※ - 中井敬义《次韵天水先生隐居之作五首》
- 冈村士干《村家》
- 阪井子衷《田家饮》
- 真里谷真君《山居》
- 大内宽夫《山居春意》
- 鹰野忠人《村家饮》《山家闺怨》
- 牛洼雪《山家二首》《山家闺怨》

▽ 大田锦城《锦城百律》(享和二年[1802]刊)
- 《幽居》
- 《山居》

- 《隐居》十首
- 《山居》六首

▽ 匹田柳塘《自怡斋吟稿》(写本)
※● 《山居三十首大洼天民韵》

从以上这些例子可以看出,他的同人们同样喜欢吟咏田园诗。附有※标记的是以诗佛作品为唱和中心的作品。这样,多作田园诗便不能看作是诗佛一个人身上具有的现象。

三、《村居四时杂题十九首》和《四时田园杂兴》

前两节指出了诗佛第一部诗集《卜居集》的特征是田园诗很多,而且这点并不是他一个人的个性,而是他当时所属的作诗群体共通的倾向。接着分析这一时期其田园诗的代表性作品,即诗佛的组诗《村居四时杂题十九首》,以此为中心来更具体地考察诗佛的田园诗。

首先,采用连作形式来歌吟田园的四季风光是宋代以降才开始普遍化的。北宋中期,梅尧臣(1002—1060)的连作组诗《田家》(天圣九年[1031]作,诗中有自注"四时",《梅尧臣集编年校注》卷一,五律,四首)可以说是最早的例子。此后,梅尧臣在他晚年最后的时光(嘉祐五年[1060])也有与欧阳修(1007—1072)同作的一组田园诗:

- 欧——《归田四时乐春夏二首》(《居士集》卷八,七古)
- 梅——《续永叔归田乐秋冬二首》(《梅尧臣集编年校注》卷三十,七古)

二人各自吟咏两个季节,一起完成了关于四季的这组组诗。此外,郭祥正(1035—1113)有《田家四时》(五律、四首),道潜(1043—1106)有《次韵黄子理宣德田居四时》(五古、四首)和《田居四时》(五律、四首)、贺铸(1052—1125)有《和崔若拙四时田家词四首》(七绝、四首)、华镇(？—？)有《田园四时》(七律、春二首、夏缺、秋二首、冬三首,共计七首)等作品。①

南宋被称为"中兴四大家"的范成大、杨万里、陆游、尤袤都曾生动描写过农村生活,不仅对当时而且对后世也产生了巨大的影响。然而提到"四时"为题的组作仍以范成大的作品为最佳,无有出其右者。范成大是在淳熙十三年(1186)他六十一岁时完成的《四时田园杂兴》。《春日》《夏日》《秋日》《冬日》各十二首,再加上《晚春》十二首,共计六十首,皆采用七言绝句的形式吟咏。

南宋被元朝灭国以后,浙江浦江的月泉吟社曾采取悬赏的方式,鼓动附近地区的诗社举办作诗竞赛,当时的诗题就是《春日田园杂兴》(诗型为律诗),从这件事也可以知道其影响程度。

日本方面,在诗佛以前,伊藤东涯曾创作过《田园四时杂兴》四首,六如也曾经创作过《嵯峨别业四时杂兴三十首》,前者只有四首,后者专记别庄和其周围的山水,几乎没有描写田园风景。而且也没有按照春、夏、秋、冬的差别分成各组,诗型也采用的是七律形式。因此严格意义上来说,二人的作品都很难认为沿袭了范成大《四时田园杂兴》的形式。

而另一方面,诗佛的《村居四时杂题十九首》采用的都是七绝的形式,由《早春》(五首)、《晚春》(六首)、《夏》(三首)、《秋》(三首)、《冬》(二首)组成,从其中加上的《晚春》一组诗来看,也与范成大诗的构成十分相近。只不过,诗题中也有一些小的差别,所以两者也并不完全相同。从题材和内容方面来说,范成大的诗中散见一些他对社会的讽刺和对文明进行批判的内容,而诗佛的诗中却几乎找不到这样的例子。如范成大《夏日田园杂兴》其十一中咏道:

采菱辛苦废犁锄,血指流丹鬼质枯。无力买田聊种水,近来湖面亦收租。

---

① 参考上引刘蔚《宋代田园诗研究》,第158—159页。

贫农不敢买田地,只在湖上种植菱藕来糊口,然而近来湖面也成了收税的对象,其中流露出他对时政的批判。又如《秋日田园杂兴》其二:

> 朱门巧夕沸欢声,田舍黄昏静掩扃。男解牵牛女能织,不须微福渡河星。

将都市和田园的七夕进行对比,描绘了农村不管男女都能出色地做好农活,不需要像都会那些富人家的女儿们那样在七夕之夜向星河"乞巧",从而展开了他对文明的批判。

然而诗佛的作品中完全没有这样的批判。究其原因,大概是因为范成大是士大夫诗人,而诗佛是布衣诗人,两位诗人的社会地位之差使他们有不同的选择吧。诗佛所描写的内容皆是随着季节的推移而发生变化的农村风景和农家风俗,是纯粹的闲适世界。

四、《村居四时杂题十九首》中的春诗

以下对诗佛这十九首诗进行解释,来实际看看诗的内容。

【早春】

其一

> 青松翠竹挟门垂,聊觉朝暾影更迟。一领绵衣新着了,闲携童稚谒丛祠。

此诗描写的是元日风景。第一句写的是为了迎接岁神,在门口两侧装饰着用松和竹子组成的"门松"。江户后期的门松是将竹子的前端切短变成将近三米的长短不一的样子,立在门口两侧。第二句描写的是竹子遮住了初日的朝阳,从而感觉到早晨仿佛也到来得更晚。诗的后半部分则是在歌咏"初诣"(日本人正月里到神社、寺院进行新年后的首次参拜)。中野子兴对此诗有如下评价:

> 真率可喜。岁首立松竹于门户,邦俗也。《岁华纪丽》云"松标高户",《董勋问礼》云"系松枝于户",彼方亦有之。

《岁华纪丽》是唐代韩鄂所撰的岁时记,《董勋问礼》是三国魏董勋的

《问礼俗》,同样也是岁时记。

其二

　　冰雪春消浪涨溪,孤村粪火隔杨堤。农书阅罢还牵杖,试伴丁男蹈麦畦。

此诗描写的是二月"雨水"时节的情景。"雨水"是二十四节气之一,即太阳历二月十九日左右。这一时期,河流中冰雪融解,水量增加。第一句即歌咏的这一景况。第二句是远望河流对面的村庄正在烧制的火粪。"粪火"是指以干牛粪为燃料生的火,这里可能暗用的是唐代禅僧懒瓒的典故。相国邠公李泌前去拜谒懒瓒时(《宋高僧传》卷十九《唐南岳山明瓒传》):

　　瓒正发牛粪火,出芋啖之。良久乃曰:可以席地。取所啖芋之半以授焉。李跪捧尽食而谢。谓李公曰:"慎勿多言,领取十年宰相。"

苏轼也曾经在《除夜访子野,食烧芋,戏作》一诗(《苏诗诗集合注》卷五十)中使用了这个典故。第三、四句歌咏的是"蹈麦"一事。不熟悉农业劳作的诗人先阅读农书获得了相关知识后,才带着充满活力的年轻人出去蹈麦。"丁男"是指成年的儿子。诗佛在作此诗时,还没有已经成年的儿子,这种表现有可能是他假想自己年老以后的样子。

其三

　　杏花风节雨如丝,捡历先知下种时。炉火红残檐滴细,暖衾一夜梦春池。

第一句中的"杏花风"是指二十四番花信风的第十一番风,相当于"雨水"的第二候。这一时期正当快要播种的时节,与前诗一样,尚不习惯农务的诗人查了日历后才知道播种的时期。

后面两句使用非常细致的笔触,描写了春色尚浅时节,寒气逼人,而屋内则非常温暖。第三句的"炉火红残"大概是指夜深时候,诗人刚入睡,把自己裹在被窝里,倾耳聆听檐端滴下来的细微雨声。

第四句的"春池"使用的是钟嵘《诗品》中引用的谢灵运的故事。《诗品》引用了《谢氏家录》中如下记载（中品"谢惠连"条）：

> （谢）康乐每对惠连辄得佳语。后在永嘉西堂思诗，竟日不就，寤寐间忽遇惠连，即成"池塘生春草"。故常云："此语有神助，非我语也。"

故事说的是"康乐"即谢灵运和族弟惠连在一起经常会不可思议地得到佳句。有一天他整日思考诗中的句子，却总没有妙句浮上心头，在打盹的时候突然梦中出现了谢惠连的模样，一下子便想出了名句。"梦春池"在此意为构想诗句，等待警句浮上心头的意思。

其四

仲春初午雨新收，家醖市肴先祷秋。社鼓村村响如海，翠筐深处挂灯球。（自注：邦人以仲春初午祭田神。）

此诗歌咏的是"初午稻荷祭"，即在二月最初的一个"午"日在稻荷社举行的祭祀。"初午稻荷祭"的缘起是，据说日本京都伏见稻荷神社的神会在此日降临。日本一些地区也有将此日作为蚕和牛马祭日的风俗。①

第一句描写的是稻荷祭的季节。恰好是"雨水"之后，雨止的时节。第二句写的是稻荷祭的供品。"家醖"本是自家酿造的酒，这里指奉献给神前的神酒（みき）。"市肴"具体来说可能是指"鳡"（このしろ）。据渡边信一郎《江户的庶民生活·行事事典》（东京堂出版，2000 年），其缘起如下：

> 江户市街的稻荷祭必定会以鳡为供品。这种鱼是小鳍的幼鱼，也被称为切腹鱼，武士在切腹的时候会使用它，而且烤过后会散发出死臭，所以武家尤其嫌弃这种鱼。《俚言集览》中有"鳡据说可以延续子嗣（このしろは、子の代なりといひつたへたり）"一节，庶民们认为它可使子孙继承代代不绝，正因缘起于此种说

---

① 渡边信一郎《江户的庶民生活·行事事典》，东京堂出版，2000 年，第 96 页。

法,才将之作为稻荷祭的供品。①

第三句描写的是各村的稻荷神社都打响太鼓,举行祭礼。第四句写的是点亮提灯,在神前供奉灯火之事。

曲亭马琴编、蓝亭青蓝补《增补俳谐岁时记栞草》(堀切实校注,岩波书店,2000 年)中有如下记载("春之部　は"上册,第 47 页):

> 武江(えど)于此日,自王子、妻恋、三围、真崎等社始,武家、市中皆祀镇守的稻荷,挑挂灯烛(みあかし),鼓吹舞蹈。近看如云间霹雳,远望似苍海波涛。江户之热闹情形可谓耸动视听。

马琴原编刊行于享和三年(1803)(前引书,下册,第 552 页,堀切实解说),因此上段文字中记载的内容应是《卜居集》刊行十年以后的情况,不过用来作上引诗佛诗的注释却是恰到好处。诗佛诗中"响如海"的表现是日本独有的形容,其表现意图今人本很难理解,然而读了《栞草》的说明,便可了解是在形容如海之波涛那样远远传来的响声。

范成大的《春日田园杂兴》②中也有歌咏土地神祭祀仪式的作品。

> 老盆初熟杜茅柴,携向田头祭社来。巫媪莫嫌滋味薄,旗亭官酒更多灰。

"老盆"是指经常使用的缶,也被当作盛酒的容器。"杜茅柴"是指粗酒。"巫媪"是指年老的巫女,"旗亭官酒"是指酒楼贩卖的由政府管理和专卖的酒,因为保存了很长时间,落入了不少石灰。诗佛诗中虽然也吟咏了农家奉纳的自家酿造的酒,然而却完全没有像范成大那样将之与官酒进行优劣比较来批判官府的内容。

---

① 渡边信一郎《江户的庶民生活·行事事典》,第 97 页。
② 本章引用的范成大的《四时田园杂兴》的解释参照了河野みどり《范成大〈四时田园杂兴〉选释[一][二]》(《南山国文论集》第 17 号,第 35—56 页,第 18 号,第 55—85 页),以及山本和义、河野みどり《范成大〈四时田园杂兴〉抄解》(《アカデミア》文学·语学编,第 57 号,1994 年)。

其五

> 儿荷藤篮入一溪,溪流清处洗荇泥。无端思得去年事,月夜寻梅雪里迷。

这首诗的前半部分描写的是小儿在水中采摘荇菜的样子。荇即水葵,"本名莕,又名凫葵,亦云水镜"(《蔓鑪轮》,《近世后期岁时记本文集成及综合索引》,尾形仂、小林祥次郎编,勉诚社,1984 年),因《诗经》国风开头第一篇《关雎》中亦有提及,故而是人人熟知的植物。从前半部分到后半部分的转换给人的印象稍微有点突兀,诗人去年探梅时还住在都市里,今年梅花时节却是村居状态,大概是通过作者生活环境的对比来表现气候的寒暖对比,也是将农村生活与诗人生活进行对比。

范成大的《春日田园杂兴》其十二也描写了采摘蔬菜,在溪流中清洗的场面。

> 桑下春蔬绿满畦,菘心青嫩芥苔肥。溪头洗择店头卖,日暮裹盐沽酒归。

"春蔬"指春天的蔬菜,"菘心"指菘菜的心,"芥苔"是芥菜的茎,第一、二句吟咏的是春天各种蔬菜都已长成的样子。第三句说的是在溪流岸边清洗蔬菜,并在露天摊贩当场出售的情形。第四句所说的裹盐买酒,是因为宋代盐和酒是专卖品,所以农民卖掉蔬菜得到钱后,便到城镇买回来。范成大的诗前半部分写田园的春,后半部分描写的是种菜、卖菜的农民生活。

诗佛的诗前半部分描写的也是田园风景,后半部分则转入了自己的回忆,以个人的怀旧来结尾,二人笔致有相当的差异。

【晚春】

其六

> 闲身无事日如年,小鼎飕飕茗吐烟。不管人间开落事,满窗斜日背花眠。

此诗描写了"村居"悠闲的日常。后半部分与前诗一样,也是将之与都市生活进行的对比。一到樱花季节,江户的市民始终非常关注花开花落的信息,然而在时间仿佛静止的农村,花事等却与我无关,从窗户照射进行来的春天的落日,温暖得让人打瞌睡。第二句描写的是煮茶的情景,不过如果其中提到的茶是新茶,那么应该是"八十八夜"(日本"杂节"之一,立春后的第八十八天,阳历 5 月 2 日前后,此时农家正忙于农活,采茶、养蚕等)前后的事情。

范成大的《晚春田园杂兴》中也有描写这种悠闲的农村生活的作品:

> 雨后山家起较迟,天窗晓色半熏微。老翁敧枕听莺啭,童子开门放燕飞。

此诗准确地捕捉到了从雨天到晴天的变化。后半部分"老翁"和"童子"的对句像写生一样勾勒了平和农村的一段故事,传达出了作者隐隐约约的心绪。

其七

> 夜色朦胧多彩昙,柳条笼月翠毵毵。近来仓鼠频为害,牢锁房栊护穉蚕。

第一句描写的是俳句中所谓的"胧月"(或者称为"月胧"、"胧月夜"),这是春天特有的月亮。夜晚,透过薄云层看月亮,仿佛带着月晕一般。第二句歌吟晚春时候,胧月的光模模糊糊地照着已经变成浓绿的柳枝。"毵毵"是柳枝垂下来的样子。

后二句一转开始言及养蚕之事。这一时期农家为了预防鼠害,尤其费心和注意。与前引两首诗佛的诗相反,此首是前半部分叙述诗人诗佛眼中所见的景色,后半部分描写田园农事。

范成大的《晚春田园杂兴》中也有描写养蚕的作品。

> 三旬蚕忌闭门中,邻曲都无步往踪。犹是晓晴风露下,采桑时节暂相逢。

"三旬"是指三十日之间。"蚕忌"指养蚕的禁忌,这期间禁忌的是突然到访的来客和带火种进来,所以紧闭门户,避免与其他人家的往来。后半部分提到在坚守这种禁忌的情形下,村里人仍然可以破例在采摘桑叶的时候进行交谈。苏州(吴地)是盛行养蚕的地方,因此才有这样独特的禁忌吧。范成大的诗仿佛"采风"一般,细致地记录了地方的民俗,相比之下,诗佛的诗中则缺乏这样的中国元素。

其八
  行遍江村日已斜,乱莺啼送野棠花。南坡水暖抽蒲笋,西坞烟浓舒茗芽。

这首诗歌吟的是"清明"时节的事情。第二句中的"野棠花"寒食时候盛开,清明时候散落。例如南宋辛弃疾的《念奴娇·春恨》词(宋黄升《花庵词选》续集卷三,四库全书本)中有:

  野棠花落,又匆匆。过了清明时节。

元代倪瓒的诗《清明日风雨凄然舟泊东林西浒,步过伯璇征君高斋,焚香沦茗,出示燕文贵秋山萧寺图,展玩良久,因赋一绝》(元代倪瓒《清闷阁集》卷八,四库全书本)中也有:

  野棠花落过清明,春事匆匆梦里惊。

"野棠"在中国似乎被定位为一种宣告清明终了的花。
  第三句吟咏的是到了晚春,水变温暖,水生植物开始生长。"蒲笋"是指蒲草的新芽。在三余斋麁文的《华实年浪草》(天明三年[1783]刊,日本早稻田大学图书馆藏本)中提到:

  苏颂《图经》曰:香蒲春生嫩叶,出水时红白色,茸茸然,取其中心生啖之,甘脆,人以醋浸如食笋,大美。《周礼》谓之蒲菹,今人罕有食之者。

似乎人们也把它当成蔬菜来食用。第三句写水边的变化,第四句咏茶园。

范成大的《晚春田园杂兴》中也有描写春天植物抽芽的诗歌。

> 海雨江风浪作堆,时新鱼菜逐春回。荻芽抽笋河鲀上,楝子开花石首来。

"荻芽"是指荻草的新芽,"楝子花"是指楝树的花。这首诗虽然写的是清明之后的"谷雨"时节,但相通之处是其中也将这时节描述成了万物复苏、一片生机勃勃,开始跃动的时节。

其九

> 山田泥浅野田深,水潦余痕溪敛音。柳絮闲飞半畦雪,东风吹暖长秧针。

这首诗有可能描写的是"谷雨"时节。相当于阳历四月二十日前后。"谷雨"意为雨水落在谷物的芽上,养育百谷的意思,并不是说这个时候雨水特别多,而应该看作是指暖和的雨滋润大地,哺育谷物(宇多喜代子等编著《日本的岁时记》,小学馆,2012 年,第 36 页)。

前两句写的是久雨停止以后的田园风景。第一句歌咏的是高处和低处田地间的差异。第二句写的是虽然还有涨水的痕迹,但水量已经回到了原来的样子,溪流的声音也变得平静。后半部分则描绘了田地恢复平静安稳的样子。柳絮如雪一般飞舞,春风吹来温暖的空气,促进稻谷的成长。

其十

> 桐花应候酒宜斟,闲卧绳床养懒心。鸟影掠窗知有客,呼儿为扫一张琴。

桐花是春夏交替时期盛开的花,"绳床"指交椅。这首诗描绘出了隐者般的闲适,李白的《山中与幽人对酌》(《李太白集分类补注》卷二十三)诗中也有相似的诗境。关于第三句,中野子兴有如下评价:

> 邦谚曰:鸟影落席乃家有客。转结新奇。

也就是说,根据日本的俗谚,如果有鸟的影子落到床上,则预示着家中会有客人到来。

其十一

> 紫老红衰春欲徂,小园渐使月光孤。牡丹非是贫家物,为系年华种数株。

这首诗歌咏的是春天快要结束时盛开的牡丹。这种花过了盛开季节的话,就是春天要结束的时候了。第二句描写的是牡丹凋零后,就像晚上一直陪伴月亮的最后一位春花伙伴也离开了,月光失去了它照亮的对象,好像变得非常孤独。

后半部分提到之所以种植牡丹这种与贫家不相衬的高贵花卉的原因是为了系留住春天。"年华"大概是指春天的风光,在中唐元稹的《定僧》(《元氏长庆集》卷十六)一诗中有:

> 落魄闲行不着家,遍寻春寺赏年华。

南宋刘克庄的《寒食清明二首》其一(《后村集》卷九)中也有:

> 寂寂柴门村落里,也教插柳记年华。

范成大的《晚春田园杂兴》中也有提到牡丹的诗:

> 谷雨如丝复似尘,煮瓶浮蜡正尝新。牡丹破萼樱桃熟,未许飞花减却春。

第二句"浮蜡"是指煮新茶时表面浮起的泡沫。后半部分两句的意思是牡丹和樱桃是在阻止春天快要结束的最后一道防线,诗佛诗与之意思相近。第四句化用自杜甫《曲江二首》其一开头第一句"一片花飞减却春"(《杜诗详注》卷六),不过诗人反其意而用之。

五、《村居四时杂题十九首》中夏秋冬的诗

接下来,依次来看看春以外的三个季节的诗作。

【夏】

其十二

> 林外青岚啼勃鸠,单衣尤好涉田畴。菜花为荚笋为竹,正是江村熟麦秋。

"青岚"是指初夏吹动绿叶摇曳的稍稍有点强劲的风。《华实年浪草》中有如下记载:

> 东坡诗云:翠岚楼影孤。此句与"青岚"在文字上虽然有点相似,但唐代的"岚"是指山气,与本邦所云之"岚"不同。

其中提到了中国的"岚"与日本的"あらし"之间的差异。"勃鸠"在《古今事文类聚》中归为"鸠"一类①,在日本指布谷鸟,是夏季的鸟。"单衣(ひとえ)"是指夏天穿的不带里子、只有一层的衣服,从初夏至初秋穿着。"是采用木绵、麻、绢、羊毛等较薄的材质缝制的,以其轻凉的感触为人喜爱。用绢和纱制成的穿起来仿佛穿着风一样,看着也让人觉得十分清凉"(前揭宇多喜代子等编著《日本的岁时记》,第229页)。

这首诗描写的是初夏的好风景。菜花长成了圆筒形的荚,笋也疯狂生长成了嫩竹。麦田也早就被染成了金黄色,"麦秋"即指进入了收割麦子的时期。

其十三

> 入梅天气雨滂沱,数顷高田水作波。云脚不行烟溟溟,山前连唱插秧歌。

这首诗的主题是插秧。第一句咏"五月雨"即梅雨。"入梅"指旧历芒种后的"壬"日,相当于立春后的第一百二十七日。三谷一马《江户年中行事图聚》(立风书房,1988年)中对"插秧"有如下解释:

> 五月末到六月初期间长成的早苗被称为"玉苗",要从培育稻种的田(苗代田)里移到田地里。因为插秧要从苗代田里拔早苗,所以又称"早苗取り"。农家则不论男女,都要辛苦参与插秧的工作。(第213页)

---

① 宋代祝穆撰《古今事文类聚》后集卷四五(四库全书本)中有:"《群书要语》:勃鸠自关而东谓之郎罨,秦汉之间谓之鹎鸠,其大者谓之斑鸠。或谓之佳鸠。《方言》:鸤鸠、鹊鹎。注:今之布谷、江东呼为拨谷,一名鹕鹎。"

第四句描写的是"早乙女（さおとめ）"（插秧女，或者在举行插秧祭祀时扮演田神的少女）歌唱"插秧歌"的样子。在前引《江户年中行事图聚》中有如下记载：

> 插秧的女性：早乙女们一齐唱歌的是插秧歌，各个地方都有不同的版本。有时会有人打着太鼓领头，大家边合唱边插秧。据说这是为了让众多的早乙女皆合着拍子，不管是手快者还是手慢者都能一起插秧的一种手段。

其十四
　　傍江邻舍面层坡，一径斜回入绿莎。正识夜来渔得返，合欢花底晒萍蓑。

这首诗歌咏的是俳句季语中所谓的"梅雨明"（出梅）的时节。第四句出现合欢花是因为这种花开放于梅雨期结束的时候。

　　位于江边的邻家，其对面是丘地，沿着斜斜延伸的小径走去，便进入了"绿莎"，也就是浜菅（香附子）的草丛中。浜菅生长在水边和河滩处，这里描述一条小径联系着邻家和江边，也埋下了后半部分的伏线。

　　后半部分的内容是看到合欢花间晾晒蓑衣，便知道邻家昨夜打渔归来了。"萍蓑"这一诗语使用的是南宋薛季宣（1134—1173）的例子，他的《青田同七五兄作四首》其四（《全宋诗》卷二四七一）中有：

> 天空月白不见人，无声露滴萍蓑湿。

顺便提及，薛季宣这首诗也是吟咏渔夫的。范成大的《夏日田园杂兴》中也与此诗后半部分类似构造的例子：

> 千顷芙蕖放棹嬉，花深迷路晚忘归。家人暗识船行处，时有惊忙小鸭飞。

船浮在广大的莲池中，就这样在花间任意撑篙游玩，于是渐渐地迷失了方向，甚至已到黄昏时候也忘记了归去，只是一个劲地划着船。不过，家人仍然认识船的所在。因为受惊的小鸭正仓皇失措地飞起⋯⋯

这首诗歌咏的是范成大自己的游船经历,与诗佛侧面描写渔夫不同,不过转句和结句的逻辑关系非常相似。

【秋】

其十五

满窗柳日罩阴青,一叶梧桐先自零。僮仆不知秋始至,朝来依旧扫门庭。

初秋,还残余着暑热,太阳照射仍然很强烈,此时便可看到一片桐叶飘落,可知秋天的到来。诗人敏感地察觉到了季节的推移,但童仆却没有注意到,仍然像往常一样打扫庭院。俳句中有季语叫"桐一叶",这首诗仿佛就像以这一初秋的季语为主题在吟咏。中野子兴评价此诗:

僮仆最忌伶俐,无情之状大好。

这里指的就是诗后半部分描写的"迟钝的"童仆,评价十分幽默谐谑,称太机灵的童仆最不好,像这种感觉迟钝的反而最好。

其十六

竹舍松邻总尽欢,趣高半夜独凭栏。古今一样仲秋月,只作人心各自看。

此诗歌咏的是八月十五日晚上的"月见"(赏月)。在这天晚上,附近的所有地方都会有赏月的宴席,诗人在这样众人皆沉醉于宴会的半夜,却独自一人凭靠栏干,思虑驰骋到古代。不管是今日还是往昔,月亮都没有变化,而眺望它的人的心思却各不相同。

范成大的《秋日田园杂兴》中也有观赏中秋明月的诗作。

中秋全景属潜夫,棹入空明看太湖。身外水天银一色,城中有此月明无。

"潜夫"是指避世隐居的隐者。"空明"是指涵映着月光的,明亮澄澈的水。中秋之夜,范成大从石湖乘船前往太湖,明亮的月亮照耀下的太湖尤其美丽,像一片银色的世界,而这些都被作者一人独占。这正是第一句他夸耀的隐者的特权。

以上两诗在一个人观赏明月这点上是共通的,不同的是,诗佛是在古今这一时间轴上展开的思考,范成大则是在广阔的水平空间里,一边置身神秘境域,一边想象着都市的情形。

其十七

新钓鲈鱼得四腮,且呼邻叟尽三杯。话头忽识观潮节,自至前溪系艇回。

自西晋张翰的故事以来,"鲈鲙莼羹"成为吴地秋天风物的代表,是必须要言及的。范成大的《秋日田园杂兴》其十一中有:

细捣枨韰买鲙鱼,西风吹上四腮鲈。雪松酥腻千丝缕,除却松江到处无。

"枨韰"是指橙子的凉拌菜。"买",《宋诗钞》作"有"。"鲙鱼"指细切的鱼肉。"四腮鲈"是指有四个鳃的鲈鱼。诗佛诗中的"四腮"大概就是源自于此吧。"雪松"、"酥腻"是形容鲈鱼鲙的修饰语。像雪一样轻、像酥油、奶酪一样油脂丰富、松软鲜嫩。

再来看诗佛的诗,后二句歌咏的是秋天大潮的逆流。中秋节数天后的潮水是一年一度的壮观景象。在中国以浙江潮最为著名,而这首诗中描绘的应该是江户(近郊)的所见吧。

【冬】

其十八

田田水涸雁依塘,人渡低桥入夕阳。北岸南涯谁是领,芦花艾剩晚来霜。

水田的水已经干涸,从北方迁徙而来的大雁离开了田圃,聚集在池塘中。水流的南北两岸生长着还未芟刈干净的芦苇,盛开着雪白的花,仿佛像覆盖着严霜一样。范成大《冬日田园杂兴》其一:"斜日低山片月高,睡余行药绕江郊。霜风捣尽千林叶,闲倚筇枝数鹳巢。"与此诗在意象(夕阳与斜日;雁与鹳;芦花与千林叶;霜)上有诸多相近之处,只不过范诗最后一句意味深远。

其十九

> 凛凛霜气触檐铃,晓见光芒在小星。破却园林多少景,盆中无恙万年青。

前二句描写的是屋檐前端的铃铛附着夜霜,拂晓时分被朝阳照射着,仿佛放着光芒的小星一般。诗人在冷得让人发抖的寒气中,看见了它一瞬间散发出的光辉。后半部分的关注点也相同,细致观察到冬天庭院中草木干枯,变得有些煞风景的样子,然而盆栽的"万年青"却如其名字那样没有失去生气,仍然保持着原来的姿态。"万年青"作为观赏植物开始流行是从江户中期开始的。到了秋天会结果实,晚秋时节成熟变成红色。中野子兴评价此诗:

> 冬日可饴颜者,莫若盆植,转结得闲适之情矣。

如上所述,诗佛和范成大诗的着眼点具有许多的共通点,在描写方法上也可以找出很多的类似之处。当然,这有可能是诗佛对范诗学习的成果。尽管如此,两者之间也存在不容忽视的差异。最大的差异是,如前所述,范成大经常在诗中交织着农民的艰难辛苦,展开对社会的讽刺和对文明的批判,诗佛则始终描绘的闲适的日常。诗佛诗中的农民(渔民)当然也在组诗中扮演着重要的角色,增添了不少色彩,不过他们并不是作品的主角,而是完全融入"村居"风景中的配角,真正的主角是把这些风景截取下来的诗佛本人。

产生这种差异的更直接的原因如前所述,是诗佛和范成大社会身份的差异和年龄的差距。范成大这组组诗完成于他从官场第一线退居下来的晚年,而诗佛则刚刚走上诗人的道路,这是二人间决定性的距离。而且更本质性的区别是:市河宽斋江湖诗社标榜的脱离政治的主张,也代表了中日诗歌观的差别。不过,诗佛诗中取而代之的吟咏了地方的风俗和仪式活动,并将和歌、俳谐中歌咏的四季风物等加入其中,形成了扎根于日本风俗的日本独特的纤细的田园诗。

诗佛在创作田园诗时,似乎并不是只以范成大一人为范本。例如,《卜居集》中所收的《山庄十首》可以看出形式上模仿南宋方岳

(1199—1262,字巨山,号秋崖)《山居十首》的痕迹。两者皆为十首连作,皆以"我爱○○好"的句式开头。这种"重头诗"始于中唐,宋代开始大量创作。如北宋的穆修(979—1032)《和毛秀才江墅幽居好十首》(《穆参军集》卷上,四库全书本)的自序中有:

> 荥阳毛生有墅在宣城之南陵,尝作《村居诗》十首。其诗用律格五言四韵,每篇皆同上之一句。元和、长庆来诗人多是体。生之往还蹑而和者数人。

第一句皆以"江墅幽居好"开始。此外,宋末元初的舒岳祥(1219—1298,字景薛、舜侯)也有《春日山居好十首》《夏日山居好十首》《秋日山居好十首》《冬日山居十首》,每首以"○日山居好"为第一句。

六、结语

诗佛和其同人们大量创作田园诗的原因可能与他们提倡的"清新诗"有关。清新诗的特征是描写简陋又平淡的农村和隐居生活。证据之一,可以来看当时人对清新诗的评价。大田锦城的《有学享保诗者寄予一律。戏次韵嘲之》(《锦城百律》,日本国文学研究资料馆藏本)诗中有以下内容:

> 柴门不种柳条斜,移竹新标隐士家。邀月唯欣时有酒,访梅何憾出无车。晴窗云起雕龙话,寒馆春生摘藻葩。艺苑清新今若此,岂持枯叶对人夸。

当今的风雅之士不在陋屋周围种植柳树,却移栽竹子自我标榜为隐者。赏月时欣喜有酒,寻访梅花时亦有车出行(以上是对古代中国隐士、诗人陶渊明、李白等典故的反用)。夏天用美妙的语言来装饰夏景,寒冷的日子也可以开出像春天一样优美的诗句。今日诗坛的清新诗就是这样的情形,何必要拿着像已经干枯的树叶那样的"享保诗"(古文辞派的诗)向人吹嘘夸耀呢……

中间两联具体吟咏了"清新"派的价值观和生活样态。冬梅、秋月、夏云、春花,后一联还有他们可以用诗歌语言表现美景的意思。他们寄心于四季各自不同的花鸟风月，不拘形式，追求新鲜的表现。为了创作清新的诗歌，首先要亲身体验和保持自我的清新和高雅。而这些都可与田园诗中蕴含的隐逸思想联系在一起。

大概是从以上这种思想出发，他们早期创作了很多的田园诗。诗佛早期诗作的特征——田园诗中也自然浓厚地表现出隐逸志向。只不过，表面看起来是对隐逸生活的赞美，实质上却是对不讲求虚饰的文人生活的讴歌。对于年轻的诗佛来说，田园与其说是以隐逸为目标的空间，不如说是酝酿"清新"作品的空间，更彻底地来说，是文人实现自我的空间。因此，他的田园诗与闲适诗相互重合，几乎没有什么区别。也就是说，诗佛对田园的看法与中国士大夫不同，他对农业劳作和收获等事并不是特别关心，更是将文人可能生活的、朴素而悠闲的农村生活方式当作了憧憬的对象。

由此也不难理解《二编》《三编》和此后诗集中田园诗减少的理由。对当年的诗佛来说，他认为田园是实现文人生活的场地，所以置身于其中，表现个中风味，这对尚且无名的诗佛来说，意义尤其巨大。然而，后来逐渐成名，已确立了他作为职业文人的地位以后，他自身便是文人生活的具体表现。既然已经是具体表现，自然也不需要那么刻意地去描写田园。田园诗的减少也表明他志向原本就不在回归自然和纯粹的归田憧憬。

另外，当时他们刊行的宋诗选集也可以证明这一点。享和元年（1801），诗佛和中野子兴、山本谨一起出版了《放翁诗钞》。根据山本北山的序文，此书的选诗标准是"《放翁诗抄》专为诗人设"，其中收录的作品大多是陆游晚年表达闲适心境的作品。又如柏木如亭的《宋诗清绝序》（日本早稻田大学图书馆藏本）中有以下语句：

> 今吾选《清绝》，江湖闲适之作居多者，固山人家分内事耳，非谓自能另出手眼而传其人也。同声相应、同气相求，理不得不然。

柏木如亭将自己编集的宋诗选集中多入选"江湖闲适之作"的理由归

结为自己身为江湖诗人,对这些诗作最有共鸣。上文中的"山人"虽然是指如亭本人,诗佛当然也是同类身份。从以上的论述不难看出,诗佛从年轻时开始,便将对田园生活的憧憬积极地咏入诗中的原因和目的都与——中年以后退居故乡后才量产田园诗的——范成大和陆游等士大夫诗人的田园诗有霄壤之别。

第十九章

大洼诗佛的咏物诗

——与《三家咏物诗》的关联

关于咏物诗在大洼诗佛诗歌中的重要性，揖斐高曾经概括总结为"诗佛虽然没有刊行过咏物诗集，但将其称为咏物诗人比其他任何称呼都更能从本质上代表他"①。事实上，并非只有诗佛一人，在江户中后期，尤其是十八世纪后半期以后的汉诗坛，咏物诗的制作相当普遍和盛行，在这种流行趋势中，不仅翻刻和编纂刊行中国的咏物诗选，也刊行了许多日本汉诗人的咏物诗集。而且正如学者所指出的，和当时盛行举办和歌、俳谐的歌会和句会一样，诗会的举办也十分频繁，这一背景很有可能也促进了咏物诗的创作②。虽然日本文学史领域内的相关研究已经积累了一定的成果，但管见所及，与中国咏物诗的影响关系和比较研究尚不充分。因此本章将诗佛的咏物诗和中国的咏物诗史进行对照，探讨其特征及影响关系，并且再加上对江户时期咏物诗的变迁轨迹的思考，以期更全面更精确地描绘出诗佛咏物诗的位相。

---

① 揖斐高《关于咏物诗的笔记》，《艺能和文学：井浦芳信博士花甲纪念论文集》，笠间书院，1977 年，第 249 页。
② 关于诗会和咏物诗的讨论，主要有揖斐高《江户的文人沙龙：知识人和艺术家们》（吉川弘文馆，2009 年）、堀川贵司《太田玩鸥的咏物诗——十八世纪后半京都诗坛一斑》（《国语和国文学》，1991 年，第 30—44 页）等。前者举出了沙龙中诞生的诗有写实诗、咏物诗、咏史诗等。后者论述了江户时代咏物诗的大量创作与诗会有关。

一、诗佛的咏物诗

在开始正式考察前,首先有必要再次确认诗佛咏物诗的重要性以及特征。这点只要查阅他的诗集便一目了然。《诗圣堂诗集初编》和《二编》①卷一皆收入了极具特色的咏物组诗。《初编》卷一收入了以蝶为题材的十首连作组诗,《二编》卷一也收入了与竹相关的十五首连作组诗,诗体皆为七言律诗。以下一一揭示其诗题:

①《初编》卷一:《蝶》《白蝶》《黄蝶》《新蝶》《秋蝶》《睡蝶》《蝶使》《媚蝶》《鬼蝶》《书中干蝴蝶》

②《二编》卷一:《咏竹》《竹影》《和松塘大夫竹影(二首)》《竹粉》《竹夫人》《竹米》《竹杖》《竹醉》《竹砚》《竹孙》《竹衫》《竹篱》《竹簟》

其他还有以下组诗连作(各行末尾的括弧内是收录该诗的诗集简称和卷数:"初"是指《诗圣堂诗集初编》、"二"是指《诗圣堂诗集二编》、"北"是指《北游诗草》、"再北"是指《再北游诗草》)。

③ 竹:《雨竹》《风竹》《新竹》《露竹》《云竹》《晴竹》《烟竹》(初·三)

④ 梅:《梅蕾》《未开梅》《乍开梅》《半开梅》《全开②》《未谢梅》《梅实》(初·四)

⑤ 花:《黄葵花》《长春花》《合欢花》《玉簪花》《山茶花》《石竹花》《忘忧花》(二·四)

⑥ 樱:《晓樱》《夕樱》《雨樱》《月樱》《风樱》《烟樱》(二·七)

诗佛咏物诗的最大特征如上面诗题所示,是连作组诗的多样性。例如

---

① 本文使用的大洼诗佛诗集版本分别是《诗集日本汉诗》(汲古书院,1985年)第八卷所收《诗圣堂诗集初编》《二编》《遗稿》以及《纪行日本汉诗》(汲古书院,1991年)第二卷所收的《西游诗草》《北游诗草》《再北游诗草》。

② 笔者按:原文如此,此处应遗漏了一"梅"字。

④关于梅的组诗,从蕾到结实,依生长次序逐一题材化,系统地吟咏了梅的变化过程。而且,如③和⑥那样按照气象的变化对竹和樱进行分类描述,或者同样以竹为对象,也可以像②那样,从竹的本体开始到竹制的物品为止,以意象的联想为中心构造组诗。此外还有像①那样,按照品种和样态对蝶的生态进行分类描述的组诗,以及⑤那样汇集两个字名称花卉的组诗。虽然几组组诗的创意概念各不一样,但都并非是以一个对象为一首的方式进行总体性吟咏,而是采用组诗的形式,从各种角度细致地描绘出对象的诸相,这点可以说是他咏物诗的最显著特征。再进一步说,诗体多采用七言律诗(与七言绝句)这一点也可以称为其咏物诗的明显特征(③—⑥为七言绝句)。

他甚至在旅行途中也创作了如下组诗:

⑦ 雪:《雪声》《雪尘》《雪灯》《雪美人》《雪狮》(北)

⑧ 秋:《次横山大夫五题韵(秋柳、秋蝶、秋草、秋风、秋水)》(再北)

连作组诗以外,诗集的其他地方还收入了《萩花》《豆腐》《不倒翁》《还俗尼》《煮茶声》《绿阴》《水声》《烟花戏》等咏物诗。他的三部代表性诗集《诗圣堂诗集初编》《二编》《遗稿》中,除了遗稿集以外的两部都是诗佛自编的诗集。开头所收皆为咏物连作组诗,诗集中俯拾可见咏物诗,从这两点也可知作者自己对咏物之作非常重视。而且诗佛所撰的诗话《诗圣堂诗话》一卷也随处可见他对咏物诗的强烈关心,可以重新确认前引揖斐高所指出的结论的正确性。

二、诗佛和《三家咏物诗》

正如揖斐高所言,诗佛没有刊行过专门咏物的自作诗集,然而他却与日本翻刻出版的元代谢宗可、明代瞿佑、清代张劭三家合刻的《三家咏物诗》三卷有关,担当了其中的校正工作。《三家咏物诗》是三家之一张劭的门弟贺光烈于康熙五三年(1714)刊行的,和刻本是由菅原琴(冰清,1788—1852)、松井梅屋(长民,1785—1826)、梁川星

岩(伯兔、1789—1858)校阅,于文化七年(1810)翻刻出版①。山本北山为作序文,其中有如下记载:

> 吾门人美浓菅原冰清,精于学、善于诗,为人温润敦厚,其中还洒洒落落,如光风霁月。与仙台诗人松井长民、美浓诗人梁伯兔相善。长民、伯兔亦皆洒洒落落,不羁乎尘俗矣。三子于诗殊好咏物,尝得合刻谢瞿张三家咏物善本,与友人诗佛、淡斋、绿阴校雠数回,遂命剞劂氏。今兹文化庚午杪冬,既卒业,以敷于世,其功于咏物邃矣、酞矣、博矣、清矣。其作诗盖亦类此云。

从这篇序文而知,诗佛曾经参与了"校雠"(校勘)的工作。还有一点值得注意的是,北山在上引文的末尾评价了校阅者们的诗作也与三家诗相似。虽然北山念头里首先想到的可能是菅原琴等担当主编的"三子",但既然此处明确记载了诗佛的名字,当然也是有可能包括他在内的。那么北山的评价究竟是否妥当呢?

因此接下来将《三家咏物诗》与诗佛的咏物诗进行相互比较。首先注意到的是诗佛诗集系统性地存在不少与《三家咏物诗》所收作品同题的诗作,以下列举二者间同题的作品如下:

1. 《睡蝶》:谢宗可、诗佛(初·一)
2. 《蝶使》:谢宗可、诗佛(初·一)
3. 《卖花声》:谢宗可、张劢、诗佛(初·二)
4. 《煮茶声》:谢宗可、瞿佑、诗佛(初·四)
5. 《绿阴》:谢宗可、诗佛(初·五)
6. 《竹夫人》:谢宗可、诗佛(二·一)
7. 《半日闲》:谢宗可、诗佛(二·一)
8. 《鹤骨笛》:谢宗可、诗佛(二·十)
9. 《雪灯》:谢宗可、诗佛(北)
10. 《雪狮》:谢宗可、瞿佑、张劢、诗佛(北)

---

① 本文所用的是《和刻本汉诗集成·总集编》第六辑(长泽规矩也编,汲古书院,1979年)所收《三家咏物诗》。

11.《水中梅影》：谢宗可、诗佛（北）

12.《黄蝶》：瞿佑、诗佛（初·一）

13.《碧筒盃》：瞿佑、诗佛（二·六）

14.《雪尘》：瞿佑、诗佛（北）

15.《白蝶》：张劭、诗佛（初·一）

16.《竹衫》：张劭、诗佛（二·一）

17.《不倒翁》：张劭、诗佛（初·四）

18.《豆腐》：张劭、诗佛（初·四）

19.《愁》：张劭、诗佛（初·一）

20.《雪美人》：张劭、诗佛（北）

21.《秋柳》：张劭、诗佛（再北）

22.《红叶》：张劭、诗佛（再北）

与上节引用的组诗进行对比后还可以发现其中的关联，①蝶的组诗与1、2、12、15的四首重复，②竹的组诗与6、16的二首重复。⑦雪的组诗与9、10、14、20的四首重复，⑧秋的组诗则与21的一首重复。

如此众多数量上的重复雄辩地证明了诗佛深受《三家咏物诗》的影响，然而暂且不急着下结论，下节将通过比较同题作品，具体探讨它们之间的影响关系。

三、诗佛对三家的学习

首先比较诗佛与谢宗可同题的作品例中的1《睡蝶》。

  a 谢宗可

  不趁游蜂上下狂，闲舒倦翅怯寻芳。花房舞罢春酣重，蕙径栖迟晓梦长。贪困有谁怜褪粉，返魂无力去偷香。漆园傲吏忘形久，莫到蘧蘧枕上忙。

  b 诗佛

  归来潜翅入花房，不似蜂儿忙采粮。一段闲愁无访绿，几场好梦在寻芳。漆园狂吏病春困，华岳飞仙试睡方。燕语莺啼莫相骇,海棠庭院未斜阳。

两者皆采用七言律诗的诗体,使用的韵(下平声七阳)也相同。再者,诗佛诗的首联和谢宗可诗的首联也有共通之处,皆通过与蜜蜂飞来飞去忙着采蜜的样子进行对比来描写蝴蝶优哉游哉地陷入愁思的样子。颈联皆围绕着"睡蝶"这一主题,谢宗可的尾联和诗佛的颔联都使用了同一故事。"漆园吏"是指战国时代的庄周,也就是庄子,他曾梦见自己变成蝴蝶飞来飞去,即使用了所谓的"庄周蝴蝶梦"(《庄子·齐物论》)的典故。

如上,两者间在诗体、押韵、诗句的构思以及典故的使用方法等各方面都可以找到众多共通点,因此是一个相当明显地体现出诗佛学习、模仿痕迹的例子。

接着从与瞿佑同题的作品例中选出12《黄蝶》来进行比较。

  a 瞿佑

  误入蜂房不待媒,巧传颜色换凡胎。绕篱野菜流连住,何处金钱变化来。傅粉已知前事错,偷香未信此心灰。上林莺过频回首,一色毛衣莫用猜。

  b 诗佛

  山蜂相见莫相欺,红紫丛中伴不稀。乱入菜畦难认影,过来麦陇始看飞。似怜汉殿轻涂好,初觉秦台重傅非。休向上林容易去,为愁公子妒金衣。

两首诗第一句皆咏蝶与蜂意外碰到的样子,第三句皆描写黄蝶在野菜地的周边流连翩翩的样子,而颈联则使用了同一典故。诗佛此诗附有自注,引用了晚唐李商隐《蝶》诗中的两句:"重傅秦台粉,轻涂汉殿金。"(《全唐诗》卷五三九)"秦台粉"的表现原是出自战国时代秦穆公之女弄玉和萧史的故事,其事见晋代崔豹《古今注》记载,"粉"即"白粉、香粉",古代本以铅为原料而制成,而秦穆公之女弄玉则烧水银制作白粉,并与丈夫萧史一起涂在脸上,命名为"飞云丹",演奏完箫曲后,二人皆化为仙人升天而去。

李商隐句中的"汉殿金"则是源自《汉书》中赵昭仪的故事。赵昭仪居住在昭阳舍时,殿上涂漆,门的边缘部分用铜制成,并在尖端涂上金色。这里可能是因为要与"秦台"做对,故意使用汉代后宫黄金的有关故事。

蜂在咏黄蝶的诗中登场的原因是"蝶粉蜂黄"这一唐代宫中流行的化妆法,自晚唐李商隐将其写入诗中(《全唐诗》卷五三九《酬崔八早梅有赠兼示之作》)后,变成了指女性化妆的常套语。诗佛在自注中引用了黄庭坚的诗句"汉宫娇额半涂黄"(《山谷外集》卷七《酴醾》)。黄庭坚的这句诗本来是描写酴醾花的,当然同时也在暗示女性的化妆。此外,诗佛诗与瞿佑诗的尾联都使用了唐玄宗在禁苑见到黄莺呼之为"金衣公子"的故事(《开元天宝遗事》卷二"金衣公子")。

这个例子也与前例同样可以找出二人同题诗作中的许多类似点,诗佛学习的痕迹十分明显。

最后试着比较谢宗可、张劭和大洼诗佛三人同题的作例,即 3 的《卖花声》。

    a   谢宗可

    春光叫遍费千金,紫韵红腔细细寻。几处又惊游冶梦,谁家不动惜芳心。响穿红雾楼台晓,清逐香风巷陌深。妆镜美人听未了,绣帘低揭画檐阴。

    b   张劭

    雾里携香叫助妆,一丝宛转破晨光。歌将上苑千秋艳,吹入深闺两鬓香。紫陌唤来狂蛱蝶,红楼惊起睡鸳鸯。檐头换得金钱去,又弄余音过画墙。

    c   诗佛

    满城轻霭欲朝暾,芳韵香声卖骤喧。报道鸳鸯衾里客,呼醒蝴蝶梦中魂。今朝深巷遍春信,昨夜小楼过雨痕。莫怪闻来却惆怅,红情绿思不堪繁。

诗佛诗中的"朝暾"是早晨的太阳的意思,首先三首诗的首联都在描写早晨卖花的光景,这点是共通的。诗佛的"芳韵香声"大概是来自谢宗可诗第二句中的"紫韵红腔"。张劭诗的颈联和诗佛诗的颔联都使用了蝶和鸳鸯的对句,也可以看出影响的痕迹。

另外,诗佛的自注中还引用南宋陆游的诗句"小楼一夜闻春雨,深巷明朝卖杏花",即陆游的七律《临安春雨初霁》(《剑南诗稿》卷十七)的颔联。"卖花声"的诗题原本是来自陆游的这首七律,然而谢、张二人的作品是围绕"清晨响遍深巷的卖花声"这一主题进行的敷衍拓展,创作方式上不一定完全贴近原诗的意境。诗佛诗的颈联虽然有一些自己的加工,但几乎完全袭用自陆游的那一联,在三人的作品中最为浓厚地保留了原诗的痕迹。

以上试着将诗佛诗与三家做了一些比较,总体而言,从诗句的构思到具体表现、典故的使用方式,诗佛咏物诗的很多地方都是对《三家咏物诗》的学习。对于参与翻刻校正工作的诗佛来说,是得到了一次可以一字一字凝视《三家咏物诗》中所收作品的机会。可以说正是"校雠数回"(前引山本北山序)的体验给了他细心学习的机会。

四、江户时期的诗坛和咏物诗

从前两节可以瞥见诗佛咏物诗所受到的《三家咏物诗》影响之大,然而《三家咏物诗》并不只是给诗佛一人带来了影响,也给同时代的其他诗人也带来了巨大的影响。弘化元年(1844),菊池五山校阅的明代朱之蕃(?—1624)《咏物诗》刊行①,五山的门弟井伊友直为作序文,其中有如下记载:

> 往岁,仙台诗人松井长民镌元明清三家咏物,以布于世。诗家多取为著题模范,至今盛行。

从中可以确定的是,文化七年(1810)《三家咏物诗》刊行后,在三十多年的时间里一直十分流行。顺便提及,虽然松井长民(梅屋)的作品都被他自己烧掉了,无从查证,但他的养子松井竹山(本姓亘理氏,名

---

① 《和刻本汉诗集成·补编》第十八辑(长泽规矩也编,汲古书院,1977年)所收。

千年)却有《岁寒堂咏物诗》一卷(有天保十二年[1841]九月跋),收入的是竹山自天保四年秋开始作为日课吟咏的七言律诗一百首(《仙台丛书》第七卷[同刊行会,1924年]收入翻刻本)。

另外,菊池五山在《五山堂诗话》①中屡屡将日本人作的咏物诗与谢宗可、瞿佑进行比较。试举一二例,卷九(文化十二[1815]年)有:

> 咏物诗至近今,作家稍擅其纤巧,享保诸贤概无及者。盖唯务高格调,不屑作此雕虫伎也。彩岩集中咏物五首,语极圆缛,谢瞿诸人亦将敛袵。②

《补遗》卷一(文政元年[1818])有:

> 容亭咏菊花枕云:"……"整齐贴切,迥在瞿佑之右,谁谓目今无作者乎。③

五山是诗佛的诗坛盟友,从这点来看,以上记述暗示了在他们这群江湖诗社同人之间,《三家咏物诗》是被当作评价咏物诗时的度量尺一样的存在。

然而,如同本文开头所记载的那样,诗佛时代以前,江户时期的诗坛便已经十分流行创作咏物诗。那么在《三家咏物诗》刊行前后,江户时期的咏物诗是否发生了变化?倘若发生了变化,那么究竟是怎样的变化?关于这一问题值得考察。

比诗佛的时代稍早一些的安永、天明年间(1772—1788),以上方为中心,咏物诗已经开始流行了。这点从当时刊行的众多咏物诗集上可以如实地反映出来。例如,冈崎卢门(1734—1787,名信好,字师古,京都人)于安永五年(1776)编集刊行了《唐咏物诗选》十卷,香山适园

---

① 《五山堂诗话》十卷、《补遗》五卷,《词华集日本汉诗》第二卷(汲古书院,1983年)所收。
② 桂山彩岩(1679—1749,名义树,字君华,通称三郎左卫门,别号天水)儒者,江户出身。从学于林凤冈,后任幕府的儒官。享保十九年(1734)任书物奉行,负责校勘幕府藏书。又擅长诗文。著作有《琉球事略》、诗集《彩岩诗集》(上田正昭监修《日本人名大辞典》,讲谈社,2001年)。
③ 《五山堂诗话》卷九有"崇儒,名重道,号容亭。诗才清脆,衣钵自诗佛"(《词华集日本汉诗》第二卷,第471页)。

(1749—1795,名彰,字吉甫,京都人)于天明元年(1781)编纂刊行了《六代咏物诗纂》,"六代"是指唐、宋、金、元、明、清。编纂刊行的个人咏物诗集有度会光隆(?—?,字子栋,伊势神宫宫司)的《咏物茹汇》二卷(天明六年刊,出版者京都书肆林伊兵卫)、释大典(1719—1801,法讳显常,字梅庄,京都相国寺)的《小云栖咏物诗》二卷(天明七年刊)等。而且这一时期还刊行了不少咏物诗总集。伊藤君岭(1747—1796,名荣吉,字士善,播磨人)于安永五年(1776)模仿清代俞琰的《历代咏物诗选》(雍正二年[1724]刊)编纂刊行了《日本咏物诗》三卷。另外,天明四年(1784)近藤国宝、古汝玉(生平皆未详)编辑了《诗学咏物捷径》二卷(只是经笔者调查,结果仅找到了可以确定为文化十年[1813]的版本),这是为创作咏物诗而编的诗语集①。从这部天明年间为创作咏物诗而编集的入门书,也可窥知当时咏物诗的隆盛状况。

然而,这一时期的咏物诗总体而言仍然以传统的单题作品为主,与诗佛咏物诗反映的文化文政期的倾向迥异,文化文政期的倾向就是不仅在单独一篇诗作中歌咏对象,而是选择对象的多样品种和样态,通过组诗进行多角度的系统的吟咏。平安时代以来,长时间成为日本咏物诗范本的是唐代李峤的咏物诗,安永、天明年间的咏物诗仅从标题和形式上来看,几乎可以说仍然处在李峤咏物诗的延长线上。

如可举松村梅冈(1710—1784,名延年,字子长,江户人)的《梅冈咏物诗(梅冈诗草)》(安永五年刊)为例②。他是江户的诗人,前面虽然没有言及,但其实他的诗集也是安永五年(1776)刊行的。他的咏物诗全部是采用七言律诗来创作,这点与诗佛等文化文政期的诗人相共通。然而这约百首的作品几乎都是以一物一首的原则创作的,标题也是如《竹》《蝶》《雪》等这样单纯记载大类种目而已。将之与前

---

① 以上参照的是《玩鸥先生咏物百首注解》(太平书屋,1991 年)附录列举的江户时代刊行的咏物诗集商品目录。
② 《梅冈诗草》,安永五年刊,日本国会图书馆所藏本。又,杉下元明的《江户汉诗—影响和变容的系谱—》(ぺりかん社,2004 年)第三章 "松村梅冈和清代的汪鹏"中曾对《梅冈咏物诗》做过考察。

揭诗佛的作品一一进行比较的话,其间的差别一目了然(参照本章(二)所举的①②③⑦)。《梅冈咏物诗》中也有几首例外是吟咏复题的作品,即以吟梅诗为例,其中的《京城梅》《红梅》《岭南梅》三首与诗佛组诗(本文(二)所记的④)进行对比,不得不说是非常简单的结构。释大典的诗也是如此,他的咏物诗集分为天、地、禽虫、草木、杂咏、图画六部分,共收录了四百余首作品,其中还包括了许多不能视为题咏诗的作品(例如其中还收录了《吉野看樱花》这样的名胜纪行诗),即便是其中收录的那些典型的咏物之作,标题也与松村梅冈的咏物诗没有多大差异。《日本咏物诗》①中收录了江户时代以降的一百三十四人五百四十五首作品,大半数作品都冠的是李峤风格的标题。

但是,安永、天明年间咏物诗的盛行也并非只是数量上的变化。在旧型的作品占据主要趋势的情况下,也确实开始了与诗佛时代相联系的新变化的胎动。

例如《日本咏物诗》所收的作品中可以找到几首与《三家咏物诗》所收作品同题的作品。即清田龙川(1747—1809,清勋)的《蟾蜍滴水》、伊藤东涯(1670—1736,长胤)的《无弦琴》、八田龙溪(1692—1755,田宪章)的《鹤骨笛》、村濑栲亭(1744—1819,源之熙)的《不倒翁》,前三者谢宗可有同题之作,最后一首张劢有同题之作。《日本咏物诗》是天明四年(1784)刊行的,比和刻本《三家咏物诗》的刊行要早四分之一个世纪(25年),他们在创作这些作品时,手边当然不可能有《三家咏物诗》的和刻本,不过和刻本的原本刊行于康熙五三年(1714),因此也不能完全否定有参照舶来的原本的可能性。而且正如本章第七节中所提及的那样,谢宗可个人的咏物诗集有明和七年(1770)出版的和刻本,因此很有可能参照了此本。倘若他们的确有参照此本的话,说明他们受到时代比较接近的中国诗人作品的影响,可以看作向着与以往咏物诗不同的新型咏物诗转变的征兆之一。

---

① 《日本咏物诗》,《词华集日本汉诗》第九卷(汲古书院,1984年)。

在安永、天明期的咏物诗中，向化政期型咏物诗方面大步跨进的一个标志是太田玩鸥(1745—1804)的《玩鸥先生咏物百首》(天明三年[1783]刊，日本早稻田大学图书馆藏本)。江村北海在为此书所作的序文中提到"设题新奇，前人未言及者十居七八"。正如北海序中所言，从来未见吟咏的新题很多，如《机关的(牵线傀儡)》《硝子壶中鱼》《救火水笼(防火水笼)》《显微镜》等，包含了许多深深根植于都市生活的日本独有的题材。另外这部书中也有与《三家咏物诗》同题的作品，即《睡蝶》《纸帐》(谢宗可)、《烟火戏》(瞿佑)、《豆腐》(张劭)四首。

如果将以诗佛为中心的化政期咏物诗的新潮流概括为：将以往咏物诗没有吟咏过的新对象题材化，即便是传统题材也根据品种和样态等细微标准将它们区分化，加上多样的限定语变成新的题材，并且采用近体，尤其是七律为主要形式创作连作组诗进行歌咏。那么以上两个事例可以看成这一新潮流的先驱。

到了宽政年间(1789—1800)，变化的速度仍然没有衰减。例如岛津天锡(1752—1809，名久容，字子嘏，萨摩人)的《名山楼咏物百首》(这部诗集刊行于宽政十一年，但前有乾隆五十五年清人朱芝冈的序文以及同一年吕宏昭的跋文。乾隆五十五年相当于宽政二年，因此诗集的成书时期应该在宽政十一年以前)的作品全部是七律。除了《远山笔架》《帘内美人》《妓人出家》等新奇的题材以外，还有《道家月》《猎家月》《琴中月》这样给月加上限定语的连作，以及《山居》《岩居》《楼居》《茅居》《廊居》《船居》《水居》《村居》等与住居有关的连作组诗。还包括《尘》(谢宗可)、《烟火戏》(瞿佑)这样与《三家咏物诗》同题的作品。冈田新川(1737—1799，名宜生，字挺之，尾张人)于宽政十年(1798)出版了《畅园咏物诗》(日本国文学研究资料馆藏本)。这部咏物诗集尤其值得注意的是凡例中所记如下话语："今抄咏物诗以应书林之需"、"古体非幼学所急，止载近体"。关于前者，如果将书肆之需等同于读者需要，那么当时咏物诗流行的样子便立马可见。后者则暗示了近体咏物诗在坊间的流行。这部诗集刊行的时期正是山本北山等人提倡"清新",开始对徂徕派的"拟古"进行反拨的时候。对他们来说,在宣传新诗论、反拟古的论调日益高涨的趋势中,开始制作新奇标题的咏物诗,并且主要采用七言律诗的形式来创作,这也正是江户诗坛新时代的表现,而其中心正是以大洼诗佛为代表的江湖诗社的同人们。

五、中国咏物诗史上的《三家咏物诗》

江户后期发生的咏物诗创作风格的变化其实在中国也同样发生。最能体现这一现象的就是《三家咏物诗》中的三家:谢宗可、瞿佑、张劭。而这三家当中,时代最早的谢宗可的存在意义尤其重要。

四库全书中仅著录了三家中的谢宗可的《咏物诗》一卷,《四库全书总目提要》(卷一六八,集部别集类二)中有如下评价:

> 宗可此编,凡一百六首,皆七言律诗。如不咏燕蝶,而咏睡燕、睡蝶,不咏雁莺,而咏雁字、莺梭,其标题皆纤仄,盖沿雍陶诸人之波,而弥趋新巧。瞿宗吉《归田诗话》曰:"谢宗可百咏诗,世多传诵。除《走马灯》《莲叶舟》《混堂》《睡燕》数篇,难得全首佳者。"其说信然,四诗亦非出高作。……特以格调虽卑,才思尚艳,诗教广大,宜无所不有,元人旧帙,姑存之备一体耳。《归田诗话》又曰:"曩见邱彦能诵宗可《卖花声》诗一首,百咏中不载,盖性既喜此一格,则随事成吟,非作此一集而绝笔,彦能所诵,殆出于此集既成之后欤。"

四库馆臣对谢宗可咏物诗的评价虽然不是很高,但也承认他的咏物诗具有独特性,即标题"纤仄"的倾向,采取在标题中加上细微的不循常规的限定词来追求"新巧"。上文中的"雍陶"是中唐后期的诗人,曾作《咏双白鹭》诗(《全唐诗》卷五一八),此诗获得时人好评,被世人呼为"雍鹭鸶"。其实在上引文字之前,还用了字数几乎相同的一段文字对谢宗可之前中国咏物诗的发展进行叙述,结尾列举了因咏物诗而闻名的唐宋诗人名字。唐代除了雍陶外,还有因咏《和友人鸳鸯之什》(《全唐诗》卷五九一)而被人称为"崔鸳鸯"的崔珏、因作《鹧鸪》(《全唐诗》卷六七五)诗而被人称为"郑鹧鸪"的郑谷,宋代诗人当中则有北宋谢逸,他创作了一百首关于蝶的诗歌,被人称为"谢蝴蝶"。《诗话总龟》等宋代诗话中曾记载谢逸所咏的蝴蝶诗是三百首,而非一百首,遗憾的是他的蝴蝶咏已散逸不传。不过,唐代诗人因一篇诗作的杰出而驰名,宋代诗人则因咏三百篇蝴蝶而知名,这之间的差异已经非常明显了。

"百咏"这种连章组诗的形式是宋代以后才普遍化的。不仅是咏物诗,还有题咏名胜之作也往往采取这一形式,如《西湖百咏(百题)》(北宋杨公济、郭祥正)、《郴江百咏》(北宋阮阅)、《金陵百咏》(南宋曾极)、《华亭百咏》(南宋许尚)、《嘉禾百咏》(南宋张尧同)、《南海百咏》(南宋方信孺)等。与咏物诗有关的有《梅花百咏》(南宋刘克庄、方蒙仲),《梅花百咏》之题在入元以后也有不少作者,如冯子振(1257—1327、字海粟)和释明本(1263—1323)有唱和之作,以及韦珪(？—？ 其《梅花百咏》是至正二年[1342]所作)的作品。可以说,这些例子和谢逸的蝴蝶咏三百首一起,明确体现了题咏诗和咏物诗在量上的扩大。不管是各地的名胜也好,物品也罢,以一个对象为题,要创作大量不同类别的作品,很自然地会使观察更倾向于细微化,势必也会使它们的描写风格从包括性、总合性的风格转而倾向于细分化、分析性的风格。

宋代原本也是一个各种谱录,如梅、菊、兰、海棠、荔枝、橘等植物和酒、茶、蟹等饮食之物,以及笔砚纸墨等文房四宝……著述开始大量盛行的时代①。这些宋代谱录中有一个普遍的趋势就是将各种对象进行细致的品种划分,然后对各自的特征进行分析性的记录。而且,宋代还出现了植物的专门性类书,即以花卉为中心,分类网罗历代有

---

① 例如南宋范成大的《范村梅谱》《范村菊谱》、北宋刘蒙的《刘氏菊谱》、南宋史正志的《史氏菊谱》、史铸的《百菊集谱》、南宋赵时庚的《金漳兰谱》(绍定六年[1233]完成)、南宋陈思的《海棠谱》、北宋蔡襄《荔枝谱》、北宋王观的《扬州芍药谱》、北宋窦苹的《酒谱》、南宋傅肱的《蟹谱》、南宋陈仁玉的《菌谱》、北宋王灼的《糖霜谱》、北宋苏易简的《文房四谱》、北宋洪刍的《香谱》等。

关诗赋的著作：陈咏（1035—1112）的《全芳备祖》（前、后集合为五十八卷）（此后，明代有《群芳谱》、清代有《广群芳谱》，可看作是对《全芳备祖》的发展继承），还刊行过广收北宋咏物诗的《重广草木鱼虫杂咏诗集》十八卷（家求仁、龙溪编）和岁时节令的题咏诗集《古今岁时杂咏》四十六卷（宋绶、蒲积中编），这样，在创作题咏、咏物诗时，方便参考的类集性书籍骤然增加了。时代气运也从根底上支持着宋代题咏诗在量上扩大的倾向，而这也成了元代谢宗可咏物百咏出现的要因之一，这是本文想特别指出的一点。

不过，谢宗可咏物诗体现出的"标题的纤仄"以及"趋于新巧"的特征并不仅限于他一个人，可以看成是大多数元代诗人都具有的共同特征。例如，谢宗可的《梅杖》诗，宋末元初的何梦桂就有同题诗，此外刘因（1249—1293，字梦吉）和阎复（1236—1312，字子靖）也有同题诗。又如《鹤骨笛》一诗，萨都剌（1272—1355，字天锡）有同题诗，冯子振，郭钰（1316—？，字彦章）、曹文晦（？—？）也有同题作品[1]。《芦花被》诗题根据的是同时代维族作家贯云石（1286—1324，字浮岑）的《芦花被》诗创作。还有《琉璃帘》一诗，马祖常（1279—1338，字伯庸）也有同题诗。这些"纤仄"的诗题也有不少同时代诗人一起创作的事实表明并不止他一人具有这种倾向，而是一种时代风潮。只不过，谢宗可编撰了咏物的专门性诗集，可以说集中体现了这一时代风气，可以看作是典型代表。

三家中的其他两家瞿佑和张劭也继承了这种倾向，共同构成了咏物诗的新系谱。尤其是瞿佑，上引四库提要曾经两次引用了《归田诗话》的记载，从中也可知瞿佑明确地意识到咏物诗人的先达——谢宗可的存在，并且熟读谢宗可的作品。如此，宋元间出现并定型的咏物诗风的新潮流，到了明、清时期也仍然被继承下去了。因此，说谢、瞿、张三氏建立的系谱是中国咏物诗近世型的典型一点也不过分。如果重新确认中国近世型咏物诗的特征，即诗型主要使用七言律诗，标

---

[1] 参照宋红的《鹤骨笛与〈鹤骨笛诗〉》，《古典文学知识》2009 第 1 期。

题与一直以来的诗相比更"纤仄",也就是喜欢细微且不循常规的新奇,并且经常采用连章组诗的形式进行歌咏。

六、结语

实际上,早在三家合刻的咏物诗和刻本出现之前,谢宗可和瞿佑二家的单行咏物诗集已经翻刻出版了。

谢宗可《咏物诗》的和刻本刊行于明和七年(1770)。据释敬雄(1713—1782)的序文中的"宽延癸未"年,此诗集是他从长崎高旸谷(1719—1766,曾任唐通事)那里得到的,只不过宽延年间并没有"癸未"年,所以有可能是指宝历十三年(1763)。又据《先哲丛谈后编》的记载,高旸谷似乎也有名为《咏物诗隽》的咏物诗集,只是笔者目前还无法确定其所在。

瞿佑的咏物诗集名为《咏物新题诗集》,附有正统九年(1444)张益的序,因此可能是这前后时期内成书的。日本和刻本刊行于宝永七年(1710),比谢宗可的诗集更早,其原因大概是与荻生徂徕鼓吹明诗的背景有关,或者与其著作《剪灯新话》在江户前期十分流行有关。

清代两部集大成的咏物诗选《佩文斋咏物诗选》和《历代咏物诗选》也皆有和刻本刊行。前者完成于康熙四十五年(1706),收录了自上古时代至明代为止的代表性作品,和刻本有文化八年(1811)刊行的《佩文斋古今咏物诗选》和文化九年(1812)刊行的《佩文斋咏物诗选》初编(二编刊行于文政十三年)。后者为雍正二年(1724)俞琰编,体例参照的是《佩文斋咏物诗选》,收录的是从六朝至明代的作品,和刻本刊行于天明元年(1781)。

值得注意的一点是,除了瞿佑《咏物新题诗集》是唯一的例外以外,中国编纂的主要咏物诗集至十八世纪后半期以降皆出现了翻刻的和刻本。此外,这一时期正是诗坛潮流大转变时期,即从萱园派提倡的"盛唐诗=格调=拟古"转向山本北山提倡的"宋诗=清新/性灵"。仿佛要与之步调保持一致一般,中国近世型的咏物诗也开始流入,并以之为模范创作了多种多样新标题的咏物诗。

例如太田玩鸥表现"新奇"的方法是加入大量日本特有的题材，体现了日本诗坛的主体化。而大洼诗佛的方法则与之稍有不同，他的连作组诗标题包括很多与三家同题的作品，这点笔者在本章第二节中已经指出过。不过，还应该注意他那些与三家诗诗题不重复的作品，从中可以确认诗佛的独特性所在，即他并不是像太田玩鸥那样以题材的日本化为特别目标。以第二节列举的蝶的连作(①)为例，《新蝶》《秋蝶》《媚蝶》《鬼蝶》《书中干蝴蝶》虽然中国三家没有吟咏过的题材，但它们并非一定是依照日本独有事物来起的标题。他似乎是在积极地学习和模仿中国近世型诗歌，在素材上更普遍地使用中日共通的东西，这正表明他是以要创作凌驾于本家正宗的作品为目标的。前面已经提到，他的盟友菊池五山也经常将同时代知己好友的咏物诗与三家的作品进行比较，并将他们评价为凌驾三家之上。这些决不是夸大其词的修饰说法，而可以推测为是化政期诗坛的主盟者间共通的带有某种矜夸的内部批评。尤其是之前已经刊刻和广泛流传了不少国内外与咏物诗有关的先行作品，并且在频繁举办的诗会场合，咏物诗也被当作作诗活动的中心题材，可以说正是因为咏物诗已经十分流行，也使他们的主体意识变得极其敏锐，批评眼光也相当成熟。而作为中心人物的诗佛，也无疑希望和中国同时代的诗人处于同样的高度来进行创作和批评。

后　记

　　本书起自笔者硕士阶段(2006—2009)对黄庭坚文献在五山时代流传的研究,又包括博士阶段(2010—2014)对于江户后期诗坛的研究,以及最近关于江户前中期文章学的一些研究。这十年间,学界已出现不少新的研究成果,研究条件也更加便利,在收入本书时笔者尽量加以修订和补充。如第二章中《帐中香》所引的黄庭坚《外集》,当时撰写时尚无法得见内阁文库所藏本,如今此本已在网络公开且有影印本出版,故当初的结论也发生了变化。当然,时间匆忙紧张,可能难免有所遗漏。本书的第四章、第五章在原文的基础上有较大改动,也是因为这部分内容正是笔者目前关注的对象,处于研究的中途,难以避免地存在未成熟的看法,敬请读者原谅。第七章以后本是博士论文,原为日文撰写,已承蒙日本早稻田大学出版部资助出版,现翻译成中文,以求方家指正。对我而言,研究的道路仍然艰苦而漫长,希望能以此书作为现阶段对宋代文学和日本汉文学了解的一个逗点。

　　在此表达对硕士阶段的导师南京大学的金程宇教授、博士阶段导师早稻田大学的内山精也教授、副导师池泽一郎教授、稻田耕一郎教授,现在工作单位四川大学文学与新闻学院的周裕锴教授,以及南京大学的张伯伟教授、卞东波教授等各位老师,以及在写论文时为我复印资料、拍摄图片、指正批评的各位同仁朋友。没有他们的帮助,就不会有这部书的面世。

最后感谢我的家人、爱人、朋友们,一路给予了温暖与支持。

2019 年 12 月于成都锦江畔

图书在版编目(CIP)数据

近世中国与日本汉文学/张淘著. —上海：复旦大学出版社,2020.8(2021.4重印)
(四川大学古典文学研究丛书/祝尚书主编)
ISBN 978-7-309-15121-3

Ⅰ.①近… Ⅱ.①张… Ⅲ.①中国文学-古典文学研究-宋代 ②日本文学-古典文学研究 Ⅳ.①I206.44 ②I313.062

中国版本图书馆 CIP 数据核字(2020)第 106956 号

近世中国与日本汉文学
张　淘　著
责任编辑/王汝娟
复旦大学出版社有限公司出版发行
上海市国权路 579 号　邮编：200433
网址：fupnet@fudanpress.com　　http://www.fudanpress.com
门市零售：86-21-65102580　　团体订购：86-21-65104505
出版部电话：86-21-65642845
上海四维数字图文有限公司

开本 890×1240　1/32　印张 11.875　字数 320 千
2021 年 4 月第 1 版第 2 次印刷

ISBN 978-7-309-15121-3/I·1233
定价：78.00 元

如有印装质量问题，请向复旦大学出版社有限公司出版部调换。
版权所有　　侵权必究